Het boek van verloren namen

Kristin Harmel bij Boekerij:

Als we elkaar terugzien
Ik wist het al
Jij kan me helpen
Zolang er sterren aan de hemel staan
Een dichtbij verleden
Het boek van verloren namen

www.boekerij.nl

Kristin Harmel

Het boek van verloren namen

In 1942 hielp Eva Joodse kinderen te ontsnappen aan de razzia's.
Nu is zij de enige die het geheim van hun identiteit kan ontrafelen.

BOEKERIJ

ISBN 978-90-225-9153-6
ISBN 978-94-023-1552-3 (e-book)
NUR 302

Oorspronkelijke titel: *The Book of Lost Names*
Vertaling: Irene Goes
Omslagontwerp: Simon & Schuster, bewerkt door DPS Design & Prepress Studio, Amsterdam
Omslagbeeld: Trevillion, GettyImages
Zetwerk: Text & Image, Assen

Voor mijn lieve Swan Valley-zussen
Wendy, Allison, Alyson, Emily en Linda.
Want zij begrijpen, zoals alleen schrijvers en lezers dat echt kunnen, dat boeken de kracht hebben om levens te veranderen.

En voor bibliotheekmedewerkers en boekverkopers overal, want jullie zorgen dat die boeken die levens kunnen veranderen, terechtkomen bij de mensen die ze het hardst nodig hebben.

1

mei 2005

Het is zaterdagochtend, en ik ben halverwege mijn werkdag in de openbare bibliotheek Winter Park als mijn oog erop valt.

Het boek dat ik meer dan zes decennia geleden voor het laatst zag.

Het boek waarvan ik dacht dat het voor altijd verdwenen was.

Het boek dat zo belangrijk voor me is geweest.

Het staart me aan vanaf een foto in *The New York Times*, die iemand opengeslagen heeft achtergelaten op de inleverbalie. Terwijl ik mijn hand uitsteek om de krant te pakken valt alles om me heen stil, en ik zie mijn hand bijna net zo hevig trillen als de laatste keer dat ik het boek vasthad. 'Dit kan niet waar zijn,' fluister ik.

Ik staar naar de foto. Een man van in de zeventig kijkt me aan. Zijn witte haar is dun en slierterig, en zijn ogen kikkerachtig achter een bril met jamglazen.

'*Zestig jaar na WOII wil Duitse bibliothecaris boeken herenigen met rechtmatige eigenaren*', kondigt de kop aan, en ik wil naar de man op de foto roepen dat ík dat ben, de rechtmatige eigenaar van het boek dat hij toont, de vale in leer gebonden band met het omgekrulde hoekje rechtsonder en op de rug de in gouden letters gedrukte titel *Epitres et Evangiles*. Het is van mij, en van Rémy, een man die al heel lang dood is, een man aan wie ik niet meer zou denken, zo zwoer ik na de oorlog.

Toch heb ik deze week aan hem gedacht, al heb ik nog zo mijn best gedaan. Morgen, op 8 mei, viert de wereld de zestigste verjaardag van v-dag, de dag van de overwinning op nazi-Duitsland in Europa. Dan is het onmogelijk, met al die piepjonge nieuwslezers die het heel plechtig over de oorlog hebben alsof ze er ook maar iets van begrijpen, om niet aan Rémy te denken, niet te denken aan de tijd die we samen hebben doorgebracht, niet te denken aan de mensen die we hebben gered en aan hoe het is afgelopen. Hoewel mijn zoon altijd zegt dat het een zegen is om op mijn leeftijd nog zo scherp van geest te zijn, is dit er wat mij betreft een met twee kanten, zoals wel vaker met zegeningen.

Meestal wil ik het liefst gewoon alles vergeten.

Ik knipper de onwelkome gedachten aan Rémy weg en richt mijn aandacht op het artikel. De man op de foto is Otto Kühn, bibliothecaris bij de Zentral- und Landesbibliothek in Berlijn, die er zijn levensmissie van heeft gemaakt om boeken die door de nazi's zijn geroofd, terug te geven aan hun oorspronkelijke eigenaar. Blijkbaar zijn er meer dan een miljoen van dit soort boeken alleen al in de collectie van zijn bibliotheek, maar het exemplaar dat hij in zijn handen heeft, míjn boek, dat is het boek waarvan hij naar eigen zeggen wakker ligt.

'Deze religieuze tekst,' zo heeft Kühn aan de verslaggever verteld, 'is van de vele mysteries die onze boekplanken bezetten, mijn favoriet. Uitgebracht in Parijs, in 1732, en een zeer zeldzaam exemplaar, maar dat is niet wat het zo bijzonder maakt. Het is uniek, omdat we in het binnenwerk een intrigerende puzzel aantreffen: een soort code. Van wie was dit boek? Wat is de betekenis van de code? Hoe is het tijdens de oorlog in Duitse handen terechtgekomen? Dat zijn de vragen die rondspoken in mijn hoofd.'

Ik voel tranen opwellen, tranen die hier niet op hun plek zijn. Ik veeg ze weg, en ik ben boos op mezelf dat ik nog steeds zo emotioneel ben na al die jaren. 'Wees blij dat het alleen vragen zijn die bij je komen spoken,' zeg ik zacht tegen Kühn. 'En geen echte geesten.'

'Eh, mevrouw Abrams? Hebt u het tegen die krant?'

Ik schrik op uit de nevelen van mijn geheugen door de stem van Jenny Fish, de assistent-manager van de bibliotheek. Zo'n type vrouw dat houdt van klagen, en die het leuk schijnt te vinden om bij elke kans die ze krijgt te opperen dat ik met mijn zesentachtig jaar misschien een keer met pensioen moet. Ze kijkt me altijd heel achterdochtig aan, alsof ze niet kan geloven dat ik op mijn leeftijd nog steeds hier wil werken.

Ze heeft geen idee wat het is als je passie voor boeken zo groot is dat je zonder ze zou sterven, dat je gewoon niet meer in staat zou zijn te ademen, dat je zou ophouden te bestaan. Ik vind het onbegrijpelijk dat zij ooit bibliothecaresse heeft kunnen worden.

'Ja, Jenny, ik heb het tegen de krant,' antwoord ik, zonder op te kijken.

'Tja, nou, misschien is het beter om dat niet te doen waar de gasten bij zijn.' Ze zegt het zonder ironie. 'Straks denken ze nog dat je dement bent.' Ze heeft geen gevoel voor humor.

'Bedankt, Jenny. Je hebt vaak zulk enorm bruikbaar advies.'

Ze knikt met een serieus gezicht. Kennelijk is het ook voor haar onbegrijpelijk dat iemand die eruitziet zoals ik, klein, grijs haar, oma, in staat is tot ironie of sarcasme.

Maar vandaag heb ik daar geen tijd voor. Het enige waar ik aan kan denken is het boek. Het boek dat zo veel geheimen in zich droeg. Het boek dat van me werd afgepakt voordat ik kon uitvinden of het dat ene antwoord bevatte waar ik zo wanhopig naar zocht.

En nu zit er slechts een vlucht tussen mij en de man die de sleutel heeft tot alles.

'Durf ik het aan?' fluister ik naar de foto van Otto Kühn. Ik beantwoord mijn eigen vraag voordat de twijfel de overhand kan krijgen. 'Ik moet wel. Ik ben het verplicht aan de kinderen.'

'Mevrouw Abrams?' Dat is Jenny weer, die me bij mijn achternaam noemt, hoewel ik haar al honderd keer heb gevraagd me bij mijn voornaam Eva te noemen, zoals ze ook doet bij het jongere personeel. Maar helaas, voor haar ben ik gewoon een oudere dame. De beloning die een mens wacht voor het doorleven van talloze decennia, is een geleidelijk proces van uitgevlakt worden.

'Ja, Jenny?' Eindelijk kijk ik op.

'Wil je liever naar huis?' Ik denk dat ze aanneemt dat ik nee zal zeggen. Ze grijnst een beetje, zo zeker is ze van haar superioriteit. 'Misschien even bijkomen?'

Daarom vind ik het heerlijk om haar recht in de ogen te kijken, even te lachen, en dan te zeggen: 'Ja, Jenny, heel erg bedankt. Dat zou ik heel fijn vinden.'

Ik gris de krant mee en loop weg.

Zodra ik thuis ben, in mijn knusse bungalow op maar vijf minuten lopen van de bibliotheek, zet ik mijn computer aan.

Ja, ik heb een computer. En ja, ik kan ermee overweg. Mijn zoon Ben heeft de slechte gewoonte dat hij computerwoorden heel langzaam uitspreekt als ik erbij ben, *in-ter-net* en *e-mai-len*, alsof het hele concept technologie me misschien boven de pet gaat. Ik kan het hem ook moeilijk kwalijk nemen, niet echt. Toen Ben werd geboren was de oorlog al acht jaar voorbij, en ik had Frankrijk en de persoon die ik was geweest ver achter me gelaten.

Ben heeft me altijd alleen gekend als bibliothecaresse en huisvrouw, die soms een beetje struikelde over haar Engels.

Ergens moet hij het verkeerde idee hebben opgevat dat ik maar een simpel mens ben. Wat zou hij zeggen als hij wist hoe het zat?

Het is mijn eigen schuld dat ik het hem nooit heb verteld, dat ik de fout niet heb rechtgezet. Maar als je eenmaal gewend bent geraakt aan je beschermende schulp, dan is het moeilijker dan je zou denken om op te staan en te zeggen: 'Eerlijk gezegd, jongens, dít is wie ik ben.'

Misschien was ik ook bang dat Bens vader, mijn man Louis, me zou verlaten als hij zich realiseerde dat ik iemand anders was dan de persoon die ik wilde dat hij zag. Hij heeft me sowieso alleen achtergelaten – alvleesklierkanker, tien jaar geleden – en hoewel ik zijn gezelschap mis, ben ik ook gaan inzien dat ik waarschijnlijk al eerder zonder hem had gekund.

Ik ga naar de website van Delta, uit gewoonte denk ik, aangezien Louis vaak moest reizen voor zaken en bij deze vliegmaatschappij gebruikmaakte van het frequent-flyer-programma. Ticketprijzen zijn exorbitant hoog, maar ik heb meer dan genoeg op mijn spaarrekening. Het is even voor twaalven, er gaat een vlucht over drie uur en nog een om vijf over half tien vanavond, met een overstap morgen in Amsterdam. Dan land je om tien over half vier in Berlijn. Ik klik op de tweede optie en boek direct de vlucht. Het heeft iets poëtisch, de gedachte dat ik in Berlijn zal aankomen precies op de dag dat het zestig jaar geleden is dat de Duitsers hun onvoorwaardelijke overgave aan de geallieerden ondertekenden in diezelfde stad.

Er gaat een rilling door me heen, en ik weet niet of het van angst is of van opwinding.

Ik moet een koffer inpakken, maar eerst moet ik Ben bellen.

Hij zal het niet begrijpen, maar misschien wordt het tijd dat hij erachter komt dat zijn moeder niet de persoon is die hij dacht dat ze was.

2

juli 1942

Boven de bibliotheek van de Sorbonne in het vijfde arrondissement van Parijs was de lucht grijs, en zwaar van de regen. Eva Traube stond vlak voor de hoofdingang de luchtvochtigheid te vervloeken. Ook zonder in de spiegel te kijken wist ze dat haar donkere, schouderlange haar al was verdubbeld in volume, waardoor ze ging lijken op een paddenstoel. Niet dat het veel uitmaakte, want het enige wat mensen zou opvallen was de gele ster met zes punten die links op haar vest genaaid zat. Het vlakte verder alles uit wat haar maakte tot wie ze was: haar identiteit als dochter, als vriendin, als anglofiel die werkte aan haar doctoraat in de Engelse literatuur.

Voor veel Parijzenaren was ze nu alleen nog een Jodin.

Ze huiverde, opeens was het guur. De hemel was onheilspellend, alsof die iets wist wat zij niet wist. De schaduwen veroorzaakt door de samenpakkende wolken leken de fysieke belichaming van de duisternis die over de stad was gevallen.

Courage, zou haar vader zeggen, in het Frans, nog altijd niet accentloos, zijn Pools scheen erdoorheen. *Kop op. De Duitsers kunnen ons alleen het leven zuur maken als wij dat toestaan.*

Maar zijn optimisme was niet reëel. De Duitsers konden de Franse Joden heel goed het leven zuur maken, wanneer ze maar wilden, of Eva en haar ouders daar nu in berustten of niet.

Ze keek weer naar de hemel, en woog de opties. Ze was van plan geweest om naar huis te lopen, om de metro te vermijden met zijn nieuwe regels, Joden mochten alleen in de laatste, bloedhete en benauwde wagon reizen, maar als het nu ging regenen, dan was ze misschien ondergronds toch beter af.

'Ah, *mon petit rat de bibliothèque.*' Een zware stem vlak achter Eva haalde haar uit haar gedachten. Ze wist wie het was voordat ze zich omdraaide, want er was maar één persoon die haar liefkozend 'mijn kleine boekenwurm' noemde.

'*Bonjour*, Joseph,' zei ze stijfjes. Ze voelde een warme gloed naar haar wangen stijgen, en ze schaamde zich voor het feit dat ze zich aangetrokken voelde tot hem. Joseph Pelletier was een van de weinige andere studenten op de Engelse faculteit die de gele ster droeg, ook al was hij anders dan zij slechts half Joods en niet vroom. Hij was lang, met brede schouders, een dikke bos donker haar, en helblauwe ogen. Hij had het uiterlijk van een filmster, een opvatting die naar zij wist door veel meisjes op de faculteit werd gedeeld. Zelfs door de katholieke meisjes, wier ouders nooit zouden toestaan dat hun dochters het hof gemaakt werd door een Jood. Niet dat Joseph het type was om iemand het hof te maken. Hij zou je eerder verleiden in een donker hoekje in de bieb en je dan in katzwijm achterlaten.

'Wat sta je te peinzen, kleintje,' zei hij, en gaf haar lachend een kus op beide wangen. Zijn moeder kende haar moeder al van voordat zij werd geboren, en hij kon haar vaak het gevoel geven alsof ze nog steeds dat kleine kind was van toen ze elkaar net kenden, hoewel zij nu drieëntwintig was en hij zesentwintig.

'Ik vroeg me alleen af of het gaat regenen,' antwoordde ze, en draaide haar gezicht weg zodat hij niet zag dat ze bloosde door het fysieke contact.

'Eva.' De manier waarop hij haar naam zei, deed haar hart een slag overslaan. Toen ze hem weer durfde aan te kijken, had hij een zorgelijke blik in zijn ogen. 'Ik zocht je.'

'Waarvoor?' Heel even hoopte ze dat hij zou zeggen *Om je mee uit eten te vragen*. Maar dat sloeg natuurlijk nergens op. Waar zouden ze überhaupt heen kunnen? Alles was dicht voor mensen die een ster droegen.

Hij boog voorover. 'Om je te waarschuwen. Er gaan geruchten dat er iets aan zit te komen. Een massale razzia, vóór vrijdag.' Ze voelde zijn warme adem tegen haar oor. 'Ze hebben wel twintigduizend in het buitenland geboren Joden op de lijst.'

'Twintigduizend? Dat is onmogelijk.'

'Onmogelijk? Nee. Mijn vrienden hebben zeer betrouwbare bronnen.'

'Je vrienden?' Ze keken elkaar nu recht in de ogen. Ze had natuurlijk wel gehoord over de ondergrondse, mensen in het verzet die probeerden de nazi's te saboteren hier in Parijs. Was dat wat hij bedoelde? Want wie anders zou zoiets kunnen weten? 'Hoe kun je dat zo zeker weten?'

'Hoe kun jij zo zeker weten dat het niet zo is? Uit voorzorg denk ik dat het beter is dat je met je ouders de komende paar dagen onderduikt.'

'Onderduiken?' Haar vader was typemachinereparateur, haar moeder parttime naaister. Ze hadden amper genoeg geld voor de huur van hun flat, laat staan voor een plek om zich te verschuilen. 'Zullen we dan het Ritz maar boeken?'

'Het is geen grap, Eva.'

'Ik heb net zo'n hekel aan de Duitsers als jij, Joseph, maar twintigduizend mensen? Nee, dat geloof ik niet.'

'Let goed op jezelf, kleintje.' En precies op dat moment begon het te gieten. Joseph verdween in de regen, opgaand in een zee van opgestoken paraplu's op de stoep die langs de fontein wegliep van de bibliotheek.

Eva vloekte binnensmonds. Regendruppels kletterden op de stenen, waarmee ze spekglad werden in de schemering van de namiddag, en toen ze de trappen afliep naar Rue des Écoles was ze in één klap doorweekt. Ze trok haar vest boven haar hoofd om zich te beschermen tegen de stortbui, maar daardoor zat haar ster, zo groot als haar handpalm, helemaal vooraan en in het midden.

'Vuile Jood,' mompelde een passant, zijn gezicht verborgen onder zijn paraplu.

Nee, vandaag zou Eva niet met de metro gaan. Ze haalde diep adem en begon te rennen in de richting van de rivier, in de richting van de boven alles uittorende Notre-Dame, naar huis.

'Hoe was het in de bieb vandaag?' Eva's vader zat aan het hoofd van hun bescheiden eettafel terwijl haar moeder waterige aardappelsoep in zijn kom schepte, met een vaal gewassen zakdoek om haar haar en een versleten katoenen jurk om haar lichaam. Vervolgens schepte ze op voor Eva. Ze waren alle drie terechtgekomen in de regen, en nu hingen hun truien voor het open raam te drogen, met de gele sterren hun kant op, als drie soldaatjes op een rij die stil toekeken.

'Het was prima.' Eva wachtte tot haar moeder zat voordat ze een hap nam van het smaakloze maal.

'Ik begrijp niet waarom je daar steeds maar weer heen gaat,' zei Eva's moeder. Ze stopte even met praten voor een lepel soep en trok haar neus op. 'Ze zullen je nooit je graad laten halen.'

'Dingen zullen veranderen, *Mamusia*. Dat geloof ik echt.'

'Jouw generatie met haar optimisme.' Eva's moeder zuchtte.

'Eva heeft gelijk, Faiga. De Duitsers kunnen deze maatregelen niet eeuwig volhouden. Ze slaan nergens op.' Eva's vader lachte een lachje waarvan ze allemaal wisten dat het onecht was.

'Bedankt, *Tatuś*.' Eva en haar ouders spraken elkaar nog altijd aan met Poolse kooswoorden, hoewel Eva, die in Parijs was geboren, nooit in het geboorteland van haar ouders was geweest. 'En hoe was het op jouw werk vandaag?'

Haar vader staarde naar zijn soep. 'Monsieur Goujon weet niet hoelang hij mij nog kan blijven betalen. Het zou kunnen dat we...' Zijn blik gleed naar Mamusia, vervolgens naar Eva. 'Het zou kunnen dat we weg moeten uit Parijs. Als ik mijn baan verlies, dan kan ik hier op geen enkele andere manier aan het werk komen.'

Eva wist wel dat dit moment ooit zou komen, maar toch voelde het als een stomp in haar maag. Als ze Parijs zouden verlaten, zou ze nooit meer teruggaan naar de Sorbonne, wist ze, en dan zou ze nooit haar Engelse graad halen, waar ze zo hard voor aan het werk was.

Haar vaders werk was al lange tijd in gevaar, sinds de Duitsers waren begonnen systematisch Joden uit de Franse samenleving te verwijderen. Zijn reputatie als de beste reparateur van schrijf- en stencilmachines van Parijs had hem tijdelijk gered, hoewel hij geen werk meer mocht uitvoeren voor overheidsinstanties. Maar monsieur Goujon, zijn oude chef, had zich over hem ontfermd door hem te betalen voor onderhandse klussen, die hij grotendeels thuis uitvoerde. Er stonden dan ook elf typemachines in verschillende stadia van ontmanteling naast elkaar opgesteld in de zitkamer, wat aangaf dat hem een lange avond werk wachtte.

Eva nam een diepe teug adem, zoekend naar iets van hoop. 'Misschien is het beter als we vertrekken, Tatuś.'

Hij keek haar aan, knipperend met zijn ogen, en moeder viel stil. 'Beter, *słoneczko*?' Haar vader had haar altijd zo genoemd, het was Pools voor zonnetje, en ze vroeg zich af of hij nu, net als zij, de bittere ironie ervan inzag. Want was de zon niet ook gewoon een gele ster?

‘Weet je wat, ik kwam vandaag Joseph Pelletier tegen...’

‘Och, Joseph!’ viel haar moeder haar in de rede. Ze hield haar handen tegen haar wangen als een verliefd schoolmeisje. ‘Zo’n knappe jongen. Heeft hij je eindelijk voor een afspraakje gevraagd? Ik heb altijd de hoop gehad dat jullie wat met elkaar zouden krijgen.’

‘Nee, Mamusia, dat is het niet.’ Eva wisselde blikken uit met haar vader. Eva koppelen aan een geschikte jongeman leek een onevenredig groot deel van Mamusia’s gedachten te beslaan, alsof ze niet midden in een oorlog zaten. ‘Nou, hij kwam naar me toe om me iets te vertellen. Het gerucht gaat dat er wel twintigduizend in het buitenland geboren Joden op de lijst staan om de komende dagen te worden opgepakt.’

Eva’s moeder fronste. ‘Wat een onzin. Wat moeten ze in hemelsnaam met twintigduizend mensen zoals wij?’

‘Dat zei ik ook.’ Eva keek naar haar vader, die nog steeds niets had gezegd. ‘Tatuś?’

‘Dat is inderdaad een angstig bericht om te horen,’ zei hij na een lange stilte, in trage en afgemeten woorden. ‘Hoewel Joseph volgens mij wel iemand is die kan overdrijven.’

‘Natuurlijk niet. Hij is zo’n leuke jongeman,’ zei Eva’s moeder meteen.

‘Faiga, hij heeft Eva overstuur gemaakt, en met welk doel? Zodat hij zichzelf op de borst kan slaan om zijn goede connecties? Een fatsoenlijke jongen heeft dat niet nodig.’ Tatuś wendde zich weer tot Eva. ‘Słoneczko, ik wil niet negeren wat Joseph heeft gezegd. En ik ben het met hem eens dat er inderdaad iets broeit. Maar ik heb deze maand al zo veel geruchten gehoord, waarvan dit het meest extreme is. Twintigduizend? Dat is onmogelijk.’

'Maar toch, Tatuś, wat als hij gelijk heeft?'

Als antwoord stond hij op van tafel en keerde een paar tellen later terug met een klein gestencild pamflet. Hij gaf het aan Eva, die het vlug doorlas. *Neemt maatregelen om te schuilen... Verweert u tegen de politie... Poogt te vluchten.* 'Wat is dit?' fluisterde ze terwijl ze het doorgaf aan haar moeder.

'Dit werd gisteren onder onze deur geschoven,' zei haar vader.

'Waarom heb je dat niet verteld? Het klinkt als een waarschuwing, precies zoals wat Joseph zei.'

Hij schudde langzaam zijn hoofd. 'Dit is niet de eerste keer, Eva. De Duitsers heersen net zo goed met angst als met wapens. Als we bij elk vals bericht dat langskomt in onze schulp kruipen, dan hebben zij gewonnen, snap je? Dan ontnemen ze ons ons gevoel van zekerheid, ons welbevinden. Dat laat ik niet gebeuren.'

'En trouwens, we hebben toch helemaal niets misdaan,' voegde Eva's moeder toe. 'We zijn hardwerkende burgers.'

'Ik weet niet of dat uiteindelijk zo veel zal uitmaken.' Eva's vader leunde voorover en gaf een paar klapjes op Eva's hand, vervolgens aaide hij de wang van zijn vrouw. 'Maar voorlopig zitten we goed. Laten we eten, voordat het koud wordt.'

Maar Eva had geen eetlust meer, en terwijl ze met haar lepel de aardappels rondschoof in haar kom, voelde ze haar maag verkrampen door een dreigend voorgevoel dat zich niet liet wegvagen door de bezwerende woorden van haar vader.

Later die avond, toen Mamusia al naar bed was, trof Tatuś Eva aan in de kleine bibliotheek naast de zitkamer, voor de planken die waren volgestouwd met alle boeken die zij beiden zo koesterden. Hij had haar geleerd van lezen te houden, wat een van de grootste geschenken is die je als ouder je kind kan geven, en zo had hij de wereld voor haar geopend. De meeste avonden zaten zij en haar vader samen in stilte te lezen, maar op dit moment was Eva daarvoor te afgeleid. In plaats daarvan zat ze op de bank, zomaar wat te tekenen op een kladblok, een nerveuze gewoonte die ze had overgehouden aan haar kindertijd, toen het haar rustig maakte om de mensen en dingen om haar heen te tekenen.

'Słoneczko,' zei hij zachtjes.

Ze keek op, de punt van haar potlood bleef hangen boven een gedetailleerde schets van de bescheiden kroonluchter aan het plafond. 'Ik dacht dat je al naar bed was, Tatuś.'

'Ik kon niet slapen.' Hij kwam naast haar zitten. 'Er is iets wat ik je moet vertellen. Als de Duitsers je moeder en mij komen ophalen, dan wil ik dat je rechtstreeks naar monsieur Goujon gaat.'

Eva staarde hem aan. 'Je zei dat je niet geloofde wat Joseph zei.'

'Doe ik ook niet. Maar er gebeuren hier doorlopend allerlei vreselijke dingen. Het zou stom zijn om te doen alsof dat ons niet kan overkomen. Maar jij, słoneczko, jij moet veilig zijn. Jij bent Frans. Als wij worden opgepakt, moet jij zien weg te komen voordat het nog verder verslechtert.'

'Tatuś...'

'Zorg dat je in de vrije zone terechtkomt, en zo mogelijk, ga dan naar Zwitserland, waar het veilig is. Daar wacht je het einde van de oorlog af. We komen je weer ophalen.'

Opeens werd ze overmand door verdriet. De vrije zone? Daarvan lag de grens vele kilometers ten zuiden van Parijs, daar waar het land in twee helften was verdeeld, waarbij de nazi's het zuiden aan de Fransen hadden gelaten. Zwitserland voelde als hele werelden verder. 'Waarom kunnen we niet met zijn allen vertrekken? Nu meteen?'

'Dat zou veel te veel opvallen, Eva. Ik wil gewoon dat je er klaar voor bent, als er een dag komt dat je moet gaan. Je zult papieren nodig hebben waarop je niet geregistreerd staat als Jodin. Monsieur Goujon zal je helpen.'

Het voelde alsof iemand alle lucht uit haar longen sloeg. 'Heb je dat al met hem besproken?'

'Ja, en ik heb hem betaald, Eva. Al ons spaargeld. Hij heeft me zijn woord gegeven. Hij heeft toegang tot alles wat nodig is om een nieuwe identiteitskaart voor jou te maken. Dat zal genoeg zijn om je Parijs uit te krijgen.'

Ze probeerde haar tranen weg te knipperen. 'Zonder jou ga ik niet, Tatuś.'

Hij nam haar handen in de zijne. 'Je moet, Eva! Beloof me dat je dat wel doet, als het zover komt.'

'Maar...'

'Je moet het me beloven. Ik kan alleen door met leven als ik zeker weet dat jij er alles aan doet om ook in leven te blijven.'

Ze keek hem in de ogen. 'Ik beloof het je. Maar, Tatuś, we hebben toch nog tijd? Tijd om een ander plan te verzinnen om samen naar de vrije zone te kunnen gaan?'

'Natuurlijk, słoneczko. Natuurlijk.' Maar zijn blik dwaalde af. Tegen de tijd dat hij haar weer aankeek was de wanhoop in zijn ogen zo diep, en zo donker, dat Eva wist dat hij er zelf niet in geloofde.

Het was even na vier uur 's nachts, twee dagen later, toen er op de deur werd geklopt. Eva had onrustig geslapen, dromend over vervaarlijke draken die een kasteel bestoken. Ze schrok wakker in paniek. *Joseph had gelijk. Ze staan voor de deur.*

Ze hoorde haar vader met langzame, vaste tred door het appartement lopen. 'Tatuś!' riep ze, terwijl ze haar ochtendjas greep en in de versleten leren laarsjes schoot die ze bij haar bed had staan voor het geval ze moest vluchten. Wat zou ze nog meer nodig hebben als de Duitsers hier waren om hen op te pakken? Moest ze een koffer inpakken? Had ze daar tijd voor? Waarom had ze niet naar Joseph geluisterd?

'Tatuś, alsjeblieft!' schreeuwde ze, toen haar vaders voetstappen stopten. Ze wilde hem zeggen dat hij moest wachten, dat de tijd moest worden stopgezet, dat alles moest worden bevroren in het laatste moment in het voordíén, maar ze kon de woorden niet vinden, en dus rende ze in plaats daarvan haar kamer uit, de zitkamer in. Ze was net op tijd om te zien dat hij de deur opendeed.

Terwijl ze de panden van haar ochtendjas strak om zich heen gekruist vasthield, wachtte ze op het geblafte bevel van de Duitsers die vast en zeker aan de andere kant van de drempel moesten staan. Maar in plaats daarvan hoorde ze een vrouwenstem en kon ze het gezicht van haar vader iets zien verzachten toen hij een stap naar achteren deed. Een tel later liep de buurvrouw van de andere kant van de gang, madame Fontain, achter hem aan naar binnen. Ze keek zuur.

'Tatuś,' vroeg Eva, en hij draaide zich om. 'Zijn het niet de Duitsers?'

'Nee, słoneczko.' De lijnen in zijn gezicht waren nog niet volledig ontspannen, en Eva wist dat hij net zo bang was geweest als zij. 'Madame Fontains moeder is ziek. Ze vroeg zich af of jij of je moeder op haar dochters wil passen terwijl zij met haar naar *docteur* Patenaudes appartement gaat.'

'Simone en Colette slapen nog, dus daar heb je geen kind aan,' zei madame Fontain, zonder oogcontact te maken. 'Ze zijn pas twee en vier.'

'Ja, ik weet hoe oud ze zijn,' zei Eva stijfjes. Net een dag eerder had Eva de meisjes gezien op de binnenplaats. Ze had gebukt om gedag te zeggen, en de oudste, Colette, begon heel vrolijk te kletsen over vlinders en appels, toen madame Fontain uit het niets was verschenen en de twee meisjes haastig had weggetrokken. Terwijl zij om de hoek verdwenen, had Eva gehoord hoe ze hen berispte dat het gevaarlijk was om met Joden om te gaan.

'Ik heb andere appartementen geprobeerd maar niemand doet open. Alstublieft. Ik zou het niet vragen als het niet nodig was.'

'Natuurlijk passen we op uw dochters.' Eva's moeder was haar slaapkamer uit gekomen, haar nachtjapon had ze al vervangen door een simpele katoenen jurk met een vest. 'Daar zijn buren voor. Eva komt mee. Ja toch, schat?'

'Ja, Mamusia, natuurlijk.' De vader van de meisjes was naar het front vertrokken, waarschijnlijk dood, en ze hadden niemand anders.

'Eva, kleed je even aan.' Eva's moeder wendde zich weer tot madame Fontain. 'Gaat u maar. Geen zorgen. Wij letten op de meisjes.'

'Dank u wel,' zei madame Fontain, maar ze kon hen nog steeds niet in de ogen kijken. 'Ik kom zo gauw mogelijk terug.' Ze drukte een sleutel in Mamusia's hand en verdween voordat ze nog iets konden zeggen.

Eva trok snel de jurk aan die ze de dag ervoor had gedragen en fatsoeneerde haar haren voordat ze naar haar ouders ging in de zitkamer. 'Jullie weten toch wel wat madame Fontain van Joden vindt, of niet soms?' Eva kon het niet laten om het te vragen.

'Half Parijs denkt er zo over,' zei haar moeder vermoeid. 'Maar als we voor hen wijken, als we onze goedheid verliezen, dan staan we toe dat we worden uitgevlakt. Dat mogen we niet laten gebeuren, Eva. Echt niet.'

'Ik weet het.' Ze zuchtte en kuste haar vader gedag. 'Ga maar terug naar bed, Tatuś. Geen zorgen over Mamusia en mij.'

'Goed zo, meisje,' zei hij, met een kus op haar wang. 'Let maar goed op je moeder.' Hij gaf Mamusia een tedere kus, en terwijl ze de gang in liepen, deed hij de deur dicht. Met een zachte klik viel hij achter hen in het slot.

Twee uur later waren Colette en Simone nog steeds in diepe

slaap in hun bedjes, en lag Mamusia naast haar op de bank zachtjes te snurken. Eva was net in slaap gedommeld toen ze wakker schrok van gebonk in de gang. Het voorzichtige licht van de vroege dageraad kwam langs de randen van de verduisteringsgordijnen naar binnen. Misschien waren madame Fontain en haar moeder terug.

Eva stond op van de bank, voorzichtig dat ze Mamusia niet zou wekken. Ze sloop naar de deur en hield haar oog voor het kijkgat, in de verwachting madame Fontain te zien morrelen met haar sleutels. Maar wat ze in plaats daarvan zag deed haar naar adem happen en achteruitwijken van schrik. Bevend dwong ze zichzelf opnieuw te kijken.

In de gang stonden drie Franse politieagenten voor de deur bij Eva's appartement, een paar deuren verderop. Weer klonk het gebonk waar ze wakker van was geworden; het was een agent in uniform die op haar deur bonkte. *O nee, Tatuś*, schreeuwde Eva in stilte. *Niet opendoen!*

Maar de deur van het appartement zwaaide open, en haar vader stapte naar buiten, gekleed in zijn beste pak, met op de linkerborst een keurig opgenaaide gele ster. Een van de agenten had een stapel papieren in zijn hand en zei iets tegen hem, maar Eva kon niet horen wat. Ze beet zo hard op haar lip dat ze bloed proefde. Ze drukte haar oor tegen de deur.

'Waar is uw vrouw?' hoorde Eva een zware stem vragen. Een andere agent duwde Tatuś opzij en liep naar binnen.

'Mijn vrouw?' Tatuś klonk opvallend kalm.

'Faiga Traube, oud achtenveertig jaar, geboren in 1894 in Krakau, Polen.' Zijn stem stond stijf van ongeduld.

'Ja, natuurlijk. Wel, zij past op de kinderen van een zieke vriendin.'

'Waar? Op welk adres?'

'Ik ben bang dat ik dat niet weet.'

'En wanneer komt ze terug?'

'Dat weet ik eigenlijk ook niet.'

Eva hoorde de agenten mompelen onder elkaar. De politieman die naar binnen was gegaan kwam hoofdschuddend naar buiten.

'En uw dochter?' Dat was de eerste agent weer, dit keer klonk hij bozer. 'Eva Traube? Leeftijd drieëntwintig?'

'Zij is met haar moeder mee.' Haar vaders toon werd opeens ijzig. 'Maar zij is hier in Frankrijk geboren. Er is dus geen reden om haar lastig te vallen.'

'Ze staat op onze lijst.'

'Uw lijst klopt niet.'

'Onze lijsten kloppen altijd.'

'Vindt u dat hier ook maar iets aan klopt?' weersprak haar vader, die nu zijn stem iets verhief, en Eva hoorde een doffe loden stomp gevolgd door een diepe teug adem. Ze waagde het om weer door het kijkgat te kijken en zag haar vader zijn hand om zijn neus houden. Een van de agenten had uitgehaald. Eva balde haar vuisten, de tranen brandden in haar ogen, terwijl ze opnieuw haar oor tegen de deur legde.

'Ik heb genoeg van uw brutaliteit. U komt nu met ons mee,' zei de man. 'Of als u dat liever hebt, dan schieten we u met alle plezier hier neer. Een Jood minder voor de treinen, mij is het om het even.'

Eva onderdrukte een snik.

'Laat me alleen wat spullen inpakken,' zei haar vader.

'O, we komen wel terug voor uw waardevolle bezittingen, maakt u zich geen zorgen.'

Toen Tatuś geen antwoord gaf, keek Eva net op tijd weer door het kijkgat om te zien dat haar vader hun deur achter zich dichttrok. Hij keek even over zijn schouder, in de richting van het appartement van de Fontains. Wist hij dat ze stond te kijken? Dat ze alles had gehoord?

Maar het deed er niet toe. Tatuś was weg voordat ze met haar ogen kon knipperen, en een minuut later sloeg de voordeur van het gebouw dicht met een harde, definitieve knal. Eva snelde naar het raam, deed het verduisteringsgordijn iets opzij en staarde naar de straat, die vol stond met donkere politietrucks en een zwerm uniformen die mannen, vrouwen, kinderen wegvoerden uit hun huizen. Sommigen van hen keken verbijsterd, anderen boos, weer anderen huilden. Eva herkende de familie Bibrowska, moeder Ana, vader Max, en hun kinderen Henri en Aline, kleuters nog maar, en het echtpaar Krosberg, de oudere dame en heer aan de overkant die altijd zwaaiden als ze 's ochtends naar de universiteit vertrok.

Eva keek toe, met een hand voor haar mond om haar gesnik te dempen, terwijl haar vader een truck in werd geduwd. Er kwam een hand uit de achterbak die hem naar binnen trok. Net voordat hij verdween, keek hij op naar het gebouw, en Eva drukte haar hand tegen de koude ruit. Hij knikte, en Eva wist dat hij haar had gezien en dat hij snapte dat haar stille zwaai de belofte inhield dat zij voor Mamusia zou zorgen tot hij terug was.

'Eva?' Haar moeders stem klonk dik en slaperig achter haar in de verduisterde kamer. 'Wat sta je daar in hemelsnaam te doen?'

Eva keek hoe de voertuigen wegreden en keerde zich toen om naar haar moeder. 'Tatuś is weg,' fluisterde ze. 'De politie...' Ze kon haar zin niet afmaken.

'Wát?' Haar moeder sprong op van de bank en stoof naar de deur. 'Waar? We moeten achter hem aan! Waarom heb je me niet gewekt, Eva?' Ze stikte zowat in haar woorden, onderwijl tevergeefs graaiend naar het slot. Maar haar handen trilden te erg, en Eva was net op tijd om haar op te vangen toen ze door haar knieën zakte en op de grond viel. Haar hele lichaam schokte van het huilen. 'Waarom, Eva? Waarom heb je ze niet tegengehouden? Wat heb je gedaan?'

Opeens voelde Eva zich schuldig. 'Mamusia,' zei ze zachtjes terwijl haar moeder lag te gieren in haar armen. 'Ze waren hier ook voor jou. En mij.'

Mamusia haalde haar neus op. 'Dat kan niet. Jij bent Frans.'

'Ik ben Jodin. Dat is het enige wat ze zien.'

Precies op dat moment klonk er geroep uit de slaapkamer van de meisjes. '*Maman*? Maman, waar ben je?' Het was het schelle en angstige stemmetje van de oudste, Colette.

Mamusia keek Eva aan met paniek in de ogen. 'We moeten je vader achterna,' fluisterde ze. Ze greep Eva's handen vast, als een bankschroef. 'We moeten hem redden.'

'Nog niet,' zei Eva ferm, terwijl Colette opnieuw om haar moeder riep. 'Eerst moeten we onszelf zien te redden.'

3

Een uur later brak de dag aan, en daarmee, een stille chaos. Voor de deur liep de straat vol met mensen, maar er was amper geluid. Buren groepten samen, fluisterden, niemand droeg een gele ster. De Joden van de wijk Le Marais waren die nacht verdwenen.

'We moeten op zoek naar je vader,' zei Eva's moeder, die onrustig zat te schommelen op de bank bij de Fontains, met haar armen om zichzelf heen geslagen.

De twee kleintjes zaten in nachtpon op de grond met grote ogen naar haar te staren. Uiteindelijk haalde Eva diep adem, keerde zich van het raam af, liep de kamer door en knielde tussen hen in. Ze sloeg een arm om Colette, en haar andere om Simone. 'We gaan helemaal nergens heen,' zei ze met gemaakte vrolijkheid, en ze gaf een kneepje in de schouders van de meisjes. 'Niet voordat madame Fontain terugkomt.'

'Wanneer komt maman thuis?' klaagde Colette. Het was duidelijk dat ze de angst in de kamer voelde, ook al begreep ze niet wat er was.

'Straks, lieverd.' Eva forceerde een lach. 'Maak je maar geen zorgen.'

'Waarom is madame Traube dan zo bang?'

Eva keek naar haar moeder, die zo bleek zag als een ongebakken baguette. 'Ze is niet bang, hoor,' zei ze, hard genoeg om haar moeders aandacht te trekken. Mamusia keek op, met een vage blik. 'Ze voelt zich alleen niet zo lekker. Hè, Mamusia?' Haar moeder antwoordde niet.

Colette keek Eva een tijdje onderzoekend aan, en toen ontspande haar gezicht. 'Zal ik iets voor haar pakken zodat ze zich weer beter voelt?'

'Dat lijkt me een heel goed idee, Colette. Neem je Simone dan ook even mee?'

Colette knikte ernstig en pakte toen haar zusje bij de hand en trok haar mee naar hun gedeelde slaapkamer.

Zodra de meisjes weg waren richtte Eva zich tot haar moeder. 'Je moet nu sterk zijn.'

'Maar je vader...'

'Is weg,' zei Eva duidelijk, hoewel ze de trilling niet uit haar stem kon houden. Angst slaagde er altijd in om door de kiertjes te sijpelen. 'We zullen een plan verzinnen om te zorgen dat hij wordt vrijgelaten. Dat beloof ik je. Maar we kunnen niets doen als wij ook gearresteerd worden.'

'Maar...'

'Alsjeblieft. Ik moet eerst uitvogelen hoe...'

'Madame Traube?' Colettes stem onderbrak hun gefluisterde gesprek, en toen ze zich omdraaiden zagen ze de vierjarige in de deuropening staan, met een papieren kroon en een kleine metalen tiara in haar hand. Ze hield hem in de lucht. 'Soms als ik me niet fijn voel, dan doe ik wel eens een verkleedpartijtje. Als u wilt, dan kunt u de prinses zijn en ik de koningin.'

'Verkleedpartijtje?' Mamusia leek in de war.

'Dan kun je spelen alsof je iemand bent die je niet bent.' Colette fronste. 'Weet u niet wat een verkleedpartijtje is, madame Traube?'

Mamusia zei niets, maar Eva had het gevoel dat er bij haarzelf een lampje was gaan branden. 'Ja, natuurlijk,' fluisterde ze, terwijl haar hart opeens sneller ging kloppen. Ze dacht aan wat haar vader had gezegd over monsieur Goujon. Als haar vaders chef geld had gekregen om haar te helpen, dan kon hij toch zeker ook wel wat voor Mamusia doen. Zij en Mamusia zouden gewoon moeten veranderen in andere mensen, op papier tenminste; een verkleedpartijtje van het hoogste niveau.

'Mademoiselle Traube? Wilt u ook meespelen?'

Eva knielde naast het meisje neer. 'Nee hoor, Colette, maar je hebt me net wel op een geweldig idee gebracht. Let jij even op madame Traube, alsjeblieft?' Ze richtte zich weer tot haar moeder en voegde toe: 'Als madame Fontain terugkeert, Mamusia, dan blijf jij gewoon hier in dit appartement, wat ze ook zegt. Ik ben zo snel mogelijk weer terug.'

'Maar waar ga je dan heen?'

'Naar iemand die ons kan helpen.'

In haar eigen appartement liep Eva op de tast door het donker, dankbaar voor het weinige daglicht dat langs de gordijnen binnen kwam, net genoeg om de contouren van hun meubels te zien. Ze kende de kamers goed genoeg om onder normale omstandigheden haar weg te vinden in het pikkedonker, maar het duizelde haar, en ze vertrouwde zichzelf niet. Waar ze ook niet op kon vertrouwen, was dat haar buren haar niet zouden verraden als ze haar hoorden bewegen in kamers die leeg moesten zijn.

Had een van de buren haar familie aangegeven? Dat haar ouders, die samen uit Polen waren geëmigreerd toen ze voor in de twintig waren, op de lijst stonden om naar werkkampen te worden overgebracht lag voor de hand; Josephs onheilspellende waarschuwing ging over in het buitenland geboren Joden. Maar wie had háár naam toegevoegd aan de lijst? Wilde iemand haar ook weg hebben, zodat hun appartement vrij zou komen? De familie Traube had hier meer dan twintig jaar gewoond, en het viel niet te ontkennen dat hun unit een van de mooiste in het gebouw was, dubbel zo groot als de meeste andere appartementen. Zouden jaloezie en hebberigheid een van de buren hebben veranderd in een verrader?

Eva verwierp de donkere gedachte. Ze had geen tijd om boos te zijn. Nee, haar enige taak was nu om haar moeder veilig weg te krijgen uit Parijs. Na de razzia's konden ze natuurlijk niet meer rondlopen met de gele ster op hun borst, maar ze gewoonweg niet dragen zou nog gevaarlijker zijn. Zodra ze een stap buiten de deur waren, konden ze een Franse politieagent of een Duitse soldaat tegenkomen, en als ze naar hun papieren zouden vragen, dan zouden ze onmiddellijk worden gearresteerd voor de misdaad dat ze hun ster thuis hadden gelaten. Nee, ze moesten volledig andere mensen worden, en de sleutel daartoe lag bij de typemachines die stil en plomp in hun woonkamer stonden.

Een daarvan zou ze meenemen naar monsieur Goujon, als haar toegangskaartje tot de prefectuur. Tatuś had gezegd dat zijn oude baas had toegezegd dat hij valse documenten voor haar zou maken; ze moest hem zien over te halen hetzelfde te doen voor Mamusia. Dat was hun enige hoop.

Op haar tenen sloop Eva de slaapkamer in van haar ouders, waar ze drie van haar moeders beste jurken pakte, een aantal blouses en rokken, een paar schoenen en een dikke mantel, hoewel het een bloedhete julidag was. Maar wie wist hoelang ze weg zouden blijven? Ze legde alles met zorg in hun gebutste leren koffer.

In haar eigen slaapkamer legde ze er drie jurken bovenop, een broek, een rok, wat blouses, een jas, en een paar laarzen. Vervolgens pakte ze haar *carte d'identité*, met het woord JUIVE in dikke kapitalen erop gestempeld. Haar moeders kaart was nog erger, want die merkte haar aan als een in het buitenland geboren Jood, voor wie het verboden was te reizen.

Ze sloot de koffer en ging terug naar de woonkamer, waar ze een van de schrijfmachines in haar draagkoffer deed, met haar identiteitskaart en die van haar moeder eronder. Wellicht had monsieur Goujon die nodig bij het fabriceren van hun valse documenten.

Toen ze de deur van hun appartement had dichtgetrokken, waarbij ze de kledingkoffer voor het moment nog even liet staan, liep ze haastig en met gebogen hoofd de gang door naar de trap. Ze hield het handvat van het koffertje van de typemachine zo stevig vast dat haar knokkels er wit van uitsloegen. De straat op zonder ster was riskant, maar ze rekende erop dat de politie te druk was met het arresteren van andere Joden om acht op haar te slaan, vooral als ze liet blijken dat ze wist waar ze heen ging. Want waarom zou een Jodin nu hartje Parijs in vluchten, met een typemachine en een glimlach?

Eva deed er twintig minuten over om zo onopvallend mogelijk naar het kolossale gebouw van de *préfecture de police* te wandelen, het hoofdbureau van politie, dat net over de Seine lag, op het Île de la Cité. Haar vader had hier gewerkt voordat de eerste anti-Joodse maatregelen in werking waren getreden, en het was zeker de plek waar de razzia's van gisteravond waren georkestreerd. Ze liep zo het hol van de leeuw in, maar het kon niet anders.

Met opgeheven hoofd keek ze over haar schouder naar de hoge torens van de Notre-Dame, die net achter haar verrezen. Terwijl ze de deur van de prefectuur zelfverzekerd opentrok en het gebouw betrad, vroeg ze zich af hoe al die politiechefs die hier dagelijks werkten, degenen die Joden afvoerden als vuilnis, zo veel kwaad konden aanrichten in de schaduw van Gods huis.

'Mademoiselle?' Een stem links van haar liet haar schrikken, terwijl op hetzelfde moment de deur dichtsloeg. Ze keek opzij en slikte. Een Duitse soldaat stond haar aan te staren.

'*Oui*, monsieur?' Ze trilde, en zweette.

Maar hij zag er vooral doodmoe uit, niet argwanend. 'Wat komt u doen?' vroeg hij, met een zwaar Duits accent. Terwijl zij treuzelde, bekeek hij haar van top tot teen, waarbij zijn blik bleef hangen bij de ronding van haar borsten onder haar jurk. Tegen de tijd dat zijn blik weer terug was op ooghoogte had ze bedacht hoe ze dit moest aanpakken.

Ze zette haar flirterigste glimlach op, knipperde met haar wimpers en zuchtte diep. 'Ik had me niet gerealiseerd hoe elegant zo'n uniform staat van dichtbij, met die mooie strakke plooien.' Zijn gezicht werd rood, terwijl zij snel toevoegde: 'Ziet u, ik kom deze typemachine brengen, namens mijn vader. Hij repareert typemachines, maar hij is ziek, en ik heb begrepen dat deze hier vandaag gebruikt moet worden.'

Ze hield haar adem in terwijl de Duitser, die niet ouder kon zijn dan achttien of negentien, haar bestudeerde. Als hij nu naar haar identiteitskaart vroeg, of de koffer wilde doorzoeken, dan was ze erbij. 'Wie gaat u bezoeken?'

'Monsieur Goujon, tweede verdieping.'

'Weet u waar zijn kantoor is?'

'O ja, ik ben er al vaak geweest.' Dat was zo. Toen ze tiener was, lang voordat de Duitsers er waren, ging ze altijd graag met haar vader mee naar zijn werk, als ze geen les had. Al die stempels, pennen en machines fascineerden haar, en monsieur Goujon had haar vaak een stapel papier en een pen gegeven om haar bezig te houden, terwijl haar vader sleutelde aan de typemachines. Ze tekende graag en ze was er ook erg goed in geworden, zo goed zelfs dat monsieur Goujon bij haar vader had geopperd dat er voor haar wellicht een carrière was weggelegd in de kunst. Maar haar passie voor tekenen haalde het niet bij de grote passie die ze voelde voor woorden, en ze zei tegen haar vader dat het enkele feit dat je ergens goed in was niet betekende dat je dat je hele leven moest doen. Haar vader was in de lach geschoten, en hij had gezegd dat ze blij mocht zijn met zo'n talent. *Op een dag zult u Gods gaven waarderen*, waren zijn woorden.

'Loopt u maar door,' zei de jonge Duitser, met hangende schouders van vermoeidheid.

Eva was al op weg naar de trap. '*Merci!*' riep ze over haar schouder.

Haar hart bonsde nog toen ze na twee trappen de deur van het kantoor van monsieur Goujon opende zonder te kloppen. Hij zat achter zijn bureau en keek op, met grote ogen van verbazing onder borstelige grijze wenkbrauwen, terwijl ze de deur snel achter zich dichtdeed.

'Eva Traube?' vroeg hij, en knipperde een paar keer met zijn ogen alsof hij niet geloofde wat hij zag. Zijn haar was veel grijzer dan de laatste keer dat ze hem had gezien, en hij zag er tien jaar ouder uit dan haar vader, ook al wist ze dat ze ongeveer van dezelfde leeftijd waren. Hij had wallen onder zijn ogen, en zijn wangen hingen af alsof ze de energie niet hadden om de rest van het gezicht bij te houden. 'Meid, wat heb ik jou lang niet gezien.'

'Monsieur Goujon, neem me niet kwalijk dat ik u stoor.'

Hij stond op en omhelsde haar. 'Ik hoorde over de razzia's, en ik was bang dat jullie...'

'Mijn vader is gearresteerd,' zei ze op vaste toon, hem in de rede vallend. 'Mijn moeder en ik stonden ook op hun lijst, maar we hadden het geluk dat we niet thuis waren.'

Alle kleur trok weg uit monsieur Goujons gezicht en hij week een stap achteruit. 'O, jee.'

'We hebben niet veel tijd, monsieur. Alstublieft, ik heb uw hulp nodig. Mijn vader zei dat hij met u heeft gesproken, dingen heeft geregeld. Hij zei dat u valse papieren voor me zou maken. Mijn moeder en ik moeten zo snel mogelijk weg uit Parijs.'

Monsieur Goujon keek eerst naar de typemachine in Eva's hand en toen naar de deur achter haar. Uiteindelijk liet hij zijn blik rusten op haar, met een zuinig mondje. 'Maar wat kan ik doen? Ik heb hem alleen beloofd dat ik jou zou helpen, niet je moeder.'

'Ik kan haar niet achterlaten. Dat doe ik niet.'

'Ze heeft een accent, Eva, en eerlijk gezegd, ze ziet eruit als een Jodin. Het is veel te riskant. Ze zal worden opgepakt. En als ze mij dan aangeeft...'

'U weigert toch niet om ons te helpen?' Eva's paniek begon te veranderen in woede. 'Mijn vader heeft al die jaren hard voor u gewerkt. Hij was betrouwbaar, en aardig.'

Er verscheen een frons op monsieur Goujons voorhoofd, en even leek het alsof hij zou gaan huilen. 'Eva, ik wil jullie helpen, maar als ik gesnapt word bij het maken van valse papieren, en al helemaal voor een Poolse Jodin...'

'Dan zou u worden gearresteerd, misschien wel geëxecuteerd. Ik weet het.' Eva kwam een stap dichterbij en zei zacht: 'Monsieur Goujon, ik weet wat ik u vraag. Maar de enige kans die we hebben is vluchten naar de vrije Consequent zone, vanuit daar kan ik een manier verzinnen om mijn vader terug te halen.'

'Ik... ik kan niet doen wat u vraagt.' Hij keek weg. 'Ik heb een vrouw en kind met wie ik rekening moet houden, en...'

'Mijn vader vertrouwde u. Hij heeft u zijn laatste stuiver gegeven.'

Hij haalde diep adem, maar hij zei niets.

'Alstublíéft, monsieur.' Ze wachtte totdat hij haar weer aankeek. 'Ik smeek het u.'

Toen, eindelijk, zuchtte hij. 'Ik zal jullie wat blanco identiteitskaarten geven, Eva, en wat blanco reisvergunningen. Dat is het enige wat ik kan doen. Je was heel goed in tekenen, dat weet ik nog.'

'U... Zegt u nu dat ík de vervalsingen moet maken?' De vakjes voor de persoonlijke gegevens zoals naam, geboorteplaats en geboortedatum waren misschien vrij makkelijk in te vullen, maar hoe moest ze de rest namaken? 'U hebt het mijn vader beloofd, monsieur Goujon!'

Hij negeerde haar verweer, en vervolgde zijn verhaal op zo'n laag volume dat ze hem amper verstond. 'Ik zal kijken of ik wat tekenpennen kan vinden in de kleur van de stempels. Als het goed is liggen er nog een paar in onze voorraadkast. Maar je kunt hier niet blijven. En mocht iemand erachter komen wat je hebt gedaan, dan zal ik alles ontkennen. Dan zeg ik dat je de documenten hebt gestolen.'

'Maar...' begon Eva, terwijl hij haar passeerde en zijn kantoor uit liep. Zij bleef achter, met een gejaagde ademhaling, en nam haar opties door. Moest ze aandringen, moest ze hem smeken om zijn hulp? Zoiets als wat hij had geopperd had ze nog nooit gedaan.

Na een paar minuten kwam hij weer terug met een envelop in zijn hand. 'Hier. Hier zit alles in wat je nodig hebt. Gebruik je echte papieren als voorbeeld, en kijk of je wat oude foto's kunt verknippen om te dienen als pasfoto voor je identiteitskaart. Je huidige foto is waarschijnlijk bestempeld met onuitwisbare rode inkt. Ik heb er ook een ongebruikte reisvergunning bij gedaan, zodat je weet hoe ze eruit moeten zien. Jij en je moeder zullen er allebei een nodig hebben om naar de vrije zone te komen. Ik heb ook een blanco besluit tot naturalisatie voor je moeder toegevoegd, als verklaring voor haar accent, en een blanco geboorteakte voor jou. Die zijn redelijk makkelijk in te vullen.'

'Maar ik weet helemaal niet hoe...'

'Verstop dit onder de typemachine,' ging hij verder, over haar bezwaren heen pratend, terwijl hij het koffertje uit haar hand pakte en het opende op zijn bureau. Voorzichtig tilde hij de machine uit zijn houder, schoof de envelop erin, deed er een nietmachine bij, en zette de typemachine erbovenop, waarna hij de deksel weer dichtdeed. Hij gaf hem aan haar. 'Loop het gebouw uit alsof je weet wat je doet. Dan houden ze je niet tegen, en als ze je wel laten stoppen, doe dan beledigd. De meeste soldaten hier zijn jonge jongens die alleen doen alsof ze stoer zijn.'

Ze omklemde het handvat met haar rechterhand. 'Monsieur Goujon, ik ben geen vervalser! Dit kan helemaal niet.'

'Het is het enige wat ik kan doen. Wat zei je vader vroeger altijd? Dat jouw artistieke talent door God gegeven is? Wel. Dan is dit je kans om je gave in te zetten.'

In haar hoofd gingen er wel duizend om, maar de vraag die uiteindelijk aan haar lippen ontsnapte, was: 'Maar... waar moeten we heen?'

Hij staarde haar aan voor wat voelde als een lange tijd. 'Ik heb van de nicht van mijn vrouw gehoord over een plaats, Aurignon, tachtig kilometer ten zuiden van Vichy. Zijn woorden kwamen snel. 'Ik heb gehoord dat ze daar kinderen opvangen, en helpen naar Zwitserland te komen. Misschien zouden ze hetzelfde doen voor jou en je moeder.'

'Aurignon?' Ze had er nog nooit van gehoord. 'En dat ligt bij Vichy?' Het kuuroord was synoniem geworden van de marionettenregering van premier Philippe Pétain; daar zou het natuurlijk krioelen van de nazi's.

'Aurignon is een klein stadje, verstopt tussen de heuvels aan de voet van wat oude vulkanen, helemaal niet strategisch. Voor de Duitsers totaal oninteressant, wat het een perfecte plek maakt om te schuilen. Ga nu, Eva, en niet omkijken. Succes. Ik heb gedaan wat ik kan doen.' Hij draaide zich zo snel om dat ze zich afvroeg of ze zich het gesprek had ingebeeld.

'Merci, monsieur Goujon.' Met een knikje verliet ze zijn kantoor. Zelfverzekerd daalde ze de trap af. Elke spier in haar lichaam was gespannen, en ze zette een vriendelijke glimlach op. De jonge Duitse soldaat stond nog op zijn plek, en hij kneep zijn ogen toe, toen ze langs hem liep.

'Ik dacht dat u die typemachine kwam brengen,' zei hij, terwijl hij haar de weg blokkeerde.

'Dit is een andere, deze moet ook worden gerepareerd,' zei ze zonder hapering. Ze knipperde weer met haar ogen. 'Ik moet meteen door.'

'Waarom hebt u zo'n haast?' Hij richtte zijn blik weer op haar borsten, schaamteloos, alsof ze iets was wat hij kon bezitten, waar hij recht op had.

Ze dwong zichzelf om kalm te blijven en wat guller te lachen. 'Ik moet nog heel veel werk doen, ziet u. De prefectuur is natuurlijk druk met alle arrestaties van gisteravond, stel ik me zo voor.'

De Duitser knikte, maar hij fronste nog steeds. 'Ze hebben het verdiend.'

Ze voelde zich opeens misselijk worden. 'Pardon?'

'De Joden. Ik weet dat de arrestaties misschien wreed lijken, maar die mensen zijn een plaag.'

'Nou,' zei Eva, terwijl ze begon door te lopen, 'als het aan mij ligt, dan hoop ik maar dat het gif dat onze geweldige stad vervuilt, snel het lot zal ondergaan wat het toekomt.'

De Duitser knikte enthousiast. 'Helemaal mee eens, mademoiselle. Moet u horen, als u ooit interesse zou hebben, we gaan bijna elke avond om vijf uur wat drinken in een café in Quartier Latin, Le Petit Pont. Ik zou u een drankje kunnen aanbieden...'

'Wat een hartelijke uitnodiging. Wellicht kom ik eens langs.'

Hij begon te stralen. 'Dat zou fantastisch zijn.'

Ze zwaaide gedag, met een glimlach die oprecht was, want ze wist dat tegen de tijd dat de Duitser aan zijn eerste biertje zat, zij en haar moeder met een beetje geluk al in de trein zouden zitten naar het zuiden.

4

Twintig minuten later liet Eva zichzelf binnen in het appartement van haar ouders. Ze moest snel zijn, voordat een van de buren zou komen snuffelen.

Op het dressoir stond een ingelijste foto van haar ouders op hun vijfentwintigste huwelijksdag, nu drie jaar geleden, een van haar vader met een stralende lach en een typemachinekoffer in beide handen, en nog een van haar moeder op vakantie in Cabourg, eind jaren dertig. Er stond er ook een van Eva tijdens diezelfde vakantie aan de Côte Fleurie, en een van na haar slagen aan het *lycée*, nu vier jaar geleden. Een voor een haalde ze de foto's uit hun lijstjes.

In de zitkamer vond ze naast een van de typemachines een schaar, die ze snel meenam naar de keuken. Met de foto van haar moeders huidige identiteitskaart als voorbeeld mat ze de juiste grootte af, en knipte voorzichtig haar moeders hoofd en schouders uit de jubileumfoto. Daarna deed ze hetzelfde met haarzelf, haar moeder, en haar vader op de andere foto's.

Eva stopte de identiteitsbewijzen en de zes geïmproviseerde pasfoto's bij de typemachine in de koffer en deed hem weer dicht.

Ze keek nog een keer naar de houten boekenkasten langs de

wanden, van de vloer tot aan het plafond volgestouwd met prachtige boeken, al die bladzijden gevuld met kennis die ze door de jaren heen zo gretig tot zich had genomen. Het merendeel was van haar vader: teksten over de verschillende technieken van typemachinereparatie, naslagwerken over geneeskunde, het zonnestelsel, scheikunde, zelfs een eerste druk, Engelstalig, van *De lotgevallen van Tom Sawyer*, een van de eerste romans ooit geschreven op een typemachine, en een van haar vaders meest waardevolle bezittingen. Ze had ze allemaal verslonden en haar eigen geld gespaard om meer boeken te kunnen kopen. Ze waren haar uitvlucht geweest, haar schuilplek, en vanaf nu zouden ze het enige zijn wat nog van haar resteerde in een appartement waar ze misschien nooit meer terug zou komen. 'Tot ziens,' fluisterde ze, en veegde een traan weg.

Nog een laatste keer keek ze om zich heen in het huis dat haar hele leven haar thuis was geweest, en toen stapte ze de gang in met de kledingkoffer en de typemachine, waarna ze de deur achter zich op slot draaide.

Toen Eva een paar tellen later aanklopte bij de Fontains, deed Colette open, met grote ogen. 'Waar is mijn maman?' vroeg ze. 'Ze is nog niet terug, en u zei dat ze snel weer thuis zou zijn, mademoiselle Traube.'

'En ze komt ook zo thuis, Colette,' zei Eva vol overtuiging toen ze langs het meisje naar binnen liep en de deur dichtdeed. 'Wees maar niet bang.' Want madame Fontain was zo christelijk als iemand maar zijn kon. Mocht een agent haar van straat willen plukken in de jacht op Joden, dan zou ze ongetwijfeld zo hardop en zo verontwaardigd voor zijn ziel beginnen te bidden dat hij al overtuigd zou zijn van haar toewijding aan Jezus, voordat ze haar papieren had laten zien.

Maar Eva kon met goed fatsoen natuurlijk niet de meisjes alleen laten. Zij en haar moeder konden pas vluchten als madame Fontain terug was.

Mamusia zat nog op precies dezelfde plek als waar Eva haar twee uur eerder had achtergelaten. Met opgetrokken knieën lag ze op de bank, starend in het niets. 'Mamusia?' zei Eva, terwijl ze naar haar toe liep en een hand op haar schouder legde. Ze trilde. 'Gaat het?'

'Ze wil nog steeds niet meedoen met het verkleedpartijtje,' rapporteerde Colette toen Mamusia niet antwoordde.

'Weet je, Colette, ik denk dat ze zich niet zo lekker voelt. Lieverd, wil je met je zusje de verkleedspullen opruimen voordat je moeder komt? Anders wordt ze misschien boos.'

'Ja, mademoiselle.' Colette pakte alle linten en jurken op die overal rondslingerden en wenkte haar zusje. De twee dribbelden weg.

Eva kwam snel naast haar moeder zitten. 'Ik heb een plan, Mamusia, maar dan moet je jezelf herpakken. We moeten zo snel mogelijk weg uit Parijs. Houd jij de meisjes bezig terwijl ik aan het werk ga. En als madame Fontain terugkomt, leid haar dan af tot ik klaar ben.'

Mamusia knipperde met haar ogen. 'Waar ben je dan mee bezig?'

Eva bracht haar gezicht naast dat van haar moeder. 'Ik ga valse papieren maken voor ons.'

'Vervalsing? Je weet helemaal niet hoe dat moet!'

Eva slikte en probeerde ergens het vertrouwen vandaan te halen dat ze zelf ook niet had. 'Ik zal zelf uitvinden hoe het moet. Maar er is niet veel tijd, dus je moet goed luisteren. Jij bent straks Sabine Fontain.'

Mamusia's mond viel open. 'Geef je mij de naam van madame Fontain?

Eva had er sinds ze monsieur Goujons kantoor had verlaten over nagedacht. Ze zou namen nodig hebben van echte mensen, voor het geval ze werden aangehouden en een beambte hun identiteitskaarten wilde controleren aan de hand van het bevolkingsregister. 'Ik denk dat dat het veiligst is,' zei Eva. 'De naam Sabine zou ook Russisch kunnen zijn, en ik denk dat dat belangrijk is. Het zou jouw accent verklaren. Als iemand ernaar vraagt, dan ben je geïmmigreerd uit Rusland na de revolutie van 1917. Natuurlijk ben je met madame Fontains echte man getrouwd, Jean-Louis Fontain, een Franse patriot die aan het front vermist is geraakt.'

Haar moeder knipperde met haar ogen. 'En jij dan?'

'Dan ben ik Colette Fontain.'

'Maar de echte Colette is een klein meisje.'

'Tegen de tijd dat iemand op het idee komt om het geboortejaar te controleren, dan zijn wij allang weg.'

'Maar hoe ga je die documenten dan maken?' drong Mamusia aan.

Eva legde in het kort uit hoe haar bezoek aan monsieur Goujon was verlopen en dat hij haar blanco documenten en kantoorartikelen had gegeven. 'Ik zal er heel erg mijn best op doen,' zei ze ten slotte.

'Dit kan nooit werken,' zei Mamusia.

'Het moet, Mamusia.'

In de keuken maakte Eva de typemachinekoffer open, haalde het apparaat eruit, en pakte monsieur Goujons envelop. In de envelop zaten drie blanco identiteitsbewijzen, drie blanco reisdocumenten, een blanco besluit tot naturalisatie en een geboorteakte, samen met vier pennen, in donkerblauw, lichtblauw, rood en zwart. De envelop gaf zijn grootste schat prijs: plakzegels met afbeeldingen van munten erop, het enige deel van de documenten dat onmogelijk was te vervalsen met beperkte middelen. Dit soort zegels zou ze nooit in een *tabac* hebben kunnen kopen zonder verdenking te wekken.

Ze sloot haar ogen en fluisterde een dankjewel naar monsieur Goujon, die uiteindelijk toch iets voor haar had overgehad. Ze legde de spullen voor zich op tafel naast de echte identiteitsbewijzen van haar moeder en haarzelf. Ze haalde diep adem. Ze hoorde haar vaders stem in haar hoofd. *Op een dag zult u Gods gaven waarderen.*

Ze begon met haar moeders identiteitskaart. Eva moest het handschrift van een drukke maar efficiënte ambtenaar op de prefectuur overtuigend zien na te bootsen. Ze bestudeerde haar moeders echte kaart aandachtig, en prentte zichzelf in dat haar eigen vloeiende, keurige handschrift hier niet paste, en begon. Met de zwarte pen die ze van monsieur Goujon had gekregen, vulde ze de lege vakjes in met kleine, nette blokletters. *Nom: Fontain née Petrov. Prénoms: Sabine Irina. Née le: 7 août 1894. À: Moscou.*

Ze ging verder met het invullen van haar moeders echte haarkleur, kleur ogen, lengte, en nog meer. Ze knarste met haar tanden bij het vakje voor *Nez*, neus, dat was toegevoegd om de autoriteiten te helpen Joden te herkennen. Ze schreef op *moyen*, middelgroot, en ging verder, met een vals adres en een vals registratienummer en sloot af met de royale en krachtige handtekening van iemand die de hele dag zijn naam onder andermans leven zette.

Ze ging even achteroverzitten om haar werk te bekijken. Het handschrift leek erg op dat van haar echte identiteitskaart, en het zag er zeker officieel genoeg uit om een vreemdeling te overtuigen. Eva pakte het fotootje dat ze eerder uit het huwelijksportret had geknipt op het vierkantje op de kaart. Voorzichtig bevestigde ze de foto met de nietmachine die monsieur Goujon in het koffertje had gestopt, en hield het document op, om te zien of het echt leek.

Het was niet perfect, maar het volstond. Ze bevestigde haar eigen foto op een tweede identiteitskaart, voorzag beide kaarten van een plakzegel, en vulde snel de stippellijntjes in voor de valse Colette Fontain, geboren in 1920 in Parijs, met bruin haar, bruine ogen, en natuurlijk een middelgrote neus. Tegen de tijd dat ze klaar was met het nabootsen van de handtekening van een denkbeeldige ambtenaar, was de inkt droog genoeg om te beginnen met het namaken van de officiële stempels van de documenten. Dat was het gedeelte van het proces waar Eva zich het meest zorgen over maakte, want je had er een vaste maar lichte hand voor nodig en je mocht hier geen fouten maken. Ze mochten er niet handgetekend uitzien en moesten exacte kopieën zijn van de massageproduceerde merktekens die de Franse politie en Duitse soldaten al duizenden keren hadden gezien.

Ze begon met haar eigen kaart, vanuit het idee dat als ze daar iets aan verprutste, dat het minder erg zou zijn dan bij haar in het buitenland geboren moeder. De stempel op haar echte document was vlekkerig en niet overal even dik, een teken dat het stempelkussen bijna was opgedroogd. Die geleidelijke vervaging nabootsen was onbegonnen werk, dacht Eva, maar als ze de lijntjes van de stempel zo precies mogelijk natekende, dan zou het echt moeten lijken, ook al was hij dan iets te gekleurd.

Ze pakte de blauwe pen en begon heel voorzichtig perfecte cirkels te trekken op zowel de boven- als de onderkant van haar kaart, waarbij ze zorgde dat de bovenste cirkel over een deel van haar foto liep, en vervolgens plaatste ze daarin heel nauwkeurig het logo van de Police Nationale. Het moeilijkste van de stempel waren de letters, maar het lukte Eva om ze heel precies over te nemen. Hierna nam ze even de tijd om haar werk te bewonderen. Ze dupliceerde de stempels op haar moeders kaart, en gebruikte toen de donkerblauwe pen om een datumstempel na te maken. Op beide identiteitskaarten depte ze de inkt droog met een handdoekje van madame Fontain, met een zucht van opluchting toen ze zag dat de scherpe lijnen iets zachter waren geworden en een beetje afgaven, alsof ze waren gezet met echte rubberen stempels.

Tegen de tijd dat ze achteroverleunde om de kaarten te bekijken, was haar ademhaling versneld, maar de angst die als een gewicht op haar borst had gelegen sinds ze haar vader had zien worden afgevoerd, was opzijgeduwd door iets van opgetogenheid, iets wat voelde als een klein luchtbelletje van hoop. Ze had het hem geflikt. Het was niet perfect, maar de kaarten kwamen misschien wel door de test, als men niet te kritisch keek.

De reisdocumenten waren eenvoudiger; het enige wat Eva hoefde te doen was de lege vakjes – naam, datum en geboorteplaats, beroep, adres, nationaliteit, et cetera – invullen met de typemachine. Snel zette ze haar op tafel en begon. Aan tekenwerk was hier alleen een zwarte stempel van de *Reichsadler* nodig, de adelaar, het embleem van de nazi's. Eva nam heel nauwkeurig de vogel met de gespreide vleugels over, boven op een swastika, net als de Duitse belettering die in een boog boven het ronde plaatje stond. Over het lijf van de adelaar heen schreef ze de woorden *Dienststempel: Cachet* in wat naar ze hoopte, leek op drukletters. Voor *Lieu de Destination*, plaats van bestemming, aarzelde ze even en schreef toen de naam op van de stad die monsieur Goujon had geopperd: Aurignon. Mijn god, ze kon het niet eens aanwijzen op de kaart als het haar werd gevraagd; ze wist helemaal niets van die plek. Maar ze schoof haar twijfel aan de kant en herinnerde zichzelf eraan dat monsieur Goujon niet het risico zou hebben genomen om haar te helpen met de kaarten, om haar vervolgens de verkeerde kant op te sturen.

De naturalisatiebewijzen en geboorteaktes waren het makkelijkst. Ze hoefde alleen maar te variëren in handschrift, met een smalle hoge letter, en de vakjes in te vullen met valse gegevens. De benodigde stempels, een in blauw en een in zwart, voelden als kinderspel na de veel ingewikkeldere stempels die ze op de andere documenten al had gemaakt. In een mum van tijd was ze klaar.

Ze stond op het punt om aan haar vaders valse papieren te beginnen – die had ze tot het laatst bewaard voor het geval ze geen tijd meer zou hebben – toen ze de sleutel in het voordeurslot hoorde glijden. Ze sprong overeind, en stak alle spullen op tafel en de valse papieren weg onder haar blouse, waarbij er blauwe inkt op haar hand kwam.

'Meisjes?' galmde madame Fontains stem vanuit de gang, gevolgd door het dichtslaan van de deur.

'Maman!' Colette en Simone renden de gang in en wierpen zichzelf in de uitgestoken armen van hun moeder, juist op het moment dat Eva de zitkamer in kwam.

Madame Fontain keek Eva schuin aan en Eva bleef naar haar kijken terwijl ze knielde en de meisjes knuffelde.

'U bent er nog, mademoiselle Traube?' vroeg ze, toen ze eindelijk weer opstond, en de meisjes van haar ruime schoot liet afglijden.

'Ja, natuurlijk,' antwoordde Eva.

Maar in plaats van haar te bedanken, fronste madame Fontain. 'En uw moeder?'

'Ik ben er ook.' Mamusia kwam vanuit de gang, met nog steeds die glazige en suffe blik in haar ogen. Waarschijnlijk hadden de meisjes met haar haar gespeeld, want er zaten twee vlechten in. 'Gaat het weer met uw moeder, madame Fontain?'

Madame Fontein snoof. 'Mijn moeder is uw zorg niet. En als u nu mijn appartement wilt verlaten, graag.'

Mamusia knipperde wat met haar ogen. 'Ik wilde alleen vriendelijk zijn.'

'Van een Jood hoef ik geen vriendelijkheid.'

Simone danste in een rondje, hardop voor zichzelf uit brabbelend, maar Colette stond met grote ogen naar de uitwisseling te kijken alsof het een tenniswedstrijd was in het stadion van Roland Garros.

'U had er anders geen probleem mee om ons gisteren om een vriendendienst te vragen,' zei Mamusia streng. De holle blik was nu vervangen door een ijzige.

'Nou, maar nu hebt u me in de positie gebracht dat ik voortvluchtigen onderdak bied.' Madame Fontain snoof opnieuw.

Mamusia deed haar mond open om te antwoorden, maar Eva kwam snel naast haar staan en legde een hand op haar arm. 'We stonden net op het punt om weg te gaan, toch, Mamusia?'

'Hoe kan ze nou doen alsof we hier niet welkom zijn nadat we haar een dienst hebben bewezen?' riep Mamusia. 'Nadat we de politie je vader hebben zien afvoeren?'

'Nou, dan hebben ze in elk geval een van jullie te pakken.' Madame Fontain maakte een wegwerpgebaar.

'Hoe durft u,' begon Mamusia, maar Eva sleurde haar al mee naar de voordeur.

'Madame Traube, mademoiselle Traube?' vroeg Colette, met een hoog stemmetje. 'Gaan jullie weg?'

'Ik ben bang dat we weg moeten, lieverd.' Eva keek naar madame Fontain. 'Het ziet ernaar uit dat we net iets te lang zijn gebleven.'

'Komen jullie nog een keertje spelen?' vroeg het kind, terwijl Eva langs haar liep, haar moeder nog steeds voortsleurend. Ze greep de koffer, en liet de typemachine staan. Het was te onhandig om het ding te moeten meezeulen, en het zag er te verdacht uit.

'O, dat denk ik niet,' was het antwoord van madame Fontain, met een zelfvoldane glimlach naar Eva. 'En als ik het zo bekijk, dan lijkt het alsof de familie Traube vertrekt voor altijd.'

En toen ging de deur achter hen dicht, en stonden Eva, haar moeder, en al hun aardse bezittingen alleen in de koude, donkere gang.

'Wat doen we nu?' vroeg Mamusia.

'We gaan naar het station.'

'Maar...'

'Onze documenten zijn niet perfect, maar we komen er wel mee de stad uit, als God het wil.'

'En zo niet?'

'We moeten erin geloven,' zei Eva, die naar de trap toe bewoog. Wie weet zat madame Fontain nu al aan de telefoon met de politie, om twee Joden aan te geven die door de mazen waren geglipt. 'Op dit moment is hoop het enige wat we hebben.'

5

'Waar gaan we naartoe?' vroeg haar moeder met een dun stemmetje terwijl ze flink doorliepen, hun hoofd omlaag, Eva met de koffer in haar ene hand, en de ander om Mamusia's trillende arm. Het was een drukkend hete dag, en Eva voelde dat ze zweette.

'Naar Gare de Lyon,' zei Eva terwijl ze Place de Vosges passeerden, waar Tatuś haar ooit had leren fietsen, waar hij haar zo vaak had opgetild als ze weer eens op haar knie was gevallen. Ze voelde een steek in haar hart en ze drukte de gedachte aan hem weg.

'Gare de Lyon?' herhaalde haar moeder hijgend; ze hield haar amper bij. Ze had de rommelige vlechten uitgehaald die de meisjes hadden ingevlochten, en haar haar hing nu los in golfjes, plakkend aan haar hals.

Normaal gesproken zou Eva langzamer zijn gaan lopen, zou ze meer rekening houden met het feit dat haar moeder niet goed tegen hitte en hoge luchtvochtigheid kon. Maar hoe langer ze op straat waren, hoe meer ze in het oog sprongen. En het was vandaag stil op straat, waardoor Eva en haar moeder nog meer opvielen. 'We gaan naar het zuiden.'

'Naar het zuiden?' hijgde Mamusia.

Eva knikte, terwijl ze rechts afsloegen naar Boulevard Beaumarchais, een met bomen omzoomde laan die ze normaal zo mooi vond. Maar vandaag deden de hoge gebouwen langszijde haar denken aan muren die hen binnen wilden houden, en hen in een fuik leidden naar een onzeker lot. 'Naar een stad die Aurignon heet.'

'Waar heb jij het in hemelsnaam over? Je vader is híér, Eva. Hoe kun je nu voorstellen dat we naar een stad toe gaan waar ik nog nooit van heb gehoord?'

'Omdat hij hier nu vastzit, Mamusia!' zei Eva, die uit frustratie nog harder ging lopen. 'En de enige manier waarop we hem gaan redden is als we onszelf eerst redden.'

'Door weg te rennen?' Mamusia rukte haar arm uit Eva's klem en maakte een draai om haar aan te kijken. 'Als een stelletje lafaards?'

Haastig scanden Eva's ogen de omgeving. Ze zag een man naar hen kijken van achter een etalage aan de andere kant van de straat. 'Mamusia, doe dit nou niet hier. Je trekt aandacht.'

'Nee, Eva, jij trekt aandacht!' Mamusia pakte Eva's pols vast, haar nagels drongen in haar huid. 'Jij met je dure plannen om te vluchten, alsof we spionnen zijn uit een van die boeken van je. Je kunt toch niet voorstellen dat we je vader zomaar laten stikken.'

'Mamusia, hij is weg.'

'Niet waar, hij is...'

'Hij is weg!' Eva's keel slibde dicht met een snik, en ze slikte hem weg terwijl ze wegstapte bij haar moeder en verder begon te lopen. Na een paar seconden kwam haar moeder weer achter haar aan. 'Ik beloof je dat ik terugkom om hem te halen. Maar we moeten nú weg.'

'Eva...'

'Vertrouw me nou, Mamusia. Alsjeblieft.'

Haar moeder viel stil, maar ze bleef lopen, en dat was alles wat Eva van haar kon vragen.

Een kwartier later kwam het station in zicht. 'Doe gewoon zo normaal mogelijk,' fluisterde Eva tegen haar moeder. 'We zijn Franse burgers uit de middenklasse die het niets uitmaakt wat hier gisteravond is gebeurd.'

'Staat je netjes, je eigen volk zo laten vallen,' mopperde haar moeder.

Eva probeerde de zin te negeren, maar het stak haar wel. 'Wij zijn allebei secretaresse van beroep,' vervolgde ze. 'Jij bent een Russische *émigrée*, en ik ben jouw dochter. Mijn trotse Franse vader, jouw echtgenoot, is niet teruggekeerd van het front. We zijn bang dat hij dood is.'

'Ja, Eva, laten we doen alsof je vader is omgebracht.' Mamusia klonk furieus.

'Luister nou, Mamusia! Onze levens kunnen ervan afhangen. We kopen treinkaartjes naar Clermont-Ferrand, via Vichy.'

'Vichy?'

'Ik heb gekeken. Dat is de snelste weg naar Aurignon.'

'Wat is dat voor stad?'

'Jouw zus Olga woont daar,' zei Eva vastberaden. 'Ze is ziek en heeft gesmeekt of we willen komen helpen met haar drie kinderen.'

Mamusia rolde alleen maar met haar ogen.

'Mamusia, dit is heel serieus. Je moet alles onthouden wat ik zeg.'

'Maar hoezo Aurignon? Ik heb er nog nooit van gehoord.'

'Daar zitten mensen die Joden helpen vluchten naar Zwitserland.'

'Zwitserland? Dat is belachelijk. Als het bij Vichy is, dan moet het wel driehonderd kilometer van de Zwitserse grens zijn.'

Die gedachte had Eva ook dwarsgezeten, maar ze wuifde haar weg. Misschien was dat wel waarom het zo'n perfecte schuilplek was. 'Het is onze enige kans om te ontkomen, Mamusia.'

'Dus nu wil jij dat we Frankrijk verlaten, zonder je vader?' Mamusia klonk gekrenkt, haar stem was nu een octaaf hoger.

'Nee,' zei Eva. 'Ik wil dat we daar mensen vinden die ons kunnen helpen hem vrij te krijgen.'

Tegen de tijd dat de trein van 2.05 uur vertrok vanaf Gare de Lyon, rijdend naar het zuidoosten, over de spoorbrug over de rivier de Marne op het punt waar hij samenkomt met de Seine, kon Eva al wat vrijer ademen. Het kopen van de kaartjes was soepeler gegaan dan ze had verwacht; de agent had haar papieren geeuwend teruggegeven zonder ze goed te bekijken. Eva vermoedde dat het niet zijn taak was om vluchtend volk te pakken. Maar ook de jonge Duitse soldaat die was langsgekomen net nadat Eva en haar moeder waren ingestapt had zonder enige interesse hun papieren bekeken, en hij had ze teruggeven zonder iets te zeggen. Eva stond zichzelf toe om een beetje hoop te voelen, en ook een piepklein beetje trots op haar handarbeid, terwijl de trein steeds meer snelheid kreeg en de buitenwijken plaatsmaakten voor het platteland.

Totdat ze zag dat haar moeder naast haar zat te huilen, met haar voorhoofd steunend tegen het koude raam en schokkende schouders van stil gesnik. Meteen was ze weer gespannen. 'Mamusia,' fluisterde ze, zo zacht als ze kon. De trein was maar halfvol, en de meeste passagiers waren verzonken in een boek of lazen een krant, maar het was een kwestie van tijd dat iemand hen zou opmerken. 'Hou alsjeblieft op. Je trekt de aandacht.'

'Wat maakt dat uit?' siste Mamusia, die zich met een ruk omdraaide en met een boze blik naar Eva keek. 'We houden onszelf voor de gek, Eva. We komen niet weg.'

'We zijn al weg, Mamusia. Kijk. We zijn Parijs al uit.'

'Ze vinden ons toch wel, waar we ook zijn. We kunnen niet zomaar verdwijnen. Hoe komen we aan eten? Waar gaan we wonen? Hoe komen we aan voedselbonnen? Dit is waanzin. We hadden daar moeten blijven. In Parijs kennen we tenminste mensen.'

'Maar de mensen daar kennen ons ook,' bracht Eva haar in herinnering. 'En het is onmogelijk om te weten wie je kunt vertrouwen.'

Mamusia schudde haar hoofd. 'Dit is een vergissing. Je hebt misbruik gemaakt van mijn verdriet om me over te halen.'

'Mamusia, het was niet mijn bedoeling...' Eva maakte haar zin niet af, ze werd overvallen door schuldgevoel. Ze had zo'n haast gehad om weg te komen, om een uitweg te vinden, dat het niet eens in haar was opgekomen dat het misschien veiliger zou zijn om te blijven. Had haar moeder gelijk?

Terwijl de trein verder naar het zuiden reed, over schraagbruggen en snelstromende rivieren en langs eindeloze vlaktes boerenland, viel Mamusia eindelijk in slaap, zachtjes snurkend. Eva was nog te opgewonden om te kunnen rusten. Ze had de beslissing genomen voor hen beiden, en het was haar schuld als ze werden opgepakt. Hadden ze in de stad moeten blijven waar vrienden hen hadden kunnen helpen? Maar wie zou zoiets hebben geriskeerd? Ze waren nu voortvluchtig, of ze dat leuk vonden of niet. Zelfs monsieur Goujon, die altijd een goed mens had geleken, had zo snel mogelijk van ze af gewild.

In Moulins stopt de trein voor een half uur, en gedurende die tijd stapten twee dozijn Duitse politieagenten in om papieren te controleren, maar ze zagen er allemaal suf en vermoeid uit. Een jonge donkerharige Duitser met rode wangen onderzocht de reisdocumenten van Eva en haar moeder maar heel kort, en toen gingen zijn ogen al naar de rij achter hen. Eva liet de adem gaan waarvan ze niet wist dat ze die had ingehouden, maar ze kon niet echt ontspannen totdat de Duitsers waren uitgestapt en de trein weer in beweging kwam.

'Dus dit is het Vrije Frankrijk,' mompelde Mamusia toen de trein een uur later vaart minderde voor Vichy, dat er zelfs in het late avondlicht prachtig bij lag. Ze zag vensterbanken barstensvol bloemen en paleisachtige negentiende-eeuwse gebouwen die naar de hemel rezen. Ze stopten op het rangeerterrein, en Eva zocht naar Duitsers, maar als ze uit haar raam keek zag ze alleen Franse agenten patrouilleren. Aan de andere kant: het waren ook Franse politieagenten die Tatuś gisteravond hadden opgepakt, dus ze konden niemand vertrouwen.

Toen de trein weer begon te rijden, keek Eva uit het raam om te zien of ze een glimp kon opvangen van het paleis waar Pétain en zijn ministers hun toevlucht toe hadden genomen toen ze Parijs hadden achtergelaten, maar het enige wat ze zag waren parkjes, appartemente en cafés. De avond begon te vallen toen de trein de rivier de Allier overstak het wijngebied in, en het was volledig donker tegen de tijd dat ze een tussenstop maakten in Riom en verder reden in de richting van het zuiden. Het was net voor negen uur 's avonds toen de trein eindelijk pompend tot stilstand kwam op het schoenendoosachtige station van Clermont-Ferrand.

'En nu?' vroeg Mamusia terwijl ze uitstapten samen met ongeveer twintig à dertig andere passagiers. 'Zo laat rijden er natuurlijk geen bussen meer.'

Eva ademde diep in. Hoewel ze met valse papieren onbezet Frankrijk waren binnengekomen, voelde dit toch als het meest riskante gedeelte van de reis. 'Nu gaan we wachten.'

'Wachten op wat?'

'Tot het dag wordt.' Het station was verlaten, maar Eva en haar moeder waren niet de enigen die de nacht op de harde houten bankjes moesten doorbrengen. Meer dan de helft van de andere passagiers die met deze trein waren gekomen was ook bezig hoekjes van het perron in te nemen, met een koffer als hoofdsteun en jassen als dekens, ook al was de lucht warm. 'Probeer wat te slapen, Mamusia. Ik hou een oogje in het zeil.'

Het was al laat in de middag toen Eva en haar moeder eindelijk instapten in een bus naar Aurignon. De rit duurde anderhalf uur en voerde door straten met oude stenen huizen die plaatsmaakten voor groene bossen en akkers.

Aurignon lag boven op een heuvel, omringd door dichte pijnbossen, en terwijl de bus het stadje in reed, met gierende motor vanwege de steile beklimming, ving Eva net de schaduwen op van een robuuste bergkam, ten westen. Ze drukte haar voorhoofd tegen de ruit en staarde naar de hellingen die met nevel waren bekleed totdat de bus een hoek om reed en traag en piepend tot stilstand kwam op een pleintje, omringd door lage, vierkante stenen gebouwen.

'Aurignon!' riep de chauffeur tegen het handjevol mensen in de bus. 'Dit is de eindhalte!'

Langzaam stonden de passagiers op, pakten hun tassen en liepen naar de deur. Eva en haar moeder gingen als laatsten naar buiten, en pas toen de bus wegreed voelde Eva zich vrij genoeg om rond te kijken in hun nieuwe omgeving. Het was ze echt gelukt.

Aurignon leek in niets op Parijs, of op enige andere stad waar Eva ooit was geweest. Toen ze klein was, hadden haar ouders haar een paar keer meegenomen naar de Bretonse kust, waar de zeewind op de gevels van de houten huizen beukte, waardoor ze zo grijs werden als duivenveren. Een handvol keren hadden ze zelfs een tochtje gemaakt van ongeveer een uur vanaf Parijs, waar kleine huisjes eindeloze weiden bespikkelden die waren dooraderd met beekjes, en de stadjes zelf waren klein, schattig en ordentelijk.

Dit stadje was compacter, de huizen met smalle raampjes waren heel dicht op elkaar gebouwd, schijnbaar willekeurig, en wel zo dat het leek alsof ze ooit waren begonnen in nette rijen maar dat het aardoppervlak ze had losgeschud toen het werd opgestuwd naar de hemel. Stenen paadjes meanderden de heuvel op, en sommige weggetjes die vanaf het plein de stad in liepen zagen er zelfs voor één auto al te smal uit. Helemaal boven op de heuvel stond een kleine stenen kerk met glas-in-loodramen en een eenvoudig houten kruis boven de ingang.

Wat Eva het meest opviel was hoe levendig het stadje aanvoelde, ook al liep er maar een handvol mensen haastig over het plein. In Parijs liepen mensen sinds de Duitse bezetting rond in grijze en zwarte kleren, met gebogen hoofden, alsof ze probeerden weg te vallen tegen de gebouwen om hen heen. Alle kleur was uit het straatbeeld verdwenen; de weelderige planten en bloemenpracht die de stad levendig hadden gemaakt, waren op veel plekken verwelkt en weggeteerd.

Maar hier stonden de vensterbanken barstensvol met pepermunt, kervel, geraniums in het roze, paars, en wit, en de klimop kroop welig over de muren van stenen gebouwen die de indruk gaven dat ze er al sinds ver voor de Franse Revolutie stonden. Er hing was te drogen aan lijnen die tussen houten balkonnetjes waren gespannen, en zelfs de kerk die over het stadje uitkeek, leek te stralen, door het licht dat vanbinnen door de gekleurde ramen naar buiten viel. Midden op het stadsplein stond een stenen fontein met een standbeeld van een bebaarde man met een kruis in één hand en een kan water in de andere. Het water gorgelde vrolijk rond zijn voeten. Dit was een stad waarvan het hart nog niet was vertrapt, en een paar tellen lang wist Eva niet wat ze ervan moest vinden.

'Wat is dit voor een plek?' fluisterde Mamusia, en Eva wisselde een voorzichtige glimlach uit met haar moeder, voor het eerst sinds haar vader was opgepakt. Ze voelde tranen prikken van dankbaarheid en even leek het alsof alles normaal was.

Eva slikte de brok in haar keel door. 'Wat is het hier mooi, hè?'

'Het doet me denken aan het dorp waar ik ben opgegroeid.' Mamusia nam een flinke teug adem en deed haar ogen dicht. 'De schone lucht op het platteland. Ik was het bijna vergeten.'

Eva ademde ook in, er hing een lichte vleug van sleutelbloem, jasmijn en pijnboom in de lucht. Toen ze haar ogen opende, liepen er twee kleine meisjes voorbij die naar haar staarden, allebei hadden ze de hand van hun moeder vast terwijl ze langs snelden. Ze herpakte zich. Ze mochten dan Parijs uit zijn, ze waren nog niet uit de ellende, want ze reisden met valse documenten en moesten een plek vinden om te overnachten voordat ze nog meer zouden opvallen. 'Kom,' zei ze tegen haar moeder.

Eva liep met de koffer voorop en Mamusia rende achter haar aan, en zo staken ze zigzaggend straatjes door, weg van het plein, alsof ze wisten waar ze heen gingen. In werkelijkheid had Eva zich nog nooit zó verloren gevoeld, en terwijl ze probeerde haar tempo in te houden speurde ze ondertussen de straatjes af naar tekenen van een pension. Er moest toch iets van logies te vinden zijn, zo dicht bij het centrum.

Ze hadden al vier straten gehad, toen ze eindelijk een uithangbordje zagen dat aangaf dat daar een *pension de famille* was gevestigd. Eva slaakte een zucht van verlichting en snelde ernaartoe, op korte afstand gevolgd door haar moeder.

De voordeur was dicht en zat op slot, en de gordijnen waren voor de ramen geschoven, toen ze aankwamen bij het smalle stenen huis op anderhalf straatblok van het plein vandaan. Eva klopte op de deur, en toen er geen reactie kwam opnieuw, maar dringender dit keer. Toen ze na de derde keer hard kloppen het bijna wilde opgeven, zwaaide de deur naar binnen open, en stond daar een kleine, gezette vrouw in een gestipte werkjurk die hen aankeek. Haar grijze piekhaar was ongekamd, en haar wangen waren rond en rood als tomaten.

'Ja?' klonk de begroeting van de vrouw, en haar boze blik ging van Eva naar Mamusia en weer terug. 'Wie maakt er zo'n herrie?'

'Eh... dag mevrouw,' zei Eva onzeker, en ze toverde een glimlach tevoorschijn toen de vrouw zich naar haar toe draaide, met opgezette neusvleugels. Op dat moment leek ze net een wild zwijn. 'Wij... wij zijn op zoek naar logies.'

De vrouw leek iets van haar verontwaardiging te verliezen, maar ze gaf geen krimp. 'En dus dachten jullie dat je zomaar aan de deur kan komen jengelen om een kamer?'

Eva keek naar het uithangbordje en toen weer naar de vrouw. 'Nou ja, dit is wel een pension, dus...'

De mond van de vrouw vertrok, maar Eva kon niet opmaken of het een lach was of een sneer die ze onderdrukte. 'En op dit uur? Wie komt er nou zo laat nog aanwaaien? Het is al bijna donker!'

'We zijn net aangekomen met de bus na een lange reis.'

'Een reis? Waarvandaan?'

'Parijs.'

De vrouw vernauwde haar ogen, en sloeg haar armen over elkaar. 'En wat komt u doen in Aurignon?'

'Eh...' Eva wist niet wat ze moest antwoorden op het spervuur aan vragen. Ze had niet gerekend op een kruisverhoor.

'We zijn secretaresses, op bezoek bij mijn zus die hier in de buurt woont,' zei Mamusia kalm. 'Maar zij heeft drie kinderen en woont heel klein, dus is er geen ruimte voor ons.' Eva keek haar knipperend aan, hopend dat haar verbazing niet te zien zou zijn. Dit was exact het riedeltje dat ze haar moeder had opgedragen uit haar hoofd te leren, maar ze had kunnen zweren dat ze niet had geluisterd. 'Maar als er bij u geen kamer vrij is, dan gaan we gewoon naar een ander pension.'

De vrouw staarde naar Mamusia en liet toen een zuinig lachje zien, maar ze hield die argwanende blik. 'Ik hoor een accent, madame. U bent geen Française.'

Eva's moeder hield haar mond, en in die stilte hoopte Eva dat ze geen fout zou maken; bij een uitglijer op dit punt zou de vrouw de autoriteiten kunnen laten komen, en dan was het spel uit. 'Mijn moeder is...' begon ze.

'Russisch,' zei haar moeder vastberaden. Eva zuchtte opgelucht. 'Ik ben in 1917 uit Rusland vertrokken na de revolutie, en hier in Frankrijk ben ik getrouwd. Mijn dochter, Ev...' Ze aarzelde en verbeterde zichzelf meteen. 'Colette is een paar jaar daarna hier in Frankrijk geboren.'

'Russisch,' herhaalde de vrouw.

'Een witte émigrée,' lichtte Mamusia zelfverzekerd toe.

'U en uw dochter Ev-Colette.' De vrouw grijnsde, maar ze keek niet meer zo boos.

'Gewoon Colette,' zei Eva zenuwachtig.

'Aha,' zei de vrouw. Ze staarde hen aan, maar maakte nog steeds geen aanstalten. '*Prekrasnyy vecher, ne pravda li?*' zei ze, lief lachend naar Mamusia.

Eva verstijfde. Sprak die vrouw Russisch? Hoe groot was die kans?

Maar Mamusia wankelde niet. '*Da*,' zei ze overtuigend.

De vrouw kneep haar ogen toe. '*Vy priexali suda so svoyey docher'yu?*'

Eva dwong zichzelf beleefd te glimlachen terwijl ze haar moeder vanuit haar ooghoek in de gaten hield.

'Da,' antwoordde Mamusia, al iets minder stellig.

'Mmm,' zei de vrouw. '*Vy na samom dele ne russkaya, ne tak li? Vy moshennitsa?*'

Dit keer leek Mamusia de weg kwijt. 'Da?' gokte ze.

Eva hield haar adem in terwijl de vrouw lang naar Mamusia bleef kijken. 'Goed dan, madame. U en uw dochter, gewóón *Colette*, moeten binnenkomen voordat het straks donker is. We mogen dan in Vrij Frankrijk zijn, maar het zou een vergissing zijn om te denken dat we hier echt vrij zijn.' En ze draaide zich met een ruk om en liep zwaar stampend het pension in.

'Wat vroeg ze?' fluisterde Eva tegen haar moeder.

'Ik heb geen idee,' antwoordde Mamusia zacht. Ze wisselden een vragende blik uit en volgden de vrouw naar binnen, nadat ze de deur zachtjes achter zich hadden dichtgedaan.

In de salon was de vrouw naar iets op zoek in een klein bureau toen zij binnenkwamen. Ze kwam tevoorschijn met een dun grootboek, gebonden in bordeauxrood leer. 'Hier heb ik het. Het gastenboek.' Ze sloeg het open en stak haar hand uit naar Eva. 'Vooruit, papieren graag. Ik heb niet de hele dag de tijd.'

Eva en haar moeder gaven hun identiteitskaarten af en zwegen terwijl de vrouw ze met fijngeknepen ogen bestudeerde, knikte, en de gegevens overnam in haar register. Eva stond zichzelf niet toe uit te ademen totdat de vrouw de kaarten teruggaf.

'Prima,' zei de vrouw, en reikte een pen aan terwijl ze het gastenboek omdraaide voor een handtekening. 'Madame Fontain. Mademoiselle Fontain. Ik ben madame Barbier, de eigenaresse hier. Weinig toeters of bellen, maar het is hier veilig, zolang jullie kunnen betalen. Daarover gesproken, hebben jullie geld?'

Eva knikte.

'Goed dan. Jullie hebben kamer twee, aan het einde van de gang. Ik ben wel bang dat er maar één bed staat. De sleutel van de voordeur ligt op het kastje. Hoelang gaat het verblijf duren?'

'Dat weten we nog niet.' Eva aarzelde. 'Zijn er nog meer gasten?'

Madame Barbier trok haar wenkbrauwen op. 'Jullie zijn de enige twee die dom genoeg zijn om op bergvakantie te komen vanuit Parijs, midden in een oorlog.'

Eva forceerde een glimlach. 'Heel goed. Dank u wel, madame Barbier. Goedenacht.'

'Goedenacht.' Madame Barbier wendde zich tot Mamusia. '*Spokoynoy nochi.*'

'*Spokoynoy nochi*,' antwoordde Mamusia beleefd, maar ze wist niet hoe snel ze de gang moest uit lopen naar kamer twee. Eva volgde, en voelde madame Barbiers blik branden in haar rug.

Eenmaal alleen op de kamer verruilde Eva haar reiskleren voor een nachtjapon en stapte doodmoe in bed. Ze werd overmand door slaap en die nacht sliep ze heel diep, lepeltje-lepeltje met haar moeder.

'Denk je dat ze ons gelooft?' vroeg Mamusia toen Eva de volgende dag wakker werd, knipperend met haar ogen tegen het felle zonlicht waarin de kamer baadde. Het licht leek hier feller, helderder dan in Parijs.

'Madame Barbier?' geeuwde Eva en rolde weg van haar moeder, waarbij hun handen elkaar eindelijk loslieten. Ze hadden elkaar de hele nacht vastgehouden. 'Dat moet wel. Ze heeft onze gegevens genoteerd en we mochten blijven.'

Mamusia knikte. 'Je hebt haar gezegd dat we geld hadden, Eva. Wat doen we als ze erachter komt dat dat niet zo is?'

Eva haalde ietwat gegeneerd haar schouders op. 'Dat hebben we wel.'

‘Wat?’

‘Ik heb wat francs... eh... gevonden, in de keukenla bij madame Fontain.’

‘Wat zeg je me nou?’

‘Ik was op zoek naar pennen. En er lag ook wat geld, heel toevallig.’

‘Eva Traube! Ik heb je niet opgevoed om een dievegge te worden!’

Mamusia keek zo verontwaardigd dat Eva een giechel moest onderdrukken. ‘Ik weet het, Mamusia, en ik heb ook nog nooit wat gestolen. Maar we hadden het nodig, en laten we eerlijk zijn, ze zou ons meteen verkocht hebben aan de autoriteiten, als ze niet zo bezig was geweest zich zorgen te maken over haar moeder.’

Mamusia’s uitdrukking werd iets vergevingsgezinder. ‘Eva, als ze de politie belt omdat ze zich realiseert dat we haar bestolen hebben...’

‘Mamusia, we zijn allang weg. En wat kan de politie doen, ons voor de tweede keer op hun lijst zetten?’

Toen ze een half uur later hun kamer uit kwamen, zat madame Barbier hen op te wachten in de salon, met een kom grote rode aardbeien voor haar neus. Ze gebaarde naar de stoelen tegenover haar, en na een zenuwachtige blikwisseling, gingen Eva en haar moeder zitten. Mijn god, Eva had sinds het begin van de oorlog geen aardbei meer gezien.

‘Eet,’ zei ze kortweg, en Eva’s maag gromde zo luid dat madame Barbier haar wenkbrauw optrok.

‘O nee, dat kunnen we niet doen,’ zei Eva. ‘We hebben geen voedselbonnen, en...’

‘Deze komen uit mijn tuin,’ viel madame Barbier haar in de rede. ‘En ik kan wel zien, en horen, dat jullie honger hebben. Eet wat. Ik vraag het geen tweede keer.’

Eva aarzelde even, knikte toen en pakte een aardbei. Ze beet erin en moest zorgen dat ze niet hardop kreunde van genot terwijl haar mond volliep met het zoete sap. 'Dank u wel,' zei ze toen ze had doorgeslikt. Ze pakte er nog een, en vroeg zich al af hoeveel dit zou kosten.

Maar toen Eva en haar moeder de schaal hadden leeggegeten, knikte madame Barbier alleen maar. 'Goed zo,' zei ze, en stond op. 'Vanavond is er aardappelsoep om zeven uur precies.'

'Maar we kunnen toch niet...' begon Eva, maar madame Barbier hief haar hand.

'We kunnen niet hebben dat jullie hongerlijden. Wat zou dat zeggen over mijn gastvrijheid, als pensionhoudster?' En weg was ze, de kamer uit; de vloerdelen kraakten bij elke stap.

'Nou, dat was aardig,' zei Mamusia na een lange stilte.

Eva knikte, maar het zat haar niet lekker. Madame Barbier had tijdens het eten naar ze gekeken alsof ze een bijzondere soort in een glazen potje waren, en ze had het gevoel dat haar moeders poging tot een gesprek in het Russisch jammerlijk was mislukt. Dus wat was hun gastvrouw van plan? Aan de andere kant konden ze moeilijk gratis eten afslaan. 'Ik denk dat je vandaag even op de kamer moet blijven, Mamusia,' zei ze zacht. 'Ik kan beter alleen naar buiten. Ik heb geen accent, dus bij mij zullen ze minder snel met vragen komen.'

'Zo'n erg accent heb ik niet,' zei Mamusia defensief.

'Mamusia, je klinkt als Władysław Sikorski.'

Mamusia trok een gezicht. '*Gdy słoneczko wyżej, to Sikorski bliżej*.'

Eva rolde met haar ogen bij het horen van de oneliner die de Poolse premier in ballingschap verheerlijkte: *Als de zon hoger staat, dan is Sikorski nabij*. 'Blijf jij nu maar binnen, Mamusia. En laat het raam open, voor het geval je snel moet vluchten.'

'Nu wil je dat ik uit het raam spring?'

'Ik ben gewoon voorzichtig, Mamusia. Je moet altijd twee stappen vooruitdenken.'

'Je doet net alsof ik een of andere Mata Hari ben, maar je weet hoe het met haar is afgelopen,' sputterde Mamusia tegen, maar toch stond ze op en liep naar hun kamer. Eva wachtte totdat ze de deur in het slot hoorde vallen en liep toen naar de voordeur van het pension.

6

In het volle daglicht zag Aurignon er nog glorieuzer uit. Honingkleurig zonlicht op de nauwe straatjes en gebouwen liet de stenen baden in een warme gloed. De bloemen in de bakken aan de vensterbanken kleurden nog feller in het ochtendlicht, waarmee ze het stadje aankleedden in allerlei stralende tinten roze, paars en rood. De frisse lucht hier, op meer dan honderd kilometer onder de grens met de bezette zone, was voor Eva de geur van vrijheid.

Maar haar moeder en zij konden Frankrijk niet verlaten zonder Tatuś. Hij had haar op het hart gedrukt dat ze moest vluchten. Maar dat kon ze niet; niet als zij de middelen had om hem te bevrijden. En die had ze, dat wist ze. Ze had nog steeds de blanco legitimatiedocumenten die monsieur Goujon haar had gegeven, en de foto's van haar vader, die ze vanochtend haastig had ingenaaid in de zoom van het jasje dat ze had ingepakt in haar koffer. Dat was bijna alles wat ze nodig had om ook voor haar vader een nieuwe identiteit te creëren, om aan te tonen aan de autoriteiten dat zijn arrestatie een vergissing was geweest. Helaas had ze haar tekenpennen in Parijs achter moeten laten, want die zouden voor een conducteur meteen een duidelijk teken zijn geweest dat ze vervalsingsmateriaal bij zich droeg. De pennen meenemen in de trein was een te groot risico.

Het probleem was dat ze niet dezelfde soort documenten kon kopiëren die ze voor zichzelf en haar moeder had gemaakt zonder de juiste soort inkt, en normale schrijfpennen voldeden niet. Ze had speciale tekenpennen nodig in het rood, blauw en zwart. Madame Barbier vertrouwde hen niet, en geen hoeveelheid gratis aardbeien kon Eva overtuigen van het tegendeel. Het zou dus te riskant zijn om te vragen waar ze een winkel kon vinden die dit soort spullen verkocht. Eva zou er zelf een moeten vinden.

Terwijl ze flink doorwandelde door de nauwe straatjes die van het hoofdplein wegliepen als kromme spaken van een wiel, tuurde ze bij elke etalage naar binnen, in de hoop een winkel te vinden met tekenspullen. Het stadje was zo rustig dat Eva bijna kon geloven dat ze de straten voor zichzelf had, een gevoel dat ze zich niet kon voorstellen ooit te hebben gehad in het bruisende Parijs. Verder van het plein af zag de stad er nog lieflijker uit; tussen de stenen gebouwen stonden hier ook gebouwen met houten vakwerk, wat Eva deed denken aan de prenten in de sprookjesboeken die ze als kind had gelezen. Tegen de tijd dat ze voor de vierde keer een straat insloeg, was ze al een stuk ontspannener, en in een vredige stemming gebracht door deze idyllische stad die niet leek door te hebben dat er een oorlog gaande was. Ze voelde zich zelfs zo op haar gemak dat ze hem bijna niet had opgemerkt, die lange, slanke man aan het einde van de straat, gekleed in een regenjas die veel te warm was voor deze zomerse dag, met opgezette kraag. Hij liep een beetje mank, met een stijf rechterbeen.

Ze had hem twee straten geleden ook al gezien, en nu, nu ze weer een hoek omsloeg, haastte ze zich een portiek in waar ze met ingehouden adem wachtte of hij achter haar aan zou komen. Als dat zo was, dan was het toeval te groot, want welke inwoner van Aurignon zou nou stelselmatig al die spinnenwebsteegjes afleggen in hetzelfde patroon als zij? Kwam hij haar niet achterna, dan moest ze haar verbeelding van voortvluchtige zien te beteugelen.

De seconden tikten weg. Geen man in regenjas. *Hou op met in iedereen een Duitse boeman te zien, Eva*, berispte ze zichzelf. Toen ze de portiek uit kwam, rollend met haar ogen, was ze precies op tijd om tegen de man op te botsen die met een flink tempo om de hoek van het gebouw kwam zeilen. Ze hapte naar adem en struikelde achteruit.

'O, neemt u me niet kwalijk,' zei hij snel, met een diepe stem die werd gedempt doordat hij met zijn gezicht nog dieper wegdook in zijn kraag.

Eva's hart ging tekeer. Hij klonk tenminste niet Duits. Hij was ergens midden veertig, met zandblond haar, een puntige neus en volle wenkbrauwen. Was hij een Franse politieman, die haar schaduwde omdat madame Barbier alarm had geslagen? En zo ja, waarom vroeg hij dan niet gewoon naar haar papieren? Terwijl haar brein snel de opties afging, bedacht ze dat het misschien het beste was om hem dan maar gewoon te confronteren. Met zijn manke been kon hij haar toch niet bijhouden als ze moest wegrennen. 'Bent u mij aan het volgen?' vroeg ze. Ze had gehoopt dat het streng klonk, maar ze hoorde de trilling in haar eigen stem.

'Wat?' De man deed een stap achteruit. Zijn kraag bedekte nog steeds de onderste helft van zijn gezicht. 'Nee, natuurlijk niet. Excuseert u mij, mademoiselle. Goedendag.' Hij liep snel door, hinkend, en zij keek hem na en vroeg zich af of hij nog om zou kijken. Dat deed hij niet, en toen hij na een bocht in de weg uit het zicht verdween, kon ze weer een beetje ontspannen. Misschien had ze iets gezien wat er niet was.

Toch was ze van haar stuk gebracht door de ontmoeting, waardoor ze iets sneller ging lopen, langs de winkeletalages. Haar vredige gevoel was verdwenen, en nu was Aurignon voor haar weer net zo eng als het overal was.

Het duurde nog een kwartier voordat ze een boekwinkeltje en *papeterie* vond waar in de etalage een waaier vulpennen lag uitgestald. Ze dook naar binnen, in de hoop dat ze ook tekenpennen hadden. Binnen sloot ze even haar ogen en haalde diep adem, want door de vertrouwde geur van papier, leer en lijm was ze in één klap terug in haar geliefde Sorbonne-bibliotheek in Parijs. Zou ze ooit weer tussen de boeken lopen, badend in de stilte, om te genieten van al die woorden en al die kennis om haar heen? Zou Parijs ooit weer van haar zijn?

'Mademoiselle? Kan ik u helpen?' De oude vrouw achter de toonbank stond haar aan te gapen met een mengeling van bezorgdheid en argwaan, toen Eva haar ogen opende.

'Het spijt me.' Eva voelde de hitte naar haar wangen stijgen. 'Ik... ik moest even denken hoe heerlijk ik het vind om boeken om me heen te hebben.' Dat klonk een beetje raar, en Eva bloosde nu voluit.

Maar de vrouw vond het helemaal niet raar. Sterker nog, ze glimlachte, en Eva's twijfel smolt weg. 'Ach ja, ik had het moeten weten, u bent er een van ons.'

'Pardon?'

'U bent ook zo iemand die zichzelf terugvindt op de pagina's,' lichtte de vrouw toe, gebarend naar de boekenkasten om hen heen. Ze stonden helemaal vol, en lukraak door elkaar, een beetje zoals het stadje zelf, dacht Eva: niet uitgelijnd, en toch zo mooi. 'Iemand die zichzelf weerspiegeld ziet in de woorden.'

'O, ja, eigenlijk wel,' zei Eva, en opeens voelde ze een gevoel van rust over haar heen komen. Ze wilde hier de hele dag wel blijven, maar er was werk aan de winkel.

'Kan ik helpen met zoeken?' vroeg de vrouw, die Eva's blik volgde langs de ruggen van de boeken. 'Als ik u de weg kan wijzen, ik ken elk boek in deze ruimte.'

'Ik... ik zou willen dat ik er een kon kopen,' zei Eva. 'Maar ik heb niet veel geld, en ik moet wat pennen kopen.'

'Pennen?'

Eva knikte en legde uit wat ze nodig had, en hoewel de vrouw enigszins teleurgesteld leek dat Eva niet over boeken wilde praten, vertrok ze naar achteren en kwam terug met drie tekenpennen in zwart, rood en blauw. 'Is dit wat u zoekt?'

'O, ja.' Eva stak haar hand naar ze uit, maar de vrouw trok ze terug, met iets meer reserve op haar gezicht.

'Waar hebt u ze voor nodig? Bent u kunstenaar?'

'Eh, ja.'

'En ik maar denken dat u een boekliefhebber was.'

'Dat was ik ook. Dat bén ik ook, bedoel ik.' Eva snoof de vertrouwde geuren weer op en zuchtte. 'Ik... ik heb een tijd gewerkt in een bibliotheek in Parijs.'

'In Parijs?'

Meteen besefte Eva dat ze een fout had begaan. Waarom diste ze de echte details van haar privéleven op aan een vreemdeling? 'Nou, ik eh...' begon Eva, terwijl de vrouw op een plank achter haar naar iets zocht.

'U zult het wel missen. Mijn zoon heeft er ook gewoond, tot aan zijn dood. Parijs was echt een magische plek, totdat de Duitsers kwamen.'

'Ja. Inderdaad,' zei Eva zacht. 'En het spijt me van uw zoon.'

'Dank u wel. Hij was een goed mens.' De vrouw draaide zich om en reikte Eva een boek aan voordat ze meer kon vragen, en na een moment van aarzeling nam Eva het aan en bekeek de voorkant. Het was Guy de Maupassants *Bel Ami*. 'Dit speelt in Parijs,' zei de vrouw.

'Ja, ik heb het gelezen,' zei Eva, peinzend. 'Het gaat over een man die zo ongeveer de hele stad verleidt.'

De vrouw moest lachen. 'Inderdaad. Voor boeken geldt, hoe pikanter, hoe beter, vindt u niet?' Haar ogen glinsterden. 'Hoe dan ook, ik dacht, misschien hebt u heimwee.'

'Aan Parijs mis je niet zo veel, de laatste tijd.' En weer was Eva bang dat ze te veel had gezegd.

De vrouw knikte. 'Dat kan ik me voorstellen, maar dit gaat over het Parijs van lang voordat de Duitsers de stad in handen kregen, liefje. Neem het alsjeblieft van me aan. Zie het maar als een geschenk bij de aankoop van uw pennen.'

'Maar...' Eva stond versteld van de vriendelijkheid van deze onbekende. 'Waarom?'

'Omdat boeken ons meenemen naar een andere tijd en ruimte,' zei de vrouw terwijl ze Eva haar pennen aanreikte en de francs aannam die Eva haar gaf. 'En ik zie aan je dat je dat wel kunt gebruiken.'

Eva glimlachte. 'Ik weet niet hoe ik u moet bedanken, madame.'

'Je kunt me bedanken door te zorgen dat je veilig blijft, lieve kind.'

Toen Eva de winkel uit liep om terug te gaan naar het pension, zocht ze de straten af naar een teken van de hinkende man met de regenjas, en vroeg zich af hoe de vrouw van de boekwinkel zo goed had aangevoeld dat een gelukwens voor haar veiligheid nu precies was wat ze nodig had.

Eva werkte de rest van de dag en avond aan haar vaders valse papieren en aan het oefenen met het schetsen van stempels op de bladzijden van een krant die ze in de salon had zien liggen. Ze zou hem de volgende ochtend verbranden. Toen madame Barbier op de deur klopte met de mededeling dat het eten klaarstond als

Eva en haar moeder wat wilden eten, namen ze een korte pauze om in de eetzaal in stilte hun aardappelsoep op te eten. Even na middernacht viel Eva aan de schrijftafel in haar kleine kamer in slaap, met de blauwe pen nog steeds in haar hand.

Iets deed Eva vlak na zonsopkomst opschrikken uit haar slaap. Met een ruk tilde ze haar hoofd op van het bureaublad. Knipperend met haar ogen keek ze de schemerige kamer rond, die net tot leven begon te komen door de eerste stralen zonlicht. In het bed achter haar lag haar moeder in diepe slaap. Op het bureau waaraan ze had zitten werken lag de krant, vol met valse stempels, en een nat plekje waar Eva's mond hem geraakt had.

Net toen ze zich afvroeg waarvan ze wakker was geworden, hoorde ze een aantal zachte klopjes op de deur. Eva verstijfde. Wie kon er in hemelsnaam zo vroeg voor de deur staan? Was het misschien madame Barbier, die nu al het geld kwam ophalen?

Snel schoof ze de krant in een bureaulaatje en verstopte de pennen en haar vaders papieren onder het matras. Haar moeder bewoog niet. Eva wist dat ze de deur moest opendoen, want als het madame Barbier was, dan zou ze het verdacht vinden als niemand reageerde. En wie kon het anders zijn? Als het de autoriteiten waren, dan zouden ze, per slot van rekening, niet beleefd kloppen; ze zouden hard op de deur bonzen en hem zelfs intrappen als er niet meteen werd opengedaan. Iets geruster dat er waarschijnlijk geen direct gevaar dreigde aan de andere kant van het hout, opende Eva de deur op een kier en keek de donkere gang in.

Het duurde een tel voordat haar ogen waren gewend aan het zwakke licht, en nog een tel om tot haar schrik te zien dat het niet madame Barbier was. Het was de man die haar had gevolgd door de stad, de lange, dunne man met de regenjas en het manke been.

Eva hapte naar adem, en probeerde de deur weer dicht te duwen, maar hij zette pijlsnel zijn voet tussen de deur. 'Alstublieft, mademoiselle Fontain,' zei hij snel. 'Ik heb niets slechts in de zin.'

Eva duwde nog eens tegen de deur. Haar hart ging als een gek tekeer. Hij had haar mademoiselle Fontain genoemd, wat inhield dat madame Barbier haar had verraden, want van wie kon hij anders haar valse naam hebben gehoord?

'Wat wilt u?' wilde ze weten. Hij begon te praten, maar ze onderbrak hem. 'Als u dichterbij komt ga ik gillen.'

Ze was zich er opeens van bewust dat haar moeder, die altijd door alles heen sliep, ook nog in de kamer lag.

'Mademoiselle, alstublieft. Dat is niet nodig, ik beloof het u. Ik ben een vriend.'

'Vrienden volgen me niet door de stad of komen onaangekondigd voor dag en dauw opdagen,' snauwde Eva terug.

'Ik heb netjes gewacht tot ná dag en dauw, zoals u zo wel zult merken.' Hij had lachende ogen, en het viel Eva op dat hij er vriendelijk uitzag, wat ze niet had verwacht. Zonder die kraag kon ze de rest van zijn gezicht zien, een gladgeschoren huid, brede mond, een kinderlijk kuiltje aan de rechterkant. Hij zag er jonger uit dan gisteren, niet zo dreigend. Een gouden kruisje glinsterde aan zijn hals, net boven zijn boord.

'Wie bent u?' vroeg ze.

'Ik ben *le père* Clément,' zei hij. 'Ik ben de pastoor van de Église Saint-Alban, helemaal boven op de heuvel.'

'U bent pastoor?' zei ze. 'Waarom word ik geschaduwd door een katholieke priester?'

'Excuses daarvoor, echt, het spijt me. Ik dacht dat ik niet opviel.' Hij leek in verlegenheid. 'Het was, eh, de eerste keer dat ik zoiets deed.'

'Dat u wát deed?'

Hij krabde op zijn achterhoofd. 'Het zit namelijk zo, madame Barbier vertelde me over uw papieren.'

Haar hele lijf stond weer strak. 'Wat is daarmee? Onze papieren zijn in orde.'

'Ja, nou, inderdaad, dat is ook wat zij zei.' Hij aarzelde. 'Ze zei verder ook dat uw moeders papieren stellen dat zij een Russische émigrée is. Maar dat zij zeker niet Russisch is.'

'Natuurlijk wel,' protesteerde Eva meteen, terwijl ze haar wangen voelde gloeien.

Père Clément leek niet op zijn gemak. 'Ziet u, madame Barbier is in Rusland geboren. Zij was wél een witte émigrée van na de revolutie. Ze kon zweren dat uw moeder Pools is, en dat ze dus reist op valse papieren.'

'Dat is natuurlijk niet waar, wat u zegt.' Eva kon hem niet in de ogen kijken. 'Dus? Gaat u ons aangeven?'

'Nee, nee, daar gaat het niet om.'

'Wat dan?'

'Ik hoopte eigenlijk dat u me kon vertellen waar u uw documenten vandaan heeft, hoewel ik denk dat ik het antwoord op die vraag al weet.'

'Hoe bedoelt u?'

'Uw handen,' zei hij, met een iets zachtere stem.

Eva keek omlaag en schrok zich kapot toen ze haar vingertoppen zag, helemaal donker van de inkt. 'Het is niet wat u denkt.'

Hij zette een stap naar achteren. 'Als u met rust gelaten wilt worden, mademoiselle, dan zal ik dat respecteren, maar ziet u, ik heb vrienden die ook inktvingers hebben. Madame Barbier was erg onder de indruk van uw papieren, en ik – nou, ik denk dat we elkaar misschien kunnen helpen.'

'Ik heb geen idee waar u het over heeft.'

'U kunt mij vandaag de hele dag in de kerk komen bezoeken.

Ik kan u helpen aan betere benodigdheden dan wat u in de boekwinkel vindt.'

'Maar ik...'

'De Duitsers kijken naar meer dan alleen identiteitsbewijzen, weet u. Daar komt meer bij kijken dan tekentalent, als u hoopt veilig door te kunnen reizen.' Toen zij geen antwoord gaf, glimlachte hij voorzichtig. 'Ik kan u helpen. Alstublieft, denkt u erover.' Hij gaf een knikje en draaide zich snel om. Ze keek hem na toen hij de gang uit liep en om de hoek verdween. Een ogenblik later hoorde ze de voordeur van het pension open- en dichtgaan, en pas toen liet ze haar adem gaan waarvan ze niet wist dat ze die had ingehouden. Ze moest haar moeder onmiddellijk verplaatsen. Of père Clément had gemeend wat hij zei of niet, het feit bleef dat ze waren ontdekt. En dat was Eva's schuld.

7

'Wakker worden!' Eva porde haar moeder tegen de arm, en terwijl Mamusia slaperig knipperde met haar ogen, porde Eva nog eens, waardoor ze bijna op de grond viel. 'Eruit, Mamusia. We zijn ontdekt. We hebben geen minuut te verliezen.'

'Wat bedoel je?' Mamusia was meteen alert, en graaide naar de rok en de blouse die ze de dag ervoor had gedragen, die netjes gevouwen over de stoel bij het raam hingen. 'Wat is er gebeurd?'

'Madame Barbier weet dat we valse papieren hebben. Er was hier net een man aan de deur die er van alles over wilde weten.'

'Wat?' Haar moeder trok wit weg, terwijl ze haar blouse met trillende vingers dichtknoopte en daarna snel in haar rok stapte. 'Politie?' Ze begon overal vandaan spullen op te pakken en in de koffer te gooien.

'Nee.' Eva aarzelde. 'Een priester.'

Haar moeder stopte met waar ze mee bezig was. 'Een príéster?'

'Dat is tenminste wat hij zei.'

'Maar... wat kwam hij doen? Werkt hij voor de autoriteiten?'

'Dat denk ik niet.' Eva was er nog steeds niet uit of hij nou vriend of vijand was. *Dat hij na zijn verzoek was vertrokken, kon je toch beschouwen als een goed teken?* 'Misschien heb ik het verkeerd, maar ik denk dat hij zei dat hij met andere vervalsers samenwerkt. Ik... ik denk dat hij me misschien heeft gevraagd of ik met hem wil komen samenwerken.' Op het moment dat deze woorden Eva's mond verlieten, vroeg ze zich af of ze het gesprek misschien helemaal verkeerd had begrepen. Een priester aan het hoofd van een bende vervalsers? Dat klonk te vergezocht om waar te kunnen zijn.

'Wat zei hij?'

'Hij zei dat hij me aan spullen kan helpen. Ik weet niet precies wat hij bedoelde.'

Haar moeder keek haar met grote ogen aan. 'Eva, misschien kan hij je wel helpen aan de dingen die je nodig hebt om je vader te lokaliseren en te zorgen dat hij vrijkomt.'

'Het kan ook een val zijn.'

'Een priester die een val zet?'

'Er is geen regel die stelt dat alle priesters fatsoenlijke mensen moeten zijn.'

'Ik weet niet veel van het katholieke geloof, maar het lijkt me vrij zeker dat dat in de functieomschrijving staat.'

Eva haalde haar schouders op. Maar op één punt had haar moeder gelijk. De priester kon de sleutel in handen hebben tot het vrij krijgen van haar vader. En de klok tikte door. Als ze haar moeder maar verplaatste, dan was het misschien toch de moeite om een bezoek aan de kerk te riskeren om te zien of het aanbod van de man oprecht was geweest. 'Goed dan,' zei ze uiteindelijk. 'Ik ga naar hem toe, maar eerst breng ik jou in veiligheid.'

'Waar moet ik dan heen?'

'Ik weet het niet, maar hier kun je niet blijven. Niet zolang we niet zeker weten of madame Barbier aan onze kant staat of niet.' Eva dacht even na. 'Ik denk dat ik je meeneem naar de boekwinkel.' Het was het enige wat ze kon bedenken. Die mevrouw was zo vriendelijk geweest, en Eva kon niet geloven dat iemand die haar leven om boeken heen had gebouwd iets slechts in haar hart kon hebben.

Nadat ze haar moeder naar de boekwinkel had gebracht en de winkeldame had wijsgemaakt dat Mamusia zo graag de rekken wilde afstruinen, haastte Eva zich naar de kerk. Ze was er redelijk gerust op, aangezien ze de indruk had gekregen dat de vrouw leek te begrijpen dat Mamusia een plek zocht waar ze zich tijdelijk schuil kon houden. *Je kunt me bedanken door te zorgen dat je veilig blijft*, had de mevrouw gisteren gezegd. Eva kon alleen maar hopen dat haar beschermende wens ook gold voor haar moeder.

De stad kwam langzaam tot leven in de warme ochtendzon, al was het nog altijd de rustigste plek die Eva ooit had gezien. Ze kon op haar vingers natellen hoeveel mensen ze onderweg was tegengekomen: de slager op Rue Pascal die met zijn bevlekte schort de etalageruit stond te lappen; een stuk of zes vrouwen in de rij voor de *boulangerie* op Rue de Levant met voedselbonnen in de aanslag, sommige stonden met hun hoofd gebogen te roddelen, andere strekten hun nek om te zien of er nog wat over was in de manden. Eva wisselde vriendelijke bonjours uit met een gezette *fleuriste* van middelbare leeftijd, die voor de deur van een winkel op de hoek bezig was bossen felroze pioenrozen te schikken in een emmer. Maar ze was op haar hoede, en gespannen, en ontweek verder contact.

De Église Saint-Alban was vanaf de boekwinkel maar twee huizenblokken verder de heuvel op, dus Eva was er al vóór ze haar gedachten helemaal had geordend, en vóór ze zichzelf kon afpraten van wat ze op het punt stond te gaan doen. Toen ze voor de deur stond met haar hand op de gietijzeren deurgreep, aarzelde ze. Ze ging nog niet naar binnen. *Kom op, Eva*, sprak ze zichzelf toe. *Je moet nu risico nemen. Je hebt iets nodig waarmee je de autoriteiten kunt overtuigen dat ze Tatuś moeten vrijlaten.*

Ze raapte haar moed bijeen, trok de deur open en stapte naar binnen. Het kerkje was klein maar fijn, in het gedempte licht zag ze een dozijn lange, nauwe houten kerkbanken voor het altaar staan. Op het altaar stond een katheder, en daarachter was een kleine gouden urn te zien. Tegen de achtermuur prijkte een gouden standbeeld van Jezus, die met een van pijn vertrokken gezicht opkeek naar de hemel, terwijl zijn lijf zat vastgespijkerd op een houten kruis. Op het altaar stonden kaarsen op hoge houders te flakkeren. Père Clément was nergens te bekennen.

Huiverend nam Eva plaats op een van de houten bankjes. Ze was nog nooit in een kerk geweest, ze had geen idee wat ze behoorde te doen. Terwijl de minuten verstreken, en père Clément nog altijd niet was verschenen, kwam er een gevoel van onrust over haar moeder opzetten. Wat als dit alles een soort valstrik was geweest? Wat nu als père Clément haar was gevolgd naar de boekwinkel, en de politie daarnaartoe had geleid nadat Eva was vertrokken? Maar aan de andere kant: waarom zou hij dat doen, waarom had hij dan niet die ochtend al de autoriteiten meegenomen?

De voordeur van de kerk ging open, en Eva draaide zich om in de verwachting dat ze over het gangpad père Clément aan zou zien komen lopen. Maar in zijn plaats zag ze een jong stel, van haar leeftijd. De man droeg een hoed laag over zijn ogen, en de vrouw, die een dunne sjaal om haar hoofd had gewikkeld, maakte een schichtige indruk. Haar ogen schoten van links naar rechts, en toen ze Eva zag, sloeg ze snel een kruis. De jonge man gaf een rukje aan haar arm en leidde haar naar een deur achter in de kerk met daarop een bordje BIECHTSTOEL. Ze verdwenen samen naar binnen.

Eva keek weer voor zich, naar het kruis, maar iets zat haar niet lekker. Gingen katholieken normaliter niet alleen een biechthokje in? Dat had ze wel eens gelezen. En er was nog iets. Ze kon zweren dat de jonge vrouw op de verkeerde manier een kruis had geslagen. Ze had het ooit Jean Gabin zien doen, in een van zijn films – ze wist niet meer of het *La Grande Illusion* was, *La Bête Humaine*, of *Le Quai des Brumes* – maar ze wist zeker dat hij eerst zijn hoofd, dan zijn borst, zijn linkerschouder en zijn rechterschouder had aangeraakt. Maar deze zenuwachtige vrouw was begonnen met haar hoofd, toen haar rechterschouder, haar borst en toen haar linkerschouder; een ruit dus, en geen kruis.

Eva deed alsof ze zat te bidden en wachtte tot het paar weer uit het biechthokje tevoorschijn zou komen. Als ze geen katholieke kerkgangers waren, wat kwamen ze hier dan doen? Terwijl de seconden wegtikten, keek Eva op naar het beeld van Jezus, dat tot in het kleinste detail was uitgewerkt. Hij zag eruit als de echte man, met compassie en pijn op zijn gezicht, en ze dacht na over hoe ze hem hadden vervolgd. Ze had niet veel over het leven van Jezus nagedacht, maar ook al geloofde ze niet dat hij de Messias was, ze was er wel van overtuigd dat hij een goed mens was geweest die ten onrechte om het leven was gebracht. Blijkbaar was het uitmoorden van mensen die anders waren dan de massa een gegeven dat zo oud was als de wereld.

Precies op dat moment doorbrak het piepen van een scharnier de stilte, en toen Eva over haar schouder keek, zag ze het stel haastig weglopen. De man had een stapeltje papier in zijn hand, dat hij in zijn hemd stak voordat hij de deur opendeed. Even viel er zonlicht naar binnen maar dat verdween weer, tegelijk met het koppel. Eva fronste en draaide zich weer om naar Jezus. 'Ik denk dat u wel weet wat hier gebeurt,' prevelde ze. 'U ziet toch altijd alles?'

'Ja, dat is zo, Hij ziet alles. Ik geloof in elk geval van wel.'

Eva schrok en keek naar links, waar père Clément heel rustig zat, twee meter verderop, in dezelfde kerkbank.

'Waar komt u opeens vandaan?' Haar hart ging tekeer.

'O, ik ben daarnet bij u komen zitten toen u mijn gasten nakeek. Je moet je omgeving altijd heel goed in de gaten houden. Dat is meteen een van onze eerste lessen.'

'Lessen?'

'Alhoewel ik vermoed dat u ons ook het een en ander kunt leren,' ging hij verder. 'En in antwoord op uw vraag, ik vind het altijd fijn om te geloven dat de Heer over ons waakt. Dat geeft me houvast, te midden van al deze chaos en onzekerheid. Ik hoop dat u daar ook wat troost in kunt vinden.' En zonder iets te zeggen stond hij op en liep weg. Eva staarde hem na. Ging hij weg? Was dit het? Maar toen draaide hij zich om en glimlachte. 'Nou, *ma chérie*? Kom je mee?'

'Mee waarnaartoe?'

'Dat zal je wel zien.' Zonder op antwoord te wachten hinkte hij weg. Eva aarzelde slechts een tel, en volgde hem. Rechts van het altaar draaide hij een deur van het slot en stapte zonder om te kijken over de drempel. Met nog een laatste zenuwachtige blik op het beeld van Jezus liep ze hem achterna.

'Welkom in onze bibliotheek,' zei hij, terwijl hij de deur achter haar dichtdeed en zij met open mond rondkeek in de ruimte die voor haar lag.

Het leek wel een droom, een kamer met overal boeken langs de wanden, en boven de boekenkasten, een één meter hoge glas-in-loodpartij over de volle lengte van de achtermuur, die allerlei kleuren licht scheen op de talloze in leer gebonden banden die dicht op elkaar stonden en opgestapeld lagen op alle mogelijke beschikbare plekjes. In het midden van de kamer stond een houten tafel, met daaraan twee houten stoelen.

Verrukt pakte Eva een willekeurig boek van de plank, rechts van haar. Het was gebonden in bruin leer en had versleten hoekjes, en de rug was bedrukt met iets vervaagde gouden bloemen en krullen, samen met de woorden *Epitres et Evangiles.* Vol ontzag gleed ze met haar vingers over de voorkant. Dit boek was misschien wel tweehonderd jaar oud.

'Die komt uit 1732, dacht ik,' zei père Clément, alsof hij haar gedachten kon lezen. Ze keek op, met het boek in haar handen, en hij lachte naar haar en maakte een ruim gebaar om zich heen. 'Het grootste deel van onze boeken is van vóór de Franse Revolutie. Deze kerk bestaat al heel lang, en onze bibliotheek is een van onze meest gekoesterde ruimtes. Dit is zelfs mijn favoriete plek op de hele wereld. Als ik rust zoek of troost, dan ga ik hiernaartoe. Ik dacht dat het u hier ook wel zou bevallen.'

'Het is adembenemend,' fluisterde ze, vergetend dat ze op haar hoede moest zijn. Boeken gaven haar het gevoel dat ze thuis was, waar ook ter wereld. 'En u kunt hier altijd naar binnen, wanneer u maar wilt?' vroeg ze. Met enige tegenzin legde ze het boek op tafel, en haar vingers jeukten om alle andere boeken te gaan ontdekken.

Père Clément gniffelde. 'Ja, nu je het zegt.'

Ze keek hem aan, en hij glimlachte, met een open, ontspannen blik. Ze vroeg zich af of hij net zo verrukt was door deze plek als zij. 'Waarom hebt u me hier mee naartoe genomen?'

'Ik dacht dat we elkaar misschien konden helpen.'

Meteen voelde ze zich weer op haar hoede. 'Elkaar helpen?'

Zijn glimlach was weg, en hoewel zijn ogen nog vriendelijk stonden, kon ze er ook onzekerheid in lezen. Hij leek zijn woorden zorgvuldig te kiezen. 'Hebt u uw papieren bij u? Ik wil ze graag even bekijken.'

'Waarom?' Eva deed een stap in de richting van de dichte deur.

Was deze glorieuze bibliotheek dan toch een soort valstrik? Een korte blik op perfectie voordat de strik werd aangetrokken en nooit meer openging?

'Alstublieft, mademoiselle. Ik zei al, ik heb geen kwaad in de zin.' Hij krabde op zijn achterhoofd en zocht naar woorden. 'Goed dan, ik zal het maar gewoon zeggen. We zoeken iemand met eh... artistieke vaardigheden.'

'Artistieke vaardigheden?'

'Artistieke vaardigheden die zelfs de scherpste politiefunctionaris om de tuin zouden leiden. Zodat mensen die niets verkeerd hebben gedaan verder kunnen reizen naar een leven in vrijheid.'

'Ik weet niet zeker of ik u goed begrijp.'

De pastoor leek nu niet op zijn gemak. 'Ah. Welnu, ziet u, mijn vrienden en ik hebben wat benodigdheden verzameld, maar het ziet ernaar uit dat de vraag naar onze diensten harder is gestegen dan ons vermogen om goed aan die vraag te voldoen. Madame Barbier is iemand met wie ik samenwerk en zij suggereerde dat uw talent ons misschien van pas kon komen.'

Ze ademde diep in. Het voelde alsof ze op het punt stond om van een hoge rots te springen; hierna kon ze niet meer terug. 'Hebt u het over het vervalsen van documenten?'

Hij viel stil en bleef haar aankijken. 'Ja. Ja, dat klopt, mademoiselle. Alstublieft, ik vraag het u nogmaals: mag ik uw papieren bekijken?'

Ze aarzelde en haalde ze uit haar zak. Ze gaf ze aan de pastoor, zonder iets te zeggen. Terwijl hij ze met gefronst voorhoofd bestudeerde vroeg ze zich af of ze een fout had begaan door hem te vertrouwen.

Na een tijdje keek hij op. 'Dit ziet er echt heel goed uit, mademoiselle Fontain. Zo heet u toch?'

'Ja, natuurlijk. Dat staat daar.'

'Inderdaad, ik zie het.' Hij keek haar aan. 'Welnu, mademoiselle Fontain, ik ben zeer onder de indruk. En ik vrees dus dat ik uw hulp nu alleen nog maar harder nodig heb dan ik al dacht.'

Wat als ze andere mensen kon helpen ontsnappen zoals zij en haar moeder hadden gedaan? Toch kon ze daar nog niet eens aan denken, niet zolang haar vader nog in gevaar was. Ze schraapte haar keel. 'Nou, weet u, dat zou ik wel willen, maar ik heb mijn handen vol op dit moment. Mijn vader zit onterecht gevangen.' Ze keek hem recht aan. 'In Parijs. Daar was een paar dagen geleden een grote razzia. Ze hebben veel Joden opgepakt.'

'Ja, een absolute tragedie. Zoiets van dertienduizend.'

Dus Josephs vreselijke voorspelling had er niet zo ver naast gezeten. 'Hoe weet u dat?'

'Zoals ik al zei, ik heb vrienden. De meeste arrestanten worden nu vastgehouden in Drancy, ten noordoosten van Parijs, in een groot gevangenkamp. U zegt dat uw vader ook is opgepakt? Het spijt me om dat te moeten horen.'

'Ja.' Eva was er nog steeds niet helemaal zeker van of ze de priester kon vertrouwen. Dat van het gevangenkamp hoorde ze nu voor het eerst. 'Ik zou graag de fout willen rechtzetten, maar ik heb de juiste papieren niet.'

'Ah, ik begrijp het. Welnu, mademoiselle Fontain, daar kan ik u misschien mee helpen.'

'Ja?' Eva hield haar adem in.

'Als u naar Drancy zou gaan met een brief van de Argentijnse consul, met daarin de uitleg dat uw vader Argentijns is, dan zouden de autoriteiten hem natuurlijk moeten vrijlaten,' zei père Clément, alsof het niets was. 'De Duitsers hebben een overeenkomst met de Argentijnse regering, ziet u. Ze zetten Argentijnse burgers liever niet gevangen, zelfs Joden niet.'

Eva opende en sloot haar mond. Het was niet in haar opgekomen dat ze zulk soort papieren nodig zou hebben. Maar het volstond natuurlijk niet om bij de poorten van een gevangenis op te dagen met niet meer dan alleen identiteitspapieren, hoe goed de vervalsing ook was. 'En hebt u vrienden in de Argentijnse gevangenis?' vroeg ze voorzichtig.

'Nee.' Père Clément bleef haar aankijken. 'Maar ik weet hoe hun documenten eruitzien. En ik heb allerlei kantoorbenodigdheden tot mijn beschikking. Ik zou u graag helpen, mademoiselle. Maar dan moet u mij ook helpen. We hebben meer documenten die nog niet af zijn.'

'Ik begrijp het.'

'Waarom denkt u er niet even over na?' Hij ging haar voor naar de deur, en terwijl hij die opende en haar terugleidde naar de kerk, was ze even in de war. Een moment lang was het niet moeilijk geweest om zichzelf voor te stellen, rondlopend tussen de rijen boekenkasten in de bibliotheek van Parijs, met als grootste zorg het behalen van haar Engelse graad, maar nu drong de echte wereld zich weer aan haar op. 'Als u interesse hebt, komt u dan vanavond naar de kerk als het donker is, maar komt u alleen. En ik zweer op mijn leven, mademoiselle Fontain, u en uw moeder kunnen madame Barbier vertrouwen.'

'Ook al heeft ze ons bij u verraden?'

Père Clément vergezelde haar naar de ingang en stak zijn hand uit naar de gietijzeren deurgreep. 'Was dat verraad? Of een poging om jullie te redden?'

En terwijl die vraag in de lucht bleef hangen, duwde hij de deur open. Zonlicht viel naar binnen, en Eva was een moment lang verblind. Toen ze zich omdraaide om de priester gedag te zeggen, was hij al verdwenen in het donkere binnenste van de kerk, en zij weer alleen met haar voortrazende gedachten.

8

mei 2005

Vijfendertig minuten na mijn telefoontje aan hem dat ik over negen uur naar Berlijn vertrek en graag een lift van hem zou krijgen naar het vliegveld, staat Ben bij me voor de deur.

'Mam, ben je gek geworden?' vraagt hij zonder inleiding als ik de deur opendoe en hem op het stoepje aantref, met zweetparels op zijn voorhoofd van de hitte, die zo typisch is voor Florida. 'Je springt straks gewoon op een vlucht naar Duitsland en ik moet doen alsof dat normaal is?'

'Het maakt me niet uit hoe je doet,' antwoord ik schouderophalend. 'Als je me maar naar het vliegveld brengt. Je bent wel veel te vroeg, hoor, schat.'

'Mam, doe niet zo raar.' Hij loopt naar binnen en ik doe de deur achter hem dicht, en bereid me voor op een woordenwisseling. Hoe ouder hij wordt, nou ja, hoe ouder ik word, hoe meer hij denkt te weten wat goed voor mij is. Ons laatste conflict, dat nog sleept, gaat over zijn pogingen om mij naar een aanleunwoning te krijgen, voor mijn eigen bestwil. Maar waarom zou ik? Ik heb ze nog alle honderd op een rijtje, en mijn zicht en gehoor zijn bijna nog net zo goed als een half leven geleden; ik loop naar mijn werk en ik kan nog prima zelf met de auto naar de winkel of naar een doktersafspraak. Ja, oké, grasmaaien heb ik drie jaar geleden moeten opgeven, nadat ik – heel gênant – een zonnesteek had opgelopen, maar nu wordt mijn gazon bijgehouden door een aardige tuinman die maar zestig dollar per maand rekent.

'Ik zie het probleem niet,' zeg ik tegen hem, terwijl ik me omdraai en naar mijn slaapkamer loop, waar mijn koffer open op bed ligt. 'Ik moet inpakken, lieverd.'

Mijn kamer staat vol boeken, de meeste in wankele stapels op de doorbuigende planken van de boekenrekken die Louis jaren geleden in elkaar heeft gezet. Ze staan vol met de verhalen van andere mensen, en mijn hele leven lang heb ik mezelf erin laten verliezen. Soms, als het 's nachts donker is en stil en ik ben alleen, dan vraag ik me af of ik het zou hebben overleefd zonder die vlucht uit de realiteit die hun bladzijdes me boden. Maar aan de andere kant, wie weet waren ze gewoon een excuus om aan mijn eigen leven te ontkomen.

'Mam,' zegt Ben, als hij me achternaloopt, de slaapkamer in. 'Leg me alsjeblieft even uit waar je mee bezig bent. Hoezo Duitsland? En waarom nu, opeens? Je hebt het nog nooit over Duitsland gehad!' Hij klinkt panisch, maar ook geïrriteerd, omdat ik zijn dag in de war heb geschopt.

Ik trek een muisgrijs wollen vest uit de onderste la van mijn bureau. Is het koud in Berlijn, in deze tijd van het jaar? Ik vouw het netjes op en leg het boven op de andere kleding. 'Er zijn wel meer dingen over mijn verleden die ik je niet heb verteld, Ben.'

Ben is nu tweeënvijftig, en toen hij werd geboren had ik de aandenkens aan het leven dat ik eens leidde allang weggeborgen. Zoals kinderen zich vaak niet kunnen voorstellen dat hun ouders ooit zelfstandige mensen waren met hun eigen dromen en verlangens, heeft Ben me nooit écht gekend. Hij kende de stukjes en beetje die ik hem voorschotelde, hij kende het lichaam dat hem verzorgde, de stem die standjes gaf, de handen die hem troostten.

Maar ik ben zo veel meer dan dat, ik besta uit zo veel stukjes die niets te maken hebben met mijn rol als zijn moeder, stukjes die ik hem nooit laat zien.

'Oké,' zegt Ben, en hij haalt een hand door zijn haar, dat nog steeds dik en donker is, in tegenstelling tot dat van zijn vader. Louis was bijna kaal toen hij midden veertig was, ook al probeerde hij nog zo dapper het grootste deel van zijn hoofd te bedekken met een grote haal van de kam, van achteren naar voren. Ik kon het nooit over mijn hart verkrijgen om te zeggen dat het er best suf uitzag. 'Laten we het dan zo doen, mam: je wacht een paar weken, en dan ga ik met je mee, goed? Ik moet wat dingen verzetten, en het zal wat moeite kosten, maar als het zo belangrijk is voor je...'

'Ik geloof dat we al hadden vastgesteld dat je heel druk en belangrijk bent,' zeg ik mild. Ik weet dat ik op dit vlak tekortgeschoten ben naar hem toe. Ik hou meer van hem dan van wie dan ook op deze aardkloot, maar in de loop der jaren heb ik ingezien dat ik er niet goed aan heb gedaan door hem de prioriteiten van zijn vader te laten leren terwijl ik opging in mijn boeken. Waar was ik toen hij moest leren over moed en geloof en dapperheid? Hij is een goed mens, dat weet ik, maar hij geeft te veel om succes en te weinig om de zaken van het hart, en zo heb ik nooit in elkaar gezeten.

'Mam, niet dit weer.' Het klinkt vermoeid. 'Ik weet dat jij vindt dat ik te veel geef om mijn werk, maar ik vind mijn werk gewoon leuk. Dat is toch niet erg.'

Ik negeer hem en leg een antracietkleurige jurk in de koffer, gevolgd door een lila jurk. Jurken die ik jaren geleden heb gekocht omdat ze me herinnerden aan het verleden, dus het voelt passend dat ik ze meeneem aangezien dat de bestemming is waar ik vanavond naartoe ga. 'Ben,' zeg ik, 'heb ik je ooit wel eens verteld over mijn moeder?'

Nu gaat hij met beide handen door zijn haar, en ik moet denken aan een gestoorde professor. 'Wat heeft dat er nu weer mee te maken?' Als ik geen antwoord geef, zucht hij, en laat hij zijn handen vallen ten teken van overgave. 'Nee, mam. Niet echt. Ik bedoel, ik weet dat ze Frans was...'

'Nee, ze was Poolse. Net als mijn vader.'

Hij trekt een verward gezicht. 'O ja. Natuurlijk. Maar ze zijn in Frankrijk gaan wonen toen ze nog jong waren, toch?'

Ik knik. 'Ja, maar dat is niet wat ik bedoel. Ik heb je nooit over haar verteld, of wel? Hoe ze in de keuken stond te dansen als ze dacht dat niemand keek, hoe ze kon lachen? Ik heb je niet verteld over de kleur van haar ogen – joh, Ben, die waren zo diepbruin, net pure chocolade. Of dat ze zo lekker rook, naar vanille en rozen.' Ik voel dat hij naar me staart als ik pauzeer om adem te halen. 'Ze was altijd bang om uitgevlakt te worden, alsof dat het ergste lot denkbaar was. En wat heb ik gedaan door niets van haar met jou te delen? Ik heb haar al die tijd dus uitgevlakt, of niet soms? Weet je eigenlijk wel hoe ze heet?'

'Mam,' zegt Ben op vlakke toon. 'Je laat me schrikken. Wat is dit allemaal over je moeder, ineens?'

'Faiga. Haar naam was Faiga.' Hij denkt natuurlijk dat ik gek aan het worden ben. Ik staar hem een ogenblik aan, en naast de compassie en de zorg in zijn blik, zie ik ook dat hij is afgeleid. Hij bedenkt wat hij allemaal nog moet doen, en hoeveel elke minuut hier hem kost. En dus besef ik dat de enige optie is om eerlijk te zijn. Soort van. 'Ben, lieverd, als jij dat wilt, dan zal ik mijn reis omboeken.'

'Ja, mam, dat zou fijn zijn. We kunnen het er vanavond over hebben, goed? Dan kun je me meteen ook vertellen waarom je opeens zo nodig naar een land wilt waar je geen band mee hebt.' Zijn betuttelende toontje is weer terug, wat een beetje van mijn schuldgevoel wegneemt.

‘Wat je wilt, lieverd,’ zeg ik. Ik stap naar hem toe en omhels hem voor een stevige knuffel. Hij wist mij uit, net zoals ik mijn eigen moeder heb uitgewist, door zichzelf toe te staan mij te zien als iets wat ik niet ben. Als hij naar me kijkt, ziet hij iemand die niet in staat is om voor zichzelf te zorgen. Maar dat is niet wie ik ben. ‘Ik hou van je, Ben,’ zeg ik terwijl hij naar de voordeur loopt.

‘Ik ook van jou, mam,’ Hij lacht naar me. ‘Niets geks doen terwijl ik weg ben, oké?’

‘Tuurlijk niet, schat,’ zeg ik. Zodra ik de deur achter hem dicht heb gedaan, pak ik de telefoon en bel het nummer van Delta. Tien minuten later ben ik omgeboekt naar de vlucht van 15.11 uur, die zes uur eerder vertrekt en morgen om 10.50 uur in Berlijn aankomt, na een overstap in New York. Ik heb niet echt gelogen tegen Ben, stel ik mezelf gerust. Ik boek mijn vlucht om, precies zoals ik heb gezegd. En zoals ik lang geleden al heb geleerd, de waarheid zit hem in de details. Ik bel een taxi, gooi nog wat toiletspullen in mijn tas, en wacht tot mijn toekomst begint.

9

juli 1942

'Je moet doen wat die priester zegt,' zei Mamusia nadat Eva haar had opgehaald uit de boekwinkel en op hun pensionkamer had verteld over de ontmoeting in de kerk. 'Voor je vader.' Op de wandeling naar huis had het stadje liggen bakeren in de middagzon, de daken met terracotta dakpannetjes gloeiden in het licht alsof ze in brand stonden.

'Dit zou niet alleen om Tatuś gaan, geloof ik. Père Clément verwacht er iets voor terug.'

'Dan help je hem met nog een paar andere vervalsingen,' zei Mamusia na even te hebben gezwegen. 'Hoelang doe je daarover? Een dag? Twee? En daarna moeten we weg. Dan kunnen we met zijn allen naar Zwitserland.'

Eva knikte, maar ze wist niet of het zo makkelijk zou gaan.

Net over zevenen klonk er geklop op de deur, en toen Eva behoedzaam opendeed, zag ze madame Barbier staan.

'Ik heb het diner voor jullie klaarstaan in de eetzaal,' kondigde de oudere vrouw aan.

'U weet vast wel dat we geen voedselbonnen hebben,' antwoordde Eva.

'In Aurignon zorgen we voor elkaar.'

Eva haalde diep adem. 'Was dat ook wat u deed toen u père Clément over ons vertelde?'

Madame Barbier keek de andere kant op. 'Ik was bezig uw leven te redden, mademoiselle, en dat van uw moeder. Jullie papieren waren goed, maar jullie hadden niet aan alles gedacht. Nog steeds niet.' En ze draaide zich om voordat Eva nog iets kon zeggen.

Toen Eva en haar moeder even later alleen aanschoven aan de eettafel, stond er een waar feestmaal voor hen klaar. In het midden van een tafel die voor drie was gedekt stond een gegrilde kip op een bedje van bosuien, en daarnaast een schaal met glinsterende, krokant gebakken aardappels, een fles rode wijn en een karaf water. Eva en haar moeder wisselden enkele onzekere blikken uit. Het leek te mooi om waar te zijn, Eva had zo veel rijkdom niet meer gezien sinds de oorlog was begonnen. Om zich heen kijkend, fluisterde Mamusia haastig de joodse zegening uit voor brood, de *hamotzi*, gevolgd door de zegening voor wijn, precies toen madame Barbier de eetzaal in liep.

'Ik hoop dat u het niet erg vindt als ik erbij kom zitten,' zei madame Barbier, terwijl ze zich op een stoel liet zakken voordat iemand kon antwoorden. 'Er zit een boer aan de rand van de stad die ik een dienst heb bewezen. In ruil geeft hij me af en toe wat voedsel. Maar dit hier kan ik niet in mijn eentje op.'

'Waarom helpt u ons?' vroeg Eva, terwijl madame Barbier de kip aansneed. Er steeg damp op van de vogel, en Eva sloot verrukt haar ogen, de zalig geur opsnuivend.

'Omdat jullie veel hebben meegemaakt.' Madame Barbier legde een dikke plak kippenborst op Mamusia's bord en een poot met een krokant velletje op dat van Eva. 'En omdat ik hoop dat jullie zullen beslissen om wat langer in Aurignon te blijven. De kamer mogen jullie houden zolang als jullie willen. Ik heb gehoord dat père Clément u een bescheiden salaris kan betalen, wat meer dan genoeg zal zijn om jullie logies te dekken.'

'Dank u wel,' zei Mamusia, terwijl ze haar servet over haar schoot gladstreek. 'Maar we zullen hier niet zo lang zijn.'

'Ik begrijp het.' Madame Barbier keek de vrouwen niet aan terwijl ze aardappels en groente opschepte op hun borden, en bij zichzelf. Ze schonk een glaasje wijn in voor iedereen. 'Ik had begrepen dat uw dochter met père Clément had gesproken.'

Eva voelde zich verscheurd. Madame Barbier zei voor zichzelf een kort gebed op, en zette vervolgens het mes in haar eigen kippenpoot. 'We hebben nog niets besloten.'

Mamusia keek haar fel aan. 'Jawel hoor. Jij gaat je vader terughalen, en dan vertrekken we.'

Madame Barbier wendde zich tot Eva, met heldere ogen. 'Denkt u er ook zo over? Zou u ons achterlaten zo vlak nadat we u hebben geholpen?'

Eva's eetlust was opeens verdwenen. 'Ik... ik weet het niet.'

'Maar je vader...' zei Mamusia, met haar stem een octaaf hoger.

Aan de andere kant van de tafel schraapte madame Barbier haar keel. 'Père Clément is een goed mens, madame. U kunt hem vertrouwen. Hij doet goed werk.'

Mamusia keek haar streng aan. 'Dat geloof ik best, maar hij heeft niets met ons te maken.'

'Au contraire. Ik geloof dat hij álles met jullie te maken heeft, als u uw man weer wilt zien.'

Briesend schoof Mamusia haar stoel naar achteren. Even dacht Eva dat ze boos weg zou lopen, maar haar moeder leek zich te bedenken, misschien verleid door het volle bord voor haar neus. In plaats daarvan schoof ze mopperend haar stoel weer aan. Madame Barbier sneed ondertussen een stukje kip af op haar bord, met een aangenaam neutrale blik.

'En eh... woont u hier alleen?' vroeg Eva toen de stilte ongemakkelijk begon te voelen.

'Ja, schat,' antwoordde de oudere dame. 'Mijn echtgenoot en ik runden samen het pensioen in gelukkiger tijden. Aurignon was vroeger een redelijk populaire vakantiebestemming voor mensen uit Lyon, Dijon en zelfs Parijs, mensen die de stad wilden ontvluchten in de zomer. Toen stierf mijn man in '39, en toen begon de oorlog.'

'Het spijt me dit te horen, van uw man,' zei Mamusia, opkijkend.

'En het spijt mij voor uw man. Maar u kunt tenminste nog hoop koesteren. En u heeft uw dochter.' Madame Barbier knikte naar Eva. 'Mijn zoon ging vlak na de dood van zijn vader voor Frankrijk vechten. Hij is niet teruggekomen.'

'Ook dat is heel naar om te horen,' zei Mamusia. Vervolgens keek ze naar Eva, die ook haar condoleances mompelde.

Madame Barbier ontving de woorden met een korte knik. 'Dus zoals jullie je kunnen voorstellen ben ik niet dol op de Duitsers, ook al wil Pétain hun gelaarsde hielen likken, die oude gek. Mijn Frankrijk is dat waarvoor mijn man heeft gevochten in de Eerste Wereldoorlog, en het Frankrijk waar mijn zoon zijn leven voor heeft gegeven.' Opeens waren haar ogen op Eva gericht, en er lag vuur in. 'Het is het Frankrijk waarvan ik hoop dat u er ook voor zult willen vechten, mademoiselle. Welnu, als u me wilt verontschuldigen, ik denk dat ik klaar ben.' En plotseling stond ze op, schoof haar stoel naar achteren en griste haar bord weg, maar voordat ze wegliep zag Eva nog net een traan over haar wang glijden.

'We zijn ze niets verschuldigd,' verbrak Mamusia even later brommend de stilte die madame Barbier had achtergelaten.

Eva zuchtte. 'Natuurlijk wel. Ik was nooit op het idee gekomen om documenten van de Argentijnse ambassade te vervalsen. En zelfs al was ik erop gekomen, dan nog had ik nooit geweten hoe ik dat zou moeten doen.'

'Goed, dus je hebt wat informatie gekregen van de priester. En madame Barbier heeft wat eten voor ons klaargemaakt. En wat dan nog?'

'Het lekkerste wat we in twee jaar hebben gegeten, Mamusia.'

Mamusia keek opzij. 'Dat betekent nog niet dat je iets moet doen wat je niet wilt doen.'

'En als ik nou wil helpen?'

'Je weet niet eens waar de priester precies mee bezig is.'

'Ik weet dat hij bezig is mensen te helpen. En misschien is dat iets wat ik ook zou moeten doen.'

Mamusia klemde haar kiezen op elkaar. 'Wat jij zou moeten doen, *moje serduszko*, mijn hartje, is voor je familie zorgen. Vergeet niet, Frankrijk heeft ons in de steek gelaten. Jóú ook.' Met een grom ging ze verder met eten, en terwijl Eva toekeek hoe ze at, vulde haar eigen maag zich met twijfels.

Frankrijk kon haar in de steek hebben gelaten. Maar wilde dat zeggen dat Eva dat terug moest doen, als er levens op het spel stonden?

Nadat ze haar moeder had geholpen met afruimen en met de vaat in een lege keuken, waste Eva haar handen en gezicht en vertrok in de schemering, om père Clément te ontmoeten.

De zware voordeur van de kerk was niet op slot, maar binnen in de spelonkachtige ruimte was het donker en stil, en het enige licht kwam van een paar kaarsen die bijna waren opgebrand. Boven het altaar leek het beeld van Jezus haar aan te kijken, en ze wist niet of ze daar nu rustig of nerveus van moest worden. Wat had ze verwacht, dat père Clément opgewekt zou zitten te wachten met de rode loper uit? Ze aarzelde even en liep toen naar de deur rechts van de kansel, die naar de kleine bibliotheek leidde. Hij was open.

Hier was père Clément ook niet, maar de lege ruimte was kennelijk wel voor haar klaargemaakt. De gordijnen waren dichtgetrokken voor de glas-in-loodramen, waardoor de ruimte op een grot leek, en er brandden drie lantaarns in de kamer, een op de tafel in het midden.

Eva deed de deur zachtjes achter zich dicht en liep voorzichtig naar binnen. Haar ogen werden groter toen ze zich realiseerde wat er midden op het werkblad lag. Ze zag wat leek op een officieel formulier van het Argentijnse consulaat, met daarnaast meerdere lege vellen dik papier, en tekenpennen in rood, blauw, zwart, en paars. Een oude typemachine, zo een waar haar vader zich meteen over zou buigen om verlekkerd te onderzoeken, stond net links van de lamp op haar te wachten. Het in leer gebonden boek, dat met de gouden letters op de rug waarvan père Clément had gezegd dat het in 1732 was gedrukt, lag op de hoek van de tafel, precies waar ze het die ochtend had achtergelaten.

'Père Clément?' zei ze hardop, maar het bleef stil. Na een paar tellen nam ze voorzichtig plaats op een van de twee stoelen aan tafel, en pakte de authentieke brief van het Argentijnse consulaat. De opmaak was relatief eenvoudig, en de stempels zagen er gemakkelijk te vervalsen uit. Ze wachtte nog een minuut, pakte toen een van de schone vellen papier en rolde het in de typemachine. Ze zou eerst de brief opstellen, gebaseerd op het echte document, en daarna zou ze zich storten op het briefhoofd en de stempels.

Al neuriënd typte ze de zinnen van een formele brief, die verklaarde dat Leo Traube, uit de Rue Elzévir in Parijs, feitelijk in Argentinië was geboren en zodoende was vrijgesteld van Duitse detentie. Hij moest, zo typte ze, onmiddellijk worden vrijgelaten. Toen ze klaar was met de brief, dupliceerde ze de uitbundige handtekening van de echte diplomaat. Vervolgens nam ze de zwarte pen ter hand, om het briefhoofd van het consulaat heel nauwgezet te kopiëren.

Daarna waren de stempels aan de beurt, rood en blauw. Ze haalde het zware in leer gebonden boek met epistels en evangeliën over tafel naar zich toe, om het papier waaraan ze bezig was op zijn plek te houden. Terwijl ze de stempels natekende dwaalden haar gedachten af, zoals zo vaak als ze creatief bezig was. Ze voelde het ritme van haar adem bij elk lijntje dat ze met haar pen zette, en terwijl de stempels langzaam vorm kregen op het papier, begon er vanbinnen een hoopvol gevoel te gloren. Ze was goed bezig, en dat wist ze.

Ze was bijna klaar met de laatste stempel – een blauwe zon – toen het geluid van een opengaande deur haar uit haar rêverie haalde. Geschrokken sprong ze op, happend naar adem, en met het valse document tegen zich aan gedrukt. Uit de schaduwen tussen de boekenkasten kwam een jongeman tevoorschijn. Meteen grabbelde Eva naar de originele Argentijnse brief op tafel. Ze stak hem snel, samen met de vervalsing, achter in haar rok, onder de tailleband.

De man staarde haar aan zonder iets te zeggen. Hij had zwart haar, en zijn ogen leken groen, of lichtbruin misschien, in het flikkerende licht van de lantaarns. Hij was gebruind, had een brede kaak, brede schouders en een smalle taille. Zijn gezichtsuitdrukking was onbewogen.

'Goedenavond, monsieur.' Eva probeerde luchtig te klinken, en onschuldig, maar in haar stem zat een kraakje.

Zijn gezicht veranderde niet, terwijl hij zijn armen over elkaar sloeg, en zijn blik strak op haar gericht hield. 'Wat doet u hier?'

Eva zette een nerveuze en onechte glimlach op en graaide het boek van tafel. 'Ik ben hier om te lezen,' zei ze, terwijl ze de in leer gebonden band ophield.

'Epitres et Evangiles,' zei hij, zijn hoofd gekanteld om de rug te lezen. 'Ach, ja, natuurlijk. Met zo'n eeuwenoud gebedenboek is het altijd zo heerlijk ontspannen.'

Nu kon ze haar wangen voelen vlammen. 'Nou, ik ben zeer gelovig, ziet u. Père Clément zei dat ik hier mocht zitten.'

De man had nog geen beweging gemaakt. 'Ja, religieuze studenten zoals u helpt hij altijd graag.'

'Nou, en of.'

Hij bleef haar aanstaren, en ook al wilde Eva wegkijken, ze kon het niet. 'Dan neem ik maar aan,' zei hij uiteindelijk, 'dat u de beroemde Colette Fontain bent.'

Haar hart sloeg over. Had père Clément haar dan toch verraden? Of madame Barbier?

'Haalt u die blik van het konijn in het licht van de koplampen maar van uw gezicht, mademoiselle,' zei de man zonder op antwoord te wachten. 'Père Clément heeft me alles over u verteld.'

Eva knipperde en sloeg toen haar ogen neer. 'Ik weet niet waar u het over heeft.'

Hij deed een stap naar haar toe, en nog een. Hij stond nu zo dichtbij dat ze zijn warme adem op haar voorhoofd voelde, terwijl zij naar haar voeten staarde. 'Ik denk van wel.' En toen voelde ze zijn arm om haar heen, bijna als in een omhelzing, en ze gilde. Was het dan zover? Was hij gekomen om haar te arresteren? Toen stapte hij naar achteren, en heel even voelde ze een golf van verlichting, al was het maar voor een kort moment. Ze werd koud over haar hele lichaam toen ze besefte dat hij de papieren had gepakt die ze had geprobeerd in haar rok te verbergen.

'Ik... ik kan dat uitleggen,' zei ze.

'U moet echt niet zo schreeuwen, hoor,' zei hij terloops, onder het bestuderen van de papieren. 'Iedereen kan u buiten horen. U wilt toch niet onze schuilplek prijsgeven?'

'Onze... wat?'

Hij keek op. 'Onze schuilplek,' herhaalde hij langzaam, alsof hij het tegen een klein kind had. 'U begrijpt toch wel dat we onze privacy nodig hebben. Père Clément zei dat u op hem overkwam als een slimme dame, maar als u dit al niet begrijpt, dan heeft hij u te hoog ingeschat.'

Wie wás deze man? Moest ze wegrennen? Ze begon langzaam wat centimeters naar de deur te schuifelen.

'Waar gaat u in hemelsnaam heen?' Hij keek verward.

Ze slikte iets weg en ging weer staan waar ze stond. 'Nergens.' Dit moest ook op een andere manier kunnen. 'Moet u horen, die papieren, die lagen hier al toen ik aankwam om de evangeliën te lezen.'

'De brieven, bedoelt u.'

'Ja, ja, natuurlijk.'

Hij keek weer naar de documenten. 'Nou, u hebt een accent op de *e* vergeten in de handtekening van de consul. Maar verder is het heel goed. Ik ben onder de indruk.' Hij keek op en gaf haar de brieven terug. Zij gaapte hem aan. 'Er is maar één probleem. Uw papieren zeggen dat u Colette Fontain bent? Ik begrijp dat ze heel goed zijn, en daar feliciteer ik u mee. Maar waar hebt u de naam vandaan?'

'Dat eh... dat is natuurlijk mijn naam, monsieur.'

Hij wuifde haar woorden weg. 'Het is al laat, mademoiselle. Ik ben hier duidelijk niet om u iets aan te doen. Ik ben hier om te helpen. Met identiteiten die uit de lucht zijn gegrepen is niets mis als er sprake is van noodsituaties waarbij men alleen hoeft te reizen. Maar als u van plan bent meer te doen dan met de trein gaan, zoals bijvoorbeeld aankloppen op de poort van een gevangenkamp en daar de vrijlating eisen van een gevangene, dan hebt u papieren nodig die overtuigender zijn dan deze.'

‘Ik weet niet wat u...’

‘De autoriteiten vergelijken identiteiten met die in de officiële registers, begrijpt u,’ zei hij, haar bezwaren terzijde schuivend alsof ze niets had gezegd. ‘Welnu, er zijn meerdere manieren om aan echte identiteiten te komen. Valse demobilisatiebewijzen zijn mijn favoriet, want die zijn simpel te vervalsen, maar die werken alleen voor mannen in de dienstplichtige leeftijd, en u bent een vrouw, natuurlijk. We hebben geen tijd om een echt persoon te vinden die haar identiteit met u wil delen, en trouwens, dit is zo'n klein stadje dat ik betwijfel of we zelfs wel iemand zouden vinden die een goede match zou zijn. Persoonlijk vind ik het smakeloos om kerkhoven af te struinen op zoek naar namen en geboortedata.’ Het leek bijna of hij het tegen zichzelf had, terwijl ze hem bleef aanstaren. ‘Maar de *Journal Officiel*, mademoiselle, dat is echt een uitkomst. Die heeft ons meer dan eens gered.’

‘De *Journal Officiel*?’ Ze moest zich inspannen om zijn snelvuur van gedachten te kunnen volgen. Natuurlijk was ze bekend met het dagblad, ook wel de *JO* genoemd, waarin alle nationale wetten, decreten, en officiële aankondigingen voor het hele land werden gepubliceerd, maar wat had dat met haar te maken?

‘U slaat het katern met geboortes, overlijdensberichten, huwelijksaankondigingen, besluiten tot naturalisatie en dergelijke natuurlijk meteen over. Klopt dat?’ Hij wachtte niet op antwoord. ‘Logisch. Wie heeft er nu tijd voor dat saaie gedoe? Welnu, dat zal ik u zeggen, mademoiselle. Ik. Het is een schat aan identiteiten, die gewoon liggen te wachten om geleend te worden.’

Ze knipperde een paar keer met haar ogen terwijl het tot haar doordrong waar hij op doelde. ‘U leent echte namen uit de *JO* voor valse papieren.’

‘U bent inderdaad slim.’

Ze keek hem vorsend aan. ‘Dan bent u dus een vervalser.’

Hij grijnsde. 'Ach. Ik vind mezelf meer een kunstenaar... of soms zelfs gewoon een genie. Maar vervalser is ook goed, als u dat makkelijker vindt. Welnu, ik hoor dat u een vaardige hand hebt. Zullen we dat eens bekijken?' Hij draaide zich om naar de boekenplank net links van haar en haalde er wat boeken vanaf. Achter de plank zat een dubbel paneel dat een compartiment ter grootte van een broodtrommel verhulde. Ze zag hoe hij er een handvol lege papieren uit haalde. Hij legde ze voor haar neer op tafel en schoof het houten paneel weer dicht en zette de boeken weer terug op hun plek. 'Blanco documenten,' verduidelijkte hij, knikkend naar de papieren.

Ze keek ernaar. Inderdaad, daar lagen meerdere identiteitskaarten en wat losse vellen papier. 'Maar wat...'

Hij viel haar opnieuw in de rede, op montere toon. 'Ik ben zo vrij geweest om een identiteit voor u te kiezen. Het kan nogal een taaie klus zijn om het hele *Journal Officiel* te moeten doorzoeken, en nou ja, ik hoop dat ik u niet beledig, maar u ziet er doodmoe uit.'

Ze schudde langzaam nee.

'Marie Charpentier,' zei hij.

'Pardon?'

'Marie Charpentier. U moet het echt even opschrijven.' Hij wachtte geduldig terwijl zij, een beetje versuft een pen pakte en gehoorzaam de naam opschreef. 'Tweede naam, Renée. Geboren op 11 februari 1921, in Parijs. U bent secretaresse. En u woont in Parijs, Rue Visconti 18 in het zesde arrondissement. O, ja, en morgen om iets na tienen vertrekt er een bus naar Clermont-Ferrand, vanaf het stadsplein. Hebt u dat?'

Ze keek op naar hem. 'Maar...'

'Goed. U zou de nietjes in uw foto moeten kunnen losmaken, en als u zo goed bent als père Clément zegt dat u bent, dan moet u genoeg hebben aan het deel van de stempel dat er al op gedrukt staat. Stempels zijn natuurlijk heel lastig; daar zijn er zo ontzettend veel van, en ik heb alleen de meest voorkomende kunnen uitsnijden, maar ik zie dat u zich goed heeft gered. Indrukwekkend. Hoe dan ook, we zullen betere documenten voor u regelen als u terugkomt uit Parijs. En dan nog een vraag, mademoiselle Charpentier, ik hoop dat u het niet erg vindt als ik u zo noem. Hebt u veel ervaring met het vervalsen van andere documenten?'

'Ik... ik heb dit nog nooit gedaan.'

Hij fronste. 'Interessant. Welnu, vergeet u niet de lantaarns uit te doen als u vertrekt, alstublieft? We willen natuurlijk niet dat de kerk afbrandt.'

'Ik...' begon ze, maar hij was al op weg naar de deur.

'Veel plezier met de brieven!' zei hij vrolijk, nu eindelijk met een lach.

Voordat ze kon antwoorden was hij weg, stilletjes de deur achter hem dichtdoend, en haar alleen latend met haar gedachten, die alle kanten op schoten. Ze staarde hem na en keek toen naar haar vervalste brief. Er miste inderdaad een accent, precies zoals hij had gezegd.

10

Toen ze na de kerk was teruggekomen met haar nieuwe vervalste identiteitskaart die haar identificeerde als Marie Charpentier kon Eva de slaap niet vatten. Nog voordat het licht werd en terwijl haar moeder nog rustig lag te slapen, maakte ze heel precies de reisvergunningen na, voor haar vader en voor zichzelf, zodat ze naar Aurignon zouden kunnen reizen nadat ze hem uit Drancy had bevrijd. Hoewel ze een wee gevoel in haar buik had van de zenuwen, verliet ze toch de kamer om père Clément te gaan zoeken, voordat haar moeder wakker werd. Maar de kerk was leeg, en hij was nergens te bekennen. Ook zag ze madame Barbier niet, om iets aan te kunnen vragen. Hoewel de man met het donkere haar de bus van tien uur had genoemd, had Eva er ook een van acht uur gezien, op de tabel met haltevertrektijden op het plein. Omdat ze zo snel mogelijk naar Parijs wilde, vertrok Eva haastig naar het plein, nadat ze haar moeder had gewekt en had verteld wat er de avond ervoor in de kerk was gebeurd.

'Dat wil nog steeds niet zeggen dat je die mensen wat verschuldigd bent,' morde haar moeder.

'Mamusia, als ze me helpen Tatuś te redden, dan ben ik ze alles verschuldigd.'

Mamusia zuchtte. 'Zorg nu maar dat hij veilig bij ons terugkomt, moje serduszko. Ik reken op je.'

Uren later in Clermont-Ferrand klonken de woorden van haar moeder nog na in haar hoofd, terwijl ze haar papieren presenteerde aan een verveeld uitziende Franse politieman, en instapte in de trein naar Parijs. *Zorg nu maar dat hij veilig bij ons terugkomt... Ik reken op je.* Het voelde alsof het gewicht van de wereld op haar schouders rustte. Terwijl de trein in cadans begon te komen en haar langzaam naar het noorden bracht, dieper het land in dat zo verzadigd was van Duitsers, sloot Eva haar ogen en legde haar voorhoofd te rusten tegen het koude raam. 'Alstublieft, God,' mompelde ze, 'zorgt u goed voor mijn moeder.'

De eerste etappe van de reis verliep zonder hindernissen, en Eva zou hebben kunnen dutten als ze niet zo veel adrenaline in haar lijf had. Wijngaarden, windmolens, en kleine dorpjes raasden buiten voorbij, en Eva deed haar best om de andere passagiers te negeren en de Duitse soldaten die om de zoveel tijd door het gangpad liepen.

Ze waren net voorbij Saint-Germain-des-Fossés, ten noorden van Vichy, toen een man op een zitplaats naast haar hard zijn keel schraapte. Eva negeerde hem, en bleef kijken naar een meanderend beekje dat langs een boerderijtje liep met overal schapen in de wei, maar toen hij zei: '*Fräulein*? Uw papieren?' met een onmiskenbaar Duits accent, toen kon ze niet anders dan opkijken.

Ze zag een blonde man – een jongen, eigenlijk – in een Duits uniform die haar streng aankeek. Hij zag er jaren jonger uit dan zijzelf, maar hij stond kaarsrecht overeind, alsof hij in zijn volle lengte dreigender over zou komen. Ze wilde tegen hem zeggen dat de nazi-emblemen op zijn borst hem al eng genoeg maakten, zonder hulp van een overdreven houding. Maar in plaats daarvan deed ze haar best om haar gezicht in de plooi te houden terwijl ze hem haar valse identiteitskaart en de reisvergunning overhandigde.

De soldaat bestudeerde beide, met toegeknepen ogen. Toen hij Eva weer aankeek, was zijn uitdrukking zelfvoldaan en hard. 'Fräulein Charpentier,' zei hij, met een stem vol minachting. 'Waar gaat de reis heen, vandaag?'

'Parijs.'

'Om wat te doen?'

Haar hart bonsde. Waarom had hij haar er uitgepikt om lastig te vallen? Haar papieren waren eerder gewoon door de controle gekomen. Ze keek snel de treincoupé rond en zag dat meerdere mensen naar haar zaten te staren, sommige met sympathie, andere argwanend. Ze richtte haar aandacht weer op de Duitser. 'Ik ga naar huis.'

'En waar komt u vandaan?' De blik van de soldaat was nog iets argwanender geworden.

'Aurignon.'

'Wat had u daar te doen?'

'Ik heb mijn tante bezocht.'

'Ik zou graag wat meer documenten zien.'

'Meer documenten?'

'U hebt toch wel andere papieren? Om te bewijzen dat u bent wie u zegt dat u bent?'

Eva staarde hem aan en voelde haar hart tekeergaan. 'Maar alles wat ik nodig heb om legaal te reizen is mijn reisvergunning en mijn identiteitskaart.'

De ogen van de soldaat waren nu fel, er lag opwinding in, en Eva voelde zich als een gewond konijn dat wordt omcirkeld door een hongerige wolf. 'En toch zouden de meeste burgers nog iets anders bij zich dragen dat bewijst wie ze zijn.' Hij trok een wenkbrauw op. 'Tenzij ze met valse papieren reizen.'

'Is er iets aan de hand?' Een diepe stem met een Frans accent kwam achter de soldaat vandaan, en terwijl hij zich met een spottende grijns omdraaide, viel Eva's mond open. Bij een rij stoelen verderop stond de man met de donkere haren van gisteravond, die man uit de kerkbibliotheek. Ze zoog een teug adem naar binnen.

'En u bent...?' vroeg de Duitser.

'Haar echtgenoot.' Soepel liet hij zich zakken op de zitting naast Eva, legde zijn hand bezitterig op haar dij, en kuste haar op de wang. 'Hallo, schat. Sorry dat ik zo lang weg was. Ik stond te genieten van het uitzicht en vergat de tijd.'

'Hoi,' wist Eva uit te brengen.

'Haar echtgenoot? Laat me uw papieren dan maar zien.'

Eva's adem stokte. Hoe zou hij hier onderuit komen?

Maar hij glimlachte en haalde documenten uit zijn zak en gaf ze aan de Duitser.

'Rémy Charpentier,' las de soldaat, en dit keer ademde Eva hoorbaar in, waar ze een snelle por tussen haar ribben voor kreeg.

'Sorry, schat,' zei hij vrolijk, nijdig uit zijn ogen kijkend boven een charmante glimlach. 'Ik schoot uit met mijn arm.'

Terwijl Eva hem aangaapte trok hij wat andere papieren tevoorschijn en overhandigde ze aan de soldaat. 'Alstublieft. Mijn vrouws universiteitspas, haar bibliotheekpas, en een boete die ze vorige week kreeg omdat ze op haar fiets reed zonder licht. Ze verliest nog wel eens wat, vandaar dat ik spullen vaak voor haar bewaar. U weet hoe vrouwen soms kunnen zijn.'

De soldaat bladerde door de papieren zonder een frons op het voorhoofd en gaf ze weer terug. 'Heel goed. Maar u moet haar niet meer alleen laten reizen. Ze heeft een nogal joods uiterlijk.'

'Ja, natuurlijk, dank u voor het advies.' De man met het donkere haar knikte beleefd naar de soldaat, die doorliep.

Eva wachtte totdat de Duitser buiten het gehoor was, leunde toen naar hem over en siste: 'Wil je dan nu je hand alsjeblieft van mijn been af halen?'

'Is dat mijn dank voor dat ik je heb gered?' De man grijnsde naar haar, maar na een paar tellen haalde hij toch zijn hand weg. Eva's papieren had hij nog steeds vast.

'Wat doe jij hier?'

'Nou, lieverd, samen met jou reizen, natuurlijk,' antwoordde hij hardop, wijzend naar buiten. 'Kijk eens, is dat Varennes-sur-Allier waar we nu voorbijkomen? Ja, ik denk van wel. Vind je het niet prachtig hoe de rivier door het dorp kronkelt? Je kunt hem daar zien, net voorbij dat veld.'

'Wil je dat ik het landschap met je bespreek?'

'Nee.' Zijn stem klonk opeens zachter, en dringend, in haar oor. 'Ik wil dat je kalmeert en doet alsof je verliefd op me bent. Of op zijn minst bij me hoort. Ik heb je net gered, en het minste wat je kunt doen is me de komende paar uur vertrouwen. Ik zal het allemaal uitleggen als we in Parijs zijn. Hier zijn te veel mensen die ons in de gaten houden.' Hij liet zijn charmante lach weer zien aan een oudere vrouw die hen vanaf een paar stoelen verderop zat aan te gapen. Ze snoof en ging verder met breien.

'Goed,' sputterde Eva. 'Mag ik nu mijn papieren weer terug?'

Hij gaf haar de documenten die ze had vervalst, samen met de andere waarmee hij de Duitser had overtuigd dat ze was wie ze zei dat ze was. Ze bekeek ze en fronste. 'Maar dit is heel slecht.'

De jongeman keek beledigd. 'Ik neem aan dat wat je bedoelde te zeggen was: ontzettend bedankt, Rémy, dat je me bent komen redden.'

'Ik...'

'Persoonlijk vind ik het best goed gelukt, voor een haastklus.'

Ze keek hem alleen aan.

‘O, alsjeblieft zeg, daar is die konijn-in-de-koplampenblik weer.’ Hij rolde met zijn ogen. ‘Nou, doe even mee en hou mijn hand vast, goed? Je soldatenvriendje komt er weer aan.’

Eva keek op en zag de Duitser met grote passen hun kant op komen lopen vanaf de andere kant van de wagon, en zijn dreigende blik liet haar niet los. Maar voordat de soldaat iets kon zeggen leunde Rémy voorover en bedekte haar mond met de zijne. Terwijl hij haar kuste, voelden zijn lippen zacht en teder. Eva aarzelde en keek nog een keer naar de nijdig kijkende Duitser voordat ze haar ogen sloot en zijn kus beantwoordde. De zuurstof leek om haar heen te verdwijnen, en ze voelde zich licht in haar hoofd. Tegen de tijd dat Rémy met een lachend gezicht weer terugveerde, was de Duitser weg, en ging haar hart tekeer. Ze wist wel dat de kus niet meer was geweest dan een afleidingsmanoeuvre, maar zijn tederheid had haar van haar stuk gebracht. ‘Je kunt me toch niet zomaar zo kussen,’ fluisterde ze.

Hij lachte alleen en schudde zijn hoofd. ‘Sorry, ik verstond je niet goed. O ja, je zei natuurlijk: dank je wel, knappe Rémy, dat je me voor de tweede keer vandaag hebt gered?’

‘Was dat wat dit was? Een reddingsactie?’

‘Zeker,’ zei Rémy, die met een zucht achteroverleunde in zijn eigen zitting, met sporen van een tevreden glimlach rond zijn lippen. ‘Je bent tenslotte mijn vrouw.’

Het begon te schemeren toen de trein na een tiental onderbrekingen eindelijk Parijs binnenreed. Eén keer hadden ze ontploffingen gehoord in de achtergrond, en dichter bij de stad was er geweervuur. Was het echt pas vier dagen geleden dat Eva de hoofdstad had verlaten? Nu al voelde het hier donkerder en onheilspellender.

Rémy hield haar hand vast en droeg haar koffertje toen ze de trein uitstapten. Allebei maakten ze een beleefd knikje naar de Duitser die haar eerder had lastiggevallen. Hij gebaarde dat ze konden doorlopen, maar Eva voelde zijn blik in haar rug branden terwijl ze wegliepen.

Zodra ze het station uit waren en naar het noorden wandelden op Rue de Lyon, trok Eva haar hand terug. 'Mooi, nu zijn we alleen. Zeg me wat je hier doet.'

'Ik voel nog steeds bitter weinig waardering van mijn lieftallige echtgenote.' Hij grijnsde naar haar.

'Ik meen het. Was je me aan het volgen?'

'Als je het echt wilt weten, ik kwam vanochtend naar het pension om je papieren te brengen, maar je was al weg. Ik kon een lift krijgen naar Clermont-Ferrand met de postbode, hopende je bij het treinstation te treffen, maar daar was je al ingestapt en dus kon ik je niet vinden. Op het nippertje kon ik nog een kaartje kopen. Ik was naar je op zoek toen ik zag dat die Duitser je lastigviel.'

'Wat deed je met identiteitspapieren waarop staat dat jij mijn man bent?'

Hij lachte. 'Die heb ik gemaakt toen ik met je universiteitspasjes bezig was.'

'Maar waaróm?'

'Voor als ik ze nodig zou hebben.'

Ze schudde haar hoofd, geïrriteerd. Terwijl ze een groepje Duitse soldaten passeerden die voor de deur van een café stonden te lachen, pakte hij haar hand weer vast en kuste haar al lopend op de wang. 'Nodig zou hebben voor wat?' vroeg ze, terwijl ze zich weer lostrok zodra ze buiten gehoorsafstand waren van de soldaten.

'Voor precies het soort situatie dat we vandaag zijn tegengekomen. Volgens mij was ik net op tijd.'

Ze bewogen in kringetjes, en ze begon het gevoel te krijgen dat hij er wel lol in had om haar een beetje te kwellen. 'Nou, goed dan, bedankt. En een prettige reis terug naar Aurignon.'

Hij bleef abrupt staan, en na nog wat stappen stopte zij ook, en liep terug naar waar hij stond. Hij trok een puppygezicht.

'Wat is er?' vroeg ze zuchtend.

'Dit is serieus, Colette. Je liep ernstig gevaar.'

'Het was vast goed gekomen.'

'Dat risico kon ik niet lopen.'

'Waarom niet?'

Hij aarzelde. 'Hoe moeilijk ik het ook vind om toe te geven, je bent goed in wat je doet. En we kunnen het ons niet veroorloven om iemand te verliezen die goed is.'

'We?' herhaalde ze.

Hij keek om zich heen. 'Père Clément. En anderen, zoals hij.'

'Vervalsers.'

'Ssst,' zei hij meteen.

'Hoor eens, ik waardeer het compliment, en ik vind het heel lief dat je deze hele reis hebt gemaakt. Maar ik ben hier alleen om mijn vader op te halen, en dan ga ik samen met mijn ouders naar Zwitserland.'

Hij knikte. 'Ik dacht al dat je dat zou zeggen.'

'Nou, dan spijt het me dat je al deze moeite hebt gedaan. Ik neem aan dat we elkaar wel weer zullen zien in Aurignon.' Ze aarzelde even. 'Ik begrijp dat ik père Clément wat verschuldigd ben voor zijn hulp, nou goed? Ik zal een dag of twee extra blijven voordat we naar het oosten vertrekken, maar niet veel langer.'

'Wil je echt dat ik je hier alleen achterlaat in Parijs?'

'Dit is mijn stad.'

Hij fronste. 'Ik vrees van niet.'

Hij begon haar op haar zenuwen te werken. 'Natuurlijk wel. Ik heb hier mijn hele leven gewoond.'

Hij gebaarde naar de Duitsers achter hen en naar de vlag met hakenkruis die een blok verder wapperde in de avondbries. 'Colette, Parijs is niet meer van jou. Of van mij. Het is niet meer van de Fransen. Niet op dit moment, in elk geval.'

Ze knipperde met haar ogen naar de vlag en keek toen om zich heen. Rue de Lyon had moeten bruisen in het schitterende avondlicht, cafés en balkonnetjes barstensvol blije mensen die samen van de zwoele zomeravond genieten, maar in plaats daarvan was de straat haast verlaten, en de meeste ramen waren afgesloten met luiken, en pikdonker. Ze zuchtte en voelde het laatste restje verzet wegvloeien. 'Ik ben Eva.'

'Pardon?'

'Zo heet ik. Niet Colette, maar Eva. Eva Traube.' Ze had het nog niet gezegd of ze vroeg zich al af of ze te veel had gezegd. Eigenlijk zou ze haar echte naam nooit meer mogen zeggen, niet hier. Maar hij had haar in de trein gered, het was duidelijk dat hij niets slechts in de zin had.

Hij knikte en nam haar hand vast terwijl ze weer verder liepen. Dit keer wilde ze haar hand niet losmaken. 'Nou, Eva, aangenaam kennis te maken.'

'En ik neem aan dat jij ook niet Rémy heet.'

'Jawel, zo heet ik wel.'

Ze keek hem aan. 'Moet ik geloven dat je toevallig dezelfde achternaam hebt als die van mijn valse identiteit?'

Hij glimlachte. 'Nee. De Charpentier-achternaam is incorrect, natuurlijk, maar ik heet echt Rémy.'

'Heb je je echte naam gebruikt op je valse papieren?'

Hij haalde zijn schouders op.

'Waarom zou je dat doen?'

Hij kneep in haar hand. 'Omdat ik van mening ben dat je een vriendschap niet met een leugen moet beginnen.'

'Maar je doet de hele dag al alsof je mijn echtgenoot bent.'

'Wel, in dat geval, dan moet je ooit misschien maar met me trouwen.'

Ze lachte en liet haar hoofd vooroverzakken zodat hij niet kon zien dat haar wangen rood kleurden. 'Is dat een aanzoek?'

'Nee. Als ik een aanzoek doe, dan weet je dat het er een is.' Hij hield haar blik lang vast en moest toen grijnzen. 'En even voor de duidelijkheid: het is Rémy Duchamp. Dan weet je welke naam je krijgt als we eenmaal getrouwd zijn.' Hij porde haar met een grijns terwijl ze de eerste stappen zetten om Place de la Bastille heen. De *Colonne de Juillet* torende hoog boven hen uit, het goudgevleugelde *Génie de la Liberté* staarde teleurgesteld uit over de stad. 'Waar gaan we nu heen? De avondklok gaat bijna in, en we willen niet in het oog lopen.'

'Naar ons appartement.'

Hij bleef meteen stilstaan, waardoor hij haar ook dwong te stoppen, omdat hij haar hand stevig vasthield. 'Eva,' zei hij zacht.

'Wat? Kom, je hebt gelijk, we moeten opschieten.'

'Eva.' Hij wachtte tot ze hem aankeek. 'Jullie appartement? Dat kan niet.'

'Het is hier maar vijf minuten vandaan.'

'Maar je denkt toch niet...' Hij schudde zijn hoofd. 'Eva, het spijt me, maar daar kunnen we niet heen.'

Ze trok haar hand los en begon weer te lopen. 'Ik weet wat je probeert te zeggen. Dat het appartement waarschijnlijk is geplunderd, en dat het moeilijk voor me zal zijn het zo te moeten zien. Dat weet ik allemaal, en ik ben erop voorbereid.'

'Dat is niet waar ik bang voor ben, Eva.'

'Waarvoor dan wel, dat de politie ons huis bespiedt? Die hebben heus wel wat beters te doen dan de huizen van alle afgevoerde Joden in Parijs in de gaten houden.'

'Eva...' Rémy leek naar woorden te zoeken. 'De kans bestaat dat het huis niet leegstaat.'

'Natuurlijk wel.'

'Eva, mensen plunderen niet alleen de huizen. Ze trekken er ook in. Ze gaan ervan uit dat je niet meer terugkomt.'

Haar mond viel open. 'Denk je dat er een vreemde in mijn appartement woont? Nu al?'

'Ik weet het haast zeker.'

'Maar we zijn pas een paar dagen weg.'

'Plunderaars werken snel.' Hij kneep in haar hand en liet hem los. 'Luister. Laat me naar binnen gaan. Ik klop op de deur, en als het huis bewoond wordt, dan zeg ik tegen die mensen dat ik mijn oom zoek en het verkeerde adres heb meegekregen. Als het leeg is, dan haal ik je op en kunnen we naar binnen.'

Ze knikte, ook al voelde het alsof haar hart als een steen naar de bodem van haar borst zakte. 'Goed. Maar ik weet zeker dat het niet zo is.'

Een paar momenten van stilte later stonden ze in het halfdonker bij Eva's gebouw, terwijl de laatste zonnestralen aan de horizon dansten. De avondklok ging bijna in, ze hadden niet veel tijd.

'Tweede verdieping, appartement c?' vroeg Rémy, met in zijn ogen een soort medeleven, waar ze niet om had gevraagd en niet op zat te wachten.

'Ja, dat klopt.'

'Ik ben zo terug, Eva. Blijf uit het zicht, anders herkent iemand je misschien.'

Ze keek hem na, met pijn in haar hart, en toen hij drie minuten later terugkwam, wist ze het al.

'Wie was het?' vroeg ze vlakjes terwijl hij een arm om haar heen sloeg en haar wegleidde van de plek die haar hele leven haar thuis was geweest. 'Wie woont er nu?'

'Een vrouw met een gezicht als een pruim, met twee kleuters, twee meisjes,' zei hij terwijl ze snel noordwaarts liepen, in een poging de ondergaande zon te verslaan. 'De kleinste noemde ze Simone.'

'Madame Fontain.' Op een of andere manier was Eva niet verrast.

'Heb je je valse naam van die feeks?'

Eva zuchtte. 'Nou, ze is zonder enige twijfel een christen, of niet?'

Rémy gaf pas na een paar minuten antwoord. 'Als je het mij vraagt, dan is dat niet heel christelijk, of wel? Iemands huis innemen zodra ze weg zijn? Dat lijkt wel dansen op iemands graf. Hoewel ik wel durf te wedden dat die zuurpruim van een Fontain nog nooit van haar leven heeft gedanst.'

Eva moest een beetje lachen bij de gedachte aan madame Fontain die de horlepiep doet. 'Sorry voor de tijdverspilling. Ik had je moeten geloven.'

Rémy haalde zijn schouders op. 'Vanaf nu moet je maar onthouden dat ik altijd gelijk heb.'

Eva wierp hem een blik toe, maar hij had een grijns op zijn gezicht. 'Maar wat nu?' vroeg ze. 'Waar kunnen we nu heen?'

'Ik weet een plek.'

Terwijl Eva hem volgde, de donkere avond in, was ze opeens te moe om te denken. Het enige wat ze wilde was een plek waar ze konden slapen zonder dat ze bang hoefde te zijn dat de Duitsers steeds een stukje van haar kwamen afpakken totdat er niets meer van haar over was.

11

'Een hoerenkast? Echt?' vroeg Eva een half uur later op de hoek van een ranzig steegje in Pigalle, opkijkend naar een stenen gebouw met de openingstijden op de linkervensterruit in zowel Duits als Frans. 'Wil je dat ik hier ga slapen?'

'Allereerst is het een bordeel, geen hoerenkast.' Rémy grijnsde, hij vond haar ongemak wel vermakelijk.

'Bordeel, *bordello*, hoerenkast, wat is het verschil?'

'Wel, aangezien deze alleraardigste mensen bereid zijn om ons vannacht onderdak te bieden, stel ik voor dat we beleefd zijn.'

'Ah, ja, *alleraardigste mensen*, dat is inderdaad het eerste wat in me opkomt als ik denk aan dames van plezier.' Met gefronst gezicht keek Eva op naar het gebouw. Net onder de openingstijden was een Duitse zin op het raam gedrukt: *Jeder Soldat ist strengstens verpflichtet die frei gelieferten Praeservative zu benutzen.* 'Wat betekent dat? Dat Duitse soldaten hier met open armen worden ontvangen? Of met open benen?'

Rémy moest lachen. 'Kijk aan, liefje toch, je hebt gevoel voor humor.' Hij gaf haar een por. 'Wat het betekent, letterlijk, is dit: elke soldaat is strikt verplicht om gebruik te maken van de gratis verstrekte preservatieven. Geef toe, het is wel een tent met normen en waarden.'

Eva huiverde. 'Ja, ja. Nou, zullen we dan maar?'

'Zoals je wilt. Maar laten we de achteringang nemen. Ik wil niet dat die Duitsers denken dat jij op het menu staat.'

Ze trok een gezicht, maar volgde hem naar de steeg achter het gebouw. Hij klopte drie keer op een onopvallende deur en trok haar snel naar binnen toen er open werd gedaan. Eva stond in een donkere keuken die rook naar sigaretten, knoflook, en zweet, een combinatie waar haar maag zich van omdraaide.

'Bonjour, Rémy.' In het donker stond een vrouw, en terwijl ze naar voren leunde om Rémy op beide wangen te kussen, kon Eva zien dat ze ergens halverwege de vijftig moest zijn, ze had een dikke laag rouge op en felroze lippen, en grijs haar dat achterover getrokken was in een strenge knot. 'Je hebt een vriendin bij je.' Ze bekeek Eva belangstellend, en Eva keek weg.

'We hebben alleen een plek nodig voor de nacht. Lieveling, dit is madame Grémillion. Madame Grémillion, dit is Marie Charpentier.'

'Niet haar echte naam, natuurlijk,' zei de oudere vrouw, terwijl ze Eva van top tot teen opnam.

'U bent even opmerkzaam als mooi, madame,' antwoordde Rémy.

'Als ze nog wat extra werk zoekt...' begon madame Grémillion.

'O, ik denk dat we alleen een kamer voor de nacht nodig hebben, dank u wel.' Rémy klonk alsof hij zijn best deed om niet te lachen.

Madam Grémillion zuchtte. 'Prima, wat jullie willen. Ik probeer alleen te helpen. Jullie kunnen Odette kamer nemen, 3G. Ze is er van de week vandoor gegaan met een Duitser, die domme tuthola.'

'Bedankt, madame. Ik sta bij u in het krijt.'

De vrouw rolde met haar ogen, en na een laatste keurende blik op Eva, beende ze de keuken uit. Rémy keek Eva meesmuilend aan in het donker.

Toen Eva de volgende ochtend wakker werd in een onbekend bed dat rook naar verschaalde calvados, had ze even nodig om zich te herinneren waar ze was. Maar toen schoten de gebeurtenissen van de avond ervoor haar weer te binnen, en ging ze snel rechtop zitten, om de kamer om zich heen te bekijken. Gisteravond was alles te donker om het goed te zien, maar zo met daglicht zag ze de met veertjes afgezette negligés die overal hingen, en een kanten beha aan een van de bedstijlen.

Rémy zat al naar haar te lachen, vanuit een aftandse stoel waarin hij had geslapen, naast het bed. 'Goedemorgen, Schone Slaapster.'

'Ik zie dat madame Grémillion nog niet heeft opgeruimd sinds de vorige bewoner is weggelopen.' Een champagnecoupe met een tatoeage van rode lippenstift aan de rand stond op het nachtkastje, met ernaast een beschimmeld stuk brood dat voor de helft was opgegeten.

'Madame Grémillion is veel dingen,' antwoordde Rémy vrolijk, 'maar ik geef toe, een goede huishoudster is daar niet één van.'

'Ik neem aan dat ze een oude vriendin van je is. En ze laat dus met alle liefde ook Duitsers binnen?'

Rémy haalde zijn schouders op. 'Ik zie haar eigenlijk als een soort moderne Robin Hood. Ze rekent de Duitsers twee keer het Franse tarief, en het verschil geeft ze aan de zaak.'

'De zaak?'

'Mensen zoals wij, Eva. Bordelen zijn bovendien een goede plek om geheimen te horen. Meer dan één Duitser heeft hier op zijn meest kwetsbare moment zijn mond voorbijgepraat.'

'Zijn de vrouwen hier dus Franse spionnen, bedoel je? Patriottisch op hun rug werkend voor God en vaderland?'

Rémy moest lachen. 'Misschien wel. Genoeg mensen plegen verzet op hun eigen manier. Kijk uit dat je nooit iemand onderschat. Nou, zullen we gaan ontbijten?'

'O? Serveren ze hier in dit charmante etablissement ook eten?'

'Je denkt toch niet dat de vrouwen hier werken op een lege maag, of wel? Kom, we gaan eten.'

Terwijl Eva zich snel klaarmaakte, door wat water op haar gezicht te spatten en wat lippenstift op te doen met het kleine restje wat ze nog in haar tas had, bladerde Rémy door de papieren die ze mee had genomen voor haar vaders vrijlating. Toen ze zich omdraaide van het fonteintje in de hoek, was de grijns van zijn gezicht verdwenen. Sterker nog, hij zag er ernstig uit.

'Wat is er?' vroeg ze. 'Is er iets mis met de papieren?'

'Nee. Eva, ze zijn perfect.'

'Wat is er dan?'

Hij gaf niet meteen antwoord. 'Ik wil graag dat je bent voorbereid op de mogelijkheid dat je vader daar niet is.'

Eva's keel voelde opeens droog. Ze keek weg. 'Natuurlijk is hij daar wel. Waar zou hij anders zijn?'

'Al gedeporteerd. Of...' Rémy maakte zijn zin niet af.

Eva stak haar handen op, met de palmen naar hem toe, alsof ze de woorden weg wilde duwen. 'Dat is belachelijk. We gaan hem vandaag vinden en dan nemen we hem mee naar Aurignon.'

Rémy knikte. 'Ik ben sowieso bij je.'

Hij stak zijn hand uit en ze nam die aan nadat ze de papieren voor haar vaders vrijlating netjes had opgevouwen en voorzichtig in haar handtas had gestopt.

Beneden hingen vijfentwintig vrouwen in zijden japonnen rond een grote tafel in de kamer waar de Duitsers de avond ervoor in en uit waren gelopen.

'Mogge, dames,' zei Rémy losjes terwijl hij Eva naar binnen

leidde. Hij moest een beetje aan haar trekken, want zij deed haar best om niet naar binnen te hoeven.

Sommige vrouwen tilden hun hoofd op en bekeken hem verveeld, andere gingen gewoon door met praten.

Madame Grémillion kwam uit de keuken de kamer in waggelen, met een groot serveerplateau in haar handen, en ze knikte naar hen. In het felle ochtendlicht en zonder een dikke laag make-up zag ze er nog ouder uit. 'Je bent net op tijd,' zei ze tegen Eva. 'Mijn meisjes mogen dan wippen als konijnen, schat, maar ze eten als paarden. Pak wat eten voordat alles op is.'

Eva wilde zich inhouden, maar het dienblad dat aan haar neus voorbij zweefde bevatte vers brood, glanzende sinaasappels, worstjes, en grote stukken kaas. Ze staarde ernaar, in ongeloof. 'Hoe...?' begon ze.

'De Duitsers houden de meisjes graag tevreden,' snaterde madame Grémillion, antwoord gevend op de vraag die op het puntje van Eva's tong had gelegen. 'Blije buikjes betekent blije...'

'O, ik weet niet of we vandaag wel tijd hebben voor een van uw anatomische lessen, dank u wel,' viel Rémy haar in de rede. 'Sorry, madame Grémillion, maar we kunnen niet blijven. We nemen wel iets mee voor onderweg.'

De oude vrouw gromde. 'Jij voelt jezelf altijd te goed om samen met ons te eten.'

'Helemaal niet, madame Grémillion, maar er wordt op mij gewacht.' Hij pakte wat hompen brood, een stuk kaas, en een dikke worst. 'Veel dank voor de gastvrijheid.'

Madame Grémillion staarde hem een paar tellen aan voordat ze zich tot Eva wendde. 'Hoe een mooi meisje als jij kan vallen voor een man met dit soort manieren is mij een raadsel.'

Eva voelde haar wangen warm worden. 'Maar ik ben niet... hij is niet...'

Rémy greep haar hand en plantte een dikke kus op haar wang. 'Wat ze bedoelt te zeggen is, het is te laat. Ze is al met me getrouwd.'

Een paar meisjes aan tafel keken op.

'Nee, ik...' protesteerde Eva.

'Kom, liefste. We moeten de trein zien te halen. Tot de volgende keer, dames!' En met een arm vol eten tegen de borst en de ander om Eva heen, trok Rémy haar met zich mee de kamer en de achterdeur van het bordeel uit, zonder ook maar één keer om te kijken.

'Jij vindt jezelf vast heel grappig,' zei Eva een paar minuten later tussen twee grote, hongerige happen brood door, toen ze zich naar Avenue Jean Jaurès haastten, waar Rémy had geregeld dat ze een man die hij kende zouden ontmoeten die een auto had en hen naar Drancy zou rijden.

'De meeste mensen vallen uiteindelijk voor mijn charmes. Kom op, of probeer je een spoor achter te laten door de straten van Parijs? Zijn we Hans en Grietje?'

Eva keek achter zich en besefte dat Rémy gelijk had; terwijl ze het brood in haar mond had gepropt, uitgehongerd, had ze kruimels laten vallen over de volle lengte van de stoep van Boulevard Haussmann. Ze moest een beetje glimlachen. 'Ik geloof dat ik iets aan mijn tafelmanieren moet doen. Maar ik heb gewoon zo'n honger.'

Rémy gaf haar een groot stuk kaas, stevig en vet, en minderde vaart zodat ze hem kon bijbenen. 'Nou, we zitten niet aan tafel, en ik veroordeel je niet.'

Ze wilde hem zeggen dat zij hem ook niet veroordeelde, maar dat was natuurlijk wel zo. Dat was al zo vanaf het moment dat ze elkaar voor het eerst hadden gezien En misschien was dat niet zo eerlijk.

Het duurde meer dan een uur om de dertien kilometer af te leggen naar Drancy, een grijze buitenwijk aan de noordoostelijke rand van de stad. Overal op de door oorlog aangetaste wegen stonden Franse politieagenten tegen hun dienstwagens geleund sigaretten te roken, en jonge Duitse soldaten zaten te lachen in hun passerende legertrucks. Hun chauffeur, een man die Rémy voorstelde als Thibault Brun, had hen met een onduidelijke brom begroet toen ze bij hem instapten in zijn oude truck. Eva en Rémy hadden zich op de bijrijdersstoel gewurmd, waarna ze met de heupen een beetje ongemakkelijk tegen elkaar aan gedrukt kwamen te zitten, en Brun had de hele rit niets gezegd. Maar hij leek iedere functionaris te kennen die ze passeerden, en zwaaide naar sommige, knikte naar andere. 'We zijn er,' bromde hij, en hij parkeerde de wagen langs de stoep in een onbeduidend ogende woonwijk. 'Ik wacht hier, maar zorg dat jullie over een uur terug zijn. Geef me nu alvast de helft van het geld.'

Zonder iets te zeggen gaf Rémy de chauffeur een bundeltje biljetten en duwde toen Eva vrij lomp de auto uit, en landde zelf naast haar. Brun telde het geld en ze renden weg, terwijl de truck wolken uitlaatgassen ophoestte die stonken naar rotte eieren.

'Interessante vrienden heb je,' mopperde Eva terwijl ze de schaduwrijke straat uit liepen, waar het zo midden op de dag opvallend stil was.

'Brun is geen vriend. Hij is een contactpersoon.' Rémy ging er verder niet op in.

'Waar heb je dat geld vandaan?'

'Maakt dat uit?'

Eva aarzelde. 'Nee. En dank je wel.'

Rémy knikte en legde zijn hand onder haar elleboog. 'Misschien moet je even je adem inhouden.'

‘Wat bedoel...’ Eva maakte haar zin niet af, want de stank raakte haar als een slag in het gezicht. Opeens werden ze omringd door een onmiskenbare lucht van menselijke uitwerpselen, die kwam aandrijven op een ondertoon van ranzige lichaamsgeuren en modder. Ze kokhalsde en hapte naar adem, bijna struikelend, maar Rémy kon haar vangen vlak voordat ze neerging.

‘Gaat het?’ Zonder op antwoord te wachten, sprak hij fluisterend: ‘Gewoon doorlopen. Niets laten merken, anders vallen we op.’

‘Mijn god,’ kon Eva uitbrengen, toen ze met tranende ogen het einde van het blok bereikten en de hoek omsloegen. ‘Wat was dat?’

‘Drancy, ben ik bang.’

Eva keek op en wilde bijna weer stilstaan toen het enorme gevangenkamp in beeld kwam. Langs de omheining stikte het van de vliegen, ze vlogen door de rollen prikkeldraad heen. De gebouwen zelf waren moderne kazerneblokken, drie lange, strakke rechthoeken in de vorm van een U, met zes verdiepingen. Ze gaven de indruk te zijn ontworpen om een paar honderd families onderdak te bieden, maar in plaats daarvan krioelde het op de binnenplaats in het midden van duizenden mensen, die daar bijeengepakt stonden als vee in een treinwagon, sommige van hen huilend, andere schreeuwend, de meeste met grootogige gezichten die niets anders uitdrukten dan verslagenheid. Er liepen vervuilde kinderen, gillende baby’s, verwilderde bejaarde vrouwen, snikkende oude mannen. Wachttorens rezen boven de menigte uit, en Franse politieagenten patrouilleerden om het terrein, met uitgestreken gezichten.

‘Dit kan niet kloppen,’ mompelde Eva toen ze bijna bij de hoofdpoort waren.

‘Natuurlijk niet.’

'Ik bedoel, dit kan niet de plek zijn waar ze de gevangenen bewaren. Dit... dit is niet eens goed genoeg voor beesten.' Eva kon amper ademen, maar inmiddels lag het niet meer aan de stank. Het kwam door het gevoel compleet losgerukt te zijn van alles wat ze kende. De arrestaties van de week ervoor waren gruwelijk geweest, zeker, maar die waren nog uitgevoerd met een minimum aan decorum. Maar dit, dit ophokken van mensen die moesten rondbanjeren in hun eigen uitwerpselen, dit was barbaars. Eva ging weer bijna over haar nek, toen ze zich Tatuś voorstelde midden in die mensenmassa. 'Rémy, we moeten mijn vader nu meteen eruit zien te krijgen.'

Rémy knikte. 'Pak je papieren,' zei hij zacht. 'En houd je gedeisd, niet verontwaardigd doen. Onze levens kunnen ervan afhangen.'

Eva kon zich niet voorstellen hoe ze tegenover de Franse politie kon doen alsof ze dit allemaal normaal vond. Maar: hoe deden de bewakers hier dat zelf dan? Er liepen tientallen agenten rond op het terrein, en nog meer daarboven in de torens, en bij geen van hen zag ze walging op het gezicht over deze mensonterende situatie, het leek ze zelfs niet te deren. Waren ze dan allemaal slecht? Of hadden ze een knop in zichzelf ontdekt waarmee ze hun beschaving konden uitschakelen? Gingen ze 's avonds naar huis, naar hun vrouwen, en deden ze de schakelaar dan terug, om weer mens te worden?

Rémy wisselde wat woorden uit met de officier bij de poort, die hun papieren bekeek en ze binnenliet en verwees naar een kantoortje. Terwijl ze daar liepen, begon een aantal van de gevangenen die waren ingesloten door nog een haag aan prikkeldraad naar hen te roepen.

Alstublieft, belt u mijn zoon Pierre in Nice! Pierre Denis, Rue Cluvier!

Alstublieft, kunt u mijn man Marc zoeken? Marc Wiśniewski? Ze hebben ons in Vel d'Hiv uit elkaar gehaald!

Mijn baby is dood! Is mijn baby dood? Mijn baby is dood!

Eva voelde de tranen in haar ogen springen, maar Rémy kneep zo hard in haar hand dat ze haar beenderen samen voelde kraken, waarmee ze weer dacht aan wat hij had gezegd. Rustig blijven, zei ze tegen zichzelf, terwijl ze hortend een ademtocht opzoog.

Een Franse officier, met donker haar, fors, en ergens in de veertig, kwam uit het kantoortje zetten, met een uitgestoken hand, kille ogen, een dun lachje, terwijl hij ze naar binnen gebaarde zonder ook maar een woord. 'Nou?' vroeg hij, toen hij de deur achter hen had gesloten, waarmee de klaagzang van buiten werd gedempt. De lucht in de kamer stond stil en het was er heet en muf. Hartje zomer hadden de ramen open moeten staan om wat wind naar binnen te laten, maar natuurlijk zouden open ramen de stemmen van de mensen die vlakbij werden gemarteld binnenlaten. 'Wat brengt u naar ons geweldige etablissement?'

Dat hij een grap kon maken over deze omstandigheden maakte Eva nog nijdiger, maar daar was Rémy's kneep om haar vingers weer, die haar dwong tot volgzaamheid. Ze forceerde een afstandelijke glimlach, terwijl Rémy sprak.

'Ik ben Rémy Charpentier, en dit is mijn echtgenote, Marie, tevens mijn secretaresse. Ik vrees dat, door een fout, een van onze beste werknemers hier gevangen is gezet. We zijn hier om hem vrij te krijgen.' Zijn toon was losjes, joviaal, luchtig, en Eva verwonderde zich over zijn ontspannen zelfvertrouwen.

'Een fout, zegt u?' De officier schudde zijn hoofd. 'Dat lijkt me sterk.'

'We hebben natuurlijk begrip voor de vergissing,' ging Rémy verder, alsof de man niet had gesproken. 'Onze medewerker is inderdaad, dat klopt, een Jood. Maar hij is Argentijns, ziet u.'

Er veranderde iets op het gezicht van de officier. 'Ga verder.'

'U bent natuurlijk op de hoogte van de diplomatieke afspraken tussen Duitsland en Argentinië. De Argentijnse consul was zeer ontzet toen hij hoorde dat een van zijn burgers was opgepakt. En aangezien hij het liever niet met zijn Duitse evenknie zou willen opnemen...'

Rémy hield de vervalste brief met het Argentijnse zegel op, en de officier rukte hem uit zijn handen, voor zich uit mopperend terwijl hij hem las. 'Wel, ik ben niet degene die de fout heeft gemaakt,' blafte hij, terwijl hij hen aankeek. 'Leo Traube? Dat klinkt niet erg Argentijns.'

'Wat kun je daar tegenwoordig nog van zeggen?' Rémy haalde in een dramatisch gebaar zijn schouders op. 'Waarschijnlijk een Pool wiens ouders een generatie terug op een schip zijn gestapt. Maar goed, de Argentijnen zijn dus niet zo blij...'

'Ik ga kijken wat ik kan doen.' De man stond op en vertrok, de deur achter zich dichtslaand, en Rémy en Eva bleven alleen achter in de ziekmakende hitte.

'Denk je echt dat...?' begon Eva, maar Rémy onderbrak haar met een opgestoken hand.

'Ssst. De muren hebben oren.'

Eva deed haar mond dicht en draaide haar gezicht naar het raam met daarachter de wemelende menigte, ellendig, zwetend onder de brandende julizon. Stond haar vader daar ergens tussen? Werd hij ook als een stuk vee behandeld? Ze realiseerde zich niet dat de tranen over haar wangen liepen totdat Rémy naar haar siste: 'Verman jezelf. Je bent niet meer dan mijn secretaresse.' Maar toen ze opkeek naar hem, lag er geen irritatie in zijn ogen, alleen medelijden. Snel veegde hij met zijn duim haar tranen weg.

De officier kwam weer binnen, met een boek met leren kaft onder zijn arm, en een onleesbare uitdrukking op zijn gezicht toen hij de deur achter zich dichtsloeg. Hij maakte geen oogcontact terwijl hij door het boek bladerde, ergens in het midden stopte en zijn vinger op de pagina plaatste. 'Leo Traube,' zei hij, en keek eindelijk op.

'Ja, dat klopt,' zei Eva veel te gretig, en Rémy gaf haar weer een por in haar ribben.

'Welnu, ik vrees dat de vergissing niet langer mijn probleem is,' zei de man, en hij draaide het boek om op zijn bureau, zodat Eva en Rémy het zelf konden lezen. Met zijn vlezige wijsvinger prikte hij op regel vijfendertig, waar de naam Leo Traube netjes stond genoteerd, met zijn leeftijd erbij, 52, en het adres aan Rue Elzévir, waar Eva haar hele leven had gewoond. 'Hij is overgeplaatst.'

'Overgeplaatst?' zei Eva.

De man knikte, met een holle blik, en hij verschoof zijn vinger. Eva boog naar voren. Duidelijk geschreven naast de datum van haar vaders arrestatie, 16 juli 1942, stond nog een aantekening: *Convoi 7, 19 Juil.*

Beduusd keek Eva op, en zag dat de officier haar recht zat aan te kijken. 'Dat is twee dagen geleden. 19 juli. Wat wil dat zeggen?'

'Dat hij op konvooi zeven zat, vertrekkend uit Drancy,' zei de officier, op vlakke toon. Rémy was iets dichter bij Eva komen zitten en liet de rug van zijn hand rusten tegen die van Eva, maar ze was koud over haar hele lichaam, veel te koud om door wat dan ook getroost te kunnen worden.

'En wat is de bestemming van het konvooi?' fluisterde Eva.

'Auschwitz.'

Eva staarde hem aan, en de wereld om haar heen begon te tollen. Ze hoorde Rémy iets zeggen, op rustige toon, maar het gezoem in haar oren verdrong zijn woorden. 'Auschwitz?' vroeg ze fluisterend. Ze had ervan gehoord, ze had gehoord dat de Duitsers daar Joden naartoe stuurden en ze lieten werken tot de dood erop volgde, maar ze had het niet geloofd. Nu geloofde ze het ogenblikkelijk.

De officier keek haar aan. 'Dat is een werkkamp ten westen van Krakau. Als de ouders van uw werknemer Poolse immigranten zijn, dan zou hij zich daar thuis moeten voelen, ja?' Nu pas kon er een glimlach af.

'Bedankt voor uw tijd,' zei Rémy, en hij trok Eva met zich mee naar de deur. Het voelde alsof ze lood in haar schoenen had. 'Kom,' zei Rémy zacht en met lage stem tegen Eva, terwijl de officier opstond om de deur voor ze open te doen. 'Niet hier.' En toen voelde Eva zijn arm om zich heen, en sleepte hij haar mee naar de uitgang, door de afschuwwekkende kakofonie van paniek en verrotting en dood die overal om hen heen aanwezig was, langs het lijden en de totale wanhoop van de mensen die nog steeds achter het prikkeldraad in de val zaten.

Pas toen ze weer veilig in Bruns truck zaten, hobbelend over versleten wegen op weg naar Parijs, begon Eva eindelijk te huilen, eerst zacht, maar al snel heviger tot een welhaast onmenselijk geluid, zelfs in haar eigen oren klonk dat zo.

'Zorg dat ze haar kop houdt, ja?' zei Brun.

'Nee,' zei Rémy, die haar tegen zich aan drukte, zijn schouder aanbiedend als hoofdsteun. 'Nee, dat doe ik niet.'

Toen ze eindelijk weer kon praten, door het verdriet heen dat haar keel had dichtgesnoerd, fluisterde ze: 'Wat gaan we nu doen? Hoe krijgen we hem weg uit Auschwitz?'

Rémy's lippen streken langs haar voorhoofd. 'Ik ben bang dat dat onmogelijk is.'

Eva sloot haar ogen. 'Dus wat nu?'

'Nu...' prevelde Rémy, 'moeten we bidden.'

Terwijl ze Parijs naderden, daalde de gruwel bij haar in, en tegelijk daarmee een gevoel van vastberadenheid. Het kon misschien te laat zijn om haar vader te redden, maar ze had net van dichtbij gezien wat er gebeurde met duizenden andere Joden. Als er iets was wat zij kon doen om te helpen, dan had ze geen keuze.

12

'Wat gaat er met hem gebeuren?'

Het was het eerste wat Eva had gezegd in meer dan twee uur, het eerste wat ze wist uit te brengen, en ze wist dat ze het hardop moest zeggen, ook al wilde ze het antwoord niet horen. Ze zaten in een trein naar het zuiden, weg uit Parijs. Bij het instappen had Eva, in de roes van haar verdriet, nauwelijks geregistreerd dat een Duitse soldaat gedurende een zenuwslopende minuut haar valse identiteitskaart en reisvergunning had bestudeerd.

'Dat valt onmogelijk te raden,' zei Rémy, haar niet aankijkend.

'Doe toch maar.' Ze wist dat haar toon ijzig was, maar haar kilte was niet tegen hem gericht. Het kwam doordat haar binnenste bevroren was.

Rémy zuchtte. De trein was bijna leeg, maar zijn ogen gingen continu heen en weer, op zoek naar meeluisteraars of naderende soldaten. 'Klopt de leeftijd die bij zijn naam stond? 52?'

'Ja.'

'En hij is gezond?'

'Hij is fit voor zijn leeftijd.'

'Dan zou hij moeten worden geselecteerd om te gaan werken, als God het wil.'

'Als God het wil?'

Rémy schraapte zijn keel. 'Ik heb gehoord dat het alternatief erger is.'

Eva onderzocht haar handen. Haar ogen waren rood en dik, maar ze had geen tranen meer over. 'Dank je wel,' zei ze na een tijdje.

'Waarvoor?' Ik... ik heb je teleurgesteld.'

Ze schudde haar hoofd. 'Je bent eerlijk tegen me. Dat waardeer ik. En je hebt me niet teleurgesteld, Rémy. Ik had dit nooit in mijn eentje kunnen doen.'

Rémy begon aan een antwoord, met een mondhoek die voorzichtig in de richting van een grijns bewoog, maar toen leek hij zich te bedenken. In plaats daarvan, keek hij even uit het raam en zei toen: 'Weet je, ik heb ook een vader.' Hij aarzelde. 'Hij is twee jaar geleden omgekomen aan het front.'

'Wat erg, Rémy.'

Hij knikte.

'En je moeder?' vroeg ze toen hij niets zei.

'Die is gestorven toen ik jong was. Nu ben ik dus als enige over.'

Eva legde haar hand een tijdje op de zijne, en nam hem toen weer terug.

'Jij hebt tenminste je moeder nog,' zei Rémy, en hij keek haar aan.

'Mijn moeder.' Eva sloot haar ogen. 'Mijn god, hoe ga ik het haar in hemelsnaam vertellen?'

Tatuś betekende alles voor Mamusia. Eva vroeg zich af of ze zou instorten als ze het nieuws te horen kreeg.

'Probeer wat te slapen,' mompelde Rémy na een tijdje. 'Ik zal wel een oogje in het zeil houden.'

Eva was te moe om te protesteren, en dus knikte ze en legde haar hoofd op Rémy's schouder. Eindelijk viel ze in slaap, dromend van haar vader op een trein die naar het oosten reed, op weg naar een onkenbaar lot.

Ze kwamen vrij gemakkelijk door de controle bij Moulins. Ze werden doorgelaten door een soldaat die een plichtmatige blik wierp op hun papieren, en hen geeuwend door wees naar de andere kant, en de rest van de trip naar Clermont-Ferrand verliep zonder noemenswaardige gebeurtenissen. Het was ver voorbij zonsondergang toen zij en Rémy uit de bus stapten in Aurignon en op het oude stenen pension afliepen. 'Kom morgen naar de kerk. We bedenken wel wat,' zei Rémy. Hij pakte haar hand en gaf er een kneepje in.

'Wat bedoel je?'

'Een manier om te helpen. Een manier om de Duitsers te bevechten. Een manier om andere mensen zoals je vader te beschermen.' Voordat ze kon antwoorden, stelde Rémy zelf de vraag al: 'En je moeder? Met haar komt het goed. En met jou ook.' Hij gaf nog een laatste kneepje.

Eva knikte zwijgend. Toen Rémy haar losliet en wegliep, keek ze hem na tot hij om de hoek verdween, ze haalde nog een keer diep adem, draaide zich om en ging naar binnen.

Madame Barbier stond in de salon en keek op toen Eva binnenkwam. Met opgetrokken wenkbrauwen keek ze Eva met vragende ogen aan. Eva schudde zacht nee, en het gezicht van de vrouw zakte in. 'Wat spijt me dat, lieverd.'

Toen Eva zichzelf binnenliet in de kamer, stond haar moeder al rechtop, met haar handen voor haar gezicht gevouwen als in een gebed. Haar ogen schoten van Eva naar de lege plek naast haar. Eva zag haar gezicht betrekken. 'Je vader...?' vroeg Mamusia.

'Hij... hij was er al weg. Het spijt me zo.'

De woorden bleven hangen in de stilte. Geen van beiden bewoog. Mamusia bleef staren naar een punt achter Eva, alsof Tatuś elk moment binnen kon wandelen, als verrassing voor beiden.

'Mamusia? Heb je me gehoord?'

Toen Mamusia's ogen zich eindelijk weer op Eva's gezicht richtten, zag ze er verdwaasd uit. 'Waar? Waar is hij heen?'

'Het oosten.' Eva haalde diep adem. 'Naar een werkkamp dat Auschwitz heet. In Polen.'

'Maar dat is onmogelijk. Hij is nog geen week geleden opgepakt. En we wonen in Frankrijk, Eva. Dit gebeurt niet in Frankrijk.'

'Ik ben bang van wel.' Eva zag de elkaar verdrukkende, gekooide mensenmenigte in Drancy voor zich, elke keer dat ze haar ogen sloot.

'Maar we zijn weg uit Polen. Wij... wij zijn Frans.'

'We zijn Joods.' Eva zei het zo zacht dat ze het zelf nauwelijks hoorde.

Haar moeder draaide zich om en ging voor het raam staan. De verduisteringsgordijnen waren al dicht, maar Mamusia schoof de stof iets opzij en staarde naar buiten, naar de lange schaduwen die over de straten van Aurignon vielen. Binnen een paar minuten zou de stad in donker zijn gehuld, onzichtbaar, en dan zou het licht dat uit hun kamer kwam, te erg opvallen. Eva wilde haar moeder bij het raam weghalen, en het gordijn helemaal dichttrekken, maar ze kon zich niet verroeren.

'Welke kant is het oosten?' vroeg Mamusia fluisterend, en Eva volgde haar starende blik naar buiten. Ze keken naar de overkant, waar de zon onderging, de lucht voor hen was al helemaal donkerblauw.

'Die kant op,' zei Eva met een knikje, terwijl ze voorbij de dikke toren van de Église Saint-Alban keek, die ze net zagen uitsteken boven het gebouw aan de overkant.

'Hij komt niet terug,' zei Mamusia terwijl ze het licht zag verdwijnen. 'Hij zal daar sterven.'

'Nee.' Eva dacht aan wat Rémy had gezegd, en ze vroeg zich af of hij tegen haar had gelogen. Werden 52-jarige mannen inderdaad geselecteerd om te werken, of werd dat overgelaten aan de jongere, sterke generatie? Had Rémy haar alleen verteld wat ze wilde horen? 'Nee,' zei ze opnieuw, maar ze geloofde niet meer wat ze zelf zei. 'Tatuś is sterk. Hij komt terug.'

Mamusia schudde haar hoofd, en toen ze zich weer omdraaide bij het venster, was haar gezicht helemaal bleek, en haar lippen stonden in zo'n dunne lijn dat ze bijna waren verdwenen. 'Je had me beloofd dat je hem bij me terug zou brengen.'

Eva voelde een pijl van schuldgevoel haar hart doorboren. 'Ik heb het geprobeerd.'

'Je was te laat.'

Eva liet haar hoofd zakken. 'Het spijt me.'

'Je hebt hem in de steek gelaten.' Het was een paar tellen stil, en toen doorbrak een laag, hartverscheurend gejammer de stilte. Het was het geluid van een wanhopig, verwond dier, maar het kwam van haar moeder, wier gezicht was vertrokken in een masker van pijn.

'Mamusia!' zei Eva, terwijl ze haar armen naar haar uitstak, maar haar moeders handen gingen omhoog als klauwen, en ze maakte zelfs een grommend geluid terwijl ze naar achteren week. Het gejammer werd harder en harder totdat Eva haar oren moest bedekken, en Mamusia op haar knieën lag, met dichtgeknepen ogen, huilend, in een soort oerlied van verdriet dat door Eva heen sneed als een mes.' Mamusia!' probeerde Eva opnieuw, maar haar moeder was in haar eigen wereld.

Eva hoorde haar niet binnenkomen, maar plotseling stond madame Barbier daar, met haar sterke handen op Eva's schouders.

'Sta op. Jij slaapt in de salon,' zei ze kalm en zeker. 'Ik zorg voor je moeder.'

'Maar ik kan haar niet alleen laten!'

Het gejammer ging door, als een hartverscheurende stormbui.

'Toch moet het. Geef haar wat tijd.' Madame Barbier liep al naar Mamusia toe, sloeg haar sterke armen al om haar heen. Mamusia's slappe lichaam liet zich tegen madame Barbiers brede borst aan drukken. Toch ging het geweeklaag door. 'Je hebt gedaan wat je kon, schat,' zei madame Barbier erbovenuit. 'Ga jij nu maar slapen. Echt. Ik zal je moeder wat geven om haar te helpen kalmeren.'

Ten slotte schuifelde Eva toch achteruit de kamer uit. Ze wist dat ze niet zou kunnen slapen, maar ze ging met haar ogen dicht op de bank liggen, en liet zich kwellen in het duister door de spookbeelden van Drancy.

Vroeg in de ochtend werd Eva wakker met de geur van echte koffie, en toen ze haar ogen voorzichtig opende, had ze even het gevoel dat ze droomde. Deze geur had ze al sinds de bezetting niet meer geroken; koffiebonen waren een van de vele dingen die uit het dagelijks leven waren verdwenen. Ze kon zich niet herinneren dat ze de avond ervoor in slaap was gevallen, maar ze had wel een redelijk uitgerust gevoel toen ze opstond van de bank en ze zich door haar neus naar de keuken liet leiden. Madame Barbier stond te neuriën terwijl ze koffie schonk in wit porseleinen kopjes.

'Goedemorgen,' zei madame Barbier zonder zich om te draaien. 'Ik heb helaas geen melk, maar er is wel wat suiker, als je wilt.'

'Maar... hoe komt u in godsnaam aan koffie?'

'Ik had wat in de kelder bewaard, voor een speciale gelegenheid.' Ze draaide zich eindelijk om naar Eva, en reikte haar een kop dampende zwarte drank aan. Eva haalde diep adem. 'Ik dacht dat je moeder en jij wel een opkikkertje konden gebruiken vanochtend.'

'Dank u wel.' Woorden die niet voldeden, en Eva stond daar, een beetje ongemakkelijk haar kopje vasthoudend.

'Drink maar lekker, meid,' zei madame Barbier. 'Voordat het koud wordt.' Ze hief haar eigen kopje als een soort toost en ze ontmoette Eva's blik boven de rand van haar bril, terwijl ze allebei slurpten.

'Het spijt me,' zei Eva terwijl ze haar kopje liet zakken en de warmte zich via haar slokdarm verspreidde in haar borst, en de cafeïne al door haar aderen raasde. 'Van gisteravond.'

'Och, schat, er is niets om je voor te verontschuldigen.'

'Maar ik wist niet hoe ik haar moest helpen.'

'Niemand kon dat. Niet in die toestand.'

'Maar u...'

'Ik heb haar een pil gegeven. Soms moet iemand gewoon slapen. Ik had nog wat over van toen mijn man net was overleden.'

Eva zag het medelijden in de ogen van de oudere vrouw, en het sijpelde bij haar naar binnen, samen met de cafeïne, terwijl madame Barbier haar op de schouder klopte en een tweede kopje aanreikte. 'Hier. Breng dit naar je moeder. Ze zal nu wel wakker zijn.'

En inderdaad, Mamusia zat rechtop in bed toen Eva binnenkwam. Haar haar zat wild, de kringen onder haar ogen waren donkerpaars van het verdriet. 'Mamusia?' vroeg Eva voorzichtig.

'Eva.' Mamusia klonk vlak, maar haar ogen leefden weer. Ze zag eruit als zichzelf.

'Madame Barbier heeft koffiegezet.' Eva kwam wat stappen dichterbij en gaf haar moeder het kopje. Mamusia nam het aan, snoof de geur op, en zette het toen naast haar op het nachtkastje.

Eva kwam nog iets dichterbij en ging op de rand van het bed zitten. Ze wilde een hand op haar moeders arm leggen, maar Mamusia trok heel kort haar arm weg, en dat kwam hard aan bij Eva. 'Ik… het spijt me, Mamusia. Ik wou dat ik meer had kunnen doen.'

'Je hebt gedaan wat je kon. Ik had je niet mogen beschuldigen.' Mamusia keek naar het raam. 'Ik kan me er gewoon niets bij voorstellen. Hij, zo ver weg. Op die vreselijke plek.' Haar stem stokte en ze veegde een traan weg. 'Wat moeten we doen?'

'We overleven het,' zei Eva. 'En wij zullen op hem wachten, wanneer hij terugkomt.'

Mamusia zuchtte. 'Dat optimisme. Precies als je vader. Maar kijk wat hem dat heeft opgeleverd.'

'Mamusia…'

'Nee, moje serduszko. Ik wil je hoopvolle woorden nu even niet horen. Niets wat je kunt zeggen kan dit beter maken.'

Eva keek omlaag. Haar koffie werd koud. Haar maag was druk met schuldgevoel, spijt, en zuur. 'Ik weet het.'

'Ze zijn ons aan het uitwissen, en wij helpen ze.' Mamusia klonk nog steeds vlak, maar té vlak. 'Hij heeft de deur voor ze opengedaan, toch? Je vader is meegegaan zonder zich te verzetten. En moet je ons zien. We dragen je vaders achternaam niet eens meer. Hij is nog geen week weg, en nu al ontkennen we zijn bestaan.'

'Maar, Mamusia, ik…'

'Wat gebeurt er als ze ons ook komen halen? Als ze ons naar het oosten sturen? Wie zal ons herinneren? Wie kan het wat schelen? Dankzij jou blijven onze namen niet eens bestaan.'

Eva kon alleen maar schudden met haar hoofd. Had haar moeder gelijk? Zouden ze als stof verdwijnen, weggevaagd worden van de aardbol? Hoe kon ze het tegenhouden?

Maar toen hoorde ze Rémy's stem in haar hoofd. *Kom morgen*

naar de kerk. We bedenken wel wat. Konden zij twee wel echt iets doen om te helpen? Dat zou betekenen hier in Aurignon blijven, in plaats van proberen Zwitserland te bereiken.

Aan de andere kant, hoe kon ze nu simpelweg niets doen? Was dat niet precies wat de Franse bevolking ook deed? Was dat niet wat de hele wereld deed, terwijl de Joden van Europa rond het afvoerputje kolkten?

'Mamusia,' zei ze zachtjes, en haar moeders ogen belandden eindelijk in die van haar. 'Ik... ik moet gaan.'

'Gaan?' Mamusia knipperde naar haar. 'Waarheen?'

Ze stond op. 'Ik moet ons zien te redden.'

'Ik blijf niet hier, Eva. En jij ook niet. Zo gauw we kunnen, gaan we weg.' Mamusia fronste naar haar, maar ze probeerde haar niet te stoppen. 'Dus ga maar naar die katholieken, maar aan het einde van de dag neem je afscheid. Je bent gek als je denkt dat je een verschil kunt maken.'

Eva probeerde zich niet af te vragen, toen ze het pension uit liep, of haar moeder iets wist wat zij niet wist. Misschien was het al te laat om wie dan ook nog te kunnen redden. Misschien was er niets wat Eva kon doen. Maar hoe zou ze het zichzelf kunnen vergeven als ze het niet eens probeerde?

In de kleine bibliotheek achter het altaar in de kerk was het warm toen Eva binnenkwam, en het eerste wat haar opviel was de overweldigende geur – een melkachtige, zilte, scherpe geur waardoor ze meteen een stap naar achteren zette. Rémy zat aan de tafel in het midden van de kamer, gebogen over allerlei papieren die voor hem uitgespreid lagen.

'Wat is die stank?' vroeg Eva, terwijl ze haar hand voor haar mond sloeg.

Hij draaide zijn hoofd om naar haar. Er zat inkt op zijn rechterwang, en ze moest de vreemde neiging onderdrukken om naar hem toe te lopen en hem weg te vegen.

'Ook goedemorgen.' Hij pakte een doek om zijn handen af te vegen en stond op. 'En je ruikt melkzuur.'

'Melkzuur?'

Hij negeerde de vraag. 'Gaat het goed met je, Eva? Hoe nam je moeder het nieuws op?'

Ze ademde diep in om zich te herpakken, maar daardoor rook ze de stank alleen nog maar beter. Ze hoestte, en bedekte haar mond.

'Eh, je raakt eraan gewend. Maar vertel, hoe ging het met je moeder?'

'Ze was ontroostbaar. Ze zei dat ik er verkeerd aan deed om hierheen te gaan.'

'Wat vind je zelf?'

'Ik... ik weet niet wat ik moet denken.'

'Maar je bent hier.'

Eva knikte. 'Ik ben hier. Voor nu.' Ze inhaleerde weer en trok haar neus op. 'Ga je nu dan uitleggen waarom je met melkzuur zit te knoeien, in een bibliotheek?'

Hij lachte. 'Toen mijn moeder was gestorven, moest ik een tijdje weg uit Parijs, naar mijn ooms boerderij in Bretagne. Ik liep eens in de week stage bij de melkfabriek verderop. De boeren die ons hun room verkochten werden wel eens hebberig en dan lengden ze hun product aan met water. Weet je wat de chemicus van de fabriek deed om het vetgehalte te controleren?'

'Eh, nee.' Eva kon zich niet voorstellen wat boter en vetgehalte hiermee te maken hadden.

'We namen een kleine hoeveelheid van de melk van elke boer en losten er methyleenblauwe inkt in op. Dan rekenden we uit hoelang het duurde voordat de kleur was verdwenen. Het melkzuur in de room lost namelijk methyleenblauw op.'

‘Oké.’ Eva was nu helemaal de draad kwijt.

‘De meeste van de echte documenten die van de prefecturen komen worden ondertekend en bestempeld met Watermans blauwe inkt. Watermans blauwe inkt bestaat uit methyleenblauw, wat erom bekendstaat dat het onmogelijk is om uit te wissen. Ik neem aan dat ze het daarom gebruiken.’

Eindelijk begreep Eva het. Haar ogen werden groter terwijl ze keek naar de tafel achter hem, die naar ze nu besefte vol lag met identiteitspapieren die eruitzagen alsof ze met een spons waren natgemaakt.

‘Dit doen we al maanden. Best slim, niet?’

‘Het is briljant, Rémy. Maar dit duurt natuurlijk wel heel lang.’

‘We hebben niet altijd toegang gehad tot blanco documenten. Nu hebben we eindelijk een bevriende beambte bij de plaatselijke prefectuur, en hij is in staat om ons wat materiaal te leveren. Maar bij sommige mensen is het nog altijd makkelijker om hun eigen papieren gewoon aan te passen.’

Eva’s ogen dwaalden weer af naar de tafel. ‘En is dit waar je mijn hulp voor nodig had?’

‘Nee. Ik bedoel, als je eenmaal hebt uitgevogeld hoe het scheikundig zit, dan is dat uitwissen voor bijna iedereen een koud kunstje. Ik neem aan dat père Clément hoopte dat je me een beetje zou kunnen helpen bij het reconstrueren van de documenten die zijn opgedroogd. Aangezien je blijkbaar een gave hebt.’

Hij gebaarde naar de rand van de tafel, waar een stuk of twaalf geprepareerde documenten lagen opgestapeld. ‘Die hebben nieuwe namen en gegevens nodig.’

‘Dat kan ik wel doen.’

‘Goed. Ik kan de hulp goed gebruiken. We liggen honderden documenten achter.’

‘Honderden?’

Hij fronste. 'Ik ben in mijn eentje, Eva.'

'Misschien kan ik iets verzinnen waardoor het allemaal wat sneller gaat.' Ze had zitten denken, sinds ze zo heel nauwkeurig haar eigen papieren had nagemaakt, dat er een efficiëntere manier moest zijn om meerdere documenten tegelijk te produceren, want het stempelwerk moest toch op elk document hetzelfde zijn. Ze had een idee, maar dan moest ze eerst terug naar de boekwinkel om te zien of het haalbaar was.

'Eva, ik waardeer je enthousiasme, maar ik maak de documenten zo snel als mogelijk is.'

'Ik weet niet zeker of dat zo is.'

Hij keek beledigd. 'En dat zeg je vanuit je ruime ervaring met vervalsing? Je zei het zelf: dit is allemaal nieuw voor je. Eva, begrijp me niet verkeerd, ik waardeer je artistieke talent, maar dit is niet een of andere kunstopleiding. Het gaat hier om leven en dood.'

'Denk je dat ik dat niet weet?'

'Ik denk dat je iets goeds hebt afgeleverd onder enorme druk, en nu denk je dat je weet waar je mee bezig bent. Maar denk even aan wat er bijna met je was gebeurd in de trein naar Parijs. Er zijn veel fijne kneepjes die je nog niet doorhebt.'

Ze keek hem fel aan. 'Leer het me dan.'

Zijn uitdrukking werd milder. Bijna geamuseerd. 'Jou iets leren? Betekent dat, dat je hier een tijdje wilt blijven?'

Ze vroeg zich af of ze er misschien gewoon was in getrapt. 'Ik weet het nog niet.' Ze wachtte niet op een antwoord en liep de kerk in op zoek naar de pastoor, en Rémy kwam vlak achter haar aan. Ze zou père Clément zeggen dat ze een idee had om het proces te versnellen, maar dat ze niet voor altijd kon blijven om te helpen. Meer kon ze niet doen, en het voelde goed. 'Maar in de tussentijd mogen we geen tijd verspillen. Toch?'

13

Tien minuten later keek père Clément geamuseerd toe terwijl Rémy en Eva onderling kibbelden over wie het beste idee had voor de vervalsingen. Eva had de pastoor gevonden in een lege biechtstoel, en hij had het scherm omlaag geschoven en gevraagd of ze Rémy kon halen voor een gesprekje.

'Zo, Colette,' zei hij toen Rémy eindelijk ademhaalde na zijn betoog dat zijn melkzuuridee heel revolutionair was geweest. 'Dus jij hebt een idee hoe we de documenten sneller kunnen produceren?'

'Ja. Maar ik weet niet of het gaat werken.'

Rémy mompelde iets onverstaanbaars.

Eva wierp hem een blik toe en wendde zich weer tot de pastoor. 'En het is Eva, père Clément. Rémy kent mijn echte naam al. U mag hem ook weten.'

Hij glimlachte. 'Aangenaam kennis te maken, Eva.' Hij richtte zich tot Rémy. 'Eva is goed in haar werk. Echt heel goed. Jij ziet het ook, dat weet ik. Had je haar anders nagereisd naar Parijs, zonder het mij te vertellen, als het niet zo was?'

Rémy's ogen schoten naar Eva. 'Nou, ik ben beter in het uitwissen dan zij,' bromde Rémy uiteindelijk. 'Dat valt niet te ontkennen.'

'Laten we dan kijken of Eva beter is in het creëren, en snel ook,' zei père Clément. 'We hebben haar nodig.'

'Rémy keek weer even naar Eva. 'Ik vind het prima als ze mijn assistent wil worden.'

De hoekjes van père Cléments lippen gingen kort omhoog. 'Ik had eigenlijk meer voor ogen dat jij die van haar kon worden.'

Rémy's neusvleugels werden groot, en dit keer zei hij weer iets binnensmonds, maar wel duidelijk, en niet heel vriendelijk. Hij draaide zich om en stampte weg, de deur achter zich dichtslaand.

'Rémy! Wacht!' Eva stond op om hem achterna te gaan.

'Laat hem maar,' zei de pastoor kalmpjes.

Eva bleef staan en zuchtte. 'Sorry,' zei ze, 'misschien had ik beter...'

Hij viel haar in de rede. 'Verontschuldig je niet. Binnen onze organisatie is geen plek voor ego's, en Rémy weet dat. Hij is ook goed in wat hij doet, maar iedereen heeft zo zijn eigen sterke punten, en we zijn allemaal sterker als we samenwerken. Jullie zullen samenwerken als gelijken, Eva, als je dat goedvindt.'

'Ja, natuurlijk.'

'Goed. Nou, zullen we naar de bibliotheek gaan en beginnen? We hebben geen minuut te verliezen.'

Hij ging eruit aan zijn kant van de biechtstoel en Eva volgde. Ze verwachtte Rémy aan te treffen in de bibliotheek toen ze daar even later binnengingen, maar daar was hij niet, waardoor ze zich een beetje schuldig voelde. Ze keek toe hoe père Clément een stapel boeken verwijderde, waardoor het verborgen kastje vrijkwam dat Rémy een paar avonden eerder had geopend. Hij haalde er wat papieren uit en schoof het deurtje dicht, zette de boeken terug en draaide zich weer om naar Eva. 'Hier,' zei hij.

Ze bekeek wat hij haar had gegeven. Een paar blanco identiteitskaarten, vier of vijf dozijn lege vellen met dezelfde stevige structuur als het papier van geboorteaktes, en een handgeschreven lijst met namen en geboortedata. Ze scande het snel. 'Maar dit zijn bijna allemaal kinderen,' zei ze, terwijl ze opkeek. 'Jonge kinderen.'

'Ja.' Hij bekeek haar aandachtig.

'Wie zijn het?'

'Ze moeten zo snel mogelijk ontsnappen. Veel van hen zijn jong genoeg om geen identiteitskaarten nodig te hebben, alleen een geboorte- en doopakte, distributiekaarten om te bewijzen dat ze zijn wie ze zeggen dat ze zijn, reisvergunningen, dat soort dingen.'

Eva voelde zich buiten adem. 'En hun ouders?'

'Allemaal al weg. Naar het oosten.'

Het oosten. Hun ouders waren afgevoerd, net als haar vader, naar Auschwitz, of net zoiets. 'Waar zijn de kinderen nu?' Eva scande de lijst opnieuw. De meeste kinderen leken onder de tien, sommige waren nog maar peuters. Waren dit allemaal wezen? Het was bijna onvoorstelbaar. 'Wie zorgt er voor hen?'

Père Clément keek haar een tijdlang zwijgend aan. 'Kan ik je vertrouwen, Eva?'

'Aan wie zou ik het moeten vertellen? Ik ben een Jodin op een onbekende plek, reizend met valse papieren.' Hij trok alleen een wenkbrauw op. Ze schraapte haar keel. 'Wat ik bedoel is, natuurlijk kunt u mij vertrouwen.'

Hij knikte. 'Kijk, Eva, zoals je misschien al hebt geraden, de kerk maakt deel uit van een vluchtroute die mensen veilig naar Zwitserland helpt te komen. We werken nauw samen met verzetsgroepen in bezet gebied, en de laatste paar maanden zijn er meer en meer arrestaties geweest, er komen steeds meer vluchtelingen hierheen, en naar andere steden zoals wij, overal in de vrije zone.' Hij zuchtte. 'Je weet van de invallen en arrestaties vorige week in Parijs. Ons netwerk heeft een aantal kinderen weg kunnen krijgen voordat ze met hun ouders werden opgepakt, en nu zitten veel van hen ondergedoken bij andere mensen, allemaal zonder papieren en zonder hun ouders.'

'Allemaal Joods,' zei Eva zachtjes, met pijn in haar hart.

'Allemaal Joods,' herhaalde père Clément. 'En per dag lopen ze meer gevaar.'

'Hoe krijgt u ze daar weg?' Het zou te veel opvallen om zo'n grote groep over de Zwitserse grens te krijgen.

'Dat is dus waar we jou voor nodig hebben. De kinderen zullen naar Zwitserland worden overgebracht, met vier of vijf tegelijk, alsof het broertjes en zusjes zijn uit één gezin, reizend met hun vader of moeder. Maar om dat te kunnen doen hebben we overtuigende papieren nodig. En snel ook.' Hij wachtte even. 'Er wordt namelijk gefluisterd dat de Duitsers van plan zijn de vrije zone ook in te nemen.'

Eva voelde haar ogen groter worden. 'De vrije zone? Maar daarover hebben ze een deal gesloten met Pétain.'

'En jij denkt dat ze zich aan hun woord zullen houden? Hun beloftes zijn leeg. En zodra ze de boel in handen hebben, wordt het nog veel moeilijker om Frankrijk te verlaten.'

Zijn ogen boorden zich in die van haar, en ze had het gevoel dat hij precies kon lezen wat ze dacht. Als de grens straks nog strenger bewaakt werd, dan moest ze haar moeder ook snel het land uit zien te krijgen.

'We hebben nog wel wat tijd,' zei hij, als antwoord op de vraag die ze niet had gesteld. 'Ik wil je smeken om hier te blijven, Eva. De hoeveelheid vluchtelingen neemt alleen maar toe.'

Ze slikte een brok door. 'Goed dan.'

'Je zei dat je een idee had om sneller documenten mee te produceren?'

‘Ja, hoewel ik niet zeker weet of het werkt. Dit is iets wat gisteravond in me opkwam. Bent u bekend met zo’n soort kleine drukpers die ze vaak op scholen gebruiken om kopieën te maken van werkbladen voor leerlingen?’

‘Ik denk dat ik weet wat je bedoelt. Er zit een vilten rol op met een soort gel eromheen, toch? En dan kunnen de leraren op de gel schrijven? Maar hoe zou dat dan werken? De documenten moeten er handgeschreven uitzien.’

‘Die wel, maar de stempels niet. De stempels zijn het moeilijkst te reproduceren, en het meest tijdrovend. Als ik ze op de vilten rol kan natekenen, en we de juiste kleur inkt gebruiken, dan kunnen we er vijftig in één keer drukken. Ik kan daaraan werken terwijl Rémy de documenten met de hand invult.’

Père Clément keek haar in de ogen. ‘Denk je dat je de zegels zo accuraat kunt overzetten dat het er overtuigend uit zal zien?’

Eva knikte. ‘Ik denk van wel. Ik hóóp het.’

‘Eva, dat is briljant. Ga je met me mee naar de winkel om zo’n ding te kopen?’

Ze aarzelde. Ziet dat er niet verdacht uit?’

‘Niet als de winkelier een van ons is.’ Zijn ogen glinsterden. ‘Madame Noirot sprak vol lof over je.’

Madame Noirot?’

In de boekwinkel. Je dacht toch niet dat ik je zou benaderen zonder eerst in de stad wat rond te vragen, of wel?’

‘De dame die me het exemplaar gaf van *Bel Ami*?’ Eva wist niet wat ze hoorde. ‘Maar hoe kan zij nu voor me instaan? We hebben alleen maar een heel kort praatje gemaakt.’

‘Jawel, maar zij zag in jou een verwante ziel, en ze kon wel raden waar je de tekenpennen voor nodig had. Toen ze me kwam opzoeken, zei ze dat iemand die de magie van boeken inziet wel een goed hart moest hebben.’

'Is iedereen in deze stad dan lid van uw vervalsingsclub?'

Hij glimlachte. 'Nee. Maar we zijn wel een stad van fatsoenlijke mensen. Er zijn hier genoeg mensen die meewerken aan de zaak, en nog veel meer die bereid zijn dingen niet te zien en niet te zeggen. Dus ook al ben je hier behoorlijk veilig, Eva, blijf te allen tijde op je hoede. Goed, ga je mee naar madame Noirot?'

Ze knikte, maar toen ze achter hem aan liep, begon ze zich toch langzaam onbehagelijk te voelen.

Na een wandeling van tien minuten door verlaten kronkelende steegjes geflankeerd door houten balkonnetjes en uitbundige krullende kraagstenen betraden ze de boekwinkel. Er waren geen klanten, en madame Noirot was bezig notitieboekjes uit te stallen in de etalage. Ze keek op en glimlachte toen het deurbelletje klonk.

'Ah, père Clément. Ik hoopte al dat u zou langskomen. En ik zie dat u een vriendin bij u hebt.' Ze lachte naar Eva. 'Heb je al kans gezien om aan *Bel Ami* te beginnen, lieve kind?'

'Ik ben bang van niet, madame.' Dit was, bedacht Eva opeens, de langste periode ooit die ze zonder te lezen had doorgebracht, en dat was een droevig stemmende gedachte. Weer iets wat de Duitsers van haar hadden afgepakt. 'Ik had het druk.'

'Ah, ja, dat heb ik gehoord.'

Eva keek naar de pastoor, maar hij negeerde haar blik.

'En wat brengt jullie vandaag hier?' vroeg madame Noirot. 'Een nieuw boek, misschien?'

'Nee hoor, madame, dank u wel. We hoopten dat u misschien een handdrukpers zou hebben. Zo'n apparaat dat leraren gebruiken om werkbladen voor de leerlingen te dupliceren.'

Er kwam een frons op madame Noirots voorhoofd. 'Moeten jullie kopietjes maken ergens van?'

'Nou, nee, eigenlijk had Eva een heel slim idee.' Père Clément haalde eindelijk zijn aandacht af van de pennen en kwam naast Eva staan. 'Is dat niet een ideale techniek om officiële stempels mee te reproduceren?' voegde hij fluisterend toe.

Madame Noirot deed haar mond open en weer dicht. 'Ik dacht dat u Rémy stempels uit rubber liet snijden.'

Père Clément knikte. 'Maar u weet ook hoeveel tijd dat kost per stempel, en hoeveel verschillende soorten stempels we moeten namaken. Hij had dat toevallig aan Eva verteld toen ze elkaar die avond voor het eerst zagen, en daarna kwam Eva op het idee om stempels te reproduceren gebruikmakend van een roller als deze, dan hoeft iemand met een vaste hand de echte stempel maar één keer na te tekenen.'

Madame Noirot knikte traag. 'En je hebt precies de goede kleuren inkt nodig.'

'We hoopten dat u ons daar ook mee zou kunnen helpen,' zei père Clément.

Madame Noirot keek Eva onderzoekend aan, met een blik vol bewondering. 'Nou, Eva, als ik niet beter wist, dan zou ik denken dat je door God zelf gezonden bent.'

Eva voelde dat ze bloosde. Madame Noirot zei dat ze bijna zeker wist dat ze nog een paar van die handpersen had staan waarvoor ze ook gels kon bijbestellen als dat nodig was en verdween naar achteren. 'Waarom hebt u haar mijn echte naam verteld?' fluisterde ze naar père Clément.

Hij keek verbaasd. 'Nou, ten eerste, ik heb haar alleen je voornaam verteld, niet je achternaam. En heeft Rémy dat niet gezegd? Hij heeft jouw nieuwe naam en die van je moeder gevonden in de *Journal Officiel*, en met die van jou kun je je eigen naam Eva gebruiken.'

'Maar hij had me al een nieuwe identiteit gegeven. Marie Charpentier.'

'Dat was slechts tijdelijk. En aangezien je die hebt gebruikt in Drancy, en hij dus al is opgenomen in een officieel register, is het beter om die niet meer te gebruiken. Bovendien heb je een identiteitskaart nodig die je samen met je moeder kunt gebruiken, een genaturaliseerde Wit-Russin die met een Fransman is getrouwd en in 1920 een dochter heeft gekregen met de naam Eva. Het feit dat de familie Russisch is stelt madame Barbier in staat om met recht te beweren dat je moeder een nicht is, wat jullie aanwezigheid in het pension verklaart. Jij bent Eva Moreau, en je moeder zal Yelena Moreau heten.'

Eva staarde hem aan. 'Zo'n familie vinden moet hem enorm veel moeite hebben gekost.'

'Volgens mij heeft hij de hele nacht niet geslapen. Hij wist dat je overstuur was vanwege je vader, en hij wilde je helpen om je meer op je gemak te voelen hier. Hij dacht dat het zou schelen als je je eigen naam zou kunnen blijven gebruiken.'

Eva knipperde de tranen weg die ze achter haar ogen voelde prikken. Ze had hem verkeerd beoordeeld. Hoewel het haar niet volledig kon worden kwalijk genomen dat ze slecht had gedacht over een man die warme banden onderhield met de madame van een bordeel waar nazi's welkom waren. 'Hij is een goed mens, hè?'

'Dat is hij zeker, Eva. Dat is hij zeker.'

Op dat moment kwam madame Noirot met een trots gezicht binnen met twee ingepakte handpersen. 'Ik heb ze gevonden. Ik kom later wel even langs met wat meer gels, maar hiermee kun je alvast beginnen. Ik heb wat van de speciaal gekleurde inkt achter de toonbank, en ik zal meer bijbestellen.'

'Niet zo veel dat het zou kunnen opvallen, hoor,' waarschuwde père Clément, terwijl hij de apparaten en de inkt van haar aannam die ze in een tas had gedaan. Hij gaf haar een handvol francs, die ze aannam zonder ernaar te kijken.

Madame Noirot legde haar hand op haar hart. 'Père Clément, nu doet u net alsof dit de eerste keer is dat ik zoiets doe.' Ze gaf Eva een knipoog. 'Geen zorgen. De rol van de stoffige oude boekenwurm ligt me heel goed. Het is verreweg de beste dekmantel.'

Eva lachte naar haar, en terwijl zij en père Clément zich omkeerden om te vertrekken, riep madame Noirot nog iets.

'Wacht. Eva?'

'Ja?'

'Dank je wel. Dank je wel dat je hier bent. Je gaat levens redden.'

Eva lachte en mompelde merci, maar terwijl ze de winkel uit liep met père Clément kon ze het niet helpen dat ze zich een oplichtster voelde. Per slot van rekening was ze niet een of andere onbaatzuchtige reddende engel, ze zou hier lang genoeg zijn om Rémy te helpen met de achterstand. Dan zou ze met haar moeder naar Zwitserland vertrekken om op Tatuś te wachten.

'Père Clément?' begon ze, toen ze, stevig doorwandelend, op weg waren naar de kerk. 'Mag ik u iets vragen?'

'Natuurlijk, Eva,' zei hij, nadat hij hun gesprek even had onderbroken om naar de slager met de snor te knikken, die bezig was zijn winkel te sluiten, en om te zwaaien naar de mollige bloemist met wie Eva bonjours had uitgewisseld toen ze voor de eerste keer terugliep vanaf de kerk.

'Waar hebt u het geld vandaan voor de spullen?'

Hij glimlachte. 'We doen dit werk hier niet alleen. Naast het voorzien in materiaal helpt de ondergrondse ook wel eens met fondsen. Daarover gesproken, als je besluit om een poosje bij ons te blijven, dan is er wat geld voor je. Je voert werk uit, en daarvoor moet je worden betaald.'

'U hoeft niet...'

'Daarmee kun je de huur betalen, en eten kopen.' Hij knipoogde. 'En nu we het er toch over hebben, ik zal wat blanco bonkaarten voor jou en je moeder regelen.'

Ze slikte haar schuldgevoel weg. Nu werd weggaan nog moeilijker. 'Mag ik nog iets vragen? U zei dat de kinderen van wie ik de papieren ga vervalsen nu niet hun ouders bij zich hebben.' Ze haalde diep adem. 'Wie houdt hun echte namen dan bij?'

Hij keek moeilijk. 'Hun echte namen?'

'Zodat ze straks na de oorlog weer met hun ouders kunnen worden herenigd.'

'O, Eva. Je begrijpt toch wel dat hun ouders de oorlog misschien niet zullen overleven.'

'Ik weet het.' Ze schudde de gedachte aan haar eigen vader af, en ze herhaalde de woorden van haar moeder in haar hoofd. *Wie zal ons herinneren? Wie kan het wat schelen?* 'Maar er moet een manier zijn, père Clément. Wat als de jongsten niet meer weten waar ze vandaan komen tegen de tijd dat de oorlog voorbij is?'

'Het is te gevaarlijk om ze over de grens te sturen met iets waar hun echte identiteit op staat, Eva.' Hij had medelijden in zijn ogen. 'Het spijt me.'

'Kunt u... kunt u toch hun namen voor me achterhalen?'

'Met welk doel, Eva?' vroeg père Clément geduldig.

'Dan zou ik weten wie het zijn,' zei ze zacht. 'Alstublieft. Voor mij is het heel belangrijk dat ze niet zullen worden vergeten.'

Hij bleef haar een tijdje aankijken. 'Ik zal kijken wat ik kan doen. En Eva?'

'Ja, père Clément?'

'Dank je wel. Ik denk dat madame Noirot misschien wel gelijk had toen ze zei dat je door God gezonden was.'

Later die avond, toen het daglicht langzaam verdween uit de glas-in-loodramen boven de boekenkasten in de kleine bibliotheek, was Eva bijna klaar met het bestempelen van een stapel documenten, toen Rémy verscheen. Haar schouders waren stijf van het voorovergebogen aan tafel zitten, en haar vingers deden pijn van het heel precies natekenen van stempels, invullen van lege regels, en het ondertekenen van de papieren. Ze had droge ogen en een droge keel. Ze had niet eens gepauzeerd voor een slok water sinds ze met père Clément die ochtend naar de kerk was gekomen.

Ze had er een uur over gedaan om het rudimentaire apparaat dat ze nog nooit had gebruikt te bestuderen en uit te proberen, en nog een uur om de eerste zegel die ze nodig had, na te tekenen. Maar toen die eenmaal in de gel was nagemaakt, had ze de valse stempel in hoog tempo op eenentwintig blanco geboorteaktes kunnen stempelen. De tweede stempel had minder tijd gekost, en daarna was het slechts een kwestie geweest van de kinderen nieuwe namen geven met geboortedata, en de documenten ondertekenen met een onleesbare krabbel. Terwijl ze bezig was, dwaalde haar geest af naar het lot van de ouders van deze kinderen, en naar haar eigen vader. Hoeveel van hen waren al verloren? Meer dan eens had ze moeten stoppen om de tranen weg te vegen, voordat die de inkt op de nieuwe documenten zouden bevlekken.

'En?' vroeg Rémy terwijl hij de bibliotheek in kwam lopen, met een bundeltje in zijn hand dat heerlijk rook. 'Ik heb wat kaas en een aardappel voor je meegenomen. Heb je al wat documenten af?' Hij legde het bundeltje neer en haar maag begon te rammelen.

Eva beet een glimlach weg. 'Ja, een paar.'

'Vooruit met de geit. Hoeveel dan?'

Eva hield het stapeltje documenten op. 'Ik zit nu op eenentwintig.'

Rémy staarde naar haar, toen naar de papieren in haar handen. 'In één dag? Dat is onmogelijk.'

'Kijk zelf maar.' Ze gaf hem het stapeltje en begon te eten. Ze kreunde bij de eerste hap van de aardappel, die nog warm was van de oven.

Rémy negeerde haar terwijl hij de documenten bekeek, de eerste paar in detail, met grote ogen van ongeloof, en de rest snel doorbladerend.

'Maar...' Hij keek op, maakte zijn zin niet af. 'Ze zijn perfect. Hoe heb je dit zo snel klaargespeeld?'

Ze was de rest van de kaas en de halve aardappel al aan het inpakken; die nam ze mee voor haar moeder. 'Dat weet ik echt niet. Ik ben alleen gekwalificeerd om jouw lieftallige assistente te zijn, toch?'

Dit keer kon ze haar lach niet verbergen terwijl ze opstond, haar trui pakte en naar de deur liep. Ze was halverwege de kerk toen ze voetstappen achter zich hoorde. Rémy kwam naast haar lopen en legde een hand op haar arm. 'Wacht,' zei hij.

Ze draaide zich om.

'Eh... het spijt me dat ik dat heb gezegd. Je bent... je bent duidelijk erg goed hierin, vooral omdat je er helemaal geen opleiding in hebt gehad.'

'Wel... je bent helemaal naar Parijs gegaan voor mij, of niet? Misschien kunnen we dan zeggen dat we gelijkstaan.'

'Kun je me laten zien hoe je dat doet?' Hij liet zijn stem zakken. 'Als we kunnen samenwerken...'

'Natuurlijk.' Ze aarzelde. 'Op één voorwaarde.'

'Goed...'

'Ik wil een lijst bijhouden van de kinderen voor wie we documenten vervalsen. Ze horen allemaal bij iemand.'

'Père Clément heeft je vast verteld hoe gevaarlijk het zou zijn om hun echte namen vast te leggen.'

'Help me dan om een manier te vinden die niet gevaarlijk is,' zei ze, zijn blik vangend en vasthoudend. 'We zijn het ze verplicht. We zijn het hun ouders verplicht. Alsjeblieft.'

"Waarom vind je dit zo belangrijk?'

Eva keek opzij en dacht weer aan haar moeders wanhoop. *Ze zijn ons aan het uitwissen, en wij helpen ze.* 'Omdat iemand het moet onthouden. Hoe kunnen ze anders later hun weg terugvinden naar huis?'

Rémy opende zijn mond en sloot hem weer. 'Ik kan je niets beloven. Maar ik zal erover nadenken.'

'Dank je.' Ze lachte naar hem. 'En bedankt voor het eten. Wil je zorgen dat père Clément de documenten krijgt?' Terwijl ze wegliep, voelde ze hoe zijn blik haar volgde totdat ze oploste in de schemering.

'Waar was je?' Mamusia was aan het ijsberen en had een rood gezicht toen Eva zichzelf binnenliet in de kamer. Ze had haar overjas aan, en de koffers stonden ingepakt bij de deur.

'Mamusia, wat is dit?' Eva bleef staan kijken in de deuropening.

'Ik heb besloten dat we teruggaan naar Parijs,' zei Mamusia stellig. 'Maar nu moeten we natuurlijk eerst weer wachten tot morgen. We hebben al meer dan genoeg vertraging opgelopen.'

Eva keek van haar moeder naar de koffers en weer terug, en klikte vervolgens de deur zachtjes dicht. 'Mamusia. We kunnen niet naar Parijs.'

'Natuurlijk wel!' snoof haar moeder. 'Ik heb er lang over nagedacht. We moeten daar zijn voor als je vader terugkomt. Want hoe moet hij ons anders vinden? Als we in Zwitserland zijn, dan weet hij dat niet. Nee, Parijs is de enige manier.'

‘Maar, Mamusia,’ zei Eva teder. ‘Tatuś komt niet terug.’

‘Hoe durf je dat te zeggen?’ Mamusia’s stem klonk nu als een gil. ‘Natuurlijk wel! Zijn deportatie was een vergissing, en zodra ze de fout inzien...’

‘Mamusia,’ zei Eva weer, en dit keer iets fermer. ‘Het was geen fout.’

‘Je vader zal wel een manier vinden om...’

‘Nee.’ Eva viel haar in de rede. ‘Hij komt niet terug. Hij is weg.’

‘Je bedoelt toch niet dat hij dood is?’ krijste haar moeder.

‘Nee,’ zei Eva snel, hoewel ze diep in haar hart wel wist dat het wel eens waar kon zijn. De gedachte had de hele dag al aan de randen van haar bewustzijn gepeuterd, als een fluisterend stemmetje in haar oor terwijl ze minutieus namen en geboortedata opschreef die misschien een paar levens zouden redden. ‘Nee, dat zeg ik niet, Mamusia. Alleen dat hij nu nog niet terug zal komen.’

‘Dat weet je niet! Nee, Eva, we gaan naar Parijs en daarmee uit.’

‘Mamusia, Parijs is niet de stad die we hebben achtergelaten. We kunnen niet eens terug naar ons eigen appartement.’

‘Wat een onzin. Hoezo niet? Het is toch ons huis!’

Eva haalde diep adem. Ze had haar nog niet verteld over de buren. Ze had gehoopt haar die pijn te kunnen besparen. Maar daarvoor was het nu te laat. ‘Omdat de Fontains er al zijn ingetrokken.’

Mamusia keek naar haar met een lege blik. ‘Eva, praat geen onzin. De Fontains hebben gewoon hun eigen appartement, verderop in de gang.’

‘Het onze is groter, mooier. Waarschijnlijk heeft madame Fontain vanaf het begin van de oorlog al haar zinnen erop gezet. En wat denk je wat er zou gebeuren als we teruggaan en proberen ons huis terug te krijgen? Denk je niet dat ze meteen de politie zou bellen om ons te laten arresteren?’

'Woont ze in ons huis?' Er was iets veranderd in Mamusia's gezicht. 'Moeten we die vreselijke vrouw het dan maar gewoon laten innemen? Terwijl we zo hard hebben gewerkt en er decennialang eerlijk geld voor hebben betaald? Moeten we op onze rug gaan liggen, als honden, want zo ziet ze ons dus blijkbaar?'

'Ik vind het net zo erg als jij, maar we hebben geen keuze.'

Mamusia perste haar lippen op elkaar. De huid eromheen werd wit van nijd. 'We hebben altijd een keuze. En volgens mij kies jij ervoor om gewoon maar op te geven wat van ons is, en om je vader in de steek te laten.'

'Mamusia, we laten hem niet in de steek. We proberen te overleven. Dat is wat hij ook zou willen.'

'Hoe weet jij dat nou?' Haar moeder verslikte zich in een snik. 'We hebben hem laten zitten, Eva! Zie je dat niet? We hebben hem laten meenemen! Jíj hebt hem laten meenemen! Je wist dat ze kwamen, en je stond daar en keek ernaar.'

Eva liet haar hoofd hangen en onderging de beschuldiging. Ze had harder haar best moeten doen om haar vader te overtuigen dat ze moesten vluchten. Van die loodzware last op haar geweten zou ze nooit afkomen.

'Maar wat nu?' vroeg haar moeder. Ze begon weer te ijsberen, waarbij ze haar zinnen met opgestoken vinger voorzag van leestekens en nadruk. 'Nu wil je dus dat we hier een nieuw leven beginnen, en net doen alsof Parijs niet ons thuis is? Je hebt me niet eens gevraagd of ik dat wel wil!' Haar zin eindigde in gesnik.

Eva knipperde haar tranen weg. 'Mamusia, ons oude leven bestaat niet meer.'

Haar moeder fronste en bestudeerde haar in stilte. 'Goed dan. Dan gaan we naar Zwitserland. Dat heeft je vader je toch gezegd dat je moest doen? Dan komt hij naar ons toe, daar, zodra hij een oplossing gevonden heeft.'

Eva sloeg haar ogen neer zodat haar moeder haar pijn niet zag. Dacht Mamusia nu echt dat Tatuś zich op een of andere manier vrij zou kunnen praten uit een Duits kamp, en dan helemaal terug zou kunnen komen reizen, dwars door Europa? 'Ja, we gaan, Mamusia. Maar eerst moet ik hier wat dingen doen.'

Haar moeder staarde haar ongelovig aan. 'Wat voor dingen? Vervalsing, bedoel je, net als de leugens waardoor we Parijs moesten verlaten zonder je vader.'

'Mamusia...'

'Leugens, Eva, allemaal leugens!' Eva voelde speekselspetters op haar gezicht. 'En je verkoopt jezelf ook leugens! Hoe kun je zo egoïstisch zijn? Waarom betekent het meer voor jou om hier te blijven en met vreemden te werken in plaats van datgene te doen wat goed is voor je eigen vader?'

'Omdat ik hen nog kan helpen!' snauwde Eva terug. 'Omdat zij nog geen verloren zaak zijn!'

Ze had spijt zodra ze het had gezegd, maar toen was het al te laat. Mamusia's gezicht werd nog roder, haar ogen spuwden vuur, en van haar lippen was alleen nog een boze streep over. Ze stoof langs Eva en duwde haar bijna omver op weg naar de deur.

'Waar ga je heen?' vroeg Eva, terwijl haar moeder de gang uit liep. Mamusia gaf geen antwoord. Ze rende de kamer uit en botste bijna op tegen madame Barbier, die kennelijk kwam kijken waar het geschreeuw vandaan kwam.

'Het spijt me,' prevelde Eva tegen madame Barbier, terwijl ze haar moeder achternaliep.

Madame Barbier ging voor haar staan en blokkeerde haar weg. 'Laat haar maar,' zei ze. 'Jij probeert een weg vooruit te vinden, lieverd, maar je moeder kan op dit moment alleen achteromkijken. Ze heeft te veel verdriet om ook maar iets anders te kunnen zien dan wat ze heeft verloren.'

'Maar...'

'Geef haar wat tijd,' zei madame Barbier, op sussende toon. 'Ik zal doen wat ik kan om te helpen. In de tussentijd moet jij zorgen dat je wat rust krijgt.'

Uiteindelijk knikte Eva en keerde ze terug naar de kamer. Haar hele lichaam deed pijn, en haar hoofd bonkte van uitputting, maar ze wist al dat ze niet zou kunnen slapen tot haar moeder terug was.

14

Mamusia liet zichzelf om net iets over vieren in de ochtend binnen, en schoof in bed, waarna Eva zichzelf eindelijk toestond om weg te doezelen, geholpen door de lichaamswarmte van haar moeder.

Toen Eva een paar uur later wakker werd, kietelde de zon met lange vingers langs de randen van de verduisteringsgordijnen. Eva keek opzij naar haar moeder, die vredig lag te slapen. Ze voelde een golf van verdriet. Haar moeder had het gevecht opgegeven, en zonder dat vechten zag ze eruit als een klein meisje. En misschien was ze dat op een bepaalde manier ook nog wel. Mamusia was pas achttien toen ze trouwde. Zonder haar man aan haar zijde wist ze niet wie ze was, als volwassen vrouw. Eva kleedde zich stilletjes aan en ging weg zonder haar wakker te maken.

'Wilt u vandaag een beetje op haar letten?' vroeg ze madame Barbier terwijl ze de oudere vrouw passeerde in de gang, op weg naar buiten.

'Dat hangt ervan af. Ga je naar père Clément?'

Eva aarzelde even en knikte toen.

'Mooi. Dan zal ik voor haar zorgen,' beaamde ze. 'Wacht hier even.' Toen ze terugkwam had ze een appel en een stuk kaas bij zich. Eva stak haar hand op om het aanbod af te slaan, maar haar rammelende maag verraadde haar, en madame Barbier drong aan, met een glimlach. 'Ik zal wat voor je moeder bewaren. Jullie hebben je kracht hard nodig.'

Op straat in Aurignon was het stil toen Eva zich even later naar de Église Saint-Alban haastte, met het eten onder haar arm. Maar het was geen vredige stilte; de schone lucht hing stil, alsof de hemel zijn adem inhield, en je hoorde geen vogels. Achter de kerk maakten de bergen vandaag een dreigende indruk, met hun donkere schaduwen die ze over de stad wierpen.

Père Clément was bezig het middenpad te vegen, en hij keek op toen Eva binnenkwam. 'Gaat het goed met je moeder, Eva? Ik zag haar gisteren op het plein. Je moet haar echt op het hart drukken dat het gevaarlijk is om na zonsondergang nog buiten te zijn. Dit is een kleine stad, mensen praten.'

'Ik zal het tegen haar zeggen. En ik denk dat het wel gaat.' Ze aarzelde even en voegde toen toe: 'Ze is alleen gebroken, denk ik.'

'Dat zijn we allemaal.' Hij glimlachte een droeve lach. 'Eva, Rémy heeft me gisteravond de documenten overhandigd. Wat je hebt gemaakt is ongelooflijk goed.'

Ze boog haar hoofd zodat hij haar niet zou zien blozen. 'Dank u wel. Zal het wat helpen?'

'Het heeft al geholpen. Ik heb meer materiaal voor je meegenomen. En zolang als je hier bent, nou, dan zouden we je heel dankbaar zijn voor je hulp.' Hij gaf haar een sleutel. 'Hier. Deze is van de bibliotheek, alleen ik, jij en Rémy hebben er een.'

Hij liep weg voordat ze kon antwoorden. Ze stond zichzelf een glimlachje toe voordat ze de kleine bibliotheek betrad.

Toen ze zichzelf naar binnen liet, was ze verrast dat Rémy al aan tafel zat, over iets gebogen. Hij keek op met een glimlach, terwijl ze de deur achter zich dichttrok.

'Ik heb een appel mee en wat kaas, om te delen,' zei ze, en haalde het eten uit de zak van haar rok en bood het hem aan, als een vredespijp.

Hij keek naar het bescheiden maal. 'Je hoeft me niets te geven.'

'Weet ik,' zei ze, maar ze gaf hem toch de kaas en wachtte tot hij een hapje had genomen.

'Dank je wel.' Hij gaf de kaas terug en wuifde de appel weg. 'Ik heb toevallig ook wat voor jou.' Hij hield het boek op dat ze op de eerste avond in paniek had gepakt, *Epitres et Evangiles*, het lijvige, verbleekte missaal uit de achttiende eeuw.

Ze fronste terwijl ze het boek van hem aannam. 'Neem je me in de maling?'

Hij moest lachen. 'Nee, integendeel zelfs. Alsjeblieft, sla maar open op de eerste bladzijde.'

Ze keek hem onzeker aan. Hij lachte weer en gebaarde naar het boek. 'Toe dan.'

Voorzichtig sloeg ze het open op de eerste pagina, waar alleen de titel van het boek op stond, een subtitel, de naam van de uitgever, en het jaar van uitgave. Ze keek hem aan. 'Maar wat...'

'Nee, nee, ga door. De numerieke bladzijde een.' Het oude papier kraakte van protest terwijl ze de eerste tachtig pagina's omsloeg, die waren gemarkeerd met romeinse cijfers, en kwam toen aan bij de pagina met de numerieke een. Er was een klein zwart sterretje gekrabbeld boven de *e* in *Le*, gevolgd door een punt boven de *v* in *l'Avent* op dezelfde regel.

Eva keek verbaasd op. 'Ga je nu antieke boeken toetakelen?'

Rémy lachte. 'Voor de goede zaak, denk ik. Ga door. Pagina twee.'

Op de tweede pagina stond een punt boven de *a* in *car*, en op de derde stond een punt boven de *t* in *perfécuteurs*, maar op pagina vier stond er niets. Op pagina vijf stond weer een punt boven de *r* in *alors*, en op pagina zes zag ze ook weer niets. 'Ik begrijp het niet,' zei ze, en legde het boek neer.

‘Heb je wel eens gehoord van de fibonaccireeks?’ vroeg Rémy.

‘Ik geloof van niet.’

‘Ik ben altijd dol geweest op wiskunde. Kijk, de fibonaccireeks begint met het cijfer een, dan nog een keer de een. Tel die op, dan krijg je twee. Dan tel je een en twee op en krijg je drie. Twee en drie is vijf. Drie en vijf is acht. En zo gaat de reeks door. Steeds tel je de laatste twee cijfers bij elkaar op, en dan krijg je het volgende cijfer. Snap je?’

Eva keek door haar wimpers. ‘De wiskunde begrijp ik. Maar ik begrijp niet wat dat met dit oude boek te maken heeft.’

Hij grijnsde. ‘Dat komt zo, Eva. Nou, ga eens door met de reeks, alsjeblieft.’

‘Rémy...’

‘Vertrouw me nou maar.’

Ze zuchtte. Het voelde net alsof ze terug was op *l’école primaire*, en een onverwachte overhoring wiskunde kreeg. ‘Goed dan. Een, een, twee, drie, vijf, acht, dertien, eenentwintig, vierendertig...’ ze dwaalde af.

Rémy schreef de cijfers op die ze noemde, en gaf haar toen het vel met daarop de cijfers die hij had opgeschreven. ‘Nu moet je naar al die pagina’s gaan en de stipjes zoeken. Op dit papiertje schrijf je de letter die eronder staat.’

Eva fronste, maar deed wat hij zei. Op pagina acht stond een punt boven de *a* in *apôtre*. Op pagina dertien stond een punt boven de *u* in *suite*.

Pas bij de punt boven de *b* in *considérable* op pagina eenentwintig besefte ze wat ze aan het schrijven was. ‘Is dit mijn naam?’

‘Heel goed. Het is een manier om bij te houden wie je bent, zodat je nooit zult worden uitgewist.’

Ze keek hem verbijsterd aan. ‘Rémy...’

‘Het is natuurlijk niet helemaal waterdicht. Maar wie gaat er in een rooms-katholiek missaal zoeken naar namen van vermiste joodse kinderen? En wie zou er vervolgens op komen om de sterretjes en stippen op deze manier te decoderen? Als het goed is, is dit niet zo moeilijk om te doen. Elke naam begint op een nieuwe pagina, en dan tellen we het paginanummer gewoon op bij elk fibonaccicijfer. Als er al een punt op de pagina staat, nou, dan zet je gewoon een nieuw puntje op die pagina erbij, daarmee wordt de code alleen maar moeilijker te ontcijferen, als iemand dat ooit zou proberen.'

Het duizelde Eva. 'Maar wat nu met de valse namen die we de kinderen geven? Hoe gaan we die bijhouden zonder dat we daarmee de kinderen herkenbaar maken?'

'Simpel. Begin gewoon helemaal aan het einde van de reeks die voor een bepaald persoon is gebruikt, en codeer de valse naam in de omgekeerde volgorde. Laten we jou als voorbeeld nemen. Het boek gaat tot bladzijde 688, dus is het laatste fibonaccireeksnummer dat in het boek past 610. Daar beginnen we met een driehoekje boven de eerste *e*, dan boven de *v* op pagina 377, de *a* op 233 en we beginnen je valse achternaam, *Moreau*, op pagina 144. En zo verder totdat we je hele naam hebben genoteerd, achterstevoren, op dezelfde pagina's als we je echte naam hebben neergezet. Stel dat we niet genoeg ruimte hebben voor- of achteruit, als er dus meer letters in een naam zitten dan dat er bladzijden zijn, dan is dat niet erg. Het begin van de namen moet genoeg zijn om ons te helpen herinneren, in die gevallen. Begrijp je, Eva? Het is vrijwel perfect.'

Hij grijnsde naar haar en zij voelde dat haar de adem werd benomen. Ze keek weer naar het boek, en toen naar hem. 'Dit heb je net bedacht?'

'Ik ben de hele nacht wakker gebleven. Je had gelijk, Eva. We kunnen de kinderen niet uitwissen die niet voor zichzelf kunnen spreken. We gaan een lijst bijhouden van ieder van hen.'

'Ik... ik weet gewoon niet wat ik moet zeggen.'

'Je zou kunnen zeggen, Rémy, je bent geniaal, of Rémy, je bent zo godsgruwelijk knap.'

Eva lachte, verrast over de tranen in haar ogen. 'Ja, allebei die dingen. En ook, Rémy, je bent een held. Dit is buitengewoon. Maar wat nu als père Clément gelijk heeft dat het gevaarlijk is om zo'n lijst bij te houden?'

Rémy haalde zijn schouders op. 'Hij heeft gelijk. En daarom gaat dit systeem ook werken. Daar ben ik zeker van. Niemand zal dit boek ontdekken, en als iemand het wel ontdekt, dan zullen de sterren en stippen en driehoekjes niets betekenen. Trouwens, we bewaren hem gewoon in het volle zicht, in de kast, dus wie komt er dan op het idee om erin te kijken op zoek naar iets verdachts?' Hij pauzeerde. 'De bladzijdes zullen gauw vol raken, dus we beginnen met zwarte inkt, en als we geen ruimte meer hebben, dan gaan we terug naar het begin en gebruiken blauw.' Hij opende het boek weer op de eerste pagina en schoof het zachtjes naar Eva. 'Maar we zullen nooit een andere naam op pagina één beginnen. Die is alleen voor jou.' Toen Eva weer naar hem keek, stond zijn gezicht somber.

Ze ontmoette zijn blik en keek weer naar beneden, op de bladzijde, met verhitte wangen. 'Ik weet niet hoe ik je hiervoor kan bedanken, Rémy.'

'Ja, nou, nu sta je voor altijd bij me in het krijt, natuurlijk.' Zijn olijke grijns was weer terug.

Eva lachte en nam de pen op die hij op tafel had laten liggen. Zonder iets te zeggen bladerde ze naar pagina twee en zette een sterretje boven de *r* in *feront* en een punt boven de *é* in *étoit*. Op bladzijde drie zette ze een stip boven de *m* in *Romains* en op bladzijde vier, een stip boven de *y* in *il y a*. Toen ze weer opkeek, zat Rémy naar haar te staren.

‘Je schrijft mijn naam,’ zei hij zacht.

‘Ja,’ antwoordde ze. ‘Bladzijde twee is alleen voor jou.’

Het kostte twee dagen om père Clément ervan te overtuigen dat hun systeem van naamregistratie zou werken, en pas nadat Eva had gedreigd te zullen stoppen met de productie van documenten en Rémy hem had uitgedaagd om het boek te pakken en te proberen de code te ontcijferen, ging hij met veel moeite akkoord. Hij had anderhalve dag boven *Epitres et Evangiles* gebogen gezeten, en toen hij het eindelijk teruggaf, twijfelde hij nog.

‘Niet alle kinderen komen hier met een naam,’ waarschuwde hij.

‘Dan moeten we ons best doen om erachter te komen wie ze zijn, voordat we hun identiteiten uitwissen,’ antwoordde Rémy meteen. ‘Het is belangrijk.’

Eva keek hem verbaasd aan, dankbaar voor het feit dat hij aan haar kant stond.

De pastoor fronste zijn voorhoofd. ‘Jullie begrijpen dat God altijd zal weten wie ze zijn.’

‘Natuurlijk,’ zei Rémy met een schouderophaal. ‘Maar God is druk met andere zaken, op dit moment. Er is toch niets mis mee als we hem een handje helpen?’

‘Maar wat als iemand de namen te pakken krijgt...’

‘Dat krijgen ze niet,’ zei Rémy ferm. ‘Wie komt er nu op het idee om in dit saaie, oude, religieuze boek te kijken?’

De hoekjes van père Cléments mond trokken kort opzij. ‘Vind je dit saai?’ Hij hield het boek op.

‘U niet?’ vroeg Rémy, met een grijns op zijn gezicht.

De pastoor lachte. ‘Ik kan daar maar beter geen antwoord op geven.’

Rémy vertrok enkele minuten later, waarbij hij Eva alleen achterliet met père Clément in de kleine, verborgen bibliotheek. 'Je weet toch, Eva,' zei de priester terwijl hij *Epitres et Evangiles* tussen hen in op tafel legde, 'dat ik nooit heb geprobeerd die kinderen uit te wissen. Ik wilde ze alleen redden.'

'Dat weet ik,' zei ze zachtjes. 'Ik ook. Maar iemand moet voorkomen dat ze verloren gaan.'

Hij raakte de rug van het boek nogmaals aan. 'Ik ben blij dat je met ons meedoet, Eva.'

Ze dacht aan haar moeder. 'Ik weet alleen niet hoelang ik nog kan blijven.'

'Onthoud dat Gods plan voor jou anders kan zijn dan het plan dat je voor jezelf hebt.'

Eva knikte. Ze wilde graag geloven dat er iets voor haar was weggelegd, dat er een groter plan bestond voor haar leven. Maar hoe kon dit alles nu horen bij Gods plan? Aan de andere kant, was het niet de hand van God geweest die Eva hierheen had geduwd, naar Aurignon, naar een kerk waar ze een thuis had gevonden en een manier om zichzelf nuttig te maken? Ze wilde père Clément vragen of hij net als zij ook vreesde dat God hun de rug had toegekeerd, maar ze wist niet zeker of ze het antwoord wel aankon. 'Hoe bent u betrokken geraakt bij het helpen van mensen zoals ik?' vroeg ze in plaats daarvan.

Hij glimlachte. 'Ik kom uit Parijs, net als jij. Ik was hier al vijf jaar voordat de oorlog begon, en ik hoorde meteen van mijn contacten in bezet gebied hoe vreselijk het in Parijs was. Aurignon heeft geen strategische betekenis, we liggen in de heuvels, op weg naar nergens, en daarom heb ik wat oude vrienden voorgesteld dat ze zich hier konden verschuilen.'

'Verschuilen?'

Hij haalde zijn schouders op en glimlachte. 'Een van hen had de fout gemaakt een nazisoldaat in de metro te slaan, en de Duitsers zaten achter hem aan. Hij zou worden geëxecuteerd, net als zijn broer, die erbij was en niets deed om te helpen.'

'Uw vriend heeft een nazi geslagen? Is hij ook priester?'

De pastoor lachte. 'Nee. Een schoolvriend. Geen slechte jongen, maar toen hij en zijn broer hier aankwamen, heb ik hem eraan herinnerd dat je je vijand soms misschien beter voor zijn neus kunt bevechten in plaats van hem erop te slaan.'

Eva glimlachte.

'Hoe het ook zij, hij moest Frankrijk uit zien te komen voordat de Duitsers hem zouden vinden,' ging de pastoor verder. 'Hij had zelf al valse papieren, dus het enige wat ik hoefde te doen was hem en zijn broer in contact brengen met een *passeur* om hem over de grens met Zwitserland te krijgen, en dat leek me geen onoverkomelijke klus. Maar de avond voor vertrek zijn we tot laat opgebleven met een fles wijn, en voordat hij naar bed ging, vroeg hij mij of ik interesse zou hebben in het helpen van meer van zijn vrienden. Hij zei dat hij al voor me had ingestaan, en dat als ik mee wilde doen, zijn netwerk misschien al klaar stond om te beginnen mensen naar het zuiden te sturen, naar Aurignon, steeds als het nodig was. Ik stelde me voor dat het om een of twee *résistants* per maand zou gaan, dus ging ik akkoord. Ik was blij dat ik de zaak op een of andere manier kon ondersteunen. Maar toen hij aan Parijs had doorgegeven dat ik bereid was te helpen, toen was het net alsof de sluizen werden opengezet. Een man met een Brits accent kwam een week later om me allerlei vragen te stellen. En toen begonnen de vluchtelingen aan te komen. Eerst résistants, toen Joden. Zelfs een paar piloten die waren neergehaald in het noorden van Frankrijk, die naar huis probeerden te komen. Er kwamen nog meer mensen om hier een netwerk op te zetten, om in te schatten wie men kon vertrouwen en wie erbij betrokken moest worden. En toen er steeds meer vluchtelingen kwamen, toen stuurden ze me Rémy.'

'Rémy?'

Père Clément knikte. 'Hij maakte deel uit van een verzetsgroep in Parijs, waar hij bezig was naam te maken als vervalser. Maar er waren anderen die sneller waren, en beter, en nou ja, jij weet inmiddels ook dat Rémy iets heeft met zijn trots. Ik denk dat hij één keer te veel iets heeft gezegd tegen de verkeerde mensen. Maar het netwerk kon zo'n ervaren vervalser niet verliezen, dus hebben ze hem weggepromoveerd naar Aurignon.'

'Als een soort straf?' vroeg Eva.

'Ik zie het liever als een kans,' zei père Clément met een glimlach. 'En ik hoop Rémy ook. Wat er ook is gebeurd, hun verlies is onze winst. Hoe geestig ik het soms ook vind om het omgekeerde te beweren, hij is getalenteerd en toegewijd. En hoewel hier een heel netwerk is ontstaan, Rémy blijft de enige die ik voor de volle honderd procent vertrouw.'

Eva wilde vragen waarom, maar ze besefte dat ze het antwoord al wist. Ze kende Rémy nog maar kort, toch was hij haar al komen redden en had hij zich al een echte bondgenoot betoond. Hij was brutaal, maar ze had ook het gevoel dat als hij eenmaal had besloten dat jij aan zijn kant stond, hij voor je door het vuur ging.

'Zoals je al zei, Rémy is een van de goeden,' zei père Clément. 'En als je het mij vraagt, Eva, dan ben jij er ook een. Het is gevaarlijk om principieel te zijn, midden in een oorlog. Maar ik denk dat het gevaarlijker is om het niet te zijn.'

'Hoe bedoelt u?'

Hij leek te zoeken naar woorden. 'Ik bedoel dat ik liever sterf wetend dat ik heb geprobeerd het goede te doen dan te blijven leven wetend dat ik de andere kant op heb gekeken. Begrijp je?'

Er liep een rilling over haar rug. Hoewel hij het niet expliciet had gezegd, had ze het gevoel dat hij haar vroeg of ze er ook zo in stond. Maar was dat zo? Was dit iets waar ze haar leven voor in de waagschaal wilde plaatsen? En zo ja, zou ze nog achter haar keuzes staan als ze ooit aan de verkeerde kant van een nazigeweer zou eindigen? Was het een fout geweest om zich in te laten met deze zo goed als onbekende man, of was dit het punt waar haar leven altijd al naartoe had geleid? Want hoe groot was de kans dat ze precies terecht was gekomen op de route van een vluchtelingennetwerk dat op zoek was naar een vaardige vervalser?

En dus haalde ze adem, en keek naar het verbleekte in leer gebonden boek dat voor hen lag, het boek waar geheimen in zouden komen te staan en dat misschien ooit levens zou kunnen herstellen. 'Jazeker,' zei ze uiteindelijk. 'Ik begrijp dat heel goed, en ik denk dat ik precies ben waar ik moet zijn.'

15

mei 2005

Ik ben precies waar ik moet zijn. Die woorden sprak ik zestig jaar geleden tegen père Clément, en nog laten ze me niet met rust, komen ze in mijn moerstaal bovendrijven wanneer ik heel even geloof, hoe kort ook, dat ik het verleden kan laten rusten.

Drieënzestig jaar geleden, midden in een oorlog, heb ik de keuze gemaakt om in Aurignon te blijven, een keuze die mijn leven voor altijd zou veranderen. En nu bevind ik me weer op zo'n punt, wachtend bij de gate op Orlando International Airport, dat mijn leven opnieuw volledig op zijn kop wordt gezet. Het leven voegt zich naar de beslissingen die we maken, op die paar allesbepalende momenten.

Het is nog niet te laat om van gedachten te veranderen. Ik kan nog terug, lekker naar huis. Ik kan het verleden laten gaan, de geesten laten slapen, Ben bellen, zeggen dat ik toch niet naar Berlijn ga. Dat zou het simpelste zijn om te doen, en god weet dat ik vaker wel dan niet voor de makkelijkste weg heb gekozen in de jaren sinds ik Frankrijk heb verlaten.

Toen ik koos voor een leven met Louis, op een boot stapte naar Amerika en probeerde om mijn Franse accent te verliezen en te assimileren, dacht ik dat het relatief eenvoudig zou zijn om het verleden achter me te laten. Want was ik inmiddels niet een meester in het wisselen van identiteit? Bovendien was Aurignon een oceaan van me verwijderd en kon ik de tijd sinds Rémy's dood tellen in maanden, vervolgens in jaren, en later in decennia. Het had allemaal makkelijker moeten worden, het had achter me moeten verdwijnen.

Maar dat is niet gebeurd. Nooit. En nu is het tijd om nog iets terug te halen van wat ik ben verloren.

Terwijl ik plotselinge tranen wegveeg, valt mijn oog op een knulletje van een jaar of drie, vier misschien, die op de grond ligt te kleuren in een kleurboek aan de voeten van een vrouw drie stoelen verderop. Hij heeft kastanjebruin krullend haar, net als Ben toen hij klein was. Hij kijkt op en lacht naar me, en mijn hart slaat een slag over, want voor één tel zijn de jaren uitgegumd en zie ik mijn zoon precies zoals hij er zo veel jaren geleden uitzag. Waarschijnlijk kijk ik te lang, want eerst zet hij grote ogen op, dan komt er een frons op zijn voorhoofd en barst hij in huilen uit.

Zijn moeder kijkt op van haar tijdschrift. 'Jay, schatje, wat is er?'

'Die mevrouw.' Hij wijst naar me. 'Ze kijkt gek.'

Vol schaamte kijk ik zijn moeder aan. 'Het spijt me. Ik wilde niet...'

'Nee, hoor, hij is gewoon van streek omdat ik geen snoep voor tijdens de vlucht voor hem wilde kopen,' zegt zijn moeder snel. 'Jay, lieverd, wel beleefd zijn, hoor.' Ze lacht verontschuldigend, en ik kan zien dat ze uitgeput is. Ik herinner me dat ik me ook zo voelde die eerste jaren met Ben, en me afvroeg of ik me ooit weer als mezelf zou gaan voelen. Maar hier zijn we, tientallen jaren later, en ik heb nog geen flauw idee hoe dat dan zou moet voelen. Wie ben ik trouwens, sowieso? De studente? De vervalser? De zorgzame echtgenote zonder verleden? De vermoeide oudere bibliothecaresse die inmiddels toch wel eens met pensioen zou moeten? Misschien ben ik geen van die mensen, misschien ben ik ze allemaal.

Al deze onbeantwoordbare vragen schud ik van me af en ik forceer een glimlach. 'Hij doet me denken aan mijn zoon.' Ze trekt een niet-begrijpend gezicht, dus ik licht het toe. 'Nou ja, mijn Ben is nu tweeënvijftig, maar lang geleden leek hij heel veel op uw zoontje.'

'Ah.' De vrouw knikt en aait haar zoon over de bol. Hij is weer aan het kleuren, en hij heeft een rode stift voor een turquoise stift ingewisseld, om een koe in te kleuren die me doet denken aan een van de personages in *Click, Clack, Moo*, een prentenboek dat ik al vijf jaar probeer te pluggen bij begunstigers van de bibliotheek. Het heeft iets magisch om de ogen van een kind te zien oplichten als je het een boek geeft dat hem of haar fascineert. Ik heb altijd gezegd dat kinderen die de magie van boeken inzien, de rijkste levens krijgen.

'Houdt hij van lezen?' vraag ik opeens. 'Uw zoon?' Ik merk dat ik enorm graag wil dat ze ja zegt.

De vrouw kijkt me weer aan, maar ik zie aan haar gezicht dat ze nu wat meer op haar hoede is. 'Ik lees bijna elke avond voor,' zegt ze langzaam. 'Hij is te klein om zelf te lezen.' Alsof ik niet weet dat een kleuter niet in staat is om zelfstandig echte leesboeken te lezen.

'Ja, natuurlijk, ik werk in een bibliotheek, ziet u,' leg ik uit, en haar gezicht verzacht iets. 'Ik bedoel eigenlijk, nou ja, het is gewoon fijn als kinderen van boeken houden. Boeken veranderen de wereld, vind ik.'

De vrouw knikt en gaat verder met lezen, waarmee ze ons gesprek in feite beëindigt. Ik kijk op mijn horloge, vijf minuten voor boardingstijd, en daarna naar buiten, naar de dikbuikige jet waar we straks in zullen zitten, die op het asfalt staat te fonkelen in de middagzon. Ik wiebel met mijn tenen, beweeg mijn schouders, probeer mijn zenuwen af te schudden. Ik voel me als een vis op het droge, een visje dat geen idee heeft hoe ze naar de plek moet zwemmen waar ze moet zijn.

Mijn blik dwaalt weer terug naar de kleine Jay. Ik heb zo veel fouten gemaakt met Ben toen hij klein was, fouten die niet teruggedraaid kunnen worden, want ze hebben hem mede gevormd tot wie hij is. Ik wens Jay een betere toekomst toe, maar het is nu eenmaal zo dat ouders allerlei fouten maken, omdat ons vermogen om onze kinderen op te voeden altijd wordt gekleurd door de levens die we leidden vóór de komst van de kinderen.

Opeens word ik overmand door schuldgevoel. Ik kan niet vertrekken zonder het mijn zoon te vertellen, ook al heeft hij nooit geweten wie ik werkelijk ben. Dat is mijn fout, niet de zijne. Ik diep mijn telefoontje op uit mijn handtas en druk op zijn nummer. Ik zucht diep en wacht, zijn telefoon gaat twee keer over en dan hoor ik een opname van zijn stem. Ik frons. Hij heeft me naar voicemail laten gaan.

Ik aarzel even en hang dan op. Het is misschien ook beter zo. Wat als hij me op andere ideeën had gebracht? Als hij me had opgedragen om weer naar huis te gaan? Zou ik hebben geluisterd? Zou ik opnieuw mijn verleden hebben verraden, en de sirenenzang van Aurignon hebben genegeerd? Dat zou goed kunnen, en daar zou ik mijn hele leven spijt van hebben gehad.

Een blikken stem klinkt door de luidspreker. 'Attentie. Vlucht Delta 2634 naar New York JFK gaat zo boarden, gate 76.' Mijn hart begint sneller te kloppen terwijl ik opsta. De passagiers om me heen beginnen zich naar de desk te begeven, waarbij vele hun best doen om vooraan in de rij te komen, maar ik aarzel. Dit is het dan. Als ik nu aan boord ga, kan ik niet meer terug. Als we zijn geland in New York moet ik meteen door naar de gate voor de vlucht naar Berlijn, dan heb ik geen tijd om op mijn beslissing terug te komen.

'Mevrouw, hebt u assistentie nodig bij het boarden?' Een bezorgde Delta-medewerker verschijnt bij mijn schouder, ze kijkt me aan met de grote ogen van iemand die voor in de twintig is. 'Een rolstoel misschien om u door de slurf te helpen?'

'Nee, hoor, schat, bedankt. Dat moet me op eigen kracht wel lukken,' zeg ik gesuikerd, hoewel ik ook wel weet dat mijn irritatie bij Ben ligt en bij jonge mensen overal, niet alleen bij haar. 'Ik sta nog net niet met één been in het graf.'

Mijn telefoon begint te trillen op het moment dat ze schouderophalend wegloopt. Ik vis hem uit mijn tas en zie de naam Ben groot in mijn scherm als beller. Ik aarzel en laat mijn duim boven het groene telefoon-icoontje zweven. En dan, voordat ik mezelf kan tegenhouden, druk ik op de rode knop om de oproep af te wijzen en ik zet mijn telefoon uit.

Ik kan het verleden niet langer de rug toekeren. En dus ga ik voetje voor voetje mee in de rij die langzaam naar het vliegtuig schuift. Het is tijd.

16

november 1942

Tegen de tijd dat de blaadjes van de bomen waren, in november, hadden de Duitsers en de Italianen de vrije zone bezet en stond heel Frankrijk onder controle van de As. Voor vluchtelingen was het in het zuiden nu net zo onveilig als in Parijs, wat inhield dat wie in Aurignon aankwam nog minder tijd had om weg te komen. Ze moesten zo snel mogelijk de Zwitserse grens over. Er waren er steeds meer die de reis probeerden te maken, en dat was een groeiend probleem.

In augustus hadden de Zwitsers hun grens gesloten en voor even weer geopend waarna ze op 26 september voorgoed op slot gingen, officieel dan. Nu zou Zwitserland alleen nog oudjes, zwangere vrouwen, of zieke vluchtelingen toelaten, en ook kinderen zonder begeleiding en gezinnen met kinderen onder de zestien jaar. De grenscontroles waren enorm aangescherpt, en om tot aan Zwitserland te komen, moesten degenen die probeerden te vluchten door een steeds gevaarlijker stuk Frankrijk reizen.

Ondanks het feit dat Mamusia haar had gesmeekt om te heroverwegen had Eva besloten om ten minste een paar maanden in Aurignon te blijven om père Clément te helpen, en Mamusia was met tegenzin gebleven; een besluit dat onbedoeld nog definitiever was geworden toen de Zwitserse grens dichtging. Zelfs met onberispelijke valse papieren zouden een vrouw van in de twintig en een vrouw van in de veertig het heel lastig krijgen om Zwitserland in te komen, wat betekende dat Eva en Mamusia feitelijk klem zaten.

'Hoe krijgen we nu je vader dan vrij?' jammerde Mamusia soms na het avondgebed, terwijl ze naast elkaar lagen in het smalle bed. 'Wat heb je gedaan, Eva?' Het was genoeg om Eva eindeloos te laten rondtrappelen in een diepe, donkere poel van schuldgevoel. Maar ze kon haar werk niet de rug toekeren, werk dat per dag van groter belang werd.

Eva en Rémy brachten bijna elke dag samen door. Ze werkten zo hard als ze konden, maar ze konden de toenemende vraag niet aan. Het waren ook niet alleen meer Joden die papieren nodig hadden. Minstens één keer per maand ontving hun netwerk een gewonde piloot, meestal uit Groot-Brittannië, soms uit Canada of de Verenigde Staten, die amper Frans sprak, en steeds vaker hadden de jonge leden van het verzet wanhopig veel behoefte aan schuilidentiteiten en valse papieren om *de service du travail obligatoire* te ontwijken, de STO, die vereiste dat mannen tussen de achttien en vijftig en ongetrouwde vrouwen onder de vijfendertig beschikbaar moesten zijn voor dwangarbeid in Duitsland. Voor een man onder de vijfentwintig was het relatief eenvoudig om een jaar of twee te winnen door een identiteitsbewijs te fabriceren waarop je nog geen achttien was, maar voor de mannen die er ouder uitzagen dan twintig was dat lastig; die moesten een papieren spoor zien te produceren waarmee ze werden geïdentificeerd als boer, student, of zelfs als dokter, waardoor je werd vrijgesteld van verscheping naar het oosten. Met vrouwen was het makkelijker, die werden normaal gesproken niet opgeroepen, maar als ze dat wel werden, dan hadden ze genoeg aan een fictieve man wiens papieren spoor de toets der kritiek kon doorstaan.

Maar het meest waardevol waren de valse papieren die ze heel nauwgezet in elkaar zetten voor de kinderen. Hun namenboek raakte steeds voller.

'Dank je wel,' zei Eva op een dag tegen Rémy, toen ze zij aan zij zaten te werken aan een nieuwe lichting weeskinderen die die week in Aurignon was aangekomen, vanuit Parijs, waar net vijftienhonderd Joden waren gearresteerd. Eva was bezig een geboorteakte te fabriceren voor een driejarig meisje dat net nadat Duitsland Polen was binnengevallen was geboren; zij had de wereld niet zonder oorlog gekend.

Hij zat zo dichtbij dat hun ellebogen elkaar soms raakten, ook al was er plaats genoeg aan de tafel. De laatste tijd merkte ze dat ze de drang had om dichter bij hem te gaan zitten en die drang moest ze zien te onderdrukken. Het leek alsof hij dat ook had. Ze waren haast onafscheidelijk. Hij was het eerste waar ze aan dacht als ze wakker werd, en haar laatste gedachte vlak voordat ze in slaap viel. Mamusia had haar voor hem gewaarschuwd: *Je moet niet zo veel tijd alleen met die man doorbrengen. Hij is niet eens een Jood!* Maar Eva vertrouwde hem inmiddels meer dan wie dan ook, ooit.

'Dank je wel voor wat?' vroeg Rémy, opkijkend van een stapel rantsoenkaarten die hij systematisch aan het wissen was met melkzuur. De ruimte stond bol van de scherpe lucht, maar dat merkte Eva nauwelijks meer op.

'Dat je in me gelooft.' Ze voelde zich al suf zodra ze het had gezegd.

Hij draaide zijn gezicht naar haar toe, zo dichtbij dat ze de groene vlekjes in de irissen van zijn lichtbruine ogen kon zien. 'Natuurlijk geloof ik in je.' Hij keek ietwat verbaasd.

'Ik bedoel wat het Boek van verloren namen betreft. Dat we moeten vastleggen wie de kinderen zijn voordat we hun identiteit veranderen.'

Hij fronste en keek naar de geboorteakte die ze vasthad. Toen pas zag ze zelf dat haar hand trilde. 'Het Boek van verloren namen?' Rémy legde zachtjes zijn handen om de hare heen, tot het papiertje stopte met beven. 'Eva, dat dit zo belangrijk is voor je...' Hij keek haar in haar ogen. 'Dat zegt zo veel over wie jij bent. En ik ben blij om je partner te zijn in dit alles.'

Hij haalde zijn handen weer weg, en zij blies zachtjes uit, maar haar hart klopte nog steeds veel te snel. Het voelde alsof alle zuurstof was weggestroomd uit de kamer. Ze haalde diep adem, maar samen met de lucht zoog ze een mond vol chemicaliën naar binnen, waardoor ze zo hard moest hoesten dat ze dubbelklapte. Rémy klopte haar op de rug, en toen ze eindelijk stopte en weer rechtop kon zitten, hield hij zijn hand daar en liet zijn duim kleine, zachte rondjes over haar ruggengraat maken. Ze voelde overal kippenvel en hun ogen vonden elkaar weer.

'Eva,' begon hij, met diepe, hese stem.

Opeens voelde de kamer te klein, te warm, en week ze iets naar achteren. Ze kon echter niet wegkijken, en hij bleef haar blik vasthouden. 'Wat... wat is er?' stamelde ze, met bonzend hart.

Hij bleef haar zo aankijken dat ze het gevoel had dat hij recht in haar ziel kon kijken. 'Het is belangrijk dat je begrijpt dat we niet de identiteiten van de kinderen afpakken. De nazi's doen dat. Wij geven ze een kans om te leven. Dat moet je nooit vergeten.'

Ze knipperde met haar ogen. 'Maar doordat we veranderen wie ze zijn...'

'Dat doen we niet.' Hij raakte haar hand weer aan, en toen hij haar losliet, moest ze zichzelf inhouden om hem niet meteen weer vast te pakken. 'Jij en ik zijn ook van naam veranderd, maar dat betekent niet dat we ook vanbinnen veranderen.' Hij raakte haar teder aan, net onder haar sleutelbeen en boven haar hart, en haar pols versnelde weer. 'Het verandert niet hoe we ons voelen.'

'Maar ik ben niet meer dezelfde persoon als die ik was,' zei Eva. 'Ik ben nog maar vier maanden weg uit Parijs, en soms vraag ik me af of ik mijn oude zelf nog zou herkennen.' Ze aarzelde even. 'Als mijn vader terugkomt, zal hij dan vinden dat ik te veel ben veranderd?'

'Eva,' zei Rémy, terwijl hij haar blik vasthield. 'Je bent nog steeds jezelf. Je hebt alleen de kracht in jezelf gevonden die er vanaf het begin al was.' Na een moment van aarzeling kwam hij dichterbij, zo dicht dat ze zijn warmte kon voelen. 'Ik vind je geweldig.' Hij boog voorover, en heel even kon ze alleen maar denken aan de kus in de trein en hoe perfect die had gevoeld, hoewel het puur voor de show was geweest. Toen opeens trok hij zich terug en kuchte. 'Ik eh... ik ga even een luchtje scheppen.'

Hij was de deur al uit voordat ze haar galopperende hart tot stilte kon manen, en toen hij een half uur later weer terugkwam, werkten ze in stilte verder, ieder aan zijn eigen kant van de tafel.

Die avond zat haar moeder naar haar te staren, terwijl ze stoofpot van uierboord met aardappels aten in de eetzaal van het pension. Madame Barbier was de deur uit gegaan, het was de eerste keer in weken dat ze hen alleen liet.

'Ik hoor dat je naar de dienst gaat in de kerk,' zei Mamusia, waarmee ze de stilte tussen hen eindelijk verbrak. 'De katholieke kerk.'

Eva keek op, en had meteen last van schuldgevoel. 'Uhm, ja, dat klopt. Dat was een idee van père Clément.' De laatste twee maanden was ze elke zondag naar de mis gegaan, om onder de mensen te zijn. Madame Barbier had aan wie het maar wilde horen verteld dat haar Russische nicht hier was om te rouwen over haar overleden echtgenoot, en dat de dochter van die nicht schoonmaakwerk in de kerk had gevonden, voor een schijntje. Mensen zouden het raar gaan vinden als ze haar nooit zagen bidden.

'Hij probeert je te bekeren, Eva, en jij doet blind wat hij zegt.'

Eva schudde haar hoofd. 'Mamusia, dat is niet waar. Het is een deel van mijn dekmantel. Als de inwoners hier ook maar enige reden hebben om te denken dat ik Joods ben, dan komen we in de problemen.'

Haar moeder snoof. 'Die priester heeft je mooi gehersenspoeld, net zoals jij die jonge kinderen hersenspoelt die je beweert te helpen.'

'Waar heb je het over?'

'Je geeft ze christelijke namen, of niet soms, en dan stuur je ze naar christelijke gezinnen, waar ze verteld wordt dat ze moeten vergeten wie ze zijn. En dan kniel jij elke zondag voor een kruis en gaat zitten bidden. Ik weet niet eens meer wie je aan het worden bent, Eva. In elk geval ben je niet het meisje dat ik heb opgevoed.'

Eva's mond ging open, en weer dicht. 'Mamusia, zo zit het niet.'

'O nee? Je doet niet eens meer mee met mij als ik het Sjema opzeg.'

'Ik... ik ben meestal te laat thuis.' De waarheid was, dat, toen Eva klein was, haar ouders haar hadden geleerd dat bidden voor het slapengaan haar zou beschermen tegen de boze geesten die in het donker kwamen. Maar haar vader had het elke avond van zijn leven opgezegd, en toch waren de boze geesten gekomen, op een windstille avond in juli.

'Je verzint smoesjes, Eva. Je bent Jodin, net als ik. Net als je vader. En als je dat terzijde schuift door naar de kerk te gaan, dan laat je mij duidelijk zien dat je vergeet wie je bent.'

De tranen brandden in Eva's ogen, en ze gaf niet meteen antwoord. Ze wilde protesteren, maar had haar moeder misschien gelijk? Ze was nooit zo vroom geweest als haar ouders, maar toch... Was ze zichzelf aan het uitwissen zoals ze de namen van de kinderen uitwiste voor wie ze soms huilde voordat Rémy 's ochtends binnenkwam? 'Dat zal ik nooit vergeten, Mamusia,' fluisterde ze.

Of was ze al zover?

In december lag er een deken van sneeuw over Aurignon, was er weinig eten, en was Mamusia nog meer in zichzelf gekeerd. Chanoeka was op 3 december begonnen, maar Mamusia had madame Barbiers gulle aanbod van kostbare kaarsen botweg geweigerd, door te zeggen dat ze het dit jaar zonder haar man niet zou vieren. 'Het is een feestdag van lof en dankzegging,' zei ze op de eerste avond, toen zij en Eva in het donker onder een berg dekens lagen om zich te wapenen tegen de ijzige kou. 'Wat hebben wij nu om dankbaar voor te zijn? Trouwens, de menora hoor je voor het raam te zetten, om de wereld te laten zien dat we ons niet schamen. Maar hier zijn we dan, ons verbergend van alles wat van ons maakt wie we zijn. Nee, Eva, wij gaan hier in het donker geen kaarsen branden om een wonder te vieren. Dit jaar niet.'

Dat haar moeder steeds bitterder werd beangstigde Eva, want het voelde alsof de vrouw die ze altijd was geweest, bezig was te verdwijnen. Terwijl Eva opbloeide, leek Mamusia te verstenen. 'Nou, ik ben wel dankbaar. Dat jij en ik nog leven en dat we gezond zijn,' zei Eva. 'Ik ben dankbaar dat we elkaar nog hebben.'

'Maar ik heb jou helemaal niet, of wel soms?' vroeg Mamusia na een lange stilte. 'Jij denkt alleen maar aan die katholieke jongen, de laatste tijd.'

Eva kuchte. 'Wie?'

'Je weet heel goed over wie ik het heb. Die Rémy. Degene die je laat blozen als je zijn naam zegt. Degene die je zo vaak noemt tijdens het avondeten dat ik begin te denken dat hij de echte reden is dat je jezelf de hele dag in die kerk verstopt.'

De woorden staken haar, niet in de laatste plaats omdat Eva had geprobeerd haar gevoelens te negeren. Ze schaamde zich voor het kennelijke feit dat ze het zo vaak over Rémy had gehad. 'Mamusia, hij is gewoon iemand met wie ik samenwerk.'

'Denk je soms dat ik het niet zie, Eva? Hoe je rondloopt alsof je een of ander belangrijk geheim bewaart? Denk je dat ik niet weet hoe verliefdheid eruitziet? Je moet je schamen. Je vader zit in de gevangenis, en jij gedraagt je als een smoorverliefde bakvis.'

'Mamusia, er is niets tussen Rémy en mij.' Maar de waarheid was dat hoe meer tijd ze samen doorbrachten, hoe meer ze voor hem ging voelen. Hij was goed en aardig en fatsoenlijk, en elke dag riskeerde hij zijn leven voor mensen zoals zij. Hoe kon dat verkeerd zijn? Ze was nog nooit verliefd geweest, maar ze vroeg zich af of dit was zoals het voelde in het begin – een verlangen om zo veel mogelijk van de andere persoon op te zuigen als je kon, zelfs als dat betekende dat je je gezonde verstand opzij moest zetten. Misschien had haar moeder toch gelijk. 'Het spijt me,' zei ze zwakjes. 'Mamusia?'

Er kwam geen antwoord. Haar moeder had haar de rug toegedraaid. Starend naar het plafond moest Eva haar best doen om niet te huilen, totdat ze eindelijk werd overmand door slaap.

De ochtend na Chanoeka sneeuwde het toen Eva bij de kerk aankwam. Ze dook snel naar binnen en sloeg een kruis bij de deur, zoals ze altijd deed, voor het geval iemand toekeek. Het was haar vaste routine om geknield in een van de kerkbanken plaats te nemen en dan enkele minuten zo te blijven zitten, voordat ze naar binnen ging in de bibliotheek, om zichzelf ervan te verzekeren dat er verder niemand was. Soms was er wel eens iemand die een rozenkrans zat te bidden, of geknield op één knie naar het kruis staarde. Dan deed Eva alsof ze ook zat te bidden, totdat diegene wegging. Maar de laatste tijd vond Eva het de perfecte plek om in stilte met God te praten. Was het verraad als je als jood God vond in een katholieke kerk? Ze vroeg zich af of daarbuiten, ergens ver weg, haar vader ook met hem aan het praten was, ingesloten door een prikkeldraadhek, in en of ander desolaat land.

Vandaag was de kerk leeg, en terwijl Eva knielde om te bidden schoten haar de woorden van haar moeder van de avond ervoor te binnen. *Jij denkt alleen maar aan die katholieke jongen, de laatste tijd.* Had Mamusia gelijk? Had Eva haar moeder beetje bij beetje verlaten, naarmate ze zich meer tot Rémy aangetrokken voelde?

'Alstublieft, God, help me om het juiste te doen,' fluisterde Eva voordat ze opstond om naar de bibliotheek te gaan. Op weg naar het altaar verscheen père Clément en hij knikte naar haar, met een ernstig gezicht. Ze knikte terug en voelde een slecht voorgevoel ontstaan in haar maag, terwijl hij haar hinkend volgde naar de kleine verborgen kamer.

'We hebben een probleem,' zei hij, zodra hij de deur achter hen had dichtgedaan.

'Is er iets met Rémy?' vroeg ze onmiddellijk.

'Rémy? O, nee, alles goed met hem, voor zover ik weet. Nee, Eva, het gaat over de documenten.'

Eva's adem stokte. 'De documenten?'

'Weet je nog dat je papieren hebt vervalst voor een man met de naam Jacques Lacroix? Je hebt zijn naam overgenomen, op zijn verzoek, maar je hebt zijn geboortedatum en beroep veranderd?'

'Ja, natuurlijk.' Eva had zijn papierwerk de week ervoor afgerond. Hij was bijna vierentwintig, maar Rémy en zij hadden besloten om zijn leeftijd te verlagen naar zeventien, zodat hij niet kon worden opgeroepen voor de dienstplicht, want pas geschoren zoals op zijn foto kon hij daarvoor doorgaan. Haar was niet verteld wat zijn rol was in het verzet, maar Rémy kende hem, en ze had het gevoel gehad dat hij belangrijk was, iemand die absoluut beschermd diende te worden. Ze voelde een klem om haar keel. 'Père Clément, wat heb ik verkeerd gedaan?'

'Jij niets,' zei hij snel. 'Jouw documenten zouden elke toets doorstaan, maar het papier dat je gebruikt, dus de dragers die we niet via de prefectuur krijgen, nou... kennelijk hebben de Duitsers nieuwe methodes ontwikkeld om identiteitskaarten en reisvergunningen te herkennen die van de verkeerde papiersoort gemaakt zijn.'

Eva slikte iets weg. 'O, nee. Meneer Lacroix...'

'Hij is in orde. Een medewerker van de gevangenis heeft een steekpenning geaccepteerd, en Lacroix is allang foetsie. Maar Eva, de autoriteiten beginnen te snappen dat er iemand in het gebied bezig is papieren te vervalsen, en goed ook. Dat betekent dat jij gevaar loopt, en de leden van ons netwerk ook.' Père Clément dacht na. 'Een van de hogergeplaatste leden van de ondergrondse in dit gebied, een man die ze Gérard Faucon noemen, heeft blijkbaar een manier om te helpen, maar eerst moet hij weten dat hij je kan vertrouwen.'

'Natuurlijk kan hij me vertrouwen. Kunt u niet voor me instaan?'

'Dat heb ik al gedaan, maar hij kent me nauwelijks. Hij komt uit Parijs, en hij probeert een aantal dingen die daar goed hebben gewerkt, hier ook in te voeren. Hij wil je graag vanochtend persoonlijk ontmoeten.' Hij keek haar verwachtingsvol aan.

'Ja, natuurlijk. Komt Rémy ook?'

'Nee, die is...' De pastoor maakte zijn zin niet af. 'Nee.'

Eva kreeg weer dat beklemmende gevoel. 'Maar is hij in orde?'

'Dat beloof ik. Zullen we gaan? Ik denk dat de documenten van vandaag tot vanmiddag zullen moeten wachten.'

Eva keek om zich heen, en haar blik landde op *Epitres et Evangiles*, haar Boek van verloren namen, dat op de plank stond, tussen twee andere theologische boeken, zodat het mooi wegviel. Hoe meer namen ze toevoegde aan de pagina's, hoe moeilijker ze het vond om het achter te laten, maar het stond hier veiliger dan waar dan ook. 'Ja,' zei ze, terwijl ze haar aandacht weer op de pastoor vestigde. 'Laten we gaan.'

Père Clément leidde Eva door een doolhof aan besneeuwde steegjes naar een schooltje dat ze niet eerder had gezien. Binnen zat een handvol kinderen, ingepakt in truien en sleets geworden jasjes, kijkend naar een leraar die iets op het schoolbord stond te schrijven. 'Onthoud dit,' fluisterde de pastoor toen ze om het gebouwtje heen liepen, met de krakende sneeuw onder hun voeten, 'Faucon kent jou als Eva Moreau. Elkaars echte identiteit kennen zorgt alleen maar voor ellende.'

Aan de andere kant van het schooltje was een afgebladderde rode deur. Père Clément klopte twee keer, wachtte even, klopte nogmaals, en haalde toen een sleutel uit zijn zak. Zonder naar Eva te kijken haalde hij de deur van het slot en stapte naar binnen, en hij wenkte haar om mee te komen.

Ze gingen naar binnen in een groot, verlaten klaslokaal achter in de school. Het was donker, maar de vieze ramen lieten een beetje licht door, en terwijl Eva's ogen zich aanpasten, zag ze lege tafeltjes en stoeltjes staan, schots en scheef in de ruimte. Het was alsof de kinderen die hier eens les hadden gehad, allemaal haastig waren gevlucht, een spoor van chaos achterlatend. Het gaf Eva een slecht gevoel, maar niet zo slecht als toen père Clément zachtjes vertelde dat hij weg zou gaan voordat Faucon arriveerde. 'Hij wil je alléén ontmoeten,' zei hij, met zijn ogen gericht op de deur.

'Maar waarom dan?'

'Ik denk dat sommige van de dingen die hij wil bespreken het best met zo weinig mogelijk mensen kunnen worden gedeeld.' Zijn stem klonk plotseling stijfjes, en Eva besefte dat Faucon de pastoor er om een of andere reden buiten hield.

'Dat spijt me.' Het voelde vreemd om het te zeggen, maar hij moest toch even glimlachen.

'Ma chérie, je hebt niets om je voor te verontschuldigen.'

'Weet u zeker dat deze man te vertrouwen is?'

'Absoluut.' Père Clément aarzelde geen moment. 'Hij heeft zich heel vaardig en nuttig betoond. En wees niet bang, Eva, ik blijf in de buurt. Ik ben hier buiten, vlakbij, als je me nodig hebt. Goed?'

Ze knikte, en was door zijn woorden een beetje op haar gemak gesteld, maar toen père Clément verdween, de ijzige ochtendzon in, waarbij zij weer werd opgesloten in het donker, voelde ze toch onrust. Er gingen tien minuten voorbij, en ze begon zich af te vragen of ze moest opstaan en vertrekken. En waarom was Rémy er niet bij? Hij hield zich net zo bezig met de vervalsingen als zij.

Ze was nog steeds met haar hoofd bij hem, en bij hoe fout dit voelde, toen de deur openging en er een man binnenkwam in een flits van ijskoude felle lucht, met de kraag van zijn wollen overjas omhoog, een pet laag over de ogen. Toen hij de deur achter zich dichtdeed, wikkelden de schaduwen zich om hem heen terwijl hij verder kwam. 'Bonjour,' zei hij. Zijn zware stem werd gedempt door zijn sjaal.

'Bonjour.' Er was iets vertrouwds aan hem, er was iets aan hem waar ze geen prettig gevoel bij kreeg maar waar ze niet de vinger op kon leggen.

Maar toen deed hij zijn sjaal af, en terwijl hij zijn hoed afnam en naar haar grijnsde, viel haar mond open. 'Joseph Pelletier?' verzuchtte ze.

'Wel, wel, wel. Kijk aan, mon petit rat de bibliothèque. Hoe is het mogelijk?' Terwijl hij een stap naar voren kwam en haar in een innige omhelzing tegen zich aan trok, gingen haar gedachten alle kanten op. Ze had nooit gedacht dat ze deze suave Sorbonne-student ooit nog zou zien, en zeker niet hier, in dit nieuwe leven waarin ze iemand was geworden die de oude Eva nauwelijks zou hebben herkend.

'Dus jíj bent Gérard Faucon?'

'Jazeker. En jij bent Eva Moreau, de meestervervalser?'

Eva knikte, hoewel ze zich stom voelde door wat hij zei. 'Wat doe jij in hemelsnaam hier, Joseph?'

'Nou, tegen die verrekte Duitsers vechten natuurlijk,' zei hij monter. Eindelijk liet hij los en hij legde een steenkoude hand op haar wang. Hij staarde haar aan, en bewoog haar hoofd iets achterover, alsof hij zeker wilde weten dat zij het was. 'Maar wie had ooit kunnen raden dat die getalenteerde jonge vervalser over wie ik zo veel heb gehoord, dat jij dat bent?'

17

Het kostte Eva zeker twee minuten om weer bij te komen van de schok, en om tot meer in staat te zijn dan hem in verbijstering aanstaren.

Hij was knapper dan ooit, zijn gezicht was afgebeiteld door de honger, zijn schouders breder. Een enkele krul viel nonchalant over zijn voorhoofd, waardoor haar hand jeukte om hem weg te vegen. Ze schudde haar hoofd. Ze vochten beiden voor Frankrijk, en zij liet zich in de luren leggen door de gevoelens van een dom wicht. 'Maar... wat doe jij hier?'

'Ik zou hetzelfde kunnen vragen aan jou, Eva. Hoe ben jij hierbij betrokken geraakt? Ik moet zeggen, dit had ik nooit verwacht.'

Ze wist amper waar ze moest beginnen, dus begon ze maar bij het moment waarop alles veranderde. 'Ze hebben mijn vader meegenomen.'

'Ik hoorde het. Het spijt me vreselijk.'

Ze haalde haar schouders op, in een poging om het te laten lijken alsof het in orde was, dat ze het een plek had gegeven, maar tot haar afschuw begon ze te huilen. Joseph trok haar weer tegen zich aan, mompelend in haar haar terwijl zij probeerde zichzelf te herpakken. Uiteindelijk maakte ze zich weer los. Ze schaamde zich. 'Ik... ik weet niet wat ik had. Ik heb al maanden niet gehuild over mijn vader. Maar nu ik jou zie...'

'Nu ik jou zie komt bij mij ook het verleden in één klap terug, Eva.' Zijn stem klonk dieper dan ze zich herinnerde, bijna alsof de tijd hem had uitgehard tot iets anders. Vond hij dat misschien ook van haar?

'Hoe ben je hier terechtgekomen?' vroeg ze.

'Dat mag ik je natuurlijk eigenlijk niet vertellen, netwerkprotocol, weet je wel, maar jij bent Eva Traube, in godsnaam.' Hij gniffelde alsof hij het nog steeds niet kon geloven. 'Weet je, Eva, ik werkte al voor eenzelfde soort netwerk in Parijs. Weet je nog toen ik je vertelde over plannen voor razzia's in juli, en tipte dat je je ouders moest waarschuwen?' De vraag was mild, maar Eva voelde het verwijt. Hij had haar de nodige informatie gegeven om haar vader te redden, maar zij had die verspeeld. Ze keek weg.

'Ik heb het geprobeerd, Joseph, maar ze wilden me niet geloven.'

'Veel mensen dachten dat zoiets onmogelijk kon gebeuren,' zei hij meteen. 'Maar nu weten we het. Hoe dan ook, het bleek dat ik er vrij goed in was om de vijand steeds één stap voor te blijven.' Hij liet haar weer een glimlach zien, en het schoot haar te binnen dat hij weliswaar zeer charmant, maar niet heel bescheiden was. 'Toen het nodig werd om een netwerk naar dit deel van Frankrijk uit te rollen, een dat kon samenwerken met de ondergrondse in Parijs, hebben ze mij gevraagd.'

'Hoelang ben je hier al?'

'Sinds eind augustus.' Hij wachtte. 'En je moeder, Eva? Is ze ook opgepakt, samen met je vader?'

Eva voelde een pijnscheut. 'Nee, goddank niet. Ze is hier, bij mij.'

Hij keek verrast. 'Nou, dan heb je geluk. Gaat het goed met haar?'

Eva overwoog om het hele verhaal te vertellen over haar moeders toenemende verbittering en dat het voelde alsof ze Eva de schuld gaf van haar vaders arrestatie. Maar Joseph was hier niet gekomen om naar haar klaagzang te luisteren, en ze wist dat haar problemen verbleekten bij de zaken die hij mogelijk op zijn schouders torste, als hij actief was in het verzet. 'Ik denk naar omstandigheden redelijk.'

'Je moet haar mijn groeten overbrengen.'

'Ik weet zeker dat ze je dolgraag wil zien. Kom vanavond anders bij ons eten.' Eva voelde zich meteen een enorme sufferd. Het was niet alsof ze hem een driegangendiner kon aanbieden. Zelfs met het salaris van père Clément en genoeg valse voedselbonnen tot haar beschikking, was het haast onmogelijk om aan iets fatsoenlijks te komen, midden in de winter. Zo had madame Barbier gisteravond bijvoorbeeld een pan wikke opgediend, die de hele dag had staan pruttelen. De harde korrels werden normaal alleen als veevoer gebruikt, en toen Eva probeerde een paar lepels van het goedje weg te krijgen, snapte ze waarom: het smaakte naar vuile sokken. Bovendien, zelfs al was Joseph liefhebber van gestoofde sok, dan nog had hij vast wel wat beters te doen dan dineren met Eva en Mamusia, en belangrijkere mensen om zijn tijd aan te besteden.

En dus was ze verrast toen Joseph na een moment van aarzeling glimlachte. 'Weet je wat? Dat lijkt me leuk. Ik zal het materiaal meenemen.'

'Materiaal?'

'De spullen waarover ik met de vervalser wilde spreken, Eva Moreau. Ik kan nog steeds niet geloven dat jij het bent.' Hij gaf wat klopjes op haar kruin, zoals je zou doen met een kind. 'Geef me je adres.'

'We zitten in madame Barbiers pension. Ken je dat?'

'Ja. En vergeet niet, Eva, dat je met niemand mijn ware identiteit mag delen.' Hij schudde zijn hoofd, en stak zijn ijskoude hand nog een keer uit, dit keer om haar wang te strelen. 'Wie had dat gedacht, kleine Eva Traube, vechtend tegen de Duitsers? De wonderen zijn de wereld nog niet uit.'

Hij zette zijn pet op, wikkelde de sjaal om zijn nek, en weg was hij, opgaand in de ochtendzon.

Op de korte wandeling terug naar de kerk, vertelde Eva père Clément niet dat Joseph een bekende was van vroeger, ze vertelde hem alleen dat de ontmoeting goed was gegaan en daarna verwelkomde ze de stilte die er viel. Hij zei haar gedag bij de deur naar de kerk, met een vaderlijke kus op haar voorhoofd, en Eva liet zichzelf binnen in de kleine bibliotheek met een miljoen gedachten die door haar hoofd tuimelden.

'En? Heb je Faucon ontmoet?' Ze schrok zo van Rémy's stem dat ze een gilletje slaakte. Hij stond in de schaduw bij de achterste boekenkast toen ze aankwam, en ze was zo in gedachte verzonken dat ze hem niet had opgemerkt. Hij stapte uit zijn donkere dekking, met een frons op zijn voorhoofd. 'Ik neem aan dat hij je wilde vertellen wat we hier allemaal verkeerd doen?'

'Hij was juist alleraardigst.'

'Dat is nou net niet het woord dat ik zou gebruiken om hem te beschrijven.'

Eva knipperde verbaasd met haar ogen. 'Heb je hem ontmoet?'

'Twee keer. En als hij net zo veel tijd besteedde aan het helpen van de ondergrondse als hij kwijt is aan het coifferen van zijn eigen coupe in de spiegel, dan hadden we de Duitsers misschien al verslagen.'

'Rémy, zo erg is hij niet.' Ze wilde uitleggen dat zij en de man die hij kende als Gérard Faucon samen op school hadden gezeten sinds ze klein waren, dat hij haar moeder kende, dat zij zijn ouders had gekend, dat ze wist dat hij een prima kerel was, hooguit een tikje vol van zichzelf. Maar dan zou ze informatie vrijgeven die niet van haar was en die ze niet mocht delen.

'Hij zal wel in orde zijn. Ik vond hem gewoon een onaangenaam type. Nou, vooruit, waar had hij kritiek op?'

'Ik weet het nog niet. Hij zei dat hij het vanavond zou uitleggen.'

Rémy trok een wenkbrauw op. 'Vanavond?'

'Ja. Hij komt eh... hij komt eten.'

Ze zag de pijn over Rémy's gezicht trekken, en hij keek opzij. 'Aha. Is het een afspraakje?'

'Nee, nee, natuurlijk niet.' Maar Eva kon niet uitweiden. Ze slikte iets weg en veranderde van onderwerp. 'Dus jij hebt hem twee keer ontmoet? Hoe komt dat?'

Rémy's blik was verdrietig, toen hij weer naar haar keek. 'Ik heb geprobeerd meer betrokken te raken bij de zaak, Eva. Ik dacht dat hij me misschien zou kunnen helpen.'

'Maar je doet al genoeg. Kijk naar de kinderen die we samen hebben geholpen.'

'Maar heb jij dat niet, dat je meer wilt doen? Ik voel me hier soms zo machteloos, vooral sinds de Duitsers zich hier vorige maand hebben gevestigd.' Hij zuchtte. 'Een paar weken geleden heb ik gevraagd om een ontmoeting met Claude Gaudibert. Heb je van hem gehoord?'

Eva knikte. Het was de alias die werd gebruikt door de man die de leiding had over het verzet in hun gebied; ze had père Clément en madame Noirot over hem horen praten.

'Wel, hij heeft Faucon in zijn plaats gestuurd, en blijkbaar was hij niet echt van me onder de indruk. Hij stelde allerlei vragen over het werk dat we hier doen, en hij zei dat hij bij me terug zou komen met andere manieren waarop ik kon helpen. Ik hoorde pas van de week weer van hem. Hij zei dat Gaudibert wilde weten of ik beschikbaar was voor andere missies.'

'Wat voor missies?'

Rémy richtte zijn ogen weer op haar. 'Hij heeft meer koeriers nodig die kinderen over de grens naar Zwitserland escorteren. Het schijnt dat er een onmiddellijke behoefte aan is, want een van de mannen die de route normaliter runt is gearresteerd.'

'Maar, Rémy, dat is ontzettend gevaarlijk. Je bent toch niet echt van plan om het te doen, hè?' Eva voelde de tranen opwellen, en ze wist dat Rémy dat zag, want hij verzachtte eindelijk, kwam een stap dichterbij en raakte haar wang aan.

'Ik moet wel, Eva. Ik moet meer doen om te helpen. Dat kwam ik je vandaag vertellen. Ik heb het père Clément al verteld.'

'Wat verteld?'

'Dat ik vanavond vertrek met mijn eerste groep kinderen.'

Haar hele lichaam voelde opeens ijskoud. 'Vanavond? Maar het is hartje winter. Dan is zo'n oversteek toch veel te link.'

Hij schudde zijn hoofd. 'Ik begrijp dat we de kinderen over laten steken bij Genève, zonder door de Alpen te trekken, dus het weer hoeft niet een enorm probleem te zijn. Sterker nog, het zorgt ervoor dat er weinig troepenbewegingen zullen zijn, wat in ons voordeel werkt.'

'Maar, Rémy, en als je nou iets overkomt?'

'Ik zal voorzichtig zijn.' Hij zette een stap naar haar toe, zijn warme adem op haar wang, en heel even dacht ze dat hij haar zou zoenen. Maar hij streek alleen met zijn lippen langs haar voorhoofd en stapte toen vlug weer naar achteren, alsof hij zich had gebrand. 'Hoe dan ook, veel plezier met het diner met Faucon.'

'Rémy, ik...'

Maar hij had zich al omgedraaid, en een paar tellen later was hij weg, en viel de deur in het slot. Eva overwoog om hem achterna te gaan, om hem te smeken de koeriersklus aan iemand anders te geven, maar waarom zou hij naar haar luisteren? Hij was haar niets verschuldigd.

Hoe kon Gaudibert zo makkelijk Rémy's leven riskeren? Als hij werd gevangen, hoe kon hun netwerk dan het verlies van zo'n ervaren vervalser opvangen? Ze probeerde de gedachten te onderdrukken, en om haar aandacht te richten op de tientallen identiteitsbewijzen die ze die dag moest vervalsen, maar ze wist dat ze zich niet zou kunnen focussen. Steeds als ze knipperde, zag ze Rémy voor zich, koud en alleen te midden van een sneeuwstorm, met de loop van een nazigeweer tegen zijn hoofd.

'Joseph Pelletier?' Mamusia's ogen lichtten op toen Eva die dag vroeg thuiskwam om te zeggen dat ze een onverwachte gast zouden hebben die avond, en dat ze zijn echte naam niet konden zeggen waar madame Barbier bij was. Zo blij had ze haar moeder in maanden niet gezien. 'Wat een wonder! Weet je wat hij graag eet, moje serduszko? Laten we iets lekkers voor hem maken.'

'Mamusia, hij weet net zo goed als wij dat we het met rantsoenen moeten doen en ik denk dat hij blij is met alles wat we hem voorzetten.'

'Maar het is Joseph Pelletier! Hij was de knapste jongen op school, en van een goede familie, ook nog. Ik weet zeker dat ik madame Barbier en haar boerenvriend kan vragen of ze ons willen helpen.'

Eva beet op haar lip voordat ze kon antwoorden.

Toen Joseph net na het donker aankwam, had hij zich omgekleed in een antracietkleurige wollen trui en een zwarte bandplooibroek, waarmee hij eruitzag alsof hij zo was weggelopen uit een trendy Parijs café. Mamusia vlinderde om hem heen, met complimentjes over hoe knap hij eruitzag, hoe geweldig om hem te zien, wat een eer dat hij kwam eten. Madame Barbier, die voor deze gelegenheid de hand had weten te leggen op een kostbare kip en enkele aardappels, leek ook enorm onder de indruk. Ze was genoeg betrokken bij de ondergrondse dat ze de naam Gérard Faucon kende, en om te beseffen dat hij een belangrijke man was binnen het verzet.

'Jo – Gérard,' zuchtte Mamusia, hongerig vooroverleunend terwijl madame Barbier een fles wijn ontkurkte voor hen en vervolgens met tegenzin verdween om hen met rust te laten. 'Vind je het niet ontzettend bijzonder dat jij en Eva zo ver van huis weer samen zijn?'

'Mamusia,' zei Eva half binnensmonds.

Joseph glimlachte, eerst naar Mamusia en toen naar Eva, op wie zijn blik bleef rusten. 'Tja, Eva is inderdaad heel bijzonder.'

Mamusia bloosde en wapperde zichzelf op dramatische wijze frisse lucht toe, alsof zijzelf het object van Josephs compliment was. 'O, dat is zo aardig van je, Joseph. Ze is een lot uit de loterij, vind je niet?'

'Mamusia, alsjeblieft!'

Joseph glimlachte naar Eva, zijn ogen ontmoetten de hare. 'Ja, dat geloof ik ook.'

'Misschien moeten we het over iets anders hebben,' zei Eva knarsetandend.

'Dat kan.' Haar moeder zuchtte en begon een verhaal over een feestje waar ze ooit was geweest op uitnodiging van Josephs ouders in de zomer van 1937, in hun royale appartement aan Rue du Renard, en hoe ze haar man had gezegd dat het simpelweg het hoogtepunt van glamour en klasse was. Maar toen ze Tatuś' naam had genoemd, vervaagde haar lach een beetje, en vergat ze haar zin af te maken. Haar blik gleed naar de deur, alsof ze ergens toch verwachtte dat hij binnen zou kunnen komen.

'Het spijt me heel erg dat uw man is gedeporteerd,' zei Joseph ernstig, zijn hand uitstekend om Mamusia's hand aan te raken.

'Dank je wel, Joseph,' zei Mamusia terwijl ze haar neus ophaalde. 'Ik kijk erg uit naar het moment dat we na deze oorlog weer zullen worden herenigd. Maar nu mis ik hem vreselijk.'

Eva slikte, starend naar haar bord. Mamusia leek steeds minder bereid in te zien dat er misschien wel nooit sprake zou zijn van een vreugdevolle hereniging met Tatuś. 'Mamusia,' zei ze zachtjes, maar Joseph reikte onder de tafel naar Eva's hand, kneep er zachtjes in, en liet niet meer los.

'Madame Traube, ik zou navraag naar hem kunnen doen, als u dat prettig vindt,' zei Joseph, en Eva zag haar moeder meteen rechtop schieten.

'Navraag naar mijn Leo?' vroeg Mamusia, met een hoge stem met veel adem. 'Zou je dat kunnen doen?'

Joseph haalde zijn schouders op, alsof het een peulenschil was om informatie te verkrijgen uit een naziwerkkamp, alsof er een secretaresse belast met de correspondentie simpelweg zat te wachten op zijn brief, in het land van dood en wanhoop. 'Ik heb veel contacten,' zei hij. 'Ik wil best eens kijken of iemand kan achterhalen waar uw man nu is. Ik weet zeker dat hij de hele tijd aan u denkt, madame Traube.'

'Joseph, ik denk niet...' begon Eva.

'O, Joseph,' sprak Mamusia door haar heen, met ogen die glansden van het traanvocht. Ze wierp hem haar stralendste blik toe. 'Ik heb altijd al geweten dat je een fantastische jongen bent. Dat heb ik ook steeds gezegd tegen Eva, of niet soms, lieverd? Je moet zorgen dat je bij een leuke Joodse jongen zoals Joseph terechtkomt, zeg ik altijd.'

Eva sloeg een hand voor haar ogen, ze schaamde zich dood, maar Joseph schoot gelukkig niet in de lach en haar linkerhand liet hij ook niet los. Hij kneep alleen maar harder, en toen begon zijn duim haar palm te aaien, een troostende beweging, een gebaar van intimiteit.

'Wel, madame Traube, ik zou ook een geluksvogel zijn als ik een vrouw zou vinden zoals Eva. U en uw man hebben een prachtdochter grootgebracht.'

Glunderend als een bakvis wapperde Mamusia zichzelf weer wat lucht toe, waarna ze zich verontschuldigde om te helpen met het hoofdgerecht, in de keuken. Zodra ze buiten gehoorsafstand was, kermde Eva en zei: 'Neem het haar niet kwalijk. Ze ziet dit blijkbaar als een afspraakje tussen ons.'

'Zou dat zo erg zijn?' vroeg Joseph, wachtend tot ze hem verrast zou aankijken. 'Je moet toegeven, Eva, we zouden een goed stel zijn.'

Eva trok haar hand terug en keek naar beneden, in verlegenheid. 'Joseph, ik...'

'Och, kom, niet zo zorgelijk kijken, Eva,' zei Joseph met een glimlach. 'Mijn werk laat me weinig tijd voor de liefde. Ik wees er alleen op hoe mooi je bent, en hoezeer je lijkt te zijn veranderd sinds de laatste keer dat we elkaar zagen.' Hij wachtte tot Eva hem weer aankeek. 'Dat is toch niet erg, als ik dat zeg?'

'Dank je wel.' Ze voelde zich dat verlegen schoolmeisje dat ze ooit was geweest. Snel veranderde ze van onderwerp, en vroeg: 'Weet jij, heel misschien, hoe gevaarlijk het is voor leden van de ondergrondse om Joodse kinderen over de Zwitserse grens te zetten?'

Joseph barstte in lachen uit. 'Ik dacht dat we een momentje beleefden samen, Eva, en nu vraag je me naar de veiligheid van onze koeriers? Je bent hier niet heel goed in.'

Ze voelde haar rode wangen nog verder verhitten. 'Ik ben gewoon bezorgd over iemand.'

Zijn glimlach verflauwde. 'Ah. Je hebt het over Rémy, je vervalsingspartner, toch?'

'Ja, klopt.'

'Dat komt wel goed, Eva. Hij kan voor zichzelf zorgen.'

Ze speurde zijn ogen af. 'Je mag hem niet. Hoe komt dat?'

'Ik vind het in tijden als deze prettiger om mezelf te omringen met mensen die voorspelbaarder zijn, mensen zoals jij.'

Eva vroeg zich af of het alleen in haar eigen hoofd klonk als kleinerend. Was Joseph hier omdat hij aannam dat ze nog dezelfde Eva van vroeger was, de dociele studente Engels die nooit zei wat ze vond, die onervaren, beschermde meid die te onzeker was om te flirten? 'Ik weet het niet. Ik denk dat het wel een zekere waarde heeft als je kunt veranderen wanneer het nodig is. Anders zouden we nooit groeien.'

Joseph trok een wenkbrauw op. 'Eva, je hebt helemaal gelijk. Wat ik bedoelde te zeggen was dat ik je karakter bewonder, je stabiliteit. Het is fijn om te weten dat ik altijd weet waar ik aan toe ben met je.' Hij trok weer zijn bekende charmante lachje.

'Dus je denkt dat er niets zal gebeuren met Rémy?' drong ze aan.

'Nou, hij reist op papieren die jullie twee samen hebben gemaakt, dus ik kan me voorstellen dat er alle reden is om aan te nemen dat er niets kan gebeuren. Wat mij brengt op het punt dat ik met je wilde bespreken, Eva.' Hij stak zijn nek uit om de gang in te kijken, en toen hij zich ervan had verzekerd dat haar moeder kennelijk probeerde om hen even alleen te laten, keerde hij weer terug bij Eva. 'Zie je, de identiteitspapieren die je maakt zijn heel goed. En je stempels zijn fantastisch. Maar je ondersteunende papieren komen de laatste tijd niet door de controle.'

Eva's ogen werden groot. Waren er meer problemen geweest dan alleen die rond verzetsman Lacroix? 'Joseph, het spijt me heel erg. Is er iemand opgepakt vanwege ons werk?'

'Daar gaat het niet om. Het probleem is dat het papier waarop de documenten worden gedrukt overtuigender moet zijn.'

Eva voelde dat ze bloosde. 'We... we hebben geprobeerd om beter papier te maken, maar dat is niet onze specialiteit.' Toch had ze de hele tijd al geweten dat dit hun zwakke plek was. Verschillende documenten werden gedrukt op totaal verschillende soorten papier. Je had dikker papier, of juist dun, met een ribbeltje, of heel glad. En zij had gedacht dat Rémy en zij er goed in waren geslaagd om de juiste variaties te verkrijgen. Rémy had zelfs geëxperimenteerd met het maken van zijn eigen papier van houtpulp en water, maar het had hem ontbroken aan tijd om het goed te krijgen, met al die stapels documenten die nog gemaakt moesten worden. Ze waren maar met zijn tweeën en er zaten nooit genoeg uren in de dag.

'Het is niet jouw fout; het is de fout van het netwerk, dat ze je niet de spullen geven die je nodig hebt. Maar dat gaat veranderen.' Joseph stond op en liep naar de kapstok in de gang waar zijn jas hing. Hij pakte een pakket ter grootte van een woordenboek, en Eva vroeg zich af terwijl hij terugkwam naar de eetzaal hoe het hem was gelukt om het zo goed te verbergen. 'Hier,' zei hij, toen hij het aan haar gaf.

'Wat is het?'

Hij keek nog een keer de gang in. Haar moeder en madame Barbier waren niet te zien. 'Maak maar snel open.'

Eva maakte het touwtje los dat om het pakket heen zat en trok het bruine slagerspapier open. Het was een grote stapel met allerlei soorten vellen papier, van dik tot dun als vloei, alles van blanco rantsoenkaarten tot blanco demobilisatiebewijzen. Ze bladerde door de stapel en keek toen verbaasd om naar Joseph. 'Hoe heb je...'

'Dit is gemaakt in Algerije en gedropt.'

'Gedropt?' Eva had wel gehoord dat er wapens werden gedropt door de geallieerden, maar blanco papier? 'Door wie dan?'

Joseph glimlachte alleen. 'Hoe minder je weet, hoe beter. Maar daar heb je wel een tijdje genoeg aan. Berg dit nu maar weg op een veilige plek voor vannacht. Ik zorg dat er een paar mensen staan om je te beveiligen op weg naar de kerk morgen, maar als het goed is komt het in orde als je het pakket maar onder je jas verbergt. De Duitsers weten dat er vlak voor hun neus een vervalsingsbureau bezig is, maar ze zoeken niet naar een meisje. En zeker niet een meisje dat zo knap is als jij.'

Ze hoopte dat ze niet te rood aanliep. 'Dank je wel. Ik verstop ze wel even in de kamer.' Ze stond op.

'Goed.' Joseph klopte zichzelf op de buik. 'Nou. Ik heb trek. Waar zou je moeder blijven met het eten?'

Joseph ging een uur later weg, zijn buik goed gevuld met kip, wijn, en surrogaatkoffie met een scheutje echte room, en op zijn weg naar buiten verzekerde hij Eva's moeder ervan dat hij zou kijken wat hij kon uitvinden over Tatuś.

'Denk je echt, net als ik, dat hij in leven is en dat het goed gaat met hem?' vroeg Mamusia, zijn hand vastgrijpend.

'Ik denk van wel, madame Traube.' Hij kuste haar op beide wangen. 'We hebben alle reden om optimistisch te zijn.'

Eva trok een overjas aan om Joseph naar buiten te begeleiden. Het sneeuwde, en op straat was het donker en leeg en er stond een geselende wind.

'Denk je echt dat je iets over mijn vader te weten kunt komen?'

Joseph antwoordde niet meteen. 'Je beseft toch wel dat hij dood is, Eva.'

Ze slikte een snik weg. Ze wist wel dat het zeer waarschijnlijk was, maar om het zo te horen te krijgen als een vaststaand feit voelde als een klap in het gezicht. Het medelijden in zijn ogen maakte het erger. 'Waarom heb je dan tegen mijn moeder gezegd dat je geloofde dat hij in leven was?'

'Ik wilde haar wat troost bieden. En ik denk dat dat is gelukt.' Een vlaag sneeuwvlokken blies hen in het gezicht en hij zette de kraag van zijn overjas op.

'Valse hoop is geen troost, Joseph,' weersprak Eva hem.

Joseph kwam dichterbij en streelde zacht over haar wang. 'Dat ben ik niet met je eens,' zei hij zacht. 'We doen ons allemaal anders voor dan we zijn, nietwaar?' Hij kwam voorover en kuste haar zachtjes op haar mond, en bleef zo even hangen. Toen hij zijn hoofd weer rechtte, priemden zijn ogen in de hare. 'Voor mij zit het zo. In tijden als deze is het de enige manier om met jezelf te kunnen leven.'

18

De vier daaropvolgende dagen werkte Eva koortsachtig door aan bibliotheekpasjes, distributiekaarten, vakbondspassen, demobilisatiebewijzen – kortom, allerlei documenten die ze tot dan toe zonder het papier dat ze nu uit vrij Algerije had gekregen niet optimaal had kunnen reproduceren. Identiteitskaarten waren nog vrij makkelijk geweest omdat het blanco document in veel winkels gewoon beschikbaar was, en doop- en geboorteaktes waren relatief basaal als je eenmaal de nodige stempels en zegels in de vingers had, net als de verschillen tussen de documenten in de verschillende regio's. Maar de overige documenten waren veel moeilijker, en zodoende waren ze blijkbaar het soort ondersteunend bewijs geworden dat de Duitsers heel grondig controleerden als ze reden hadden om iets niet te vertrouwen.

Rémy was nog niet terug, maar hij en Eva hadden de laatste maanden de kleine kerkbibliotheek veranderd in een werkplaats, compleet met een guillotine-achtige snijmachine om papier netjes af te snijden, een Underwood-typemachine, twee nietmachines, minstens tien flessen met chemische middelen, correctievloeistof om distributiekaarten mee leeg te maken en een verzameling door Rémy gemixte inktsoorten die de vaakst voorkomende types inkt op officiële documenten zo dicht mogelijk benaderden. Er waren gewone rubberen stempels die Eva nauwgezet had uitgesneden, samen met een dozijn rollen voor minder vaak voorkomende stempels die ze snel-snel moesten namaken, en een simpel handgemaakt door Rémy in elkaar geflanst apparaatje dat gebruikmaakte van huisstof en potloodpuntslijpsel om documenten ouder te maken. Er stond zelfs een verouderde Singer-naaimachine, die lang geleden aan de kerk was geschonken door een parochielid. Eva had de maand ervoor bedacht dat ze er fiscale zegels mee kon uitprikken als ze de smalle naald verving door een dikkere.

Elke avond werden alle benodigdheden – op de typemachine en de naaimachine na – weggestopt in laden met dubbele bodems, of tussen de boeken op de planken, waarmee de ruimte er dan weer onschuldig uit kwam te zien, hoewel het er bleef ruiken naar chemicaliën.

Joseph kwam op donderdagochtend langs in de kerk met een nieuwe lading blanco papieren die per koerier waren aangekomen uit het noorden. Père Clément liet hem binnen in de kleine bibliotheek, waarmee hij Eva liet schrikken, omdat ze gewend was om alleen Rémy en de pastoor in dit privévertrek te zien. Toen de pastoor zich verontschuldigde en hen alleen liet, kon Eva het niet helpen dat het voelde alsof hij op een of andere manier haar vertrouwen had geschonden. Maar het was niet redelijk om te verwachten dat père Clément haar geheime kamer verborgen zou houden voor iemand die het verzetsnetwerk zo vertrouwde, of wel?

'Je doet geweldig werk hier, Eva,' zei Joseph, in bewondering om zich heen kijkend naar alle machines, de inkt, de chemicaliën, waarna hij ging zitten en voorzichtig zijn hand op haar rug legde. Het voelde intiem, en Eva merkte dat ze iets van hem vandaan ging zitten. Niet dat ze zijn aanraking vervelend vond. Niet zo lang geleden had ze zelfs gedagdroomd over hoe dit zou voelen. Nee, het kwam doordat hij in een stoel zat die van iemand anders was.

'Bedankt, maar het was wel heel zwaar deze week, helemaal in mijn eentje. Heb je iets gehoord van Rémy?'

'Nee, maar we zouden het inmiddels wel hebben gehoord als er iets mis was gegaan. Dit soort dingen heeft tijd nodig. Hij komt terug.' Hij stond op en zoende haar op beide wangen. 'Doe de groetjes aan je moeder.' Hij vertrok en trok de deur achter zich dicht.

Twintig minuten later zat Eva gebogen over tafel blanco distributiekaarten in te vullen, toen de deur opnieuw openging. Ze draaide zich om, in de verwachting dat het Joseph was die terugkwam met iets wat hij eerder vergeten was af te geven, maar toen Rémy in zijn plaats binnenkwam, sprong ze op en wierp zich in zijn armen.

'O, Rémy, wat een opluchting!' riep ze. Hij aarzelde heel even maar trok haar toen tegen zijn borst en begroef zijn gezicht in haar haar. Hij zei niets, maar ze voelde zijn hart bonzen, en dat was genoeg. Hij leefde, hij was hier, en hij was in haar armen. Hij hield haar net zo stevig vast als zij hem, en dat moest toch wat betekenen.

Toen hij zich eindelijk terugtrok, bestudeerde Eva zijn gezicht, met verse schrammen, een schaafwond in zijn hals, een gelige blauwe plek net onder zijn oog. 'Je bent gewond.'

Hij raakte de blauwe plek aan, alsof hij verbaasd was dat die er zat. 'Het is niets.'

'En de kinderen?'

Hij glimlachte flauwtjes. 'Vier, uit Polen. Het waren die kinderen voor wie we vorige week papieren hebben gemaakt.'

'Arlette, Jeanine, Jean-Pierre, en Roland.' Ze onthield liever hun echte namen dan de valse die ze hun had gegeven. Ze waren tussen de twee en zeven jaar, veel te jong om voor hun leven te vluchten.

Hij knikte. 'Bladzijde honderdzeven tot honderdtien in ons boek. Ze zijn veilig aangekomen in Genève.'

'O, godzijdank. En jij? Rémy, wie heeft dit gedaan met je?'

'Ik ben terug, Eva, en het gaat goed. De rest maakt niet uit.' Zijn blik gleed weg. 'Ik was bezorgd om jou.'

'Maar jij was degene die gevaar liep.'

'En toch was jij het enige waar ik aan kon denken.' Hij hoestte en draaide zijn hoofd opzij, en zij was blij dat hij haar dieprode wangen niet zag. 'En,' zei hij zonder naar haar te kijken, 'hoe was je etentje met Faucon?'

De scherpte in zijn toon verving de warmte die er seconden eerder nog in had gezeten. Ze schrok van de plotse ommezwaai. 'Dat was goed, Rémy. Hij zal vanaf nu vaker met ons samenwerken, door bijvoorbeeld spullen te leveren.'

Rémy's wenkbrauwen gingen omhoog. 'Spullen?'

Eva gebaarde naar de tafel. 'Veel beter papier dan waar we zelf aan kunnen komen. We hebben hem nodig.'

Rémy keek naar de documenten op tafel. Zijn kaak verstrakte. 'Ja, ja. Faucon is de grote held.'

'Rémy...'

'Sorry.' Hij knipperde een paar keer naar haar en zuchtte. Zijn schouders waren afgezakt. 'Ik... ik heb lange dagen achter de rug. De vernieling rond de grotere steden...' Hij pauzeerde en schudde zijn hoofd. 'Eva, ik denk nog steeds dat ik niet genoeg doe.'

Een rilling ging door haar heen. 'Maar natuurlijk wel. Het werk dat we hier doen is ongelooflijk belangrijk. En nu je er weer bent kunnen we zo veel meer doen met deze blanco documenten...'

'Eva, in een ideale wereld zou ik niets liever willen dan hier blijven met jou. Maar daarbuiten, op reis met die kinderen... Er is nog zo veel te doen. En dat kan ik niet hier.'

Haar maag keerde zich om. Ze begreep wat hij zei, wat het betekende, maar hij moest toch inzien dat het niet klopte. 'Ik heb je nodig, Rémy,' zei ze. 'Ik bedoel... we hebben nog zo ontzettend veel te doen.' Te laat gebaarde ze naar al het papier op tafel, maar ze wist dat hij de diepere betekenis van haar woorden wel had gehoord. Hij keek weg, en toen hij haar weer aankeek, had hij zo'n gepijnigde blik in zijn ogen dat het haar pijn deed om te zien.

'Ik wil bouwen aan een beter Frankrijk, Eva,' zei hij zacht. 'Een Frankrijk waar jij ook een thuis hebt. Dat lukt me niet, als ik hier blijf.'

'Beloof me dat je wacht met het nemen van beslissingen.' Ze hield haar adem in.

Hij bleef haar heel lang aankijken. 'Ik beloof het.'

Die avond keek Mamusia tijdens een maaltijd van waterige runderbouillon met dunne vermicelli met toegeknepen ogen naar Eva, die met madame Barbier zat te praten. Eva probeerde zich geen zorgen te maken over Rémy en de beslissingen die hij zonder haar aan het nemen was. Nadat ze de tafel hadden afgeruimd en madame Barbier naar boven was gegaan, stond Eva naast haar moeder af te drogen, terwijl Mamusia afwaste.

'Je gooit een door God gegeven kans weg, moje serduszko,' zei Mamusia opeens, waarmee ze de ongemakkelijke stilte tussen hen verbrak.

'Wat voor kans?'

'Joseph Pelletier, natuurlijk.'

'Mamusia...'

'Het is overduidelijk dat die jongeman gevoelens voor je heeft. Hij zei het zelf: je bent een lot uit de loterij. Zit je zo diep in dat vervalsingsgedoe dat je het niet ziet? Hij is perfect voor je, Eva. En het moet het lot zijn dat hem hiernaartoe bracht.'

'Nou, eigenlijk was dat het verzet,' mompelde Eva.

'Je kunt zo veel grappen maken als je wilt, maar je kunt Gods wil niet ontvluchten. Hij heeft Joseph bij je voordeur afgeleverd. Wat heb je dan nog meer nodig om het te zien? Kun je je voorstellen hoe gelukkig je vader zou zijn als hij terugkwam uit Polen en zag dat je getrouwd was met een Joodse jongen wiens ouders we kennen?'

'Ik denk dat Tatuś al blij zou zijn als hij terugkwam en zag dat we nog leven.'

'Kun je niet voor één keer naar me luisteren, Eva? Ik weet dat je denkt dat ik niet weet waar ik het over heb, dat ik maar een oude domkop ben. Maar traditie heeft betekenis. Bij elkaar blijven in moeilijke tijden heeft betekenis. Ons gelóóf heeft betekenis, ook al lijk jij van zins om je geloof los te laten.'

Eva smeet haar theedoek op het aanrecht en knipperde haar tranen weg. 'Ik laat mijn geloof niet los, Mamusia!'

'Je doet net alsof ik blind ben, Eva, maar ik zie het heus, je hebt het nog steeds over die katholieke jongen. Ik heb je gewaarschuwd, maar je wilde niet luisteren.'

Woorden vol kilte en schaamte, het voelde als een klap in haar gezicht. Eva voelde haar wangen opvlammen en haar bloed borrelen van schuldgevoel en verwarring. 'Mamusia, je kent hem niet eens. Rémy is echt een goede man.'

'Er zijn zo veel goede mannen, Eva, maar jij wilt je tijd verdoen met een papist? Jij denkt dat je beter bent dan je achtergrond, maar je kunt niet wegrennen van wie je bent.'

'Dat probeer ik helemaal niet!'

'Och, Eva, je bent al aan het wegrennen sinds we hier zijn.'

Toen Eva opzijkeek om haar aan te kijken, schrok ze ineens

van hoe mager haar moeder was geworden. Hoe kon het dat ze dat al die tijd niet had gezien? Haar schouderbladen waren als vleugeltjes van een vogel, haar sleutelbeenderen twee scherpe punten net onder de hals van haar blouse. Opeens voelde ze zich enorm bezorgd, dwars door haar woede en gekwetstheid heen.

'Mamusia, ik ren niet weg. Ik heb gewoon... ik voel dingen waar ik niet op gerekend had. Maar er is niets gebeurd.'

Mamusia liep rood aan. 'Dus je geeft het toe? Je houdt van hem?'

'Dat zei ik niet.'

'Luister goed. Toen we jong waren zijn je vader en ik uit Polen vertrokken, op zoek naar een beter leven. Voor ons en voor het kind dat we ooit hoopten te krijgen. Jij bent dat kind, Eva, en je bent in vrijheid geboren door de offers die wij hebben gebracht. Als je dat weggooit, dan verraad je ons op een manier die je nooit meer ongedaan kunt maken.'

'Mamusia...'

Maar haar moeder was al op weg naar de deur. 'Ik ben teleurgesteld in je, Eva. Zo erg ben ik nog nooit teleurgesteld.'

Eva stond aan de grond genageld en staarde haar lang nadat ze was vertrokken nog na. Haar hoofd tolde, en ze vroeg zich af waarom het leek alsof iedereen van wie ze hield erop uit was om haar hart te breken.

De dag erna was Eva alleen aan het werk toen père Clément in de deuropening van de bibliotheek verscheen. 'Wil het lukken?' vroeg hij.

'Het nieuwe papier helpt.' Eva gebaarde met een zucht naar de stapel documenten die ze al had afgewerkt. 'Ik... ik zou dit nooit kunnen doen zonder Rémy, weet u dat.'

'Ik wil ook graag dat hij blijft,' zei père Clément. 'Maar de ondergrondse heeft hem misschien ergens anders nodig. Hij heeft aangetoond dat hij een handige koerier is, en hij zou zich ook op andere manieren nuttig kunnen maken voor ze.'

'Hij is hier nuttig. Ik kan dit niet alleen.'

Père Clément zuchtte. 'Ik denk dat ze dan iemand sturen om in zijn plaats het werk te doen, samen met jou.'

Eva knipperde in ongeloof. Hoe kon hij denken dat iemand Rémy zou kunnen vervangen? 'Père Clément...' begon ze.

'Het werk dat je hier doet is zo belangrijk, Eva. Dat weet je toch wel?'

Ze boog het hoofd. 'Jawel, maar ik...'

'Eva,' onderbrak hij haar, 'heb je een uurtje voor me? Ik wil je iets laten zien.'

Ze aarzelde en knikte. Zonder verder nog iets te zeggen leidde hij haar via de kerk naar buiten, de middagzon in.

Zwijgend liepen ze door het centrum van de stad. Aan de dakranden hingen ijspegels te glinsteren in het felle licht, en op de daken lagen dikke pakken maagdelijke sneeuw. De pastoor knikte beleefd naar twee nazisoldaten die tegen een gebouw leunden, en Eva keek weg. Het waren er steeds meer, de laatste tijd, met stijve uniformen en dreigende blikken. Ze vielen op in het stadje, waar nieuwkomers, zelfs zonder Duits uniform, iets waren om aan te gapen.

'Mag ik wat vragen?' zei Eva toen ze op Rue Girault liepen, weg van het plein, waar het stiller was.

'Altijd, Eva.'

'Vindt u dat ik...' Ze maakte haar zin niet af, maar haalde diep adem. 'Vindt u dat ik mijn geloof verraad? Of mijn ouders?'

Hij keek haar verbaasd aan, en ze wachtten beiden met verder praten tot ze hadden gezwaaid naar monsieur Deniaud, die voor zijn slagerswinkel stond, verwikkeld in een gesprek met een geüniformeerde gendarme die Eva al vaker op straat had gezien. Monsieur Deniaud leek er niet helemaal bij met zijn hoofd, toen hij terugzwaaide, en de gendarme zag hen niet of wilde hen niet zien.

'Eva, natuurlijk denk ik dat niet,' zei père Clément terwijl ze een donker steegje tussen twee stenen appartementsgebouwen in liepen. 'Waarom vraag je dat?'

Eva schaamde zich voor de tranen in haar ogen. 'Mijn moeder,' was het enige wat ze kon uitbrengen.

'Och, Eva.' De pastoor had een treurige blik toen hij weer naar haar keek. Een uitgemergelde kat met afgetekende ribbetjes onder zijn gevlekte vacht gleed tevoorschijn uit een donkere deuropening, en schoot achter een met sneeuw bedekte fiets tegen een muur, en Eva voelde medelijden met het beestje. Hij zou omkomen van de honger, of sterven van de kou, als hij al niet gevangen zou worden door iemand.

'Misschien heeft ze wel gelijk,' mompelde Eva. 'Ik bid niet zoals zij, en ik weet dat ik dat wel zou moeten. De tradities hebben altijd al meer betekend voor mijn ouders dan voor mij, en ik denk dat ik me daarvoor zou moeten schamen, vooral nu. Vooral nu de Duitsers proberen ons uit te wissen.'

De pastoor zuchtte. 'Eva, er valt iets te zeggen voor het nauwkeurig opvolgen van de regels van een godsdienst. Die regels maken ook een groot deel uit van het leven van een priester, neem dat van me aan. Maar als ik één ding heb geleerd tijdens deze oorlog is het wel dat zolang we geloven, we ons geloof met ons meenemen, wat we ook doen, waar we ook gaan, als onze beweegredenen zuiver zijn.' Ze sloegen Rue Flandin in, een straatje met woonhuizen die uitkeken op de besneeuwde heuvelflanken. 'Waar het om gaat is wat er in je hart zit. Geloof je nog in God?'

'Natuurlijk.' De vraag overviel haar, want hoe donker de tijden ook waren, zelfs als ze zich afvroeg of hij wel luisterde had ze nooit aan hem getwijfeld.

'En ben je katholiek geworden tijdens het werken in de kerk?'

Ze keek hem fronsend aan. 'Natuurlijk niet!'

Hij glimlachte. 'Dat is toch waar je moeder bang voor is? Dat je zomaar opeens overstapt naar ons?'

Eva aarzelde. 'Ja. Ze... ze praat over het rooms-katholicisme alsof het een van de ergste dingen is die een mens kan overkomen. Het spijt me,' zei ze er snel achteraan.

Père Clément schudde zijn hoofd. 'Eva, ze is gewoon bang. En dat begrijp ik. Jij hebt een manier gevonden om te helpen, om iets nuttigs te doen, maar denk je eens in hoe machteloos zij zich moet voelen, helemaal nu je vader weg is. Je kunt haar niet kwalijk nemen dat ze bang is om jou ook nog kwijt te raken. En als het haar helpt, dan kun je proberen iets vaker met haar te bidden. Wie weet put jij daar zelf ook troost uit. Maar luister vooral naar wat je hart je ingeeft. Laat je niet te veel meewaaien met haar woorden, of de mijne trouwens. Alleen jij weet wat je relatie is met God, en dat moet je je nooit door iemand laten afpakken.'

Eva voelde een vredige rust over haar heen komen, samen met de stilte die tussen hen viel. 'Dank u wel, mon père.'

'Je mag altijd bij me terecht, Eva. En bij God, ook. Het levenspad is altijd het donkerst als we ervoor kiezen om het alleen te bewandelen.' Een tel later sloeg de pastoor opeens heel snel rechts een klein zijstraatje in, Rue Nicolas Tury, Eva met zich mee trekkend. Hij hield heel abrupt halt bij een nauw, drie verdiepingen tellend stenen huis met een klein Frans balkonnetje boven hen. Hij klopte een keer op de afgebladderde zwarte voordeur, wachtte even, klopte nogmaals en gaf toen drie korte klopjes achter elkaar. Na een poos werd de deur geopend door iemand die Eva herkende uit de kerk, maar met wie ze nog nooit had gesproken: een matroneachtige vrouw, met opgestoken zilvergrijs haar, die eerst nog met opgetrokken neus had gekeken maar bij wie meteen een brede lach doorbrak toen ze de pastoor zag.

'Meneer pastoor!' Ze stapte naar voren en zoende hem op beide wangen, waarna haar ogen naar Eva dwaalden en weer toeknepen. 'Waaraan heb ik dit genoegen te danken?'

'Madame Travere, ik wil u graag voorstellen aan mademoiselle Moreau,' zei de pastoor, formeel gebarend naar Eva. 'Mademoiselle Moreau, madame Travere.'

Madame Travere knikte naar Eva, maar nog wel met een argwanend gezicht. 'En wat brengt mademoiselle Moreau hier vandaag?' vroeg ze, terwijl ze haar gezicht weer naar de pastoor wendde.

'Ze is een van ons,' zei père Clément. 'En ik wil graag dat ze de kinderen ontmoet.'

De vrouw werd even helemaal stil. 'Meneer pastoor, met alle respect, we zorgen dat er zo weinig mogelijk interactie is met vreemden.' Hierna wendde ze zich tot Eva en lachte koeltjes. 'Ik weet zeker dat u dat begrijpt.'

'Madame Travere,' zei de pastoor. 'Ik weet zeker dat u bekend bent met de valse documenten en reispapieren die we gebruiken om de kinderen te verplaatsen.'

'Ik weet niet wat u...'

'Mademoiselle Moreau is degene die ze maakt,' zei père Clément dwars tegen madame Traveres gesputter in.

Iets van de kilte verdween van het gezicht van de vrouw terwijl ze Eva nogmaals bekeek. 'Het is niet waar.'

'Het is denk ik moeilijk voor haar om de hele dag in de kerk te zitten zonder contact met de mensen die ze redt. Het zou helpen als ze even kon worden herinnerd aan datgene waar ze zo veel voor riskeert.'

De oudere vrouw deed haar mond open, en weer dicht, en hoewel ze nog steeds argwanend keek, stapte ze uiteindelijk opzij en wenkte de pastoor en Eva mee naar binnen. Eva mompelde merci, gevolgd door een kort knikje van madame Travere.

Ze volgden de oudere vrouw twee trappen op naar de bovenste verdieping, waar een grote huiskamer was. Leeg. Eva keek zoekend om zich heen. Hier waren geen kinderen. Maar toen pakte madame Travere met op elkaar geknepen lippen een bezem op, en gaf drie stootjes tegen het plafond, kort achter elkaar. Ze stopte, stootte nog twee keer, wachtte weer en gaf toen nog een tik.

'Wat doet ze nou?' fluisterde ze tegen de pastoor, die alleen maar glimlachte.

Een paar seconden later ging er een verborgen luik in het plafond open, en kwam er uit het donker een uitschuifladder naar beneden. Terwijl Eva in verbazing toekeek kwam er een jongen van ongeveer tien jaar naar beneden, gevolgd door een jongen die iets jonger was, een meisje van rond de dertien jaar, en nog een meisje met twee scheve zijstaartjes dat niet ouder dan zeven kon zijn.

'Ze waren net klaar met hun schoolwerk toen u aanklopte,' zei madame Travere. 'Het duurde langer dan normaal om ze de zolder op te krijgen.'

Eva keek haar alleen maar aan.

'Vaak verbergen ze zich als er iemand aan de deur komt,' legde père Clément uit. 'Voor alle zekerheid.'

'En ze krijgen ook onderwijs?'

'Ja, hè hè, natuurlijk,' snauwde madame Travere. 'Het is hier toch geen vakantie, of wel? Dacht je soms dat ik ze zomaar een beetje liet spelen. Dan zijn hun hersens binnen de kortste keren pulp.'

'Wat madame Travere probeert te zeggen,' kwam père Clément

er met een glimlach tussen, 'is dat we ernaar streven om het leven zo gewoon mogelijk voor ze te houden terwijl ze hier zijn. En dat betekent dat we erop toezien dat ze doorgaan met hun schoolwerk. Ze geeft ze hier les.'

'Deze oorlog gaat een keer voorbij,' zei madame Travere. 'En waar blijf je dan, zonder opleiding?'

De kinderen hadden benieuwd naar Eva gekeken toen ze uit het plafond naar beneden waren gekomen, maar inmiddels waren ze allemaal weer druk met hun eigen bezigheden zonder zich wat van haar aan te trekken. De jongens zaten te schaken in de hoek, het tienermeisje was druk aan het schrijven in een schrift, en het jongste meisje was in de hoek van de bank gaan zitten om een boek te lezen. Eva liet haar blik op haar rusten. 'Zijn dit allemaal joodse vluchtelingen?'

Madame Travere keek de andere kant op, maar de pastoor knikte. 'Ja, uit het noorden.'

'En wat gebeurt er met hen als ze eenmaal in Zwitserland zijn?'

'Ze worden geadopteerd,' zei madame Travere zonder omhaal. 'Tijdelijk. Totdat ze weer met hun ouders kunnen worden herenigd.'

Eva dacht aan haar eigen vader en knipperde tranen weg. 'En wat als er nooit een hereniging komt?'

'Daar zijn ook voorzieningen voor,' zei père Clément. 'Sommigen zullen terugkomen naar Frankrijk, sommigen zullen bij hun nieuwe gezin blijven. Maar we zullen zorgen dat er voor iedereen gezorgd wordt. Dat is het belangrijkste onderdeel van wat we doen.' Hij wachtte even. 'En jij, ma chérie, speelt daarbij een zeer grote rol.'

'Goed,' zei madame Travere, terwijl ze in haar handen klapte. 'Je hebt gezien wat er te zien valt. Zullen we dan maar?'

Ze begon weg te lopen, maar het meisje met de staartjes keek op, recht in Eva's ogen, en Eva voelde zich erg tot het kind aangetrokken. Ze liep de kamer door, en negeerde madame Travere, die iets mopperde over dat het hoogst ongebruikelijk was om je met de kinderen te bemoeien.

'Hoe heet jij, lieverd?' vroeg Eva, terwijl ze bukte naast het meisje met het boek op haar schoot.

Het meisje knipperde naar haar. 'Anne.' Door de manier hoe ze het zei, met ogen die naar opzij draaiden, wist Eva dat het niet de naam was waarmee ze geboren was, maar eerder een nieuwe identiteit die iemand haar had gegeven om veilig naar hier te kunnen komen.

'Leuk om je te ontmoeten, Anne. Mijn naam is mademoiselle Moreau.'

Anne bestudeerde haar. 'Maar dat is niet uw echte naam, hè, mademoiselle?'

Eva schudde haar hoofd, en voelde zich een beetje schuldig. Hoe kon ze nu liegen tegen een kind? Maar het was gevaarlijker om de waarheid te zeggen. 'Nee, dat klopt.'

Op een dag, als Eva de valse papieren voor het meisje zou moeten maken, dan zou ze erachter komen wie ze echt was. Ze vroeg zich af waar ze vandaan kwam en waar ze vanaf hier heen zou gaan. Zo jong nog, en toch al haar hele leven ontnomen. 'Hoe oud ben je, Anne?'

'Zes en een half, bijna zeven.'

'En wat lees je daar?'

Het meisje keek naar de voorkant. '*Le Magicien d'Oz.* Kent u dat? Het gaat over een meisje dat Dorothée heet, ze komt terecht in een vreemd land dat Oz heet en daar ontmoet ze een vogelverschrikker, een blikken man en een bange leeuw.'

Eva glimlachte. 'Ik heb het gelezen. Maar is dat niet te moeilijk voor je, je bent nog zo jong?'

Het meisje haalde haar schouders op. 'De meeste woorden ken ik wel, en madame Travere heeft me een woordenboek gegeven voor de woorden die ik niet ken. En trouwens, volgens mij maakt het niet zo veel uit als je de personages maar begrijpt.'

'Het is natuurlijk ook heel leuk om te lezen over zulke fabelachtige wezens.'

'Ja, best wel, maar dat is niet wat ik bedoel. Ik bedoel eigenlijk dat ik een beetje net zoals Dorothée ben, toch? Ik ben op een groot avontuur, en op een dag, dan vind ik mijn weg terug naar huis.'

Eva moest een brok wegslikken voordat ze kon antwoorden. 'Ik denk dat je gelijk hebt.'

Het meisje keek Eva vragend aan. 'Weet u hoe het eindigt? Dorothée komt toch wel thuis, of niet?'

'Ja. Ja, ze komt thuis.'

'En wordt ze dan thuis opgewacht door haar familie?'

Eva kwam niet verder dan een knikje.

'Mooi,' zei Anne. 'Op een dag zal de gele weg ook mij naar huis leiden. Dat weet ik zeker.'

Op dat punt kwam père Clément naast Eva staan, en legde een arm om haar schouder. 'Eva, we moeten nu echt gaan. Maar ik zie dat je met onze kleine boekenwurm hebt kennisgemaakt.'

Anne glimlachte naar de pastoor. 'Mademoiselle Moreau heeft *Le Magicien d'Oz* ook gelezen, père Clément!'

'Wel, Anne, wil je wel geloven dat mademoiselle Moreau ooit in een grote bibliotheek vol met boeken heeft gewerkt? Volgens mij is ze net zo dol op lezen als jij.'

Anne keek met grote ogen naar Eva. 'Ooit hoop ik ook in een bibliotheek te gaan werken. Denkt u dat dat mogelijk is?'

'Maar natuurlijk,' antwoordde Eva, met een dun stemmetje. 'Bibliotheken zijn magische plekken.'

Anne knikte plechtig en richtte haar aandacht toen op de bladzijde voor haar, ze ging alweer helemaal op in het land van Oz. Eva bleef even staan kijken totdat père Clément haar met zachte hand wegleidde.

Het begon al avond te worden toen madame Travere de deur stevig achter hen dichtdeed en Eva en de pastoor begonnen aan de weg terug van het kindertehuis naar de kerk. Sneeuwvlokken dwarrelden in stilte neer, en bleven plakken aan de dakranden als een kraag.

'Dank u wel, mon père,' zei Eva zachtjes toen ze de hoek om sloegen.

'Er zijn nog zestien huizen in de stad, en zeven boerderijen op het platteland, waar net zoals hier kinderen ondergedoken zitten. Madame Travere is degene die het langst van allemaal een schuilplek biedt. Ze was de eerste die haar huis openstelde toen de kinderen uit Parijs begonnen aan te komen.'

De vier kinderen die Eva vandaag had gezien waren maar een fractie van de wezen wier ouders waren weggestolen. Wat zou er van ze worden? Zou hun leven ooit nog normaal worden? Was het mogelijk om weer iets op te bouwen als je helemaal niets meer had? 'Hoe gaan we ze allemaal redden?' vroeg ze fluisterend.

Het antwoord van père Clément liet niet op zich wachten. 'Met moed, Eva. En met een beetje geloof.'

19

Toen het jaar 1943 aanbrak, was het moeilijk om nog voor te stellen hoe warmer weer ook weer voelde. De winter had zijn ijzige klauwen in Aurignon gezet en liet niet meer los, met ijzel en sneeuw, bevroren straten en een snijdend koude wind die door de stegen joeg.

Het enige voordeel aan het weer was dat het de Duitsers binnenhield. In plaats van hun post te bewaken op de hoek, zaten ze verscholen in het enige café dat de stad rijk was naast een knetterend vuur, aan de koffie, die ze vanuit Duitsland aangevoerd hadden gekregen. Soms dreef de geur van warme chocolademelk de straat op, wat in Eva een vlaag woede losmaakte waar ze zelf van schrok. Wie waren zij om alle geneugten van een Franse winter te genieten, terwijl de kinderen in huizen overal om hen heen honger en kou leden? Hoewel de mensen van Aurignon wel gewend waren om zich elk jaar voor te bereiden op een lange, harde winter, was het inwonertal van het stadje het laatste jaar enorm gestegen door het aantal vluchtelingen, en was er gewoonweg niet genoeg voedsel voor iedereen.

Ondanks de gemopperde bezwaren van madame Travere was Eva begonnen de kinderen elke week te bezoeken, waarbij ze goed oplette dat ze het huis alleen binnenglipte als ze helemaal alleen was in de straat, en niemand dus kon zien waar ze naar binnen verdween. Aurignon was maar klein, met niet meer dan een paar duizend inwoners, en dat betekende dat iedereen wel zo'n beetje een idee had van wat een ander deed. Hoe minder mensen haar zagen buiten de zondagse dienst om, hoe beter, zeker aangezien ze soms de starende blikken van de gendarmes voelde priemen als ze knielde om te bidden. Als ze haar zagen voorbijlopen op weg naar madame Traveres huis elke week, dat kon dan wel eens gevaarlijk zijn.

Er waren geen nieuwe vluchtelingen aangekomen in de vrieskou, dus de kinderen die Eva net na Chanoeka had ontmoet waren er nog steeds en ze waren redelijk gewend aan hun nieuwe thuis. Elke dag kregen ze les van madame Travere, en de rest van de tijd vermaakten ze zichzelf in haar huiskamer.

'Denkt u dat mijn ouders nog leven?' vroeg Anne op een dag in februari ineens aan Eva. Ze zaten naast elkaar op de bank. Anne met een gehavend exemplaar van *Les Enfants du capitaine Grant* open op schoot. Voor hen zaten de twee oudere jongens en het tienermeisje voor de platenspeler die Rémy had weten te regelen, met daarop een jazzplaat die ze op zacht volume afspeelden, en af en toe fluisterden ze wat tegen elkaar. Madame Travere vond het eerst een schandaal, een platenspeler bij haar in huis, maar père Clément had haar ervan overtuigd dat het goed zou zijn voor hun moraal. *Goed dan*, had ze gebromd. *Maar er wordt niet gedanst.*

'Ik denk dat er reden genoeg is om te hopen dat ze nog leven,' antwoordde Eva voorzichtig na een lange pauze. Ze wist heel weinig over Annes leven van voor Aurignon, omdat de kinderen niet over hun verleden mochten praten, maar ze wist van père Clément dat Anne uit een dorp even buiten Parijs kwam en dat haar ouders eind oktober waren opgepakt.

‘Weet u,’ zei Anne na een tijdje, ‘als Dorothée in Oz is, dan heeft ze geen idee of haar huis in Kansas is verwoest door een orkaan. Ze doet zo haar best om terug te komen bij haar tante en oom, maar ze kan niet weten of ze daar wel zijn.’

‘Ja,’ zei Eva voorzichtig. Anne had het boek vlak na Nieuwjaar uitgelezen, en sinds die tijd had ze het er steeds over, en was haar hoop gevestigd op de boekenmagie die een klein meisje uit Kansas de weg terug naar haar leven had gewezen.

‘Maar ze waren er, mademoiselle Moreau. Ze waren er de hele tijd al, en ze hadden zich zorgen gemaakt om haar. En toen Dorothée thuiskwam, toen waren ze samen weer een familie.’

‘Ja,’ zei Eva weer. Ze haalde diep adem. ‘Maar Anne, mijn lieve schat, dit is niet Oz.’

‘Dat weet ik wel, mademoiselle Moreau,’ zei Anne meteen. ‘Maar we mogen toch fantaseren?’

Eva zei niets, want het meisje had natuurlijk gelijk. Dat was precies waar boeken voor waren, tenslotte. Het waren luchtbruggen naar andere werelden, andere werkelijkheden, andere levens die je je kon voorstellen. Maar was het in tijden zoals deze gevaarlijk om onrealistische dromen te koesteren?

‘Mademoiselle Moreau,’ zei Anne weer nadat Eva te lang stil was gebleven. ‘Ik weet dat het soms niet meevalt om ergens het beste van te denken. Maar dat is toch beter dan dat je het slechtste denkt?’

Eva knipperde naar haar. Het meisje was pas zes, hoe kwam ze erop? ‘Je hebt helemaal gelijk, Anne.’

‘Ik vind het fijner om hoop te hebben,’ rondde het meisje af, waarbij ze op Eva’s hand klopte zoals een volwassene doet bij een kind. ‘Ik denk dat u dat ook moet doen. Anders wordt alles veel te beangstigend en is het moeilijk om verder te gaan. Maar, hebt u dit boek al gelezen? *Les Enfants du capitaine Grant*?’

Eva glimlachte. 'Van Jules Verne? Ja, dat heb ik gelezen toen ik ongeveer zo oud was als jij.'

'Goed. Dan weet u ook dat er altijd hoop is, zelfs als het er heel slecht uitziet.'

Eva herinnerde zich vagelijk dat de kinderen uit de boektitel uiteindelijk met hun vader worden herenigd na een hachelijke reis rond de wereld. 'Misschien heb je wel gelijk, Anne. Misschien heb je gelijk.'

Die middag was Eva alleen aan het werk in de kerkbibliotheek bij het licht van een enkele kaars toen père Clément aankwam, met een ernstig gezicht. 'We hebben dringend een hele stapel papieren nodig,' zei hij, en gaf Eva een lijst. 'Morgenochtend moet het klaar zijn, als het kan.'

Eva keek naar beneden. Er stonden vier namen op, met wie ze de laatste paar maanden heel goed bekend was geraakt. Bij de laatste begon haar hand te trillen: kleine Anne. 'Ik dacht dat de koeriers van plan waren om te wachten op warmer weer,' zei ze zacht, opkijkend.

'We hebben gehoord dat de Duitsers op het punt staan om madame Traveres huis te doorzoeken, misschien morgen al. Ze vermoeden dat er joodse kinderen verstopt zitten.'

Eva voelde haar bloed stollen. 'Maar... hoe kan dat? Wie kan ze dat hebben verteld?'

De mond van père Clément veranderde in een dun streepje. 'Het kan iedereen zijn geweest: een jaloerse buurman, een bemoeierige passant, een politieman die een wit voetje wil halen. Hoewel de meeste mensen de bezetting haten, zijn er toch een handjevol mensen die haar als een kans zien om te profiteren.'

'Maar hoe kunnen ze nou *kinderen* verraden?' Eva voelde haar verontwaardiging groeien. 'En wat willen de Duitsers in godsnaam met ze? Wat kunnen zij nu uithalen?'

Père Clément zuchtte. 'Dat is blijkbaar niet het punt.'

'Kan ik op zijn minst afscheid nemen?'

'Ik vrees van niet. Als de Duitsers het huis in de gaten houden, dan kunnen we het ons niet veroorloven dat jij ermee wordt geassocieerd. Trouwens, ik denk dat jij je handen vol hebt als de documenten voor dag en dauw af moeten. Zal ik je moeder laten weten dat je vanavond niet thuiskomt?'

Eva knikte langzaam en gleed met haar vinger over Annes vertrouwde aangenomen naam, samen met een valse geboortedatum die haar vijfenhalf maakte in plaats van zes. 'Wie is ze echt?'

Père Clément dook in zijn zak en haalde een tweede lijst tevoorschijn, die hij haar gaf. Dit was hun gewoonte geworden: zij schreef de namen van de kinderen over, hun echte namen, waarna ze de papieren verbrandde. De echte namen werden apart van de valse bewaard, in het geval iemand de papieren zou ontdekken voordat ze konden worden vernietigd. 'Ze is de eerste.'

Eva keek op het papier. 'Frania Kor,' las ze hardop. Ze keek naar père Clément, met tranen in haar ogen. 'Haar naam is Pools. Weet u wat het betekent?'

'Nee.'

'*Frania* betekent *uit Frankrijk*, of *vrij*.' Eva slikte de brok in haar keel weg. 'Ze is waarschijnlijk in Frankrijk geboren, net als ik. Haar ouders dachten waarschijnlijk dat dit haar zou beschermen, dat ze dan een beter leven zou krijgen.'

'En dat gaat ook lukken, Eva,' zei père Clément. 'Het gaat ons lukken, voor hen, dat we haar bescherming bieden en dat we zorgen dat er toch toekomst is voor haar.' Hij aarzelde. 'Ik had moeten voorkomen dat je zo aan haar gehecht zou raken.'

Eva veegde een traan weg. 'Nee, ik ben blij dat u dat hebt gedaan. Nu weet ik weer voor wie ik dit werk doe.' Er was trouwens niets wat hij had kunnen doen om het tegen te houden. Vanaf het eerste moment had Eva in het meisje een geestverwant herkend, ook een dromer die zich in boeken verloor en terugvond.

'Maar in oorlogstijd is het heel onverstandig om delen van je hart te verpanden.' Père Clément wachtte totdat ze opkeek en zijn blik trof. 'Het is gevaarlijk, Eva.'

Eva wist meteen dat hij het niet alleen over de kinderen had. Ze dacht aan Rémy, die ze de laatste tijd minder vaak zag omdat hij langzaam steeds actiever was geworden voor de ondergrondse. 'Volgens mij is het gevaarlijker als je dat niet doet.' Zuchtend draaide ze zich om naar de boekenplank achter haar om het Boek van verloren namen te pakken.

'Ik zal Rémy laten komen,' zei père Clément. 'Je zult zijn hulp hard nodig hebben om alle documenten op tijd af te krijgen.'

'Dank u wel,' zei Eva. Toen de pastoor de deur achter zich had dichtgedaan, sloeg ze het boek open op pagina 147. Op de tweede regel tekende ze een klein zwart sterretje boven de *f* in *Fils*, een stip boven de *r* in *par conséquent*. Op deze plek zou een klein meisje genaamd Frania Kor tenminste nog wél bestaan, ondanks het feit dat de wereld zou proberen haar uit te wissen. Mocht ze Oz bereiken, dan zou ze op een dag de weg terug naar huis moeten zien te vinden.

Eva had de eerste twee sets papierwerk al af toen Rémy een uur later binnenwaaide, zijn zwarte overjas nog bepoederd van de sneeuw, en een tas over zijn schouder geslagen. Hij zette de tas in een hoek en nam zijn pet af, die hij zenuwachtig begon te kneden. 'Hoe gaat het met de documenten?'

Eva zuchtte. 'Het wordt een lange avond.'

'Ja, begrijp ik. Wat kan ik voor je doen?'

Eva wees op de naam van de jongen die ze tientallen keren had zien dammen, een tienjarige jongen die ze Octave noemden. Zijn naam was eigenlijk Johann, zoals ze nu wist. Daardoor had ze het vermoeden dat zijn ouders uit Duitsland of Oostenrijk kwamen, maar dat viel niet te achterhalen. Hij was een van de oudere jongens, iemand die nog een kans maakte om de geheimen van zijn verleden te onthouden en met zich mee te nemen, maar Eva zette hem toch in het boek, zoals ze met alle kinderen deed. Als hij werd gevangen of gedood op zijn vlucht, dan zou op zijn minst zijn naam ergens geregistreerd staan. Als een familielid hem ooit zou komen opzoeken, dan zou ze diegene op zijn minst een deel kunnen vertellen van wat er was gebeurd, dat hij een tijdlang was omarmd door een kleine gemeenschap in de bergen.

'Je bent veel weg de laatste tijd,' opperde Eva mild toen Rémy begon met het voorzichtig invullen van de valse gegevens op een van de certificaten die Joseph in november had afgeleverd. De lege documenten waren bijna op, en Eva wist dat ze hem binnenkort moest opzoeken om nieuwe te vragen.

Hij keek weg. 'Een groep mannen komt samen in het bos,' zei hij langzaam. 'Om te trainen. Om zich voor te bereiden.'

'Op wat?'

'Op het gevecht dat eraan zit te komen.'

'Ik dacht dat je alleen als koerier werkte.'

Hij draaide zich om naar haar, en in zijn blik zat pijn, maar ook een ijzeren vastberadenheid. 'Ik weet dat père Clément gelooft dat deze oorlog alleen kan worden gewonnen door vredig verzet. Maar daar denk ik inmiddels anders over.'

'Wat zeg je nu precies?' Maar Eva wist het antwoord al, en ze moest vechten tegen de tranen waarvan ze wist dat ze die later zou vergieten, zodra ze alleen was.

'Dat iemand de wapens zal moeten opnemen tegen de Duitsers, Eva. Niemand komt ons redden. Ja, de Britten helpen, dat zeker. Maar ze zijn niet hier, of wel? De Amerikanen ook niet. We staan er alleen voor, en de Duitsers pikken steeds meer macht in terwijl wij vlak voor hun neus alleen maar een beetje stiekem rondscharrelen met onze valse papieren. We moeten ze stoppen voordat het te laat is. Anders is het gewoon helemaal onze eigen schuld als we Frankrijk kwijtraken.'

'Rémy, ik...'

Hij keek haar aan, maar ze wist verder niet wat ze moest zeggen. Hoe kon ze hem nu smeken te stoppen, terwijl ze het in haar hart met hem eens was? En hoe kon ze hem uitleggen dat ze door zeven maanden lang zij aan zij met hem te werken een enorme behoefte had ontwikkeld om hem te beschermen? Ze had zijn humor leren kennen, de vaardigheden waar hij zo zeker van was, maar ook zijn onzekerheden, die hij probeerde te verhullen met een grote mond, waarin hij bij haar niet slaagde. Maar ze had geen recht om zich zo te voelen, of wel? Ze hadden geen geloftes uitgewisseld, niets beloofd. En dus zei ze niets, en hij ook niet, een minuut of wat. 'Eva, ik red mezelf wel,' zei hij uiteindelijk. 'Ik heb mezelf altijd gered. Ik vind altijd wel een manier, weet je nog?'

'Rémy, ik ben zo bang dat dat dit keer niet genoeg is.'

Hij gaf geen antwoord, en de uren erna werkten ze in stilte door. Eva etste de stempels die ze nodig hadden nauwkeurig op de rol, en Rémy vulde plichtsgetrouw de lege stukken in met de geoefende hand van een ambtenaar. Ze hadden kleine Anne – Frania Kor – voor het laatst bewaard, en terwijl ze de documenten van het meisje van Rémy overnam en vroeg of zij ze mocht invullen voor haar, voelde ze een traan zich losmaken van haar linkeroog. Ze draaide haar hoofd opzij, maar het was te laat. Rémy had het al gezien, en langzaam veegde hij met zijn duim de traan van haar wang, met een tederheid die haar verraste.

Hij legde zijn wijsvinger net onder haar kin, en toen ze naar hem opkeek, was zijn gezicht maar een paar centimeter van haar verwijderd. De eerste zonnestralen prikten al door de duisternis heen buiten het raam, en père Clément zou nu wel snel terug zijn voor de papieren, en dan zouden de kinderen vertrekken naar het oosten. Maar voor nu was de tijd bevroren, zoals de pegels aan de dakranden, en toen Rémy naar haar toe bewoog om haar te kussen, voelde het als thuiskomen.

Toen hij haar tegen zich aan trok, paste haar lichaam precies in de kromming van het zijne. De zachtheid van haar ronde vormen en de stevigheid van zijn gespierde borst waren als stukken van een puzzel waar zij het bestaan niet van had gekend. Zoals hij haar kuste was het net alsof hij haar altijd al had gekend, misschien wel beter dan zij zichzelf kende. Zijn vingers raakten verstrikt in haar haar, en vervolgens verkenden zijn handen haar lichaam, eerst timide, verlegen, en toen met meer vertrouwen.

Niemand had haar ooit zo gekust, alsof hij haar door en door kende. Ze was haar hele leven netjes en ingetogen geweest, vastbesloten om haar ouders trots te maken, en ze had zich meteen schuldig gevoeld die paar keer dat ze met Joodse jongens had gezoend op school, ook al had ze het nooit verder laten komen dan dat. Maar nu, nu Rémy haar bij de heupen pakte en haar op de tafel tilde waar ze aan werkten, wilde ze niets liever dan zijn huid op de hare voelen, om zo dicht mogelijk bij hem te zijn.

Maar opeens stopte hij. Hij ging achteruit en liet haar zo zitten, nog steeds volledig aangekleed, met verhit gezicht, en een brandend lichaam. 'Ik... dit kan niet,' zei hij, terwijl hij de andere kant opkeek en zijn overhemd in zijn broek deed.

'Maar...' fluisterde ze, ten einde raad. Had ze iets verkeerd gedaan? Misschien was het haar overduidelijke onervarenheid.

'Het ligt niet aan jou,' zei hij, antwoord gevend op de vraag die ze niet had gesteld. Hij keek haar nog steeds niet aan, maar terwijl ze rechtop ging zitten en haar haar fatsoeneerde, had ze het gevoel dat hij wist dat ze tegen de tranen moest vechten.

'Maar wat dan wel?'

'Ik... ik wil niemand teleurstellen,' mompelde hij, starend naar zijn voeten.

'Maar Rémy, je gaat me niet...'

'Jawel,' onderbrak hij haar. Ze hoorde een trilling in zijn stevige stem. 'Jawel, Eva, snap je het dan niet? Ik ga je teleurstellen, en als dat gebeurt, dan kan ik niet meer met mezelf leven. Het spijt me. Ik moet gaan.'

En het volgende moment snelde hij de deur uit, alsof het gebouw in de fik stond. De enige troost die Eva had was dat vlak voordat de deur achter hem dichtging, hij nog een keer omkeek, en ze elkaar in de ogen keken. En in die fractie van een seconde, las ze gekweldheid en verdriet in zijn blik. Hij sprak de waarheid, wist ze; hij vluchtte weg omdat hij dacht dat hij haar zou kwetsen.

En misschien zou het haar altijd blijven achtervolgen dat ze in plaats van hem achterna te rennen gewoon bleef waar ze was, aan de grond genageld door schaamte en loyaliteit aan haar moeder. Tegen de tijd dat ze zich bijeen had geraapt en de kerkdeur had bereikt, was hij allang verdwenen. Zijn voetstappen in de sneeuw, die de kant op gingen van het kindertehuis, waren de enige tekenen dat hij daar was geweest.

Eva ging die morgen niet naar huis; ze wilde er zijn om de nieuwe documenten persoonlijk aan père Clément te geven, en ergens hoopte ze dat Rémy van gedachten zou veranderen en zou terugkomen.

Ook kon ze haar moeder niet onder ogen komen, met alle emoties die door haar heen wervelden. Toen Rémy haar kuste, voelde het als het beste wat ze ooit had gedaan, zo volledig natuurlijk. Maar hoe kon dat, als hij geen Jood was? Haar moeder zou het haar nooit vergeven, maar wat als Tatuś het haar ook niet kon vergeven? Hoe kon ze hen op zo'n moment verraden? Hoe langer ze daar op de kerktreden zat, hoe verwarder ze raakte. Was het dapperder om haar hart te volgen met het risico dat ze haar ouders dan zou teleurstellen? Of dapperder om iemand van wie ze niet mócht houden de rug toe te keren zodat ze kon behoeden dat de geschiedenis haar volk zou uitwissen? Beide paden leken niet het juiste antwoord.

Tegen de tijd dat père Clément een uur later kwam aanlopen, waarbij hij haar zittend in de kou aantrof, waren Rémy's voetstappen verdwenen onder een laag verse sneeuw.

'Waarom zit je buiten?' vroeg de pastoor terwijl hij de trappen op rende. 'Is er iets mis?'

'Ik...' Hoe kon ze het hem uitleggen zonder als een sufferd te klinken? 'Ik ging even een luchtje scheppen.'

Hij leek niet overtuigd, maar hij knikte en hielp haar te gaan staan. 'Kom mee naar binnen, Eva, je vat hier nog vreselijke kou. Hebben jullie het werk af?'

Ze keek opzij zodat père Clément haar niet zou zien blozen. 'Ja, mon père.'

Binnen in de kerk was het warm, maar terwijl Eva père Clément terug naar de kleine bibliotheek voorging voelde het alsof ze nog steeds uit ijs bestond, en haar hart nog net zo koud was als haar rode en verweerde gezicht. 'Hemeltjelief, Eva,' zei père Clément, terwijl hij haar bezorgd aankeek toen ze eenmaal in de geheime kamer waren samen. 'Hoelang ben je buiten geweest? Je lijkt wel bevroren.'

'Niet lang,' hield ze het vaag. Ze had de minuten niet bijgehouden. Ze wist alleen dat het genoeg tijd was geweest om de laatste sporen van Rémy te zien worden weggevaagd. 'Rémy is weg.'

'Ja,' zei père Clément, en Eva besefte dat hij er al van op de hoogte was.

'Weet u waar ik hem kan vinden?' vroeg ze aarzelend. 'Ik geloof dat ik hem een aantal dingen moet zeggen, dingen die ik gisteravond had moeten zeggen.'

Père Clément fronste. 'Heeft hij het je niet verteld?'

'Wat verteld?'

'Eva, hij gaat een aantal kinderen wegbrengen, vandaag.'

'Hij gaat... Wat gaat hij doen?'

'Hij zei dat hij wist hoe close je de laatste maanden met madame Traveres kinderen was geworden, en dan vooral met Anne, en hij wilde ze per se zelf veilig over de grens helpen.'

Eva slikte. 'Is hij voor mij gegaan?'

Père Clément lachte warm, en Eva had het gevoel, en dat was niet voor het eerst, dat hij recht in haar hart kon kijken. 'Hij is gegaan omdat hij een goed mens is, die probeert te doen wat goed is.'

'Maar hij heeft niets gezegd.'

'Misschien wilde hij je niet ongerust maken.'

Of misschien wist hij dat ze zou hebben geprobeerd hem tegen te houden. Misschien was hun zoen wel zijn manier geweest om afscheid te nemen. Is dat wat hij bedoelde toen hij zei dat hij haar niet wilde teleurstellen? Was hij bang dat hij niet terug zou komen? Er ging een rilling door haar heen, en die was kouder dan de ijzige kou van buiten. 'De overtocht zal gevaarlijk zijn in deze tijd van het jaar,' zei ze zacht.

'Ja.'

'Hoelang denkt u dat het zal duren voordat hij weer terug kan zijn in Aurignon?'

'Eva, ik weet niet of hij wel terugkomt,' zei hij na een korte stilte. 'Ik heb gehoord dat de ondergrondse zijn expertise op een ander terrein nodig heeft.'

'Zijn expertise?'

In zijn ogen stond bezorgdheid te lezen. 'Voordat hij naar Aurignon kwam heeft hij klaarblijkelijk met explosieven gewerkt.'

'Explosieven? Rémy?'

'Hij is opgeleid in de scheikunde.'

'Natuurlijk,' mompelde Eva. 'Het melkzuur.'

De pastoor knikte. 'Ik heb me laten vertellen dat het samenstellen van explosieven nogal wat ervaring vereist.'

Dus Rémy was ergens bezig met dingen opblazen, met gevaar voor zijn leven. Zou ze hem weer zien? Plotseling voelde het alsof de grond onder haar vandaan zakte. 'Maar ik heb hem nodig,' zei ze zwakjes.

Ze wist niet of père Clément het verkeerd opvatte of dat hij ervoor koos om haar niet in verlegenheid te brengen met een echt antwoord. 'Dat komt wel goed, Eva. Sterker nog, de beweging stuurt een nieuwe vervalser in zijn plaats, om je een tijdje te helpen.'

'Een nieuwe vervalser?' Eva keek ontzet om zich heen. Dit was de ruimte geweest die ze met Rémy had gedeeld. Ze kon zich niemand anders hier voorstellen, die lucht inademde die voor hem bestemd was, ruimte innemend die alleen hij zou moeten innemen.

'En ik heb zelfs begrepen dat ze jouw leeftijd is.'

'Is het een zij?' Op een of andere manier had ze dat niet verwacht, maar waarom eigenlijk niet?

Père Clément knikte. 'Ze zou hier binnen een maand moeten aankomen.'

Langzaam reikte Eva naar de papieren die Rémy en zij gisteren samen hadden vervalst, die waar de kinderen veilig mee naar Zwitserland zouden moeten komen, als alles volgens plan verliep. Ze gaf ze aan père Clément en raapte haar moed bijeen. 'Mag ik met u meekomen? Om afscheid van hem te nemen?'

Aan de manier waarop hij haar blik vasthield, wist ze dat hij zag wat er in haar hart zat. 'Nee, Eva, ik ben bang van niet. Sterker nog, de kinderen en hun koeriers zijn de stad al uit. Ik laat iemand deze documenten nu naar ze toe brengen. Het is te gevaarlijk om het op een andere manier te doen.'

'Dus u ziet Rémy ook niet meer.'

Hij pakte haar handen en hield ze in de zijne. 'Ik geloof dat we hem allebei snel weer zullen zien. Vertrouw op die gedachte, Eva.'

Maar ze putte geen troost uit zijn woorden, want ze wist dat katholieken geloofden dat ze elkaar aan gene zijde weer zouden zien, na de dood. En père Clément had niet beloofd dat Rémy levend bij ze terug zou keren. Misschien bedoelde hij alleen dat ze ooit op een dag, als ze allemaal een goed leven hadden geleid, allemaal weer samen zouden komen, ver van hier. Maar dan was het te laat.

20

De nieuwe vervalser die twee weken later door de ondergrondse werd gestuurd was een zesentwintigjarige vrouw met de naam Geneviève Marchand. Haar zwarte kort golvende bobkapsel deed Eva meteen denken aan de actrice Marie Bell. Met haar lange benen en haar knappe uiterlijk had ze inderdaad een filmster kunnen zijn, in een andere tijd en op een andere plek. Maar hier liep ze door haar adembenemende verschijning alleen maar in het oog, en Eva vroeg zich dan ook af hoe iemand die er zo uitzag voor het verzet kon werken. Want dat moest het vooral hebben van mensen die konden opgaan in de menigte, mensen zoals zijzelf.

Ze kwam uit een gebied dat bekendstaat als het Plateau, op zo'n honderdvijftig kilometer ten zuidwesten van Aurignon. Daar had ze gewoond in een stadje waar vervalsing big business was, en waar meer dan duizend Joden ondergedoken zaten, onder leiding van een plaatselijke protestantse predikant die met het verzet samenwerkte. Het had wat overdreven geklonken toen Geneviève het vertelde, maar père Clément had bevestigd dat het verhaal klopte. 'Nu de netwerken steeds beter georganiseerd raken, hebben we een lijntje met hen,' had hij gezegd. 'Zo kwam het dat ze Geneviève hierheen hebben gestuurd. De man van wie ze het vak heeft geleerd, een man met de naam Plunne, heeft duizenden documenten vervalst.'

Het bleek dat de werkwijze en technieken van deze Plunne niet zoveel verschilden met die van Eva, hoewel hij op een veel grotere schaal werkte. Op een aantal punten was hij op vergelijkbare ideeën gekomen voor vervalsingen op grote schaal, zoals het gebruik van handpersen met gelrollen om zegels te dupliceren. Dat betekende dat Geneviève meteen kon instappen, en hoewel Eva het nooit hardop zou toegeven was ze beter dan Rémy; kritischer, voorzichtiger. Soms viste ze kleine foutjes zoals een foute spelling of kleine discrepanties in de details eruit, nog voordat Eva dat deed, en dat alleen al was het waard om haar erbij te hebben. Als haar scherpe oog maar één persoon redde van een Duitser met net zo'n arendsoog, dan hoorde ze daar thuis.

Tegen de tijd dat het eindelijk begon te sneeuwen had Geneviève al meer dan een maand gewerkt op de plek van Rémy, en nog was hij niet terug. Eva maakte zich zorgen dat ze hem zou beginnen te vergeten, maar elke ochtend in die paar tellen tussen droom en bewustzijn, kon ze nog steeds die zoet-zoute smaak van hem op haar lippen proeven, het fantoom van zijn lichaam nog tegen haar aan. En dan werd ze wakker en waren die sensaties verdwenen, en dan werd ze weer herinnerd aan hoe alleen ze was.

Maar hoe langer hij weg was, hoe meer ze zich begon af te vragen of ze zichzelf voor de gek had gehouden door te denken dat haar gevoelens voor hem ergens toe konden leiden. Zelfs in een ideale wereld, een wereld waarin ze niet in oorlog waren met een vijand die mensen zoals zij wilden vermoorden, was hij nog altijd katholiek, en zij nog steeds de Joodse dochter van ouders die zoiets nooit zouden goedkeuren. Als de afgelopen negen maanden haar iets hadden geleerd, dan was het hoezeer familie moest worden gewaardeerd en gerespecteerd. Misschien had haar moeder gelijk en moest Eva hem vergeten, moest ze proberen zich open te stellen voor iemand die beter paste, zoals Joseph. Het lastige was dat Eva haar hoofd zover nog wel kon krijgen, maar haar hart kreeg ze er niet van overtuigd dat Rémy het niet waard was om van te houden.

En toch. Hij had haar alleen achtergelaten, of niet soms? Ze wist dat hij daar aan het vechten was, voor de goede zaak, als hij tenminste nog leefde. Maar op de donkerste avonden dacht Eva vaak dat hij zou zijn gebleven als hij genoeg van haar had gehouden.

Geneviève zei niet veel, wat Eva goed uitkwam. En hoewel Eva haar steeds meer ging vertrouwen, vertelde ze haar nooit over het Boek van verloren namen. In het begin had ze het vaak overwogen, want ze werkten elke dag samen en het leed geen twijfel dat Geneviève net zo toegewijd was aan de zaak als Eva. Maar het geheim was veiliger als ze het alleen deelde met Rémy en père Clément, en dus beloofde de pastoor dat hij het boek niet zou noemen waar Geneviève bij was, en voegde Eva alleen nieuwe namen toe als zij er niet was.

Op de eerste warme dag van 1943, en die viel pas eind april, lang nadat alle sneeuw en ijs was verdwenen, ging Eva iets eerder weg uit de geheime bibliotheek en vroeg ze haar moeder of ze een wandeling wilde maken. In Parijs waren zij en haar moeder *comme les deux doigts de la main* geweest, als twee vingers van één hand, twee handen op één buik. Destijds deelden ze alles, en Eva was altijd wanhopig bezig om haar trots te maken. Maar hier was alles anders. Haar moeder keurde af waar Eva mee bezig was, en om daarmee om te kunnen gaan moest Eva doen alsof ze dat niet erg vond. Maar dat vond ze wel, en hoewel ze wist dat het werk belangrijk was, was de afstand tussen hen wel degelijk iets wat aan haar vrat. Nu Rémy er niet was, ervoer Eva nog duidelijker het gapende gat in haar leven waar eerder genegenheid en loyaliteit hadden gezeten.

'Jíj wil met míj wandelen?' had haar moeder gevraagd. Ze was halverwege het opvouwen van een deken en daarmee gestopt, om haar dochter verbouwereerd aan te kijken. Eva had zich toegelegd op haar vervalsingswerk, en haar moeder had al het schoonmaakwerk en koken van madame Barbier overgenomen. In de zomer, zei madame Barbier, zouden er gasten kunnen komen, maar op dit moment zorgde Mamusia dat de boel een beetje netjes bleef, tegen een kleine vergoeding. Eva vroeg zich af of haar moeder ook dacht, net als zij, dat madame Barbier gewoonweg medelijden met haar had en haar een bezigheid gunde.

'Is dat echt zo gek, Mamusia?' Eva had het pepertje in haar stem niet zo bedoeld, maar het zat er toch in.

Mamusia ging door met het vouwen van haar deken. 'Ik dacht eigenlijk dat je me vergeten was, net zoals je lijkt te zijn vergeten dat je geen katholiek bent.'

'Zeg dat nou niet.'

'Nee? Mag ik niet praten als iemand die alles heeft opgegeven om jou een goed leven te geven, en als dank wordt uitgespuugd?'

Eva ademde diep in. 'Mamusia, dat is niet wat er is gebeurd.'

Mamusia snoof, maar legde eindelijk de deken neer en keerde zich om. 'Goed dan. We kunnen misschien wel even een wandeling maken. Maar ik heb beloofd aan madame Barbier dat ik vanavond de stoofschotel zou maken, dus we mogen niet langer dan een uur wegblijven.'

Even later liepen ze het centrum uit, in de tegenoverstelde richting van de kerk en van madame Traveres huis, en voor de eerste keer in weken voelde het voor Eva alsof ze kon ademen. Hier en daar kwamen de geraniums al uit in balkonbakken die baadden in de zon, en zelfs de Duitse soldaten die hier en daar op straat liepen, sloegen geen acht op hen. Ze zwaaide naar madame Noirot, die bezig was een uitstalling in haar etalage netjes te maken, en naar monsieur Deniaud, die vandaag zijn slagersschort niet droeg, maar ze vermeed de blik van de gendarme met de priemende blik die, zo had ze gehoord, Besnard heette. Zijn ogen leken haar en haar moeder te volgen totdat ze haastig een hoek omsloegen.

'Madame Barbier is goed geweest voor ons,' zei Eva, alleen om de stilte tussen hen te verbreken.

Mamusia wierp haar een blik toe. 'Ik doe goed werk voor haar. Ik houd het huis smetteloos schoon. Je moet niet net doen alsof ze medelijden heeft met ons.'

'Dat is niet wat ik bedoelde.'

'Goed zo, want madame Barbier heeft mazzel dat ze mij heeft. En trouwens, ze betaalt ook niet genoeg. In elk geval niet wat het werk waard is. Net zoals jij niet genoeg betaald krijgt voor wat je doet. Ze weten ons niet op waarde te schatten, weet je dat.'

Eva zuchtte. Het zat heel anders. Père Clément had aangeboden om Eva meer salaris te betalen, geld dat binnenkwam via de ondergrondse, maar Eva had gevraagd of het grootste deel van het geld naar de kinderhuizen kon worden gestuurd. Er was alweer een nieuwe lichting vluchtelingen in Aurignon, wachtend op een veilige overtocht naar Zwitserland, en met dat extra geld kon er voor hen eten worden gekocht. 'We hebben niet meer nodig dan we hebben,' bracht Eva haar moeder in herinnering.

'Natuurlijk wel. Ik zet geld opzij voor de toekomst. We zullen het nodig hebben als we in Parijs weer samenkomen met je vader.' Haar moeder was er tegen alle redelijkheid in nog steeds van overtuigd dat Tatuś weer terug zou keren naar huis.

'Mamusia...' begon Eva.

'Je bent je vaders dochter, Eva,' zei haar moeder stellig. 'En toch lijk je erop uit om een leven op te bouwen waarin er geen ruimte is voor hem.'

'Dat is niet waar. Ik zal altijd ruimte hebben voor hem. Voor jullie allebei.'

Haar moeder snoof weer en viel stil. Eva voelde tranen van frustratie prikken achter haar ogen. 'Rémy is weg, Mamusia. Ik vond dat je dat moest weten.'

Haar moeder bleef even stil. 'En toch denk je nog steeds aan hem.'

'Ik probeer van niet.'

Weer duurde het een tijd voordat haar moeder sprak, en toen ze eindelijk wat zei klonk er een warmte in door die Eva al een poos niet had gehoord. 'Dan ben je misschien toch niet helemaal vergeten wie je bent.'

De volgende dag zaten Eva en Geneviève zij aan zij te werken aan de tafel in de verborgen bibliotheek, zonder dat een van beiden de moeite nam om over koetjes en kalfjes te praten. Ze veegden voorzichtig de dunne lijntjes van de letters ietsjes uit die ze net op een stapel rantsoenkaarten hadden gezet, om de inkt ouder te laten lijken, wat meer versleten. Als ze klaar waren met de inkt zouden ze de papieren ook een paar keer moeten opvouwen, een automatische handeling waarbij ze niet hoefden na te denken, maar die wel nodig was om de papieren te laten lijken alsof ze een tijdlang in iemands zak hadden gezeten.

'Wat deed je voordat je hier kwam?' vroeg Geneviève opeens, en Eva schrok er zo van dat haar hand uitschoot, waardoor er een inktspoor op een kaart kwam, en de kaart weggegooid kon worden. 'Sorry,' zei Geneviève, met een schuldig lachje.

'Geeft niet,' zei Eva met een zucht, terwijl ze een nieuwe lege kaart pakte. 'Die was toch al niet mijn beste werk ooit.'

Geneviève knikte, maar ze zei verder niets. Eva wist dat ze wachtte op een antwoord.

'Bedoel je wat voor werk ik deed?' gokte Eva.

Geneviève knikte nogmaals. 'Je bent zo goed hierin.' Ze aarzelde. 'Want weet je, Plunne wilde arts worden, maar door de anti-Joodse maatregelen mocht hij geen medicijnen studeren, dus werd hij reparateur van schrijfmachines in Nice, voordat hij en zijn moeder werden gedwongen te vluchten. Maar volgens mij werkte hij met de precisie van een chirurg.'

Eva trok haar wenkbrauwen op. Niet alleen was Genevièves voortdurende ontzag voor haar oude mentor al een afknapper voor Eva, maar ze vond het ook niet kunnen dat Geneviève zo gemakkelijk zijn persoonlijk informatie met haar deelde. Het was natuurlijk wel bewezen dat Eva te vertrouwen was, maar dan nog was het niet de bedoeling dat ze zo nonchalant identificerende details uitwisselden. Stel je voor dat Eva werd gearresteerd en gemarteld voor informatie; nu wist ze waar een van de meest productieve vervalsers – een man die de nazi's maar wat graag te pakken wilden krijgen – vandaan kwam, en wat zijn beroep was geweest. 'Je moet echt voorzichtiger zijn, hoor,' zei Eva. 'Ik zou dit allemaal niet moeten weten over Plunne, hoe fantastisch het ook klinkt.'

Geneviève liep rood aan. 'Het is niet zijn echte naam, Eva, het is zijn schuilnaam. Hoe dan ook, het spijt me heel erg. Ik wilde alleen maar een beetje praten.'

'Ik weet het. Ik ben te voorzichtig.' Genevièves diepbruine ogen glansden van het traanvocht, en dus zei Eva nog: 'En om je vraag te beantwoorden, ik studeerde Engelse literatuur.'

Geneviève veegde haar ogen af en glimlachte. Ze leek te zien dat het een handreiking was. Want eigenlijk had ook Eva hiermee te veel gedeeld, maar er waren genoeg scholen in Parijs, wat het moeilijk zou maken om haar te vinden, zelfs als iemand die informatie had.

'En jij?' vroeg Eva even later. 'Ik weet alleen dat je van het Plateau komt.'

'Ik...' Geneviève begon aan een zin, maar ze werden onderbroken door de deur van de geheime bibliotheek die achter hen openging. Meteen grabbelden ze alles bij elkaar en stopten de bonkaarten onder de boeken die over het hele tafelblad lagen verspreid. Dat deed Eva altijd, als de deur openging terwijl ze geen bezoek verwachtte. Ze zaten hier als ratten in de val.

Maar het gevaar bleef vandaag weg. In plaats daarvan was het Joseph, bij de deuropening. 'Neem me niet kwalijk dat ik de dames zo laat schrikken,' zei hij, terwijl hij naar binnen kwam en de deur achter zich dichtdeed. 'Père Clément heeft me zijn sleutel gegeven.'

Geneviève keek vragend naar Eva, terwijl Joseph het donkerharige meisje van top tot teen bekeek, met een goedkeurende glimlach. Eva besefte dat ze elkaar nog niet hadden ontmoet, ook al maakte Geneviève inmiddels deel uit van haar dagelijks leven. 'Geneviève, dit is... Gérard Faucon.' Het was nog steeds vreemd om hem bij zijn schuilnaam te noemen, een naam die niet bij de Joseph paste die ze kende uit Parijs. 'En eh... Gérard, dit is Geneviève Marchand, mijn nieuwe partner.'

'Ah.' Joseph liep naar hen toe, pakte Genevièves hand en drukte er een galante kus op. Hij lachte eerst naar Eva, toen naar Geneviève, en Eva moest zich inhouden om niet met haar ogen te rollen in reactie op Genevièves reactie. Ze was rood geworden, giechelde nerveus en knipperde met haar lange wimpers. 'Ik had geen idee dat Eva's nieuwe partner zo mooi was,' voegde Joseph met een grijns toe. 'Anders was ik eerder langsgekomen.'

Geneviève moest weer giechelen. 'Leuk om u te leren kennen, monsieur Faucon.'

'Hetzelfde, mademoiselle. Alstublieft, noemt u me Gérard.'

'Heel goed. Alleen als u me Geneviève noemt en jij zegt.'

'Heel graag. Goed, Geneviève, ik hoop dat je het me niet kwalijk neemt als ik Eva even van je leen.'

'Maar natuurlijk.' Geneviève had nog steeds de kleur van een tomaat.

'Heel fijn. Ik breng haar zo weer terug.'

Joseph leidde Eva de bibliotheek uit en wenkte haar een kerkbank in. 'Zo zien we er niet verdacht uit mocht er iemand binnenkomen,' zei hij. 'Gewoon twee minnaars die komen bidden voor de vrede.'

Die opmerking stoorde haar. Waarom minnaars, konden een man en een vrouw niet om een andere reden samen naar de kerk? Maar Josephs ogen waren donker, en hij had een ernstig gezicht, en ze wist dat er iets mis was. 'Wat is er, Joseph?'

Hij wachtte tot ze naast elkaar geknield zaten, zogenaamd in gebed. 'Er hebben wat arrestaties plaatsgevonden in Annecy een paar dagen geleden. Je vervalsingspartner, Rémy, is ook opgepakt.'

Haar adem stokte. 'Wat?'

'Hij was bezig een aantal kinderen naar Zwitserland te escorteren. Zijn papieren waren niet in orde, toen ze hem staande hielden.'

'Joseph, is hij...' Ze kreeg het niet over haar lippen.

Hij keek haar droog aan.

'Dood?' Ze dwong het woord over haar lippen. 'Hebben ze hem geëxecuteerd?'

'Nee, nee. Ze zijn hem nu aan het ondervragen, samen met de vrouw met wie hij was.'

De vrouw met wie hij was. Dat was natuurlijk gewoon een passeur, maar toch draaide Eva's maag zich om van jaloezie. Ze vroeg zich in een flits af of dat Josephs bedoeling was geweest. 'En de kinderen?' kon ze nog vragen.

'Die zijn in orde. Hij is gearresteerd op weg terug over de grens, nadat hij ze veilig had overgezet.'

'Maar... ik dacht dat hij met explosieven werkte voor de ondergrondse.'

Joseph haalde zijn schouders op. 'Dat deed hij ook. Maar hij heeft ervaring met de oversteek, en we hadden iemand nodig die wist wat hij deed. We hadden alleen niet verwacht dat het zijn papieren zouden zijn waarover hij zou struikelen.' Hij haalde nogmaals zijn schouders op en Eva's gezicht brandde van schaamte.

'Maar hoe dan?' vroeg ze. 'Hoe konden de papieren nou niet goed zijn?'

'De nazi's worden ook slimmer, Eva.'

'Ja, hè hè, natuurlijk. Daarom gebruiken we ook steeds de *Journal Officiel*.' Het had een waterdicht systeem geleken; al maandenlang maakten ze onberispelijke identiteiten.

'Helaas had hij de identiteit overgenomen van iemand die bekend was bij de plaatselijke gendarme. En die gendarme wist dat die jongeman vorig jaar was gedood bij een ongeluk op de boerderij.'

'O, mijn god,' mompelde ze, verpletterd door het nieuws.

'Luister, Eva, ik weet dat dit een tegenvaller is.' Joseph legde een arm om haar schouder. 'Maar we moeten aan de toekomst denken. Ik zal ook met père Clément praten, maar jullie twee en Geneviève moeten je de komende dagen even gedeisd houden.'

Ze knipperde. 'Hoezo?'

'Voor het geval Rémy jullie verklikt.'

Boze tranen welden op in Eva's ogen. 'Dat zou hij nooit doen.'

'Eva, ze zullen hem ongetwijfeld martelen. Je weet nooit wat iemand doet onder dat soort druk.'

Ze voelde zich misselijk. 'Maar ik kén hem.'

'Eva.' Hij wachtte totdat ze naar hem keek. 'Het is onmogelijk om iemand ooit echt te kennen. Kun jij zelfs wel beweren dat je jezelf kent?'

Ze hield zijn blik vast. 'Natuurlijk wel.'

Hij trok een treurig lachje. 'Ja, kun je dat écht? Ga maar na, je bent niet meer dezelfde als in Parijs, of wel? Mensen veranderen, Eva.' Hij stond op. 'Je hebt vast gelijk over Rémy, maar veiligheid gaat voor alles.'

Hij was verdwenen voordat ze ertegenin kon gaan, en toen hij weg was voelde ze zich een verrader, omdat ze Rémy niet fermer had verdedigd.

Een half uur later zat ze nog steeds in de kerkbank, zonder gevoel in haar benen, toen père Clément binnenkwam via de achterkant van de kerk en naast haar ging zitten. 'Heb je met Faucon gesproken?'

Ze knikte, en toen ze haar gezicht naar hem toekeerde, was ze verbaasd dat er weer tranen over haar wangen liepen. 'Rémy zou ons nooit verraden, père Clément.'

'Ik denk dat je gelijk hebt, Eva, maar Faucon heeft ook gelijk. Jij en Geneviève moeten onmiddellijk weg en een paar dagen wegblijven, voor het geval dat.' Zijn ogen stonden vol medeleven.

'Dat kan ik niet,' zei ze na een lange pauze, en hij knikte, alsof hij dat al had geweten. 'Ik moet een manier vinden om hem te redden. Als het de papieren waren die we samen hebben gemaakt waardoor hij in de problemen is gekomen, dan ben ik het hem verschuldigd dat ik hem eruit haal.'

'Eva, niets hiervan is jouw schuld.'

'Dat weet ik.' En dat was ook zo. Maar als er een manier was om Rémy uit nazihanden te houden, dan zou zij die vinden. 'Ik zal naar Geneviève toe gaan en vertellen dat ze een paar dagen weg moet. En u ook, meneer pastoor. U moet ook voorzichtig zijn.'

Père Clément schudde zijn hoofd. 'Dit is mijn thuis, Eva.' Hij gebaarde naar de stille Jezus aan het kruis en glimlachte. 'Ik blijf bij hem, wat er ook gebeurt.'

Eva knikte. Dat begreep ze ook. Als je van iemand hield, dan liet je hem niet in de steek. Dat had nu meer betekenis dan ooit tevoren.

21

Toen Eva terugkwam in de geheime bibliotheek, zat Geneviève over tafel gebogen te werken aan een vervangende identiteit voor een jonge verzetsstrijder.

'Geneviève,' zei Eva zacht, en de ander keek op met een glimlach die meteen verdween toen ze Eva's ernstige blik zag.

'Wat is er?'

'Je moet weg.'

'Pardon?'

'We... De kans bestaat dat onze groep wordt ontdekt. Faucon wil dat we een dag of wat wegblijven, totdat we er zeker van zijn dat we veilig zijn.'

Geneviève keek verbaasd. 'Maar er is nog zo veel te doen, met nog een lichting kinderen die begin volgende week vertrekt.'

'Dat kan ik alleen af. Ik wil niet dat jij gevaar loopt.'

'Wat is er gebeurd?' vroeg ze zacht, terwijl ze Eva's gezicht bleef onderzoeken.

Eva liet haar hoofd zakken. 'Rémy, de man die hier was voordat jij kwam, is gearresteerd.'

Geneviève zei niets, en Eva hoorde haar niet opstaan, maar opeens voelde ze haar armen om zich heen en werd ze stevig omhelsd. Van schrik verstijfde ze eerst, voordat ze de knuffel beantwoordde, waarna ze zich losmaakte en haar tranen droogde.

'Hij betekent veel voor je,' zei Geneviève.

'Ja.' Dat was alles wat Eva kon uitbrengen.

'Hoe is hij...'

Terwijl Eva kort het verhaal samenvatte dat Rémy's papieren niet overeenkwamen met de officiële registers, veranderde er iets in Genevièves uitdrukking. 'Wat is er?' vroeg Eva, nadat ze halverwege een zin was gestopt. 'Denk je dat ze hem al hebben omgebracht?'

'Nee, nee, dat niet,' zei Geneviève, en dat was het moment dat Eva iets in haar ogen zag glinsteren, iets wat leek op hoop. 'Je zegt toch dat zijn identiteit uit de *Journal Officiel* komt? En jullie kozen een Franse boer die een gendarme toevallig kende?'

Eva knikte, misselijk van ellende.

'Maar wat nu als we iets verzinnen dat kan verklaren waarom hij de identiteit van die jongeman had? Wat als we van hem een genaturaliseerde burger maken uit een land dat bondgenoot is van Duitsland, en hij heel onschuldig kan uitleggen dat hij een valse identiteitskaart bij zich droeg omdat hij bang was dat zijn Franse buren hem niet zouden accepteren als ze dat wisten? In het ergste geval verdwijnt hij voor een week of twee de gevangenis in, vanwege valse papieren, maar dan zouden ze hem terzijde schuiven als een idioot, en hem niet executeren als verrader, zeker als hij een Duitse bondgenoot is. Dan hoeven we alleen maar een publicatie te vinden van iemands naturalisatie, van jaren terug, als kind, om Rémy's gebrek aan accent te verklaren.'

Eva's hart begon te kloppen. 'Dan zullen ze willen weten waar hij de valse papieren vandaan heeft.'

'Dan geeft hij ze de naam van een vervalser in Parijs die al is geëxecuteerd. Laurent Boulanger, bijvoorbeeld. Of Marius Augustin.'

Eva staarde haar aan. 'Denk je dat dit gaat werken?'

'Als we de juiste identiteit vinden, een die past met alles en die helemaal waterdicht is.' Geneviève was al op weg naar de deur. 'Luister, laat het maar aan mij over om precies de juiste naam te vinden, dan kun jij beginnen aan de documenten die in de wachtrij staan. Ik ben zo snel mogelijk terug.'

'Waarom help je me, Geneviève?' Eva kon het niet laten om het te vragen. 'Het kan gevaarlijk zijn.'

'Gevaar ga ik niet uit de weg, Eva, anders was ik hier niet.'

'Dank je wel,' fluisterde Eva, maar Geneviève haalde alleen haar schouders op en was toen weg, waarna Eva achterbleef in de stilte van een lege bibliotheek die niet meer goed zou voelen totdat Rémy weer thuis was. Maar Geneviève was een nieuwe bondgenoot, en er was veel te zeggen voor het vinden van mensen die je kon vertrouwen in het donker.

Niet in staat om haar ogen ook maar even dicht te doen zonder dat een van de manieren opdoemde waarop de nazi's Rémy konden martelen, werkte Eva de hele middag en avond door. Tegen de ochtend, toen Geneviève opdook met een katoenen tas over haar schouder, had Eva alle identiteitsbewijzen en ondersteunende documenten voor de volgende lichting vluchtende kinderen klaar, en ze had hen toegevoegd aan het Boek van verloren namen.

'Ben je hier de hele nacht gebleven?' vroeg Geneviève, terwijl ze de tas op tafel legde en de nette stapels bekeek.

'Ik kon niet slapen.'

'Goed werk.' Geneviève trok een paar kranten uit de tas. 'Ik hoop dat je nog puf overhebt om nog een set papieren te maken.

Ik heb een perfect iemand gevonden voor jouw Rémy. Een jongeman, zevenentwintig, die twintig jaar geleden is genaturaliseerd nadat hij uit Oostenrijk was aangekomen, en die later weer opduikt in een trouwakte van augustus 1942, dus je zult twee documenten moeten maken die gecontroleerd kunnen worden in de officiële registers. Ik heb alle *Journal Officiels* in père Cléments kantoortje uitgepluisd van na die datum, en ik ben geen overlijdensbericht tegengekomen, dus ik denk dat we redelijkerwijs kunnen aannemen dat hij nog leeft. Hier heb je de twee kranten waar hij in staat.'

Eva pakte ze aan. Een ervan was wat vergeeld. Ze schudde haar hoofd in verbijstering. 'Ik weet echt niet wat ik moet zeggen.'

'Er valt niets te zeggen, Eva. We doen dit allemaal samen. Goed. Hoe kan ik je helpen?'

Snel, maar wel nauwkeurig, begon Eva aan valse documenten die Rémy identificeerden als ene Andras Konig, geboren op 12 mei 1915, met zijn ouders geëmigreerd naar Frankrijk vanuit de Eerste Oostenrijkse Republiek, in oktober 1922 genaturaliseerd tot Fransman.

Hij was een boer, vandaar dat hij niet was opgeroepen om zijn dienstplicht te vervullen, en overeenkomstig een bericht in een *Journal Officiel* van augustus liet ze hem trouwen in het departement Ain met een Frans meisje, in 1920 geboren als Marie Travers. Ze had nog steeds meerdere foto's van Rémy, weggestopt samen met allerlei foto's van haar, voor het geval ze snel nieuwe identiteitspapieren moesten maken, dus het was vrij eenvoudig om een daarvan op het nieuwe identiteitsbewijs te bevestigen en daar de benodigde stempels op te zetten. Een boete voor fietsen zonder licht in Servas, en een bibliotheekpas uit Bourg-en-Bresse maakten de dekmantel compleet.

Tegen de tijd dat père Clément rond het middaguur bij hen

kwam kijken, was Eva bijna klaar. 'Hoever ben je met het papierwerk?' vroeg hij terwijl hij de zware deur achter zich dichttrok.

'Bijna klaar.'

'Grandioos. Dan kan ik ze zo wegbrengen.'

Eva's glimlach verdween. 'Wegbrengen waarheen?'

'Ik was van plan om Rémy persoonlijk te gaan ophalen.'

'Père Clément...'

Hij stak zijn hand op, zodat ze niet verder zou gaan. 'Ik heb er de hele nacht over gebeden, Eva. Het is het beste. Ik zal gaan als mezelf, een pastoor van een parochie die bezorgd is over een van zijn parochianen, en ik zal ze ervan kunnen overtuigen dat hij zich alleen maar schaamt voor zijn Oostenrijkse achtergrond, en dat hij ook niet de snuggerste is. Ik zal excuses aanbieden voor deze vreselijke inschattingsfout, dat hij valse papieren heeft gebruikt, en ik zal ze mijn woord geven dat het nooit meer zal gebeuren.'

'Als ze hem intussen al tot een bekentenis hebben gedwongen...' Eva kreeg het bijna niet over haar lippen.

'Ik ben het eens met wat je eerder zei, Eva, en ik heb de overtuiging dat het nog niet is gebeurd. Is het riskant? Zeker. Maar ik heb deze oorlog tot nu toe veilig in deze kerk doorgebracht terwijl mannen als Rémy en Faucon daarbuiten elke dag hun leven wagen. Het is tijd dat ik dat ook een keer doe.'

'Ik ga met u mee,' zei Eva.

Hij schudde zijn hoofd. 'Dat zou de boel alleen maar compliceren en gevaarlijker maken. Trouwens, als er iets misgaat... we kunnen het ons niet veroorloven om jou ook nog te verliezen.'

Ze vond het maar niets, maar ze wist dat hij gelijk had. 'Ik... ik weet niet hoe ik u moet bedanken.'

'Ik ben degene die jou moet bedanken, Eva,' zei de pastoor. Hij sloeg zijn handen om de hare en gaf een troostrijk kneepje, voordat hij losliet.

Drie dagen later was Eva in haar eentje aan het werk in de bibliotheek, toen de deur openging. 'Rémy?' riep ze, terwijl ze opsprong.

Maar het was père Clément, en hij keek somber. Opeens zat Eva's hart in haar keel. 'Mon père, is hij...?'

'Het gaat goed met hem,' zei père Clément snel. 'Rémy heeft het heel goed meegespeeld. Sterker nog, op een of andere wonderlijke wijze kende hij zelfs een paar woorden Zuid-Beiers, en dat was kennelijk genoeg om de gendarmes om de tuin te leiden. Godzijdank zat hij nog niet in een Duitse gevangenis.'

Opluchting maakte zich meester van Eva, maar nog wel gedempt door angst. Ze keek weer achter père Clément. 'Waar is hij dan?'

Père Clément stak de kamer over en nam Eva's handen in de zijne. 'Hij komt nu nog niet terug.'

'Maar...'

'Hij is in orde, Eva, maar hij is nodig in het noorden. Ik weet niet waarom Gaudibert en Faucon de dingen zo hadden geregeld waardoor Rémy zo vaak naar de grens moest reizen, maar de ondergrondse heeft hem nodig voor zijn expertise in explosieven. Hij zal geen koerierstrips meer maken nu de autoriteiten hem op de radar hebben. Hij is, zoals ze zeggen, *grillé*.'

'Hebben ze hem... pijn gedaan?'

'Ze hebben hem in elkaar geslagen, maar meer niet. Blijkbaar dachten ze dat hij alleen maar zwartemarktsigaretten smokkelde voor geld. Geen idee dat hij tegen hen werkte. Dat misverstand heeft hem mogelijk het leven gered.'

Eva blies haar adem uit. 'En nu is hij veilig?'

'Voor nu wel. Maar wat hij doet is gevaarlijk. Als de Duitsers hem pakken terwijl hij bezig is met sabotage, dan wordt hij stante pede gefusilleerd. Eva, je moet wel beseffen dat de sterren niet gunstig voor hem staan.'

'Voor mij ook niet. En toch ben ik er nog.'

Hij lachte haar toe. 'Het enige wat we nu voor hem kunnen doen is voor hem bidden. En ons best doen om zijn werk te ondersteunen, zoals we altijd doen.'

'Père Clément?' vroeg Eva na een poosje. 'Heeft hij nog naar mij gevraagd?'

'Natuurlijk.'

'En?'

Père Clément bleef haar aankijken. 'Hij wilde zeker weten dat het goed ging met jou, dat je veilig was.'

'Was dat het? Was er geen boodschap?'

'Ik ben bang van niet, Eva.'

Pas toen père Clément vertrok liet ze de tranen komen. Ze had geprobeerd ze weg te duwen, zichzelf in te prenten dat het bericht van vandaag goed nieuws was: Rémy leefde nog. Hij was redelijk ongeschonden, en hij zou niet meer als koerier de grensoversteek maken.

Maar hij zou ook niet meer terugkomen bij haar. En dus was er voor haar geen mogelijkheid meer om te weten of hij veilig was. Gelukkig zouden de valse papieren van Andras Konig hem een extra laag bescherming geven, maar ze wist dat ze waardeloos waren als hij werd gepakt terwijl hij iets clandestiens deed, of als er iets verkeerd ging en hij zichzelf opblies.

En dus trok ze de stapel *Journal Officiels* naar zich toe en begon erdoorheen te bladeren, op zoek naar identiteiten die ze kon stelen voor anderen zoals Rémy die aan de frontlinie stonden van een gevecht dat de Duitsers niet zouden zien aankomen.

In de week erna ging Eva maar drie keer terug naar het pension om naast haar moeder te slapen. De overige nachten bracht ze verscholen in de kerk door, kranten doorspittend, papieren vervalsend, met af en toe een paar uur slaap als ze wegdoezelde. Er waren distributiekaarten te drukken, identiteiten te creëren, kinderen te beschermen, strijders uit het verzet te verbergen. Er leek geen einde te komen aan het werk, en het moet gezegd dat Geneviève, ook al vertrok ze bij zonsondergang, gedurende de dag net zo hard werkte als Eva, en voor een sprankje licht in de sombere bibliotheek zorgde.

Op de donderdagavond nadat père Clément was teruggekomen met het nieuws van Rémy stond Eva zichzelf eindelijk toe wat vroeger naar huis te gaan. Ze trof haar moeder aan tafel in de salon. Ze zat naar buiten te staren.

'Mamusia, gaat het wel?' vroeg ze, terwijl ze vooroverboog.

Haar moeder keek niet eens om. 'Ik zat me af te vragen waar je vader nu zou zijn.'

Eva kneep haar ogen dicht en deed ze weer open. 'Mamusia...' begon ze voorzichtig.

'Weet je wat we vandaag dertig jaar geleden deden?'

'Nee, Mamusia.'

'Toen gingen we trouwen. Hij droeg een geleend pak, ik was in het wit, en ik had het gevoel dat al mijn dromen werkelijkheid waren geworden. We dachten dat we zo'n heerlijk leven zouden hebben samen. Een láng leven. En nu, kijk eens waar we nu zijn. Hij zit ergens in het oosten, zich zorgen te maken over mij, en ik zit hier, helemaal alleen.'

'O, Mamusia.' Eva was de datum vergeten. 'Gefeliciteerd met je huwelijksjubileum. Sorry dat ik niets heb gezegd. Maar dat je alleen bent is niet waar, want ik ben er.'

'Jij zit in je eigen wereld, Eva, en daar is geen ruimte voor mij.'

Eva wilde zeggen dat er geen ruimte was voor wie dan ook, maar dat was niet helemaal waar; er was wel ruimte geweest voor Rémy, maar nu was zijn hoekje koud en donker. 'Mamusia, ik zal er altijd voor je zijn. Het spijt me dat je dat gevoel niet van me hebt gekregen.'

Mamusia zuchtte. 'Met je excuses krijg ik je vader niet terug.' Ze liep weg, en een paar tellen later hoorde Eva de deur van hun kamer dichtslaan.

Madame Barbier kwam uit de keuken, haar handen drogend aan een doek. 'Alles goed?'

'Ik... ik doe niets anders dan mijn moeder teleurstellen, lijkt het wel.'

'Schat, je moeder is uitgeput, doodop van het hopen, doodop van het wachten.' Madame Barbier kwam naar haar toe en legde een hand op haar schouder. 'Dat zijn we allemaal. Deze oorlog duurt al te lang. En het enige wat zij ziet, is dat de mensen die haar het dierbaarst zijn, jij en je vader, van haar zijn afgenomen.'

'Afgenomen? Maar ik ben er toch nog.'

'Dat voelt niet zo voor haar, ook al is dat niet jouw fout.'

'Maar zij is mijn familie.'

'En midden in een oorlog zoals deze besef je dat familie meer is dan alleen bloed. Ik ben nu familie voor je, net als père Clément. En alle kinderen die je hebt helpen redden, en de mannen en vrouwen die door kunnen gaan met vechten voor Frankrijk omdat jij ze hebt beschermd.'

'Dat lost niets op met mijn moeder.'

'Op een dag zul je begrijpen dat je hebt gedaan waar je voor geboren bent.'

Eva keek haar aan. 'Maar nu vader er niet meer is...' Ze kon haar zin niet afmaken.

'Lieve kind, snap je het dan niet?' Madame Barbier toonde een klein glimlachje. 'Zonder mensen zoals jij zou Frankrijk zijn overgeleverd aan de wolven. De enige manier om je moeder te redden is door Frankrijk te redden. En dat is precies wat je aan het doen bent.'

Toen madame Barbier weer terug was naar de keuken, klopte Eva op de gesloten deur van de kamer die ze deelde met haar moeder, maar er kwam geen antwoord.

'Mamusia, doe alsjeblieft open,' riep Eva door het hout. 'Ik hou van je, ik probeer je geen pijn te doen.'

'Ga weg.' Haar moeders antwoord klonk gedempt maar de woorden waren helder.

'Mamusia...'

'Alsjeblieft, Eva. Ik... ik wil alleen zijn.'

Eva overwoog te blijven staan en haar moeder proberen te vermurwen met verontschuldigingen dat ze haar geen pijn wilde doen, maar madame Barbier had gelijk. Als Frankrijk viel dan zouden zij en haar moeder uiteindelijk gedeporteerd worden, alleen maar vanwege het Joodse bloed dat door hun aders stroomde. Eva moest dat zien te voorkomen, en de enige manier om dat te doen was door weer aan de slag te gaan.

Er was geen kip op straat en niemand viel haar lastig terwijl ze terugliep naar de kerk. Binnen brandden kaarsen op het altaar, en Eva boog het hoofd om te bidden. Het maakte haar niet meer uit dat de man met de vriendelijke, verdrietige ogen aan het kruis eigenlijk niets zou moeten betekenen voor haar. Ze wist nu dat ze allemaal aan dezelfde kant stonden. Ze bad voor haar vader en moeder, ze bad voor Rémy, en ze bad om de kracht om het juiste te doen, wat dat dan ook mocht zijn.

Toen ze een half uur later de verborgen bibliotheek binnenglipte en de lantaarn ontstak, voelde ze een soort kalmte die ze lange tijd niet had ervaren. Misschien waren het madame Barbiers woorden over het redden van Frankrijk, of misschien verhoorde God haar gebeden toch en stuurde hij haar nu de goede kant op. Ze ging zitten om aan haar werk te beginnen, en misschien wel omdat er een last van haar schouders was gevallen vloeide de inkt wat trefzekerder en vorderde het werk snel. Tegen middernacht had ze drie nieuwe sets identiteitsbewijzen klaar voor de kinderen die net in Aurignon waren aangekomen.

Het was te lang na de avondklok om terug te gaan naar het pension, en hoewel Eva's handen pijn deden, draaide haar brein nog op volle toeren. Ze stond op om zich uit te rekken, en nadat ze een paar minuten had geijsbeerd, besloot ze om de kerk in te gaan om nog een gebed op te zeggen; de vorige keer had het haar kalm gemaakt en ze wist dat ze alle troost moest zien te pakken die ze kon krijgen.

Ze had net de deur van de geheime bibliotheek op een kier gedaan toen ze stemmen hoorde in de kerk. Haar hart begon meteen tekeer te gaan, en ze deed snel een pas terug de duisternis in. Wie zou het zo laat op de avond nog kunnen zijn? Ze kon de deur niet meer dichttrekken, dat was nu te link. Ze was er vrij zeker van, terwijl het gesprek doorging, dat niemand haar de kerk in had horen komen, maar zo veel geluk had ze misschien niet nog een keer, als ze probeerde zich weer in de bibliotheek terug te trekken. Ze bleef stokstijf staan en probeerde zo oppervlakkig mogelijk te ademen.

De stemmen, twee mannenstemmen, kwamen van de andere kant van de kerk, en het kostte een minuut om vast te stellen dat een van de twee stemmen van père Clément was. Ze ontspande iets. Ze had alle recht om daar te zijn, zelfs op dit vreemde tijdstip. De man die bij hem stond kon iemand zijn van het verzet of zelfs een getroebleerde parochiaan op zoek naar God.

Net toen ze iets normaler kon ademen, begon de man weer te spreken, en sloeg haar de schrik om het hart. De man sprak met een onmiskenbaar Duits accent. Met bonkend hart schuifelde ze iets naar voren, heel voorzichtig om geen geluid te maken. *Hier is vast een logische verklaring voor.*

Maar toen ze eindelijk over de rand van een kerkbank vlak bij de bibliotheek keek en père Clément aan de andere kant van de kerk zag, zakte de moed haar in de schoenen. De persoon die bij hem was, was een man van ongeveer haar leeftijd met goudblond, golvend haar en rode wangen.

En hij droeg een nazi-uniform.

Eva deed een hand over haar mond en trok zich terug in de donkere hoek. Ze mocht absoluut geen geluid maken, want als de mannen haar hoorden, dan kon ze het vergeten. *Tenzij deze meeting onschuldig is*, zei ze in zichzelf. *De Duitser kon père Clément hebben willen spreken omdat hij behoefte had aan een geloofsgesprek. Misschien oordeel ik te snel.*

Maar terwijl ze haar best deed om op te vangen waar het over ging, verdween haar laatste restje optimisme.

'Ze gaan bewegen op de dertiende,' zei de Duitser met een lage stem, ze kon het maar net horen.

'Dat is eerder dan gepland.' Père Cléments stem was iets helderder.

'Ja, daarom ben ik hier. Ik heb namen nodig.'

'En wat dan?'

'We verwachten dat Schröder en Krause aan het begin van de week komen opdagen.'

'Dan was dit het dus.'

'Voorlopig. Hebt u de lijst?'

'Hier.'

'Ik zal doen wat ik kan.'

Ze hoorde geritsel, en even later voetstappen. Ze ging nog iets verder naar achteren, en stond nu helemaal platgedrukt tegen de muur, maar de geluiden bewogen van haar af, achter in de kerk.

Ze hield haar adem weer in totdat ze de grote deur hoorde opengaan en weer dicht. Père Clément moest naar buiten zijn gegaan samen met de Duitser, want er klonken geen voetstappen meer. Nog altijd met bonzend hart wachtte Eva twee minuten en dook toen de bibliotheek weer in. Zachtjes trok ze de deur achter zich dicht. Als père Clément haar hier aantrof, dan zou ze doen alsof ze hier de hele tijd was geweest.

Haar handen trilden terwijl ze aan tafel ging zitten. Was père Clément een verrader? Wisselde hij informatie uit met een nazi? Ze speelde het gesprek nogmaals af in haar hoofd en hoorde weer die vriendschappelijke toon tussen de twee, en de vertrouwdheid van de priester met de Duitse namen die de soldaat had genoemd. En hij had duidelijk een of andere lijst overhandigd. Wat kon dit betekenen? Had père Clément een of andere langetermijnstrategie die ze niet begreep? Of had ze het helemaal mis?

Precies op dat moment hoorde ze een geluid bij de deur van de bibliotheek en Eva moest naar adem happen. Toen de deur op een kier ging gooide ze haar ellebogen en vervolgens haar hoofd op haar armen op tafel en deed net alsof ze tijdens het werken in slaap was gevallen. Hoewel ze nog steeds beefde, dwong ze zichzelf om in lange, rustige halen te ademen. Toen ze een aanwezigheid achter zich voelde, deed ze er zelfs een licht gesnurk bij, in de hoop dat dat het feit zou maskeren dat haar handen ongecontroleerd trilden.

'Eva?' vroeg père Clément zachtjes. 'Eva, slaap je?'

Eva kneep haar ogen dicht en bad dat hij zou weggaan. Hij bleef nog even staan, maar toen zuchtte hij, mompelde nog iets onverstaanbaars en vervolgens hoorde ze voetstappen en de deur die opengign. Ze trok één oog open en zag nog net dat père Clément in zijn soutane terug de kerk in glipte, zo stilletjes als hij was binnengekomen. Hij trok de deur achter zich dicht en liet haar in de volledige duisternis achter.

22

Eva durfde zich niet te verroeren of de bibliotheek te verlaten tot de dag aanbrak en terwijl ze wachtte, werd haar uitputting haar uiteindelijk de baas en belandde ze in een vreemde halfslaap vol nachtmerries met monsters verkleed als mannen.

Toen ze zichzelf uiteindelijk om net na achten uitliet, was er geen spoor van père Clément, maar ze ademde niet ontspannen totdat ze terug was in het pension. Haar moeder zat nog in haar nachtjapon met kamerjas, achter een kop surrogaatkoffie in de salon, en ze keek afgemat op toen Eva binnenkwam. 'Elke avond maak ik me zorgen om je,' zei ze ter begroeting. 'Maar dat interesseert je waarschijnlijk niet, of wel?'

Eva's hart ging meteen tekeer. 'Mamusia. Ik kan dit nu niet. Ik moet Joseph zien te vinden.'

Haar moeder klaarde meteen op. 'Joseph? Wat fijn. Vraag hem anders weer eens te eten. Hij is knap, hij is jong, hij is vrijgezel...'

'Hou op alsjeblieft.'

'Wimpel me niet zomaar af, Eva. Hij is een goede man, een goede familiéman. Wist je dat hij eens per week komt kijken hoe het met me is?'

Eva wist niet wat ze hoorde. 'Wat zeg je nou?'

Mamusia's borst was gezwollen van trots. 'Hij zegt dat ik hem doe denken aan zijn eigen moeder. Hij komt langs en bidt samen met me, Eva, en dat is meer dan jij doet. Je zou wat van hem kunnen leren, weet je dat. Hij zou een geweldige schoonzoon zijn.'

'Mamusia, genoeg!'

'Neem hem gewoon in overweging, Eva. Deel je leven met iemand die net zo is als wij.'

'Ja, nou, maar is dat niet ook precies wat de nazi's zeggen, als ze hun jeugd aanmoedigen om zich samen te verenigen tegen mensen die anders zijn?' Ze wist dat ze te ver was gegaan, maar ze kon het niet helpen. Haar moeder leefde in een wereld die zwart-wit was, en Eva wist dat die twee kleuren niet bestonden, of niet echt. Je had alleen grijstinten.

Mamusia keek door haar wimpers. 'Het is makkelijk om niet naar me te luisteren. Maar Joseph is iemand die je kunt vertrouwen. Hoe kun je dat de rug toekeren?'

Eva zuchtte. 'Alsjeblieft, Mamusia, wil je ophouden mij te koppelen.'

Haar moeder fronste, maar ze zei verder niets meer toen Eva tien minuten later de slaapkamer uit kwam nadat ze zich had omgekleed en haar gezicht had gewassen. Ze zwaaide gedag met een mager, bemoedigend glimlachje, duidelijk in de hoop dat Eva haar advies zou opvolgen.

Maar Eva wist niet waar ze Joseph kon vinden, en ze kon het natuurlijk niet aan père Clément vragen. In de stad rondvragen naar Faucon was ook geen optie. Maar, zo bedacht ze, misschien had madame Travere wel een manier om hem in noodgevallen te bereiken. En zij was te vertrouwen. Al meer dan een jaar riskeerde ze haar eigen leven, alleen om onschuldige kinderen te kunnen redden.

Twintig minuten later klopte ze op de deur van het kindertehuis, en de vrouw met het zilvergrijze haar verscheen vrijwel direct bij de deur. Op haar hoede keek ze door een kiertje. 'Wat is er?' snauwde ze.

'Ik ben het, Eva Moreau.' Haar alias gebruiken bij mensen die ze vertrouwde voelde nog steeds als liegen, zelfs na al die tijd. Maar ze besefte ook, zeker na gisteravond, dat je helemaal niemand kon vertrouwen.

Madame Travere perste haar lippen op elkaar, terwijl ze nadacht, en toen deed ze de deur iets verder open om Eva binnen te laten. 'Dit is zeer ongebruikelijk, mademoiselle Moreau. Ik heb geen aankondiging gehad dat u zou komen.'

'Het spijt me heel erg, madame. Dit is... een buitengewone situatie. Ik moet Gérard Faucon zien te bereiken, en ik dacht dat u me misschien kon helpen.'

Madame Travere zei niets terwijl ze Eva voorging de twee trappen op naar de huiskamer, waar vijf jonge kinderen in de leeftijd tussen de drie en ongeveer acht jaar, stilletjes zaten te spelen. Na de invallen in februari, waarbij de autoriteiten niets hadden aangetroffen, hadden madame Travere en de anderen slechts twee weken gewacht voordat ze weer was begonnen met het opnemen van kinderen. Het kon niet anders, er waren niet genoeg plekken om ze op te vangen, en niet genoeg mensen om ze aan toe te vertrouwen. Eva werd overspoeld door een diep verdrietig gevoel terwijl ze toekeek hoe de kinderen zoet samen speelden.

'Mademoiselle Moreau,' zei madame Travere, en toen Eva zich omdraaide besefte ze dat de oudere vrouw had staan observeren hoe ze naar de kinderen staarde. Haar uitdrukking was iets verzacht, en Eva had het vreemde gevoel dat ze een of andere test had doorstaan waarvan ze zich niet bewust was geweest. 'Ik begrijp dat er heel wat jongedames in deze stad zijn die graag in contact zouden komen met Faucon, maar...'

'Wat? Nee, dat is niet wat ik...' Eva stopte en schudde gegeneerd haar hoofd. 'Ik moet dringend met hem praten, en ik weet niet hoe ik hem kan vinden.'

Madame Travere staarde haar weer onaangenaam lang aan en accepteerde dit toen pas met een knikje. 'Waarom heb je père Clément niet gevraagd?'

Eva slikte. Hoewel het gesprek dat ze had afgeluisterd op haar was overgekomen als foute boel, wat nu als het niet zo was? Ze wilde geen twijfels verspreiden over de pastoor, tenzij ze het zeker wist. Dat was wel het minste dat ze hem verschuldigd was. 'Ik heb père Clément niet gezien vanochtend, dus daarom ben ik naar u toe gekomen. Alstublieft, het is heel belangrijk.'

Madame Travere drukte haar lippen weer op elkaar en leek na te denken over het verzoek. 'Je hebt goed werk gedaan met de papieren van de kinderen,' zei ze uiteindelijk. 'Je hebt veel risico gelopen door ons te helpen. Waarom?'

Eva voelde zich overvallen door de plotselinge vraag, maar ze dacht er toch over na. 'Omdat deze kinderen allemaal niet verdienen wat er met ze gebeurt. Door hen te helpen heb ik het gevoel dat ik voor een heel klein beetje licht kan zorgen in deze duistere wereld.'

'Dat deel ik dan met je.' Madame Travere knikte langzaam. 'Heel goed, Mademoiselle Moreau. Je kunt naar Faucon vragen bij de boerderij aan de noordkant van de stad, die met de blauwe schuur en de rode rozen. De eigenaren zijn vrienden van de ondergrondse. Ik hoor dat Faucon daar verblijft als hij in het gebied is. Je moet gewoon Rue de Chibottes nemen in noordelijke richting en dan kom je het uiteindelijk tegen op de heuvel. Het is waar de résistants, zij die de bossen in willen om te helpen, nu al maanden bijeenkomen.'

Eva schudde haar hoofd. Elke dag was er weer iets nieuws te

leren over dit stadje en de geheimen die er rondzweefden. 'Dank u wel, madame Travere.'

'U ook bedankt, mademoiselle Moreau,' antwoordde ze, waarbij ze Eva recht in de ogen keek. 'En waar het ook over gaat, let goed op uzelf. We hebben u nodig.'

Eva deed er drie kwartier over om naar de boerderij te lopen over een weg die aan de rand van de bebouwde kom veranderde in een onverhard pad. Ze kwam niemand tegen, en toen er uiteindelijk hellingen met rijen gewassen in beeld kwamen, begreep Eva waarom dit een goede plek was om je schuil te houden.

Op het land rondom de boerderij stonden meerdere gebouwtjes, inclusief een groot stenen huis, een blauwe schuur begroeid met rode rozenstruiken, en meerdere stallen en schuurtjes. Een aantal mannen stond zwijgend te werken tussen de rijen. Ze keken op toen ze naderde. Ze zwaaide opgewekt en voelde hun blikken branden toen ze naar het grote huis liep om daar op de deur te kloppen.

Er werd opengedaan door een vrouw van ongeveer Eva's leeftijd, met lang donker haar en grote bruine ogen. Haar gebruinde huid was helemaal gaaf, ze had een blos op haar wangen. Haar voorhoofd fronste toen ze Eva zag staan. 'En wie mag jij dan wel zijn?' vroeg ze.

'Eh, Eva Moreau,' zei Eva aarzelend, even uit het veld geslagen door de botte begroeting. Ze hijgde nog na van de lange wandeling.

Met harde ogen nam ze Eva van top tot teen op. 'Ja, en? Wat doe je hier? We verkopen geen graan aan passanten. En eieren, ook niet. Dat wordt gewoon achteraan aansluiten in de rij, net als iedereen.'

'Ik ben hier niet voor graan of eieren, mevrouw.' Ze nam een diepe teug adem. 'Ik zoek Faucon.'

De vrouw zette een stapje naar achteren, en haar gezicht kreeg een nog killere uitdrukking. 'Valken? Ik ben bang dat we hier geen vogels hebben in dit jaargetijde. Misschien kun je beter ergens anders vogels gaan kijken.'

'Maar...'

'Bedankt voor het langskomen.' En vervolgens werd de deur in haar gezicht dichtgeslagen. Ze bleef staan, knipperend met haar ogen, en klopte toen opnieuw, maar er kwam geen antwoord.

Na een poosje wachten draaide Eva zich om en liep de velden in, met de bedoeling om aan de werklui te vragen of iemand wist waar ze Faucon kon vinden, maar ook zij waren verdwenen. Het was net alsof de hele boerderij in één keer verlaten was, een soort spookstad.

Eva liep naar de schuur en tuurde naar binnen, maar het was er donker en stil, met alleen een tractor en wat landbouwgereedschappen die balen hooi leken te bewaken. 'Hallo?' riep Eva, maar het enige antwoord was haar eigen echo.

Met een gevoel van verslagenheid vertrok ze uiteindelijk maar. Met hangende schouders begon ze aan de terugweg. Wat nu? Misschien kon ze bij madame Travere de boodschap achterlaten dat ze Faucon moest spreken. Maar hoelang zou het dan duren voordat die boodschap hem zou bereiken? In de tussentijd moest Eva wel naar de kerk blijven gaan alsof er niets aan de hand was, anders zou het achterdocht wekken.

Toen ze ter hoogte was van het huis van madame Travere, zag ze aan de overkant van de weg, schuin rechts van haar, iets bewegen. Was daar iemand? Ze tuurde het donker in, wachtend tot iemand tevoorschijn zou komen.

Toen er niemand kwam, overtuigde ze zichzelf dat het gewoon haar verbeelding was geweest. Maar terwijl ze haastig doorliep, zag ze weer wat flitsen vanuit haar ooghoek, en ze draaide zich net op tijd om, om een Duitser in uniform uit een van de steegjes de straat op te zien schieten, met zijn gezicht de andere kant op.

Niks aan de hand, sprak ze zichzelf toe. *Duitsers zie je elke dag.*

Toen wierp de Duitser een blik haar kant op, en toen ze elkaar heel even aankeken herkende ze hem. Ze voelde haar bloed stollen. Het was de man die ze met père Clément had zien praten in de kerk, daar was ze bijna zeker van. Was hij haar aan het volgen? Maar dat sloeg toch nergens op? Ze wist zeker dat hij haar niet had gezien gisteravond, maar de pastoor had haar wel gezien. Wat nu als hij aan de Duitser had verteld dat ze hun clandestiene gesprek misschien had opgevangen?

Ze versnelde haar pas, haar spieren spanden aan om meteen te vluchten als het nodig was, maar na een paar seconden sloeg de Duitser een ander zijstraatje in. Ze was nu bijna aan het rennen, maar toen ze afsloeg naar de bredere Rue Valadon die naar het stadsplein leidde, was de Duitser nergens meer te bekennen. Had ze zich ingebeeld dat hij haar schaduwde? Misschien was het niet eens dezelfde man als die ze de avond ervoor had gezien, het was donker geweest in de kerk.

Toch zei haar gevoel dat ze gelijk had. Iets klopte er niet. Ze veranderde van richting en ging naar een van de weinige mensen in de stad die ze vertrouwde.

De boekwinkel was leeg toen Eva een paar minuten later binnenkwam, maar het winkelbelletje attendeerde madame Noirot, die meteen de winkel in kwam zetten met een grote glimlach, die oploste toen ze Eva's serieuze blik zag.

'Lieverd?' vroeg ze, snel naar Eva lopend en haar gezicht tussen haar handen nemend. 'Wat is er? Het lijkt wel of je een spook gezien hebt.'

Opeens wist Eva het niet meer. Wat deed ze hier? Want was père Clément niet ook goed bevriend met madame Noirot... Wat als zij ook in het complot zat? Maar toen keek Eva om zich heen naar al die mooie boeken, en toen weer naar de grote, bezorgde ogen van de vrouw die de eerste was geweest die haar welkom liet voelen, en toen voelde ze iets vanbinnen knappen. Als madame Noirot slechte bedoelingen had, dan klopte er helemaal niets meer. Ze moest iemand kunnen vertrouwen, en madame Noirot leek haar de beste gok. 'Ik... ik was in de kerk gisteravond en ik hoorde père Clément met een Duitse soldaat praten.'

Madame Noirot knipperde een paar keer met haar ogen en liet Eva's gezicht los. 'Nou? Waar hadden ze het over?'

'Iets over Duitsers die snel zouden komen. En een lijst. Ik denk dat père Clément hem een lijst heeft gegeven. Het... zag er verdacht uit.'

'Er moet een verklaring voor zijn.'

'Maar wat als die er niet is?'

Met witte knokkels kneep madame Noirot in Eva's handen. 'Eva, doe alsjeblieft niets doms. Père Clément heeft je alleen maar geholpen, en ik heb hem zijn leven zien riskeren om anderen te helpen. We zijn hem het voordeel van de twijfel verschuldigd.'

Eva liet haar hoofd hangen. 'Dat weet ik.' Het was de reden dat ze niets tegen madame Travere had gezegd. Maar toch was ze doodsbang. 'Ik heb geprobeerd Faucon te vinden. Hij weet vast wat te doen.'

'En weet je zeker dat je hem kunt vertrouwen?'

Eva knikte. Ze kenden elkaar al zo lang, en hij had al zo veel gedaan voor deze goede zaak. 'Ja, dat weet ik zeker.'

'Toch denk ik dat je eerst met père Clément moet praten. Als je eenmaal met Faucon hebt gesproken, dan kun je het niet meer terugnemen, of wel? En het gebeurt ook wel dat de ondergrondse reageert voordat ze alle feiten hebben. Zij worden ook bang, snap je, en angst is niet altijd de beste raadgever.'

Eva knikte langzaam. Madame Noirot had gelijk. Toch was ze doodsbang. Wat als het in feite neerkwam op haar eigen doodsvonnis, als ze met de pastoor ging praten? 'Als er iets met me gebeurt...'

'Dan zoek ik Faucon op en laat het hem weten. En ik zal ook op je moeder letten. Maar, lieverd, volgens mij heb je niets te vrezen.'

'Ik hoop dat u gelijk hebt,' zei Eva zacht. 'Hoe dan ook weet ik dat ik dit moet doen.' Tenslotte leefde ze al in reservetijd. Elke minuut die ze had beleefd sinds de razzia in Parijs was er een die ze eigenlijk niet had mogen beleven. En het was père Clément geweest die haar leven een doel had gegeven. Ze kon niets anders doen dan het vuur in lopen en hopen dat ze niet levend zou verbranden.

'Veel geluk, lieve kind,' zei madame Noirot. 'Ik zal voor je bidden.'

In gedachten verzonken liep Eva de boekwinkel uit. Ze moest père Clément meteen confronteren, voordat ze niet meer zou durven. Er zat niets anders op dan naar de kerk gaan en hem daar opzoeken. Zo midden op de dag was het op zijn minst gevaarlijker voor hem om haar iets aan te doen, mocht haar instinct niet kloppen. Maar wie probeerde ze nu iets wijs te maken? Als hij met de Duitsers samenspande was alles toch al verloren. En raar genoeg gaf die gedachte haar wat lucht, want als dat zo was, dan had ze toch niets meer te verliezen.

Toen ze in hoog tempo onderweg was naar de kerk hoorde ze plotseling vanuit het donker haar naam fluisteren: 'Eva!' Ze keek in de richting waar de stem vandaan kwam, maar ze zag niemand.

'Eva!' klonk het opnieuw, en toen kwam père Clément uit de

steeg aan haar rechterkant, met de klep van zijn pet diep over zijn ogen.

Haar hart stond stil. Ja, ze was op weg voor een gesprek met hem, maar ze was er nog niet klaar voor. Ze had haar gedachten nog niet geordend, en ook nog geen vluchtplan. Haar blik ging van links naar rechts en ze forceerde een glimlach om tijd te winnen. 'Père Clément, wat doet u hier?'

'Dat kan ik ook aan jou vragen, Eva.' Met een frons op zijn voorhoofd kwam hij uit het donker tevoorschijn. 'Meestal zie ik je rond deze tijd in de kerk.'

'Ik... ik had wat dingen te doen.'

Hij staarde haar lang en strak aan. 'Je hebt me in de kerk horen praten gisteren, hè?'

Eva voelde haar wangen warm worden. 'Ik... ik weet niet wat u bedoelt.'

Terwijl hij haar gezicht onderzocht, viel het haar op dat zijn ogen verdrietig stonden, onder de vermoeidheid die ook van zijn gezicht was af te lezen. 'Heb je het al aan iemand verteld?'

Ze aarzelde. 'Nee.' Als hij haar iets zou aandoen, dan zou hij achter anderen aan gaan die ervan wisten.

'Je was op zoek naar Faucon, of niet?'

Ze boog haar hoofd. 'Ja.'

'Ik ben heel blij dat ik je eerder aantref. Alsjeblieft, Eva, ik wil graag dat je even met me meekomt. Er is iets wat ik je wil laten zien.'

Ze keek op, hun ogen ontmoetten elkaar. 'Ik...'

Hij knipperde snel achter elkaar. 'Eva, ik zweer op God dat ik je geen kwaad wil doen.' Toen ze nog steeds niet bewoog kwam hij een stap dichterbij. 'Eva, je kent me. Ik zou nooit de geloften van mijn geloof verraden, en ik zou jou nooit pijn doen. Het is belangrijk dat je begrijpt wat je gisteravond hebt gezien.'

Ze haalde diep adem. 'Maar ik zag u met een nazi. Ik zag dat u hem een lijst gaf.'

'Ja.' Hij stak zijn hand uit naar haar. 'Alsjeblieft, Eva. Je moet me vertrouwen.'

Ze aarzelde voordat ze haar hand in de zijne legde. Hij had gelijk, ze kon zich niet voorstellen dat hij tegen God in zou gaan. En als hij haar een uitleg wilde geven, dan moest ze die wel aanhoren.

Hij ging haar in stilte voor door de donkere steeg. Terwijl ze door zijstraatjes zigzagden, verder en verder van het plein, vroeg ze: 'Waar gaan we heen?'

'Dat zul je wel zien.' Hij sloeg rechts af op Rue de Levant en toen stapte hij naar binnen bij Boulangerie de Levant, de bakkerij van het stadje. Zo laat op de ochtend waren de rantsoenrijen weg, en de schappen en manden leeg. Eva herkende de forse, grijze vrouw met het witte schort achter de toonbank. Hoewel ze er nog nooit binnen was geweest voor brood, want boodschappen doen liet ze over aan madame Barbier. Maar altijd, wel één of twee keer per week, als ze langsliep op weg naar huis uit de kerk, groette ze de eigenaresse van de bakkerij, madame Trintignant.

De oudere vrouw keek glimlachend op toen ze binnenkwamen. 'Ah, père Clément,' zei ze, naar Eva kijkend en toen weer naar de pastoor. 'Het brood staat achter te rijzen.'

'Merci, madame.' De pastoor liep op haar af en gaf haar een kus op beide wangen. 'Eva, ik wil je graag voorstellen aan madame Trintignant. Madame, dit is mademoiselle Moreau.'

'Natuurlijk, ik zie je vaak lopen. Leuk om je eindelijk te ontmoeten,' zei madame Trintignant, met een scherpe, keurende blik achter haar beleefde glimlach. Ze keek weer naar de pastoor en zei: 'Ik zal de voordeur op slot doen en ik hou het hier in de gaten.'

'Merci.' Père Clément nam Eva's trillende hand weer vast en leidde haar achter de toonbank en een deur door, met een gemak dat suggereerde dat hij hier al vaak was geweest. Ze kwamen terecht in de keuken, vochtig en warm door de ovens. Tientallen hele broden, waarschijnlijk aangevuld met aardappel, haver, boekweit en misschien zelfs houtschaafsel om het tarwetekort aan te vullen, lagen op het werkblad af te koelen, en de gist-achtige geur van versgebakken brood omhulde hen. Eva's maag knorde; ze kon zich de laatste keer dat ze had gegeten niet meer herinneren.

'Père Clément, wat...?' begon Eva, maar ze hield op met praten toen ze een man in een keurig geperst Duits uniform door een deur tevoorschijn zag komen die toegang gaf aan waarschijnlijk een voorraadruimte. Ze hapte naar adem; ze herkende hem meteen. Het was de Duitser die ze gisteravond met de pastoor in de kerk had gezien, de man die ze dacht eerder te hebben gezien terwijl hij haar achtervolgde. Ze gaf een gil en draaide zich om, om weg te rennen, maar père Clément stapte opzij om haar pad te versperren. Hij pakte haar zachtjes vast bij haar polsen. 'Eva, alsjeblieft. Dit is Erich. Hij is onze vriend.'

Eva staakte haar verzet en staarde naar de Duitser, die terugkeek met grote, niet-knipperende ogen. Hij was jonger dan ze had gedacht, misschien maar een of twee jaar ouder dan zij. Zijn golvende haar leek nog blonder onder de lampen in de keuken, en hij had diepblauwe ogen. Onder andere omstandigheden zou ze hem wellicht knap hebben gevonden. 'Maar hij is een nazi.'

Er veranderde iets in de uitdrukking van de Duitser. 'Echt, ik sta aan jullie kant.' Hij had een flink accent, als een laagje glazuur bedekte het al zijn woorden.

Ze keek door haar wimpers. 'Hoe kan dat? U vecht voor Duitsland!'

'Ik draag het Duitse uniform,' corrigeerde hij vriendelijk. 'Maar ik vecht voor de vrijheid. Zo zie ik het.'

Eva keek père Clément verbijsterd aan. Hoe kon hij ook maar iets vertrouwen van wat deze man te zeggen had?

'Eva, dit is de man die ons heeft getipt over de invallen bij het kindertehuis,' legde père Clément rustig uit, terwijl hij Eva bleef aankijken. 'Door zijn waarschuwingen hebben we tientallen kinderen kunnen redden.'

Ze keerde zich om, om hem in de ogen te kijken, en hij zag er meteen al veel minder dreigend en imposant uit. 'Waarom helpt u ons?'

'Omdat wat mijn land doet fout is. Dat de Führer aan expansiedrift leidt, is misschien nog tot daaraan toe. Maar wat ons wordt bevolen te doen, met kinderen, met Joden, met oudere mensen, dat is barbaars.' Hij keek naar de pastoor, en weer naar Eva. 'Ik ben niet perfect. Maar ik probeer een goed mens te zijn, een goed lid van de katholieke kerk. Dat is de reden dat ik père Clément heb opgezocht. Ik kan mijn geweten niet langer negeren.'

'Als ze erachter komen dat u ons helpt...'

'Ja, dan word ik onmiddellijk doodgeschoten.'

Eva staarde hem een tijdlang aan voordat ze zich weer tot de pastoor wendde. 'Faucon weet hier niet van?'

'Nee.'

'Waarom niet?' Hij nam immers een hoge positie in binnen het verzet, en ze dacht dat de pastoor hem vertrouwde.

'Hoe minder mensen ervan weten, hoe beter,' zei hij. 'Erich kwam vorig jaar naar me toe, en vanaf dat moment is zijn identiteit strikt geheim gebleven.'

'Waarom vertelt u het me nu dan?'

'Omdat je ons samen hebt gezien. En omdat ik je vertrouw,

Eva. Ik wil dat je mij ook vertrouwt. Er komt waarschijnlijk een dag dat Erich papieren nodig heeft om weg te komen, en ik wil dat je er dan klaar voor bent.'

Eva keek weer naar Erich. Zo van dichtbij, zelfs in zijn ijskoude uniform, zag hij er niet uit als een angstaanjagend monster. Hij was gewoon een man, en een man die het vertrouwen genoot van père Clément. 'In februari, was u toen degene die ons heeft gewaarschuwd dat er invallen zouden plaatsvinden op een aantal van de kindertehuizen?'

'Ja.'

Eva dacht aan de kleine Frania Kor, die droomde over een terugweg uit Oz. Door deze Duitser was het kleine meisje nu veilig in Zwitserland, waar ze een kans had om te overleven. 'Als père Clément u vertrouwt, dan kan ik het misschien ook proberen.'

Erich lachte en stak zijn hand uit. 'Goed, zullen we dan maar opnieuw beginnen? Ik ben Erich.'

Ze zuchtte diep. Het voelde alsof de aarde onder haar bewoog. 'Eva. Aangenaam kennis te maken.'

23

Eva zag Erich daarna een paar weken niet, maar toch, weten dat hij er was, weten dat hij informatie doorspeelde aan de pastoor, gaf haar een iets geruster gevoel, hoewel ze nog moest wennen aan het idee van een Duitse bondgenoot. Het was een bewijs dat het niet uitmaakte waar iemand vandaan kwam; in ieder mens kon deugd huizen. Weten dat Erich blijkbaar opkwam voor het goede, met risico voor zijn eigen leven, maakte dat Eva ook dapperder wilde zijn.

Toen het juni werd, stonden alle bloemen in bloei, en de stroom kinderen zwol weer aan, dankzij de toegenomen Duitse ijver om Joden overal waar ze zaten ondergedoken, op te sporen. Er stroomden nu ook meer volwassenen dan ooit toe, de bossen en heuvels rondom Aurignon in, vanwege de toenemende vraag van de Duitsers naar dwangarbeiders. In januari hadden de nazi's geprobeerd om nog een kwart miljoen Fransen te dwingen tot arbeid, wat leidde tot een Franse wet die in februari werd aangenomen. Mannen geboren tussen 1920 en 1922 waren nu wettelijk verplicht om te gaan werken voor de Führer. In april werden nog eens 120.000 mannen opgeroepen. Het resultaat was dat steeds meer mannen de bezetter meer dan zat waren en daardoor bereid om te vechten. Het gewapende verzet dat zich in de bossen verscholen hield, groeide uit van honderden naar duizenden, misschien wel tienduizenden in heel Frankrijk. Het precieze aantal bleef onbekend, want de *maquisards*, de strijders die de gewapende *Maquis*-groepen vormden, stonden bekend om hun uitstekende schuilplaatsen en waren in staat om binnen de minuut de spullen te pakken en te verplaatsen. En steeds vaker traden ze de Duitsers tegemoet met geweld. Rémy was nog steeds niet terug, en Eva maakte zich per dag meer zorgen dat hij zich met zijn ervaring met explosieven aan de frontlinie bevond van wat er ook aan gevaarlijke dingen gaande was. Père Clément had zo hier en daar al over hem gehoord – dat hij een rol had gespeeld bij de aanslag op een treinspoor bij Tresnay, dat hij had meegedaan aan een wapenroof op een politiebureau in Riom – maar voor Eva voelde dat nieuws allemaal heel ver weg. Toch was het elke keer een enorme troost om te horen dat hij nog leefde.

Eva en Geneviève zaten op een zonnige ochtend te werken aan een lading papieren voor honderd nieuwe arbeidsinzetontduikers, toen père Clément bij de deur van de bibliotheek verscheen, met Joseph. Beide vrouwen keken op, en Geneviève sprong meteen op.

'Gérard!' riep ze uit, op hem aflopend met een blos op haar wangen, maar hij keek haar niet eens aan. Hij keek naar Eva, die langzaam opstond.

'Wat is er?' vroeg ze.

'De groep waar deze documenten voor zijn, moet snel weg. Alles wat je me nu kunt geven, heb ik meteen nodig,' zei hij.

'Wat is er gebeurd?'

'De Duitsers komen te dichtbij. De strijders moeten verder de bossen in voordat ze worden gevonden, en ik wil ze helpen, maar de leiders vertrouwen me niet. Ze komen uit een andere regio in

Frankrijk, en ze kennen me nog niet goed genoeg. Als ik ze de documenten breng...'

'Wil je onze documenten gebruiken als ingang?' vroeg Eva.

Hij fronste. 'Eva, ik probeer hun het leven te redden. Help me daar alsjeblieft bij.'

Ze keek naar père Clément. Hij knikte haast onmerkbaar. 'We zijn nog lang niet klaar, Gérard,' zei ze. 'Het spijt me.'

Hij keek naar alle documenten die rommelig op tafel lagen. 'Nou, wat heb je dan wel af? Identiteitskaarten?'

'Pas een stuk of twintig, dertig. Maar de distributiekaarten zijn bijna allemaal gedaan.'

Joseph maakte een afwimpelend gebaar. 'Aan voedselbonnen zullen ze niet zoveel hebben, midden in het bos. Maar het is beter dan niets. Geef me wat je hebt.'

Iets bracht Eva aan het twijfelen. 'Dat is niet de afspraak die we hebben met de maquisards. Die sturen een koerier.'

Joseph zette een stap dichterbij en nam Eva's kin in de kom van zijn hand. 'Eva, je vertrouwt me toch wel?'

Ze keek in zijn ogen en zag meteen de jongeman die elf maanden geleden op de trappen had gestaan van de Sorbonne Bibliotheek en haar had gewaarschuwd dat zij en haar ouders moesten vluchten. Ze werd overmand door schuldgevoel, en had meteen spijt dat ze hem in twijfel had getrokken, toen en nu. 'Natuurlijk vertrouw ik je.'

'Ik doe dit om de jongens daarbuiten te beschermen. Begrijp je dat? Rémy is er misschien wel bij.' Hij had haar kin nog altijd vast, hij keek nog steeds in haar ogen, en Eva wist dat hij haar pijn kon zien. 'Als je me deze documenten toevertrouwt, dan beloof ik dat ik alles zal doen om uit te vinden waar hij zich bevindt. Maar Eva, als de Duitsers me voor zijn...' Ze wisten allebei dat die zin niet afgemaakt hoefde te worden.

'Gérard, misschien kan ik helpen,' zei Geneviève, die naast Eva stond. Ze staarde bezorgd naar beiden. 'Laat me met je meekomen.'

'Het is beter dat ik alleen ga.'

'Maar als er iets met je gebeurt...'

'Er gaat niets met me gebeuren.' Hij richtte zich weer tot Eva. 'We hebben geen tijd te verliezen, Eva. Wat wordt het?'

Eva wisselde nog een keer een blik uit met père Clément, die knikte. Als Rémy daar in de bossen was, en de Duitsers hadden de maquisards in het vizier, dan was er geen keuze. Ze moest doen wat ze kon om hen te redden. Snel griste ze alle distributiekaarten en documenten die klaar waren samen tot een stapel en stak ze Joseph toe. 'Beloof me, als je Rémy ziet, zeg hem dat ik aan hem denk.'

Joseph fronste. 'Eva, hij kan niet terugkomen. Hij is daar nodig.'

'Alsjeblieft, beloof het me.'

Hij aarzelde en knikte toen. 'Ik zal je boodschap doorgeven.'

En toen was hij weg, met de documenten waarover ze hadden gebekvecht, die met de valse namen en de echte gezichten van de mannen die zich tussen de bomen schuilhielden, wachtend op het gevecht. En hoewel Eva Joseph met haar leven vertrouwde, hoewel ze wist dat hij haar al een keer had geprobeerd te redden en dat de volgende keer weer zou doen, kon ze het toch niet helpen dat ze ergens twijfel voelde tintelen. Als hij niet voorzichtig genoeg was, als hij op zijn reis tegen de verkeerde persoon aan liep, dan zou hij zo een dodenlijst aan de Duitsers overhandigen in plaats van redding te brengen aan de verzetsstrijders. En dan had zij daaraan meegewerkt.

'Je hebt er goed aan gedaan,' zei père Clément, terwijl hij haar bekeek.

'Echt?' vroeg ze.

'Iedere kans om levens te redden moeten we met twee handen aanpakken,' zei hij.

'Maar wat nu als iemand hem volgt? Wat als hij ze rechtstreeks naar hen leidt?'

'Dat risico moeten we dan maar lopen.'

'Vraagt u zich nooit af of dit misschien allemaal voor niks is? Dat het enige wat we ermee bereiken uitstel is van het onvermijdelijke? Wat als we ze eigenlijk precies in de kaart spelen?'

'Als we ook maar één leven redden is het al niet voor niets geweest, en jij hebt er honderden gered.' Hij gaf haar een warme glimlach. 'En voor het overige, Eva, moet je op God vertrouwen en wachten tot hij je een teken geeft. Ik heb ervaren dat hij er juist op de zwartste momenten altijd is.'

Maar toen père Clément zich omdraaide om te vertrekken, voelde Eva zich niet veel beter. Sterker nog, het voelde alsof het net rondom Aurignon zich langzaam begon te sluiten, elke dag iets meer. Als de Duitsers een idee hadden van waar de maquisards zich in de bossen verscholen, en als ze meer dan eens waren getipt over de vluchtelingenkinderen, dan konden ze toch net zo goed ook van haar afweten? Ze rilde, terwijl ze zich weer aan het werk zette.

'Is er iets tussen jou en Gérard?' vroeg Geneviève een paar tellen later. Omdat ze zo aan het piekeren was, was Eva bijna vergeten dat zij er ook was. En terwijl ze naar haar opkeek schoot haar pas weer te binnen dat Gérard de voornaam was die Joseph gebruikte. Niemand in het stadje noemde hem iets anders dan Faucon.

'Nee, natuurlijk niet,' zei Eva. Uit de moeilijke blik op Genevièves gezicht en de hitte die nog duidelijk zichtbaar in haar wangen zat, besefte Eva ineens wat er aan de hand was. 'Geneviève, is er iets tussen jóú en Gérard?'

Geneviève sloeg haar ogen neer, en na een poosje knikte ze. 'Ja, maar ik denk dat hij gevoelens heeft voor jou. Hij spreekt over je met een bepaald soort warmte,' mompelde Geneviève. 'En als we alleen zijn, dan heeft hij het vaak over je.'

'Geneviève, ik ken hem al heel lang. We zijn oude vrienden, meer niet.'

'Hij is altijd zo bezorgd over jou...'

'Geneviève, er is niets tussen ons. Echt niet. Hebben jullie verkering?'

Haar wangen werden nu dieprood. 'We hebben een paar afspraakjes gehad, ja.'

'Afspraakjes?' Niet dat Eva jaloers was. Het was meer dat ze zich niet kon voorstellen waar de andere vrouw – of Joseph – de tijd vandaan haalde. 'Wanneer dan?'

'We... we zien elkaar soms laat op de avond. Boven de stal op het landgoed waar hij logeert is een vliering. Het is daar heel privé, de familie gebruikt het alleen voor opslag. Het klinkt vast niet als heel wat, maar het is eigenlijk heel romantisch.'

Eva schudde haar hoofd. Ze dacht bij zichzelf dat het misschien wel goed was dat ten minste één van hen geluk vond te midden van alle duisternis, maar op een of andere manier werd ze daardoor ook harder met haar neus op het feit gedrukt dat Rémy zo ver weg was.

'Je bent toch niet boos op me, of wel?' vroeg Geneviève toen Eva niets zei. 'Ik... ik wilde het je wel vertellen, maar Gérard vroeg me om het geheim te houden.'

'Nee, joh, dat is prima. Ik ben blij voor je.' Eva forceerde een glimlach.

'Goed zo.' Geneviève leek niet helemaal overtuigd. 'Het is fijn dat ik iemand heb op wie ik kan steunen, in tijden als deze.'

'Nou, goed dat jullie elkaar hebben.'

'Nee, Eva, ik bedoel jou.' Geneviève wachtte tot ze opkeek. 'Ik bedoel dat het fijn is dat ik op jóú kan steunen.'

Dit keer was Eva's glimlach wel echt. 'Dat heb ik ook, Geneviève. Ik ben heel blij dat je er bent.'

Uren werkten ze nog in stilte door, en later die middag, toen Geneviève vroeg of ze pauze kon nemen, knikte Eva. 'Ga je naar Faucon?'

Ze bloosde en keek weg. 'Ik wil op de plek zijn waar we altijd onze rendez-vous hebben, voor het geval dat. Ik weet niet hoe lang hij erover doet, op en neer naar de bossen, maar als hij in staat is om terug naar de boerderij te komen, dan heeft hij misschien behoefte aan wat warmte.'

'Hij boft met jou, Geneviève. Alsjeblieft, let goed op jezelf.'

Geneviève glipte weg, met een gemompeld merci, en Eva zette zich zuchtend aan haar stapel rantsoenkaarten.

Tegen het einde van de week was Joseph terug met goed nieuws: hij had de maquisards op tijd bereikt, en hoewel de leider hem nog steeds niet volledig leek te vertrouwen, had hij de documenten in dankbaarheid aangenomen en hij had besloten om het kamp op te breken.

Maar Rémy was er niet, zei Joseph tegen Eva, en hij wist niet waar hij dan wel was. Het was bijna vier maanden geleden dat Eva hem voor het laatst had gezien, en ze vroeg zich af of hij nog aan haar dacht, of dat hij in een andere stad was gaan wonen, misschien zelfs met een andere vrouw om tegen de Duitsers te vechten, een katholieke vrouw, iemand die hem niet zou wegduwen vanwege religie en familie. Als ze hem kwijt was, dan was dat haar eigen schuld.

Je moet op God vertrouwen en wachten tot hij een teken geeft. Die woorden van père Clément klonken nog altijd na in haar hoofd, maar ze begon zich af te vragen of God wel tijd had om ook maar een gedachte te wijden aan iemand zoals zij. Er waren veel belangrijker zaken om zich zorgen over te maken dan een vrouw die er te laat achter was gekomen dat ze hield van een man die misschien wel nooit zou weten wat ze voor hem voelde. En die misschien nooit terug zou komen.

Vijf weken later zat Eva in haar eentje in de geheime bibliotheek. Ze was bezig de laatste hand te leggen aan de identiteitsbewijzen van acht kinderen die de volgende dag over de Zwitserse grens gesmokkeld zouden worden. Toen ze naar pagina 233 van het boek bladerde om een registratie te doen voor het 231e kind dat ze hadden geholpen, sloeg haar hart een slag over. Er stond een stip boven een *à* halverwege de pagina, en ze wist zeker dat zij die daar niet had neergezet. En ze wist ook dat de pagina deel uitmaakte van haar eigen reeks, *een, een, twee, drie, vijf, acht, dertien, eenentwintig, vierendertig, vijfenvijftig, negenentachtig, honderdvierenveertig, tweehonderddrieëndertig*, cijfers die zo vertrouwd voor haar waren dat ze ze slapend kon opzeggen.

Ze staarde ernaar, met haar hand die op de pagina leek vastgevroren. De stippen die *Traube* spelden waren geëindigd op pagina 34, en hoewel er stippen stonden van namen van een aantal kinderen, en een driehoek boven haar eigen achterwaartse reeks, die tekens stonden allemaal in de eerste alinea. Wie zou er een extra stip op deze pagina hebben gezet? Was het een fout? Een drupje inkt dat haar eerder niet was opgevallen? Of had Rémy een nieuwe boodschap in het boek achtergelaten zonder dat ze het had gemerkt? Met trillende handen flipte ze terug naar de eerste pagina en vond een tweede sterretje dat nieuw was. De eerste – boven de *e* in *Le* – en de stip boven de *v* in *l'Avent* waren bekend, maar de ster boven de *J* in *Jean* een paar regels naar beneden was dat niet, en ook de stip er net naast boven de *e* in hetzelfde woord.

Met gierende zenuwen bladerde ze pijlsnel naar pagina 2 en vond daar een nieuwe stip boven de *r* in *car*, en nog een nieuwe stip boven de *e* in *de* op de tweede regel van de volgende pagina. Ze sloeg de pagina's om in de reeks die ze uit haar hoofd kende, helemaal naar bladzijde 610, en tegen de tijd dat ze de letter onder elke nieuwe stip had genoteerd, was de boodschap helder.

Je reviendrai à toi. Ik kom bij je terug.

Ze staarde ernaar door een waas van tranen. Rémy had dus toch een boodschap voor haar achtergelaten, een belofte, een eed dat hij terug zou komen.

Dat was precies het soort teken waarvan père Clément haar op het hart had gedrukt dat ze ernaar moest uitkijken. En nu, nu ze het zwart op wit voor zich zag, geloofde ze. Ze keek naar boven, naar de hemel, sloot haar ogen en mompelde: 'Dank u wel, God. Dank u wel voor het teken. En alstublieft, alstublieft, breng hem bij me terug.'

24

mei 2005

Mijn vlucht landt om iets over elf uur 's ochtends in Berlijn. Ik zou doodop moeten zijn, want het is pas vijf uur 's ochtends thuis in Florida, en ik heb onrustig geslapen in het vliegtuig, maar om voor het eerst in decennia weer in Europa te zijn doet iets vreemds met me. Ik voel me weer jong, en terwijl ik uit het raampje staar naar vliegveldkarretjes die vierkanter en plomper zijn dan die in de vs, kan ik niet voorkomen dat ik een zin mompel uit een film waar ik in geen jaren aan heb gedacht: 'Ik heb zo het gevoel dat we niet meer in Kansas zijn.'

De woorden doen me denken aan een meisje dat zes was toen ik haar voor het laatst zag, het kind wiens echte naam – *Frania Kor* – ik op pagina 147 in het Boek van verloren namen heb gezet. Ik vraag me af of ze ooit terug naar Frankrijk is gegaan, of haar ouders het hebben gehaald, of ze ooit de film heeft kunnen zien die gebaseerd is op het boek waarop ze zo dol was. Niet te weten welke kinderen het hebben overleefd, en of ze hun families weer hebben gevonden, is al zestig jaar een bron van hartzeer, en op dit moment komen de tranen vanzelf en overvloedig. Ik pak mijn zakdoek uit mijn tas om mijn natte gezicht af te vegen.

De vrouw in de stoel naast me, die tijdens de vlucht amper wat heeft gezegd ondanks mijn poging tot een praatje, kijkt me vreemd aan en schuift een stukje opzij, alsof mijn verdriet misschien besmettelijk is.

Als we van boord zijn gegaan en opgaan in de drukte van de Berlijnse vluchthaven, word ik meegevoerd in een menigte. Om me heen spreekt iedereen Duits, en ik moet mezelf inprenten dat Hitler al heel lang dood is. Het kwaad woont hier niet meer, dit is gewoon een plek als alle andere en de mensen om me heen zijn gewone mensen. En is dat niet de moraal van het verhaal, per slot van rekening? Je kunt iemand niet beoordelen op basis van zijn moerstaal of geboorteplaats, hoewel het er alle schijn van heeft dat elke nieuwe generatie daar per se zelf achter wil komen. Even denk ik aan Erich, wiens gezicht ik zo wanhopig heb geprobeerd zowel te vergeten als te onthouden, en mijn ogen lopen weer vol met onverwacht traanvocht. Ik struikel en de man die me tegenhoudt is jong en blond met felblauwe ogen.

Hij zegt iets in het Duits, en ondanks mijzelf, ondanks het feit dat de oorlog al zestig jaar voorbij is, deins ik terug, met een verhoogde hartslag. Hij kijkt verbaasd en loopt meteen weg zodra ik weer stabiel rechtop sta.

'*Danke!*' roep ik nog, maar het is al te laat, hij is al weg. Na een prettig korte stop bij de paspoortcontrole, en nog een bij een geldwisselkantoor, ga ik in de rij staan bij de taxi's en stap een poosje later in. De taxichauffeur vraagt iets in het Duits en weer moet ik een vervelend gevoel wegslikken.

'Het spijt me, maar ik spreek geen Duits,' zeg ik terug terwijl ik het portier dichttrek.

'Aha, Engels.'

'Ja.'

'Ik vroeg waar uw bagage is.' Zijn accent is fors, maar ik ben blij dat we kunnen communiceren. Hij is misschien een jaar of tien jonger dan ik, en hij heeft een overkam die me doet denken aan wijlen mijn man, Louis.

'Ik heb alleen deze weekendtas.' Ik gebaar naar de draagtas naast me op de achterbank. 'Ik blijf maar kort.'

'Dan breng ik u dus naar uw hotel?'

'Nou, ik ga eigenlijk eerst naar een bibliotheek, de Zentral- und Landesbibliothek.' Ik haal een briefje uit mijn tas en lees het adres voor.

Hij knikt en kijkt me aan via het achteruitkijkspiegeltje nadat hij is weggereden bij de stoeprand. 'En wat brengt u naar Berlijn?'

Ik denk na over de vraag. 'Ik kan wel zeggen dat ik een oude vriend ga opzoeken.'

Berlijn is een hippe en bruisende stad, en vele malen mooier dan ik me had voorgesteld. Ik weet dat het is platgebombardeerd in de laatste fase van de oorlog, net als met Frankrijk is gebeurd, en ik verwonder me over de verjonging overal om me heen. Je zou niet zeggen dat zes decennia geleden deze stad in puin lag. Ik vraag me af hoe Aurignon er nu uit zou zien, en of het ook opnieuw is opgebouwd, of de oude littekens nog zichtbaar zijn. En hoe zou het gaan met père Cléments kerk? Zou die er nog staan?

Wanneer de taxi een half uur later voor de bibliotheek parkeert, ben ik een emotioneel wrak. Maar de sirenenzang van het Boek van verloren namen zwelt aan, en ik sta machteloos tegenover de vloed aan herinneringen die als golven over me heen spoelen.

'Veel plezier met het bezoek aan uw vriend,' zegt de chauffeur opgewekt nadat ik hem een aantal knisperende biljetten heb gegeven en hij me uit de auto heeft geholpen. Terwijl hij wegrijdt, draai ik me eindelijk om naar de bibliotheek, en ik merk hoe snel mijn hart klopt.

Het is een enorm gebouw, met honderden dezelfde ramen, en hoewel dit een modern gebouw is, en rechthoekig, heeft het toch iets wat me doet denken aan de Mazarine Bibliotheek in Parijs. Ik probeer weg te drukken hoe ontelbaar veel keren ik daar op de trappen heb staan wachten, wachtend op een toekomst die nooit kwam. Maar zoiets vergeten is natuurlijk ondenkbaar. De herinneringen zijn overal om me heen. Langzaam loop ik de traptreden op naar de ingang, en trek daar een van de twee enorme voordeuren open.

Binnen blijf ik hijgend staan tot mijn ogen aan het weinige licht zijn gewend. Het is ongelooflijk hoe vertrouwd deze plek voelt, terwijl ik hier nooit ben geweest. Als je eenmaal verliefd bent geworden op boeken, dan kan hun aanwezigheid je waar dan ook thuis laten voelen, zelfs op plekken waar je eigenlijk niet thuishoort. Ik loop naar de balie aan het eind van de lange hal bij de ingang, en de jonge vrouw die daar zit, kijkt op, met een glimlach.

'*Guten Tag, gnädige Frau,*' zegt ze. '*Kann ich Ihnen helfen?*'

Ik schud mijn hoofd. 'Sorry, maar spreekt u Engels?'

Haar voorhoofd krijgt een frons. 'Mijn Engels, het is niet zo goed.'

'*Français*?' vraag ik, hoewel het eeuwen geleden is dat ik mijn moedertaal heb gesproken. 'Eh, *französisch*?'

Haar gezicht licht op. '*Oui,*' zegt ze. '*Je parle un peu français. Puis-je vous aider*?'

Wat vreemd, bedenk ik, om Frans te spreken in Duitsland, een land dat niet zo lang geleden heeft geprobeerd mijn volk uit te roeien. Ik vertel haar in het Frans dat ik kom voor Otto Kühn, en ik ben zelf verrast door de trilling in mijn stem.

'*Certainement.*' Ze pakt de hoorn van de telefoon en vraagt wie ze kan zeggen dat er is.

Ik neem een flinke teug adem. Het voelt opeens alsof alles naar dit moment heeft geleid. *'Je suis...'* maar dan bedenk ik me, want het gaat er niet om wie ik ben. Het gaat erom wat ik hier doe. En dus vertel ik haar simpelweg dat ik voor het boek ben gekomen.

Ze houdt haar hoofd schuin. '*Le livre*, madame?'

'*Oui.*' Opeens tolt de wereld niet meer zo. 'Ik ben hier,' zeg ik in het Frans, 'voor het Boek van verloren namen.'

25

januari 1944

In januari 1944 was Aurignon in duisternis gehuld, en Rémy was nog steeds niet teruggekeerd. De winter was bitterkoud, de strengste die Eva ooit had meegemaakt, en het was moeilijk om aan rantsoen te komen. Duitsland leed verliezen, want de bondgenoten bombardeerden Berlijn uit alle macht en het Rode Leger was Polen binnengetrokken om zo de Duitsers vanuit het oosten terug te dringen. Hoe erger de situatie voor hen werd, hoe meer ze hun woede leken te koelen op de Fransen. Hier, in de bergen van zuidoostelijk midden-Frankrijk, was nooit genoeg brandstof, nooit genoeg verwarming, nooit genoeg voedsel. Zelfs de boer waar madame Barbier eten van had betrokken was verdwenen, wat betekende dat de dagen van een incidenteel feestmaal van gebraden kip in het pension ook tot het verleden behoorden. De meeste mensen die Eva kende bij de ondergrondse gaven een portie van hun maandelijkse rantsoen af om de kinderen in de kindertehuizen te kunnen voeden voor de uiteindelijke reis die ze moesten ondernemen over de bergen, en dat betekende dat iedereen vel over been was. Eva herkende zichzelf soms amper als ze in de spiegel keek, met die scherpe trekken in haar steeds smaller wordende gezicht.

Begin december, vlak voor Chanoeka, had de Franse politie Joseph gearresteerd met zijn binnenzak vol vervalste distributiekaarten en hem overgedragen aan de Duitsers, maar op een of andere manier – misschien omdat père Clément naar Vichy was gegaan om te pleiten voor het Duitse opperbevel – was hij vrijgelaten. De Duitsers, zei Joseph toen hij terugkwam in Aurignon met een gebroken arm in het gips, hadden niet door dat hij betrokken was bij het verzet; hij was gearresteerd omdat ze dachten dat hij valse distributiekaarten verkocht op de zwarte markt. Het was hem gelukt om mee te gaan in hun misvatting, waardoor hij een straf kreeg van twee weken gevangenis en een waarschuwing dat de straf veel zwaarder zou zijn als hij opnieuw zou worden opgepakt. 'Stel je voor wat er was gebeurd als ze hadden geweten dat ik Jood ben,' zei hij tijdens het eten met Eva en Mamusia, met een glimlach die zijn ogen niet bereikte.

Maar er waren ook sprankjes licht in de duisternis. Geneviève en Joseph waren dichter naar elkaar toe gegroeid nadat hij ternauwernood aan de Duitsers was ontsnapt, hoewel hij voor zover Eva wist haar nog niet zijn echte naam had verteld. Toch was een naam maar een verzameling letters, iets wat Eva maar al te goed wist. Ze leken oprecht van elkaar te houden, en op avonden dat Joseph in Aurignon was, verliet Geneviève de geheime bibliotheek altijd vroeg, met sterretjes in haar ogen, om de nacht met hem door te brengen op de vliering van de oude zolder, onder stapels wollen dekens.

'Denk je dat hij me ooit ten huwelijk zal vragen?' vroeg ze op een dag timide aan Eva. 'Ik droom soms dat ik op hem afloop, over een pad dat helemaal wit is van de kersenbloesem, met een boeket lelies in mijn hand. De droom eindigt voordat ik hem heb bereikt, maar als ik wakker word heb ik wel het gevoel dat het kan. Misschien vraagt hij me als de oorlog voorbij is.'

'Misschien,' beaamde Eva met een glimlach, maar ze vroeg zich af of Geneviève zichzelf misschien voor de gek hield. Het voelde alsof de oorlog nooit voorbij zou gaan, maar wat nu als het tij aan het keren was? Duitsland had de slag om de Atlantische Oceaan ogenschijnlijk verloren en werd zowel uit het oosten als uit het westen teruggedrongen, volgens het verboden radionieuws van de BBC waar zij, Mamusia en madame Barbier wel eens naar luisterden in het pension. Bestond er een mogelijkheid dat Frankrijk toch werd gered? Dat Rémy bij haar terug zou kunnen komen? Eva stond zichzelf soms toe om te dromen over een toekomst met hem, en over een toekomst waarin ook haar vader terugkwam uit Auschwitz. Maar ze wist dat ze zichzelf voor de gek hield als ze zich inbeeldde dat Tatuś al die tijd in leven was gebleven, en ze vroeg zich af of haar gedachten over een leven met Rémy misschien wel net zo onrealistisch waren.

Op de laatste zaterdag van de maand zaten Eva en Geneviève 's middags te werken aan een lading documenten voor de Maquis in de bossen bij Aurignon, die sneller groeiden in kracht en in aantal dan hun kleine vervalsingskantoortje kon bijhouden. Ook waren er meer kinderen dan ooit tevoren. Er zaten er bijna veertig verscholen in meerdere huizen in de stad, de meesten uit Parijs, en allemaal zaten ze hier vast totdat het warm genoeg werd voor een oversteek over de Alpen. Eva was nog niet begonnen aan hun papieren, omdat er nog genoeg tijd was tot aan hun vertrek.

'Denk je wel eens aan je leven van voor de oorlog?' vroeg Geneviève zacht, de stilte doorbrekend. Ze was bezig met de identiteitskaart voor een jonge, donkerharige man, en toen ze opkeek naar Eva, zag ze er getergd uit.

'Soms wel,' zei Eva na een poosje. 'Maar het is wel pijnlijk. Toch? Om terug te denken aan wat we ooit allemaal hadden.'

'En aan hoe het nu had kunnen zijn.' Geneviève raakte de foto van de man voorzichtig aan. 'Deze lijkt enorm op mijn broer.'

'Ik wist niet dat je een broer had.'

'Mijn tweelingbroer.' Haar glimlach was tegelijk lief en verdrietig. 'Jean-Luc. We werden wel eens gek van elkaar, maar hij was ook mijn beste vriend. Hij is opgeroepen voor militaire dienst en hij is in mei 1940 gestorven aan het front. In één klap, weg.'

'Het spijt me vreselijk, Geneviève.'

'Daarna stortte het hele kaartenhuis in. Mijn moeder was ontroostbaar. Mijn vader begon te drinken. We dreven uit elkaar, hoewel we onder hetzelfde dak woonden. We zeiden amper nog wat tegen elkaar en toen, op een dag, vond ik mijn moeder dood op de keukenvloer. Stress, zei de dokter, of misschien een gebroken hart. Mijn vader stierf een maand later, hartaanval.'

Eva sloeg een hand voor haar mond. 'Geneviève, dat wist ik helemaal niet, wat vreselijk voor je.'

Ze wuifde het medelijden weg. 'Soms als ik in de verleiding kom om het werk dat we doen neer te leggen, als ik denk dat ik gewoon ergens een normaal, simpel leven zou willen leiden, dan denk ik aan hen, aan Jean-Luc, en mijn ouders. En dan weet ik weer dat ik dóór moet. Als de Duitsers ons niet hadden bezet, Eva, dan was mijn broer nu aan het werk op onze boerderij samen met mijn vader, en mijn moeder zou in de keuken staan om brood te bakken, bezorgd over wanneer ik haar kleinkinderen zou schenken. Misschien had ik zelfs al kinderen gehad, en zou ik ze 's avonds naar bed brengen met een slaapliedje zoals 'Au clair de la lune,' net zoals zij voor mij zong toen ik klein was. De Duitsers hebben al zo veel afgepakt van zo veel mensen. We moeten redden wie we nog kunnen, omdat we de mensen van wie we hielden niet konden redden.'

Geneviève had nog nooit zo veel verteld over haar motieven om hier te zijn, en Eva was erdoor geraakt. Ze wist niet dat de andere vrouw net zo'n groot verlies had geleden als zij. 'Ik heb mijn vader ook niet kunnen redden,' gaf ze toe. 'De Duitsers hebben hem opgepakt.'

'Ik weet het,' zei Geneviève. Toen Eva haar aankeek voegde ze toe: 'Gérard zei het. Maar dat je hem niet hebt gered klopt niet, Eva. Je kon niets doen.'

Eva haalde haar schouders op, hoewel ze het geen prettig idee vond dat Joseph haar verdrietige gezinssituatie zomaar met Geneviève had gedeeld. 'Als ik beter mijn best had gedaan om hem over te halen om onder te duiken... Als ik mijn ogen beter had gebruikt...'

'Ik heb dat ook met het verleden. Maar we kunnen onszelf niet de schuld geven. We kunnen alleen de verantwoordelijkheid nemen om te voorkomen dat anderen hetzelfde overkomt.'

'Denk jij dat het helpt, wat we doen?' vroeg Eva na een lange stilte. 'Soms voelt het gewoon niet echt alsof we deel uitmaken van betekenisvol verzet. Op sommige dagen vergeet ik gewoon dat er buiten deze muren nog een hele wereld is.'

Maar de dag erna veranderde alles. Eva was bezig de kleine bibliotheek op te ruimen om naar huis te gaan voor de avond – ze borg de stempels en inkt op, verborg de blanco en vervalste documenten in een uitgehold woordenboek, en zette het Boek van verloren namen weer terug op zijn onopvallende plek op de plank – toen père Clément in de deuropening verscheen, met een wit weggetrokken gezicht.

'Is Geneviève bij jou?'

'Nee, ze is al weg. Is alles in orde, père Clément?'

'Ik vrees van niet, Eva. Kom mee.'

In stilte volgde ze hem de lege kerk door naar zijn kantoortje achter het altaar. Hij liet haar binnen en daar zat Erich te wachten, met een ernstig gezicht.

'Is er iets met...?' vroeg ze, en stopte meteen. Ze wilde naar Rémy vragen, maar ze wist niet of Erich van hem afwist, en ze wilde Rémy natuurlijk niet prijsgeven aan een Duitser, zelfs al had Erich zich een bondgenoot betoond. Bovendien was de vraag eigenlijk dom. Zou ze eigenlijk wel ingelicht worden als hem iets zou overkomen? Misschien was het bespottelijk dat bijna een jaar nadat ze hem voor het laatst had gezien, hij nog steeds zo'n groot deel van haar gedachten innam, en van haar hart. Maar ze dacht continu aan hem, ze maakte zich zorgen om hem, vroeg zich in de donkerste nachten af of ze het wel zou horen als hij was omgekomen. Ze wist, toen ze père Clément aankeek, dat hij precies had begrepen wat ze op het punt had gestaan om te zeggen.

'Nee, Eva, met onze oude vriend gaat het goed, voor zover ik weet,' zei père Clément snel, gebarend naar de stoel naast Erich. 'Alsjeblieft, kom even bij ons zitten.' Ze nam plaats, en keek bezorgd toe terwijl de pastoor achter zijn bureau ging zitten.

'Eva, we zijn ongerust,' zei de Duitser meteen. Net als de vorige keer dat ze hem zag had hij geen uniform aan en op zijn accent na kon hij makkelijk doorgaan voor iemand van hen, een vriend, een buurman. 'Ik geloof dat mijn superieuren op het punt staan om jullie netwerk te infiltreren.'

'Wat? Waarom denkt u dat?'

'Ze hebben een aantal namen, niet die van u of van père Clément, voor zover ik weet, maar volgens mij zijn er arrestaties op komst.' Erich en père Clément wisselden een blik uit. 'Ik weet niet wie zijn mond voorbijpraat, Eva, maar de kinderen lopen gevaar.'

'De kinderen? Welke dan?'

'Allemaal.' De woorden bleven tussen de drie in hangen, zwaar en angstaanjagend, voordat Erich verderging. 'Ze hebben nu de adressen van alle zestien huizen in de stad waar kinderen ondergedoken zitten, en van de zeven boerderijen op het land. De invallen kunnen overmorgen al beginnen. Ze hebben namen, Eva.

Namen van de kinderen, namen van mensen die hen helpen. Daarom moeten we ze zo snel mogelijk verplaatsen. Het is klaar, Eva.'

Eva voelde haar hoofd tollen. Ze staarde hem aan. 'Klaar?'

'Over. Met alles. Op een of andere manier is jullie groep verlinkt.'

Ze keek naar père Clément, ze kon het niet geloven. Het kon niet waar zijn, wat Erich zei. Maar de pastoor knikte, met een bloedserieus gezicht. 'Wat moeten we nu?' vroeg ze.

'Ik wil dat je onmiddellijk begint aan de documenten voor de kinderen en hun onderduikfamilies.'

'Natuurlijk.' Eva keek een poosje voor zich uit. 'Geneviève en ik hebben de afgelopen twee weken aan de maquisards gewerkt. Geen van de sets documenten voor de kinderen is af.' Vervolgens sloeg ze een hand voor haar mond. 'Mijn God, Geneviève. Iemand moet haar waarschuwen. Als we verlinkt zijn...'

'Ik ga wel,' zei père Clément.

'En mijn moeder?'

'Er is geen reden om aan te nemen dat iemand van haar af weet. Zodra ik Faucon vind, vraag ik of hij iemand kan sturen om op haar te passen. Maar jij bent hier nodig, Eva. Er is geen tel te verliezen.'

Eva knikte, en voelde de adrenaline door haar lijf jagen. 'En dan? Wat doen we als de documenten klaar zijn?'

'Dan denk ik dat het tijd is dat we uit elkaar gaan. Dus maak alsjeblieft ook ondersteunend papierwerk voor jou en je moeder. Ze krijgt eindelijk wat ze graag wilde, ze gaat naar Zwitserland.'

'En u?'

De pastoor had een trieste blik en een grimas op zijn gezicht. 'Ik blijf hier en doe wat ik kan. Het ligt nu in Gods hand.'

Geneviève kwam niet opdagen in de kerk. Père Clément kwam even terug om Eva te vertellen dat hij haar niet kon vinden; ze was niet in haar appartement, hoewel de avondklok al was ingegaan. Toen père Clément vertelde dat hij Faucon ook niet had kunnen vinden, kon Eva weer iets opgeluchter ademhalen, want dan waren ze natuurlijk samen. Zeker, Genevièves afwezigheid hield in dat Eva al het werk zou moeten doen die avond en nacht, maar als ze morgen allemaal zouden moeten vluchten uit Aurignon, dan was het een goede zaak dat Geneviève vannacht een goede nachtrust kreeg.

Maar toen de ochtend aanbrak was ze nog steeds niet aangekomen in de geheime bibliotheek, en Eva begon zich zorgen te maken. Ze had de hele nacht doorgewerkt en was bijna klaar met de documenten, maar ze had graag nog hulp gehad om de laatste puntjes op de i te zetten, en ze had haar graag willen laten controleren op fouten.

Geneviève zou toch wel gehoord hebben van de naderende storm? Joseph moest meteen zijn ingelicht, zodra dat kon. Misschien waren ze al samen op de vlucht, maar Eva kon zich niet voorstellen dat Geneviève zou vertrekken zonder iets te zeggen, zonder op zijn minst even langs de bieb te komen om te zien of Eva haar nog nodig had. Maar wie weet had Joseph aangedrongen. Misschien had hij beloofd om later op de dag bij Eva langs te gaan, nadat hij eerst Geneviève in veiligheid had gebracht.

Maar Joseph kwam niet, en tegen de tijd dat de inkt droog was en zij alle identiteitskaarten nog een laatste keer had gecontroleerd, zat Eva met een knoop in haar maag. Ze liep snel door de lege kerk naar het kantoortje van père Clément en daar trof ze hem aan, ijsberend, met net zo veel zorgen op zijn gezicht als zij vanbinnen voelde. Hij keek op toen ze binnenkwam en deed een poging tot een glimlach, maar het wiste niet het verdriet weg uit zijn ogen.

'Het spijt me, Eva,' begon hij, nog voordat ze iets kon zeggen. 'Dat ik je ooit hierbij heb betrokken.'

'Alstublieft, daar hoeft u geen sorry voor te zeggen. Deze laatste anderhalf jaar is zo belangrijk voor me geweest. Ik weet zeker dat dit precies de plek is waar ik hoorde te zijn.'

'Maar het gevaar...'

'Ik heb steeds geweten dat het risicovol was.'

Hij bestudeerde haar gezicht een tijdje en zuchtte toen. 'Eva, er is nog één ding dat ik je moet vragen.'

'Zegt u het maar.' Hoe hij naar haar keek zorgde ervoor dat de knoop in haar maag zich nog strakker trok.

'Ik ben bang dat het netwerk nog iemand nodig heeft om kinderen over de grens te brengen. Jouw naam is genoemd.'

Ze staarde hem aan. 'Wilt u dat ik ga? Maar ik heb nog nooit een overtocht gedaan.'

'Dat realiseer ik me. Ze zullen je koppelen aan iemand met ervaring. Ze komen een vrouw tekort. Mannen die alleen reizen met groepjes kinderen zien eruit als passeurs, Eva. Stelletjes die met kinderen reizen zien eruit als ouders. Ik zou liever Geneviève vragen, maar zij is al weg. Gérard heeft me beloofd dat hij je moeder persoonlijk zal komen ophalen en haar veilig naar Zwitserland zal brengen.'

Het duizelde Eva. 'Heeft u Gérard gevonden? En Geneviève is weg?'

'Hij heeft me verzekerd dat er voor haar is gezorgd.'

Eva schudde haar hoofd. Het deed haar een beetje pijn dat Geneviève was weggegaan zonder gedag te zeggen, maar Eva was blij dat ze tenminste in veiligheid was gebracht. 'En mijn moeder gaat hij zelf brengen?'

'Ja. Over een paar dagen ontmoeten jullie elkaar in Genève. En jullie blijven daar.'

'Maar u hebt mij hier nodig, père Clément.'

Hij glimlachte, treurig. 'Zoals Erich al zei, de groep is verlinkt. Het is heel waarschijnlijk dat de Duitsers precies weten wie je bent. Ze zullen niet rusten totdat ze je vinden. En dan word je gemarteld en geëxecuteerd, Eva.'

'Misschien kan ik ergens anders heen en daar een nieuwe operatie opstarten.'

'Alsjeblieft. Grijp deze kans om weg te komen. Als we een nieuwe vervalser nodig hebben, dan laten we je ophalen. Maar je hebt al zo veel gedaan. Ik zou het mezelf nooit vergeven als de nazi's je vonden.'

'En u? Bent u nog altijd van plan hier te blijven?'

Hij knikte. 'Mijn plaats is hier, in de kerk.'

'Maar als ze uw naam hebben...'

'Wat er gebeurt is Gods wil.'

Ze keken elkaar lang in de ogen. 'Zie ik u ooit weer terug?'

Hij stak zijn handen uit naar haar, en dit keer waren zijn ogen glanzend en helder, toen hij lachte. 'Ik weet zeker dat we elkaar weer zullen zien, Eva. Na de oorlog. En in de tussentijd zal ik voor je bidden.'

'En ik voor u.' Voordat ze in huilen zou uitbarsten stak ze een hand in de zak van haar vervaalde wollen jurk en gaf père Clément de stapel documenten voor de kinderen.

Hij nam ze aan met een knikje. 'Je zult weer nieuwe papieren voor jezelf moeten maken, jij bent Lucie Besson, echtgenote van André Besson, een textielhandelaar die in Zwitserland zakendoet. Hij heeft zijn set papieren al.'

'Gemaakt door een ander vervalsingskantoor?'

Père Clément aarzelde en knikte. 'Je moet tegelijk een set voor je moeder maken, voor het geval haar identiteit ook is gecompromitteerd.'

Eva sloot haar ogen. Hoe kon ze met zichzelf leven als ze haar moeder in gevaar had gebracht? 'U denkt toch niet...'

'Uit voorzorg, Eva. Ik denk niet dat er iets met je moeder zal gebeuren.'

Eva ontspande iets. 'Mon père, voor mijn vertrek moet ik haar zien.'

Hij zuchtte. 'Ik weet het. Maar let op dat je niet wordt gevolgd. Ik wil je hier voor één uur terug hebben. Je ontmoet je "man" vanavond in Lyon.'

'Dus je gaat me verlaten.' Mamusia draaide zich niet om toen Eva twintig minuten later hun gedeelde kamer binnenkwam. Toch voelde Eva haar vertrokken gezicht, en de boosheid die er vanaf droop. 'Madame Barbier heeft alles al uitgelegd. Je laat me hier achter.'

'Mamusia, dit is wat je wilde! We gaan eindelijk weg. We gaan naar Zwitserland.'

'Jíj gaat naar Zwitserland.'

'Joseph zal zorgen dat jij daar ook veilig naartoe wordt gebracht, als de voorbereidingen zijn gedaan. Maar er zijn kinderen die nu meteen moeten vertrekken, voordat de Duitsers ze vinden.'

'En die zijn belangrijker dan je moeder?' Mamusia draaide zich eindelijk om, met vuurspuwende ogen. Eva herkende de vrouw tegenover haar nauwelijks, die vrouw die stond te trillen van woede, de vrouw wier beslissing om vast te houden aan een verleden dat nooit zou terugkomen, van haar iets kouds en onbekends had gemaakt. 'Belangrijker dan je eigen bloed? Je zult mij wel net zo makkelijk vergeten als je vader.'

'Mamusia, ik ben hem niet vergeten!' Ze veegde met één haal haar tranen weg. 'Dit is veel groter dan jou en mij. Dit gaat over het redden van onschuldige levens. Maakt je dat niets uit?'

Mamusia klemde haar kaken op elkaar, maar Eva kon nu de twijfel in haar ogen zien, haar afgezakte schouders. 'Wat uitmaakt, is dat jij liever thuishoort bij die onechte familie van je, waar je in bent gaan geloven. Je vader zou zich kapot schamen.'

Eva zette een stap naar achteren. 'Geloof je dat echt? Denk je niet dat Tatuś trots zou zijn dat ik probeer het goede te doen?'

'Hij zou willen dat je zo was als hij je heeft opgevoed.' Mamusia draaide zich om en maakte een wegwerpgebaar. 'Ga maar, Eva. Vlucht lekker naar Zwitserland met je papenvriendjes en laat mij hier achter. Laten we eerlijk zijn, ja? Je was eigenlijk al weg.'

Verbolgen staarde Eva naar haar moeders rug. Ze wilde blijven, haar moeder zien te overtuigen van haar punt, maar daar was geen tijd voor. Ze zouden elkaar over minder dan een week weer zien, in Zwitserland, en dan zou ze alles uitleggen. Meerdere keren, als het moest. Sterker nog, aangezien haar rol in de ondergrondse dan was uitgespeeld, zou ze zeeën van tijd hebben om haar moeder te laten inzien hoe het werkelijk zat. 'Mamusia,' zei ze zacht.

Het duurde zeker een minuut voordat Mamusia zich omdraaide, en toen ze dat deed, was een deel van haar woede vervangen door verdriet. Terwijl de vrouwen elkaar aanstaarden, begreep Eva dat waar zij soelaas had gezocht door een doel voor ogen te hebben, haar moeder troost had gevonden in haar verongelijktheid. Dat was haar harnas, haar nieuwe identiteit.

'Ik hou van je, Mamusia,' Eva zette een stap en omhelsde haar moeder, die zich eerst stijf hield en niet meebewoog, maar daarna zuchtte en haar armen om Eva heen sloeg. 'Joseph zal voor je zorgen. Ik zie je in Zwitserland over een paar dagen, en dan zijn we met zijn tweetjes, en verder niets.'

‘Beloof je dat?’

‘Op mijn erewoord, Mamusia.’

Mamusia maakte zichzelf los. ‘Pas dan maar goed op jezelf, moje serduszko.’ Ze aarzelde en voegde toe: ‘Ik hou ook van jou.’

En toen kon Eva niet anders dan haar moeder achterlaten. Toen ze het pension uit liep na een korte uitwisseling van knuffels en gelukwensen met madame Barbier, voelde ze de tranen over haar gezicht stromen, en nam ze niet de moeite om ze weg te vegen.

26

Het duurde een uur om een set nieuwe papieren te maken voor Lucie Besson, de zogenaamde vrouw van een man die ze nog nooit had ontmoet. Terwijl ze wachtte tot de inkt droog was, knielde ze neer om te bidden voor haar moeder, voor père Clément, en voor Geneviève. Ze wijdde ook een gebed aan haar vader, hoewel zijn lot zeer waarschijnlijk al was bezegeld. En als laatste vroeg ze God om de kracht en de moed om de kinderen veilig over de bergen te krijgen.

Toen ze langsging bij père Clément in zijn kantoortje om haar instructies te ontvangen en afscheid te nemen, pakte hij haar meteen vast voor een warme omhelzing. Het deed haar denken aan de manier waarop haar vader haar omhelsde nadat de oorlog was begonnen, om haar eraan te herinneren dat ze veilig zou zijn zolang ze elkaar hadden. En hoewel het geruststellend was om het bonzen van zijn hart te voelen en te weten dat hij hard zou bidden voor haar, wist ze dat het niet genoeg zou zijn. Geen mens ter wereld kon je meer tijd beloven, meer geluk, of een veiligere passage. Dat kon alleen God.

'Hier,' zei ze terwijl ze zich losmaakte uit de omhelzing. Ze hield de sleutel van de geheime bibliotheek op, die ze vanaf het moment dat hij hem aan haar had gegeven altijd aan een koord om haar nek had gedragen, net rechts van haar hart. Het deed haar pijn om er afstand van te doen, maar ze zou hem niet meer nodig hebben.

Père Clément schudde zijn hoofd en nam de sleutel voorzichtig van haar over. Hij liet het koord weer over haar hoofd glijden en glimlachte. 'Houd hem maar, Eva, als een geheugensteuntje dat je hier welkom bent zodra de oorlog voorbij is. Voor jou zal er hier altijd een thuis zijn in Aurignon.'

Ze boog haar hoofd en probeerde haar tranen tegen te houden. 'Dank u wel, mon père.'

'Goed. Je moet zo de bus nemen naar Clermont-Ferrand, en vanaf daar de trein van drie uur naar Lyon, via Vichy. Op het station van Lyon zul je je man ontmoeten, André Besson, en je zoontjes Georges, Maurice, Didier en je dochtertje Jacqueline, om van daaruit samen verder te reizen. De kinderen reizen nu met valse papieren die een gewone controle kunnen doorstaan, maar ze hebben echt betere nodig, dus als je hen ontmoet, dan geef je hun de papieren die je al hebt gemaakt en je man gaat dan naar buiten om de papieren te vernietigen waarmee ze zijn gekomen. Er gaat een trein naar Annecy om middernacht. De kinderen kunnen slapen in de trein, en je man zal de rest aan je uitleggen. Ter hoogte van Genève steek je de Zwitserse grens over.'

'Hoe herken ik de man die ik moet ontmoeten?'

'Wacht buiten voor de zijingang, links van de hoofdingang, en dan zie je hem vanzelf aan komen lopen met de kinderen.'

Eva knikte, met bonzend hart. Er kon zo veel misgaan. 'Mon père, ik ben bang.'

'Ik ook, maar de grootste daden in het leven vereisen dat we uitstijgen boven onze angst. Denk aan Mozes. Toen God hem riep vanuit de brandende braamstruik en hij hem vertelde dat hij zijn volk moest redden van de verdrukking, was hij ook bang. Hij bevroeg God, net als jij nu misschien wel doet. "Wie ben ik dat ik naar Farao moet en de Israëlieten moet wegleiden uit Egypte?" vroeg hij. Maar God beloofde hem dat hij bij hem zou blijven, en dus ging hij, want het was zijn lot. God zal ook bij jou zijn, Eva, wat er ook gebeurt. Heb vertrouwen.'

'Dank u wel.' Opeens had ze een brok in haar keel. 'Echt. Dank u wel voor alles.'

'Eva, het was een geschenk om je te mogen kennen.' Terwijl hij op haar neerkeek, brandden de tranen in zijn ogen, en van de stoïcijnse pastoor raakte dat Eva meer dan al het andere. 'Je bent dapper en sterk en moedig, en ik weet dat je nog een heel lang en gelukkig leven voor je hebt.'

Ze lachte naar hem. 'Ik wou dat ik dat kon geloven, mon père. En ik wens u hetzelfde.'

'Tot ziens, Eva.'

'Tot ziens.'

Père Clément drukte haar treinkaartjes in de hand en aaide haar over haar wang, voordat hij terugging naar de bijbel die opengeslagen op zijn bureau lag. Toen ze zich omdraaide om weg te lopen, hoorde ze hem zijn keel een aantal keren schrapen, en wist ze dat hij net als zij probeerde niet overmand te raken door emoties. Er was nog werk te doen, en het succes van hun missie hing af van hoe overtuigend ze konden acteren dat hun wereld niet volledig op de kop stond.

Eva's trein arriveerde in Lyon om iets over half zeven, en toen ze het perron op stapte, met haar kleine handkoffer die ze snel had ingepakt, werd ze overspoeld door een angstig gevoel. Ze was nu oostelijker dan ze ooit was geweest. Dichter bij de vrijheid, zeker, maar ook dichter bij Duitsland. Vluchtte ze nu naar een veiliger haven? Of liep ze recht op het gevaar af? Hoe dan ook, het was te laat om nog om te keren. Er waren kinderen die van haar afhankelijk waren.

Om tien voor zeven stond ze links van de hoofdingang, wachtend op de kinderen en de man met wie ze naar Zwitserland zou ontsnappen. Ze deed haar best om nonchalant en zorgenvrij over te komen, maar ze was zenuwachtig over de ontmoeting. Zouden mensen wel geloven dat ze met deze man, die ze nog nooit had ontmoet, getrouwd was? Dat ze de moeder was van deze kinderen, die ze nooit eerder had gezien? Ze herhaalde hun namen keer op keer. *Mijn man, André. Mijn kinderen, Georges, Maurice, Didier, en Jacqueline.* Ze zag de kinderen bijna voor zich, omdat ze hun identiteitspapieren zelf had gemaakt. Het kleine meisje, geboren in 1939, heette eigenlijk Eliane. De jongens waren Joel, Raoul en Daniel, geboren in 1935, 1936 en 1940. Hun valse papieren zaten veilig verstopt in de voering van haar jas, halverwege de mouw in een ingenaaide, verborgen zak. Maar die man? Wie was hij? Ze wist niets van hem, alleen zijn valse naam.

Om zeven uur was er nog niemand, en tegen kwart over zeven was Eva bang dat ze in het oog liep, en ongerust over de anderen. Waar bleven ze? Had een Duitse official geroken dat er iets mis was met hun tijdelijke papieren? De avond was gevallen over Lyon, het was inmiddels pikdonker. Ze tuurde voor zich uit in het duister, zich afvragend wat ze moest doen als ze niet zouden komen opdagen. Als ze hier de volgende dag weer zou staan, dan zag dat er heel verdacht uit. En ze kon natuurlijk niet naar Annecy doorreizen zonder hen.

Het was bijna half acht toen ze een donkerharige jongen uit het station zag komen, en toen nog een; ze leken de juiste leeftijden te hebben om door te kunnen gaan voor de zevenjarige Maurice en achtjarige Georges. Een paar tellen later kwam er een jongetje van ongeveer drie achter hen aan, en als dit ze inderdaad waren, dan was dat Didier. Ze wilde naar ze toe lopen, hopend dat haar glimlach er eerder moederlijk dan opgelucht uitzag, maar ze bleef halverwege staan toen ze het laatste kind, het meisje dat reisde als de vierjarige Jacqueline, naar buiten zag komen aan de hand van een man.

Zijn gezicht was de andere kant op gedraaid, omdat hij de kleine menigte voor het station bestudeerde, maar Eva herkende hem onmiddellijk. De kromming van zijn schouders, de naar zijn taille taps toelopende torso, zelfs zijn zelfverzekerde loopje – het was haar allemaal zo vertrouwd, alsof zij het zelf was. Ze hield haar adem in. Toen hij zijn hoofd omdraaide en haar aankeek, zag ze zijn ogen groter worden, en leek de tijd stil te staan. Het was Rémy, in leven, en gezond, en hier. En in één klap geloofde Eva weer in wonderen.

Toen hij op haar afliep verlieten zijn ogen geen moment de hare, en hoewel ze wist dat ze zou moeten bukken om de kinderen te knuffelen en te kussen, kon ze niet wegkijken.

'Jij bent het,' zei hij zachtjes toen hij eindelijk bij haar was.

'Jij bent het,' fluisterde ze, en toen waren zijn lippen op de hare en zoende hij haar zo dat ze de wereld om hen heen voor een aantal zalige seconden vergat. Alleen zij twee bestonden, totdat de kleine meid naast Rémy hen uit het moment haalde, toen ze hoorbaar inademde, van schrik.

'Wat is er, Jacqueline?' vroeg Rémy, en zodra zijn lippen de hare verlieten, was hij al te ver weg. 'Gaat het, liefje? Je mama en ik zijn bij je.'

Terwijl hij zich over het meisje boog, maakte Eva's hart een sprongetje, want het was een vluchtige glimp van een toekomst die ze zich niet had durven voorstellen, een toekomst waarin zij en Rémy de ouders waren van een kleine meid zoals Jacqueline, of een jongetje zoals Didier. Maar even zo snel herinnerde ze zichzelf aan wat haar eigen moeder die ochtend had gezegd: *jij hoort liever thuis bij die onechte familie van je, waar je in bent gaan geloven*. Ze slikte haar schuldgevoel weg en volgde de blik van het kleine meisje naar de Duitse soldaat in uniform die net uit het station was gekomen om een sigaret te roken.

'Weet je nog, Jacqueline,' zei Rémy, heel natuurlijk en vriendelijk, met in zijn stem niets van de zenuwen die hij zeker moest voelen. 'Je hoeft niet bang te zijn voor mannen in uniform. Dat zijn onze vrienden.'

Slechts een paar meter verderop deed de soldaat verwoede pogingen om in de ijzige tocht een lucifer aan te steken. Ontspannend glimlachend liet Rémy het meisje even los, dat direct Eva's hand pakte, zette twee stappen naar de soldaat en trok een pakje lucifers uit zijn jaszak. Hij ontstak er een en schermde het vlammetje af in de kom van zijn handen, waarin de soldaat zijn sigaret kon aansteken.

De Duitser, met blond haar en een babyface, knikte naar Rémy en vervolgens naar Eva. 'Danke,' zei hij, en voegde er haastig aan toe: 'Ofwel, eh, merci.' Hij glimlachte verontschuldigend.

Rémy stapte weer terug en sloeg een arm om Eva's schouder, alsof hij dat al duizend keren eerder had gedaan. '*De rien*,' zei hij.

De soldaat liep weg, en Eva ademde uit. 'Ben jij degene die de valse papieren voor ze heeft gemaakt?' fluisterde ze naar Rémy, met een knikje naar de kinderen.

'Ja, maar mijn papierwerk is nooit zo goed geweest als het jouwe.' Ze kon zijn glimlach voelen op haar wang, terwijl hij in haar oor fluisterde. 'Ik geef het nu toe. Dus ik ben blij dat je hier bent met jouw documenten.' Hij pauzeerde even. 'Nou ja, ik ben gewoon blij dat jij hier bent.'

'Ik ook,' fluisterde ze, en toen hij zijn hoofd weer naar achter bracht, streken zijn lippen opnieuw langs de hare en wenste zij dat dit moment eeuwig zou duren. Maar ze wist dat ze naar binnen moesten, om de kinderen van straat te halen, ze eten te geven en te kalmeren, voor de nachtelijke rit die hun wachtte. 'Kom, schatjes,' zei ze, terwijl ze zich omdraaide naar de kinderen. 'We gaan een plaatsje zoeken, goed?'

'Ik kom er zo aan,' zei Rémy zacht. 'Eerst moet ik de papieren van de kinderen wegwerken.'

'Hoe dan?'

Zijn vertrouwde glimlach verwarmde haar hart. 'Er brandt bijna altijd een vuurtje in het kantoortje van de stationschef. De bewakers komen daar om warm te worden. Ze laten het kantoortje onbemand en ze sluiten het meestal niet af. Het zal niet veel moeite kosten om het vuurtje te voorzien van wat extra brandstof.'

Vijf minuten later vond Rémy ze terug bij spoor twee, en het tijdelijke gezinnetje kroop dicht tegen elkaar aan, in een poging om warm te worden. Het was ijskoud, en buiten het kantoor was er op het station geen enkele verwarming, waardoor hun zinnen als witte wolkjes in het donker bleven hangen. 'Maar wat doe jij eigenlijk hier?' vroeg Eva toen de kinderen zaten te eten van het brood en de kaas die Rémy uit een jaszak had getoverd.

'Dat kan ik ook aan jou vragen.' Zijn adem voelde warm op haar oor, en ze wilde niets liever dan haar hoofd in zijn nek leggen, met haar ogen dicht, en dan net te doen alsof ze twee geliefden waren op weg ergens naartoe. Maar ze moest uitkijken voor Duitse soldaten of wantrouwige Franse gendarmes.

'Onze groep is verlinkt,' fluisterde ze, en toen hij knikte, besefte ze dat hij dat natuurlijk al wist. 'Père Clément vroeg me om te helpen een aantal kinderen te begeleiden, en dan in Zwitserland te blijven.' Zelfs de woorden uitspreken voelde al fout, alsof ze haar post onbewaakt achterliet, net als de zaak waar ze zo hard voor had gewerkt.

De opluchting droop van zijn gezicht terwijl hij haar naar zich toe trok. 'Godzijdank. Eindelijk hebben ze naar me geluisterd.'

'Ben jij degene die heeft gesuggereerd dat ik zou gaan? Maar, Rémy, ik hoor hier. In Frankrijk. Aan het werk.'

'Nee, jij hoort ergens waar het veilig is.' Toen hij zijn gezicht naar het hare wendde, stonden de tranen in zijn ogen en moest ze zich inhouden om niet naar voren te komen om hem te kussen. 'Jij verdient het om oud te worden en kinderen te krijgen, en kleinkinderen, en een gelukkig leven. Dat gaat niet gebeuren als je hier blijft.'

'En jij dan?'

Hij aarzelde. 'Ik moet hier blijven, Eva. Maar ik kan de dingen die ik moet doen niet doen tot ik weet dat jij veilig bent.'

'Maar snap je het dan niet, Rémy? Dat heb ik ook. Ik kan nu niet zomaar weglopen.'

'Dat moet. Je leeft midden in het zicht, Eva. Voor mij is het anders. Ik leef in de bossen met andere mensen die manieren vinden om de Duitsers te ondermijnen.'

'Maar dan kan ik daar toch ook zijn,' zei ze met een dun stemmetje. 'Ze hebben daar toch ook valse documenten nodig...'

Hij raakte haar gezicht aan. 'We moeten ons om de zo veel dagen verplaatsen, en we staan paraat om bij het eerste het beste seintje direct te vluchten. Om jou daar met je werk en materiaal bij te hebben, dat lukt niet. Bovendien is het gevecht aan het veranderen, Eva. Het gaat niet meer om vreedzaam verzet, en het wegsmokkelen van vluchtelingen. We gaan de strijd nu echt fysiek aanknopen met de Duitsers.'

'Rémy...'

'Als deze kinderen veilig weg zijn, dan begint voor ons de volgende fase.' Hij aarzelde, en nog zachter dan fluisterend voegde hij toe: ‘We hebben wapens verzameld, Eva. Valse papieren doen er dan niet meer toe.’

Ze sloeg een hand voor haar mond. ‘Dat is veel te gevaarlijk.’

‘Het is de enige manier. Het gaat om het redden van Frankrijk, misschien zelfs de wereld. Als we de Duitsers terug kunnen dringen, en het tij kunnen keren, dan kunnen we de mensheid redden.’

Ze schudde haar hoofd. ‘Maar het geallieerde leger komt er toch aan? Père Clément zegt...’

‘De Duitsers wéten dat ze komen,’ zei Rémy, haar in de rede vallend. ‘Maar ze weten niet dat wij ook klaarstaan om te vechten. We zullen ze eerst verzwakken, treffen waar ze kwetsbaar zijn. En als de geallieerden eindelijk komen, dan weten de Duitsers niet wat ze moeten.’ Toen hij haar losliet zag ze vuur in zijn ogen, en begreep ze dat hij zelfs uitzag naar de kans om te vechten.

‘Alsjeblieft,’ fluisterde ze. ‘Blijf alsjeblieft in Zwitserland, samen met mij. Wat als je om het leven komt, Rémy?’

Hij draaide zijn hoofd weg. ‘Als ik sterf voor Frankrijk, is het geen verloren leven. Dan is er een land gered. Het enige wat ik betreur is dat het me de kans ontneemt op een toekomst met jou.’

In Eva’s keel kwam een snik op, die ze net kon onderdrukken toen een geüniformeerde Franse gendarme op hen afkwam.

‘Papieren,’ blafte hij, en Eva trok naar ze hoopte een vriendelijke glimlach terwijl ze haar valse papieren en die van de kinderen opdiepte uit haar handtas, waar ze ze even daarvoor had in gedaan nadat ze ze uit haar mouw had gehaald. Rémy overhandigde ook zijn papieren en de politieman bekeek ze een voor een, met een gefronst voorhoofd.

‘Het zou allemaal in orde moeten zijn,’ zei Rémy toen er een lange minuut voorbij was en de man nog steeds niets had gezegd. Eva kon de kleine Jacqueline naast haar voelen beven.

'Dat kan wel zijn,' zei de man in uniform, terwijl hij streng opkeek naar Rémy. Hij maakte geen aanstalten om de papieren terug te geven. 'Maar dit is een populaire route voor smokkelaars.'

'Smokkelaars?' Rémy's ongelovige lachje klonk overtuigend. 'Meneer, we reizen gewoon met onze kinderen. Wat denkt u dat ze smokkelen? Geld? Wapens?'

Eva moest haar schrik zien te verbergen; was Rémy deze man expres aan het provoceren? De man keek van Rémy naar de kinderen, en uiteindelijk bleef zijn blik rusten op Eva. 'Zoals u vast wel weet worden er ook mensen gesmokkeld. Hoe weet ik dat deze kinderen uw kinderen zijn?'

'Hoe kunt u dat nu zeggen?' zei Eva zogenaamd verontwaardigd. 'Ik heb ze ter wereld gebracht. We gaan gewoon op bezoek bij mijn moeder, die in Annecy woont. Over twee dagen reizen we terug.'

Hij keek haar priemend aan en richtte zich toen met een grijns op zijn gezicht tot de oudste jongen. 'Jij. Georges, toch? Zijn dit je ouders? Hoe heten ze dan van hun voornaam?'

De jongen werd rood in zijn gezicht, en hij gaapte de officier aan. Eva wilde net hun valse namen gaan zeggen, maar de vierjarige Jacqueline was haar voor.

'Mijn maman heet Lucie Besson, en mijn papa André Besson,' zei ze kalm, met wijd open ogen. 'U ziet ze hier. En wie bent u? Mijn ouders hebben me verteld dat Duitse officieren niet eng zijn, en dat ze onze vrienden zijn, maar u bent geen Duitser.'

De man gaapte haar aan en wendde zich tot Rémy. 'U hebt uw dochter verteld dat ze de Duitsers moet vertrouwen?'

Rémy haalde zijn schouders op terwijl Eva probeerde om niet hoorbaar uit te ademen. De man had Jacqueline hun dochter genoemd, en dat wilde zeggen dat hij hen geloofde.

'Goed,' zei de gendarme. 'Dan zijn jullie dus geen smokkelaars. Dan zijn jullie dus alleen dom.'

Hij duwde de papieren tegen Rémy's borst en liep hoofdschuddend weg. Rémy en Eva wachtten totdat hij de hoek om was en bogen zich toen tegelijkertijd over het meisje heen. 'Hoe wist je dat je dat moest zeggen?' vroeg Eva. 'Je hebt ons gered!'

Het meisje glimlachte. 'Ik had twee oudere broers die me hebben geleerd dat ik grote ogen moet opzetten als ik jok, want dan lijkt het echt.' Vervolgens verdween de lach van haar gezicht, en terwijl ze haar hoofd boog zei ze: 'Ze zijn weggehaald samen met mijn echte maman en papa.'

Eva omhelsde het meisje. Ze wou dat ze de pijn kon wegnemen die al was aangericht. Maar daarvoor was het te laat. Het meisje zou voor altijd getekend zijn door het verlies, als een tatoeage die wel kon vervagen, maar nooit verdwijnen.

Net voor middernacht reed de trein naar Annecy het station binnen, en Rémy en Eva gingen met hun nieuwe 'gezin' zo onopvallend mogelijk aan boord. Ze hadden de uren ervoor gewaakt over de kinderen, die sliepen. Op fluistertoon hadden ze elkaar verteld wat er allemaal was gebeurd in de tijd die ze zonder elkaar hadden doorgebracht. Eva wilde van elk moment genieten, maar toen de kinderen op hun plaats zaten en de trein eenmaal door het donkere Franse landschap reed, begon de uitputting aan haar te trekken. Ze had twee dagen niet geslapen, en hier, zo met Rémy naast haar, voelde ze zich veiliger dan ze zich in maanden had gevoeld.

'Rust maar uit,' fluisterde hij terwijl de kinderen om hen heen lagen te doezelen. 'Ik houd de eerste wacht, en ik maak je wakker als iemand onze papieren komt controleren.'

Ze onderdrukte een geeuw. 'Jij bent vast ook heel moe.'

Hij raakte haar wang zachtjes aan. 'Eva, voor mij is het een geschenk om naar je te kijken terwijl je slaapt.'

En zo sliep ze urenlang met haar hoofd op zijn schouder, en nadat een Duitse politieagent hun papieren met een verveeld gezicht vluchtig had gecontroleerd, stond ze erop dat Rémy aan de beurt was. Hij leunde tegen haar aan, en zij aaide over zijn haar, verbaasd over het wonder dat hen weer had samengebracht. Maar hoelang zou het duren voor ze weer uit elkaar moesten?

Net na zes uur 's ochtends wekte Eva Rémy, en samen maakten ze de kinderen wakker. De trein kwam aan op het kleine station van Annecy om half zeven. Vanaf het station liepen ze snel een smalle laan uit naar een protestantse kerk in de buurt. Het was een doosachtig bakstenen gebouw met een hoog kruis voor de deur. Binnen waren de kerkbanken gemaakt van donker, gepolijst hout, en een eenvoudig metalen kruis hing boven het altaar te glimmen.

'Blijf jij hier met de kinderen,' fluisterde Rémy tegen Eva. 'Als er iemand binnenkomt, doe dan alsof je bidt. De predikant hier heet Chapal. Hij zal voor je instaan.'

'Waar ga je heen?'

'Een priester opzoeken.'

Eva knipperde met haar ogen. 'Een priester?'

'Hier in Annecy werken de protestanten en katholieken samen om mensen zoals wij het land uit te krijgen. De priester kan me vertellen of de chauffeur van de bus naar Collonges-sous-Salève vanochtend een vriend is, of een vijand. Staat hij niet aan onze kant, dan blijven we hier slapen. Staat hij wel aan onze kant, wees dan klaar om direct te vertrekken.'

'Je hebt dit veel vaker gedaan.' Ze zag opeens een hele nieuwe kant van Rémy.

Rémy knikte. 'Maar nog nooit met iemand om wie ik zo veel

geef. Alles moet perfect zijn.' Hij was weg voordat ze kon antwoorden.

De kinderen zaten stilletjes naast haar, de twee oudste jongens staarden naar het kruis, Georges tikte een snel ritme op zijn knie, en Jacqueline draaide met haar vinger krullen in haar haar. 'Het komt goed,' zei ze op zachte toon, vooroverbuigend. 'Hij komt snel weer terug. Hij weet precies wat hij moet doen.'

'Hoe weet u dat?' vroeg de middelste jongen, Maurice.

'Dat weet ik gewoon. Hij heeft het vaker gedaan. Ik vertrouw hem met mijn leven.'

'Is hij echt uw man?' vroeg Jacqueline.

Opeens had ze zo'n brok in haar keel dat ze even niets kon zeggen. 'Nee, nee, dat niet. Maar we moeten net doen alsof.'

'Maar hij doet niet net alsof,' zei Georges. 'Hij houdt echt van u. Dat kun je zien.'

Eva knipperde met haar ogen. 'We kennen elkaar al heel lang.'

'Nou, het is wel meer dan dat. Hij kijkt naar u wanneer u niet kijkt. Precies op dezelfde manier zoals Herbert Marshall naar Claudette Colbert kijkt in *Zaza*.'

Eva voelde dat ze bloosde. 'En hoe komt het dat jij een Amerikaanse film hebt gezien over een liefdesromance?'

Het was haar bedoeling om hem te plagen, maar de jongen keek heel sip. 'Mijn vader was dol op films. Hij nam me altijd mee, als hij geld had, naar de bioscoop bij ons appartement in Parijs.' Hij aarzelde en voegde amper hoorbaar toe: 'Papa is weg. Dus ook geen films meer.'

'Het spijt me heel erg.' Dat was alles wat Eva wist te zeggen.

De jongen haalde zijn neus op en deed zijn best om te glimlachen. 'En trouwens, u kijkt ook naar hem zoals Claudette Colbert naar Herbert Marshall kijkt. U bent Zaza en hij is Dufresne.'

Eva wilde net wat zeggen toen de kerkdeur openging en Rémy

verscheen, in silhouet afgestoken tegen een achtergrond van daglicht. ‘Kom, jongens.’ Haastig wenkte hij Eva en de kinderen. ‘De bus vertrekt vroeg vandaag. We hebben geen tijd te verliezen.’

27

Drie kwartier later hield Rémy Eva's hand vast terwijl hij haar en de kinderen hielp met instappen in een gammele bus met bestemming Genève. Uit hoe Rémy en de chauffeur naar elkaar knikten maakte Eva op dat ze elkaar al kenden.

Terwijl de bus naar het noorden reed, voelde Eva Rémy's ogen op haar gericht terwijl zij uit het rechterraam staarde naar de glinsterende, reusachtige Alpen. Ook al had ze de afgelopen anderhalf jaar in Aurignon gewoond, met gebergte in de verte, het was wel even heel wat anders om echt aan de voet te staan van de bergen; ze leken wel recht omhoog te schieten, en hun besneeuwde toppen hadden iets sprookjesachtigs. Als Eva niet zo doodsbang was geweest over hun reis en bezorgd over de kinderen, dan zou het uitzicht haar de adem hebben benomen.

De bus stopte in Épagny, Allonzier-la-Caille, Cruseilles, Copponex, Beaumont, Neydens, en Archamps voordat ze eindelijk aankwamen in Collonges-sous-Salève, waar de chauffeur ineens heel abrupt stopte, boven op een heuvel, in plaats van in het centrum van de stad. Rémy wenkte Eva, en terwijl ze uitstapten met de kinderen knikte de chauffeur nog een keer, voordat hij wegreed. 'We zijn er,' zei Rémy vrolijk, hard genoeg zodat men het kon horen, hoewel er niemand op straat leek te zijn in de ijzige kou. 'Je moeders stad. Laten we haar vriend de pastoor opzoeken, voordat we bij haar op bezoek gaan, goed?'

'Weer een priester?' prevelde Eva terwijl ze begonnen te sjokken door de enkelhoge laag verse sneeuw naar een stenen huisje aan het einde van de laan. Rook kringelde op uit de enigszins scheve bakstenen schoorsteen.

'Gods hand is overal,' antwoordde Rémy op een warme toon, en hij glimlachte bemoedigend naar de kinderen terwijl ze naar het huis liepen.

De deur ging al open voordat ze er waren, en daar stond een kleine, dikke man in een donkere soutane. Hij was kaal, had een rossige huid en helderblauwe ogen. 'Kom binnen, kom binnen,' zei hij, terwijl hij hen haastig wenkte. 'Voordat iemand jullie ziet.'

Rémy en Eva duwden de kinderen naar binnen, en de man deed meteen de deur achter hen dicht met een doffe klap.

'Eva, dit is père Bouyssonie. Père Bouyssonie, dit is Eva.'

De priester trok zijn wenkbrauwen op. 'Ah. Eva. Ik heb veel over je gehoord.' Eva keek naar Rémy, die opeens heel aandachtig de vloer bestudeerde. De priester gniffelde. 'En dit, dit zijn dus jullie vier kinderen?'

Eva knikte. 'Ja. Georges, Maurice, Jacqueline, en Didier.'

De priester boog voorover totdat hij op ooghoogte was met het meisje. Hij keek ze aan, een voor een. 'Het is heel fijn om jullie te leren kennen. Ik wil jullie verzekeren dat God heel goed weet wie jullie zijn. Dat heeft hij altijd geweten, en hij zal het altijd weten. Hij ziet jullie hart, zelfs in het donker.'

De drie jongens keken verbaasd, maar het meisje knikte alsof ze precies begreep wat hij bedoelde.

'Bedankt, père Bouyssonie, dat we bij u mogen logeren, als altijd,' zei Rémy. 'Ziet het er goed uit voor de oversteek?'

'Jazeker. Zullen we je gezinnetje even naar zolder brengen? Dan kan ik je informeren over de bewegingen van de grensbewaking vandaag.' Hij glimlachte naar Eva. 'Helaas is onze accommodatie niet bijster comfortabel, maar op zolder is het stil en veilig, perfect om vandaag even uit te rusten. En wat fijn is: je hebt er een klein raampje waardoor je naar het noorden kunt kijken. Dan zie je Zwitserland liggen op nog geen halve kilometer vanaf hier, net voorbij het prikkeldraad.'

Hij ging hun voor op een wankel uitschuifzoldertrappetje naar een krappe vliering waar al een stapel dekens met kussens klaarlagen. Op een klein tafeltje stond een kan met water en glazen, een langwerpig brood, en een potje jam. 'Het is niet veel,' zei père Bouyssonie, met een verontschuldigende schouderophaal. 'Maar met een beetje geluk hoeven jullie hier niet lang te blijven.' Hij knikte naar het raampje. 'Kijk, Eva. Net achter die bomen.'

Eva kroop naar het raampje en keek naar buiten. De adem stokte in haar keel. Achter een groot veld achter de tuin, zag ze een afrastering van prikkeldraad, zover als het oog reikte. Aan de Zwitserse kant staken de hoge ranke geraamtes van populieren de lucht in, en daar weer achter liepen Zwitserse militaire wachten met lange zware wollen jassen en dikke zwarte laarzen langs de grens, met hun geweer over hun schouder. Ze kon Rémy's adem langs haar wang voelen terwijl hij naast haar hurkte.

'Daar is de vrijheid, Eva,' fluisterde hij. 'Zo dichtbij dat je haar bijna kunt aanraken.'

Angstig draaide ze haar hoofd om, op zoek naar zijn vertrouwde groengevlekte lichtbruine ogen. 'Maar dat prikkeldraad dan... en die bewakers...'

'Maak je geen zorgen.' Hij sloeg zijn arm om haar schouders en gaf een kneepje. 'Er is een doorgangetje. We gaan vanavond even over negenen, als de grensbewakers hun normale patrouille aanhouden. In de tussentijd moeten de kinderen en jij wat proberen te rusten.'

'En jij dan?'

Hij glimlachte. 'In de trein heb ik genoeg geslapen.' Hij bracht zijn gezicht dicht bij het hare en fluisterde: 'Ik wist dat ik veilig was met jou naast me.'

'Kom,' zei de priester, vriendelijk glimlachend, en hij wenkte Rémy. 'We hebben nog veel doen.' Tegen Eva zei hij: 'Proberen jullie maar wat te eten en te slapen. Straks heb je je energie hard nodig. We komen na het donker terug.'

Rémy kuste Eva op haar wang en volgde toen de priester de ladder af, waarna hij terug de vliering op werd geduwd, waarna Eva en de vier kinderen in het duister achterbleven, met alleen het licht van het kleine raam naar de vrijheid.

'Komt het goed?' vroeg Jacqueline terwijl ze naast Eva kwam zitten.

'Jazeker, lieverd.' En voor de eerste keer sinds ze uit Aurignon was vertrokken, besefte Eva dat ze het ook echt geloofde. Het toevluchtsoord was nu in zicht, en als God het wilde, dan kon ze deze kinderen een leven geven, een toekomst. Maar hoe zat het met haar? Met Rémy? Hoe kon ze hem weer terug het gevecht in laten gaan, zo kort nadat ze hem had teruggevonden? Ze schudde deze vragen van zich af en sloeg een arm om het meisje. 'Kom, laten we wat eten, goed?'

De kinderen begonnen opgewonden te kletsen terwijl ze hun brood met jam aten. Om beurten keken ze uit het raam naar Zwitserland. Na het eten hield Eva de wacht terwijl de kinderen onder de dekens kropen en als een blok in slaap vielen. In slaap gewiegd door de stilte en de warmte, dommelde ook zij in. Ze schrok wakker toen ze Rémy naast zich voelde, hij zat haar aan te kijken met tranen in zijn ogen. Vlug keek hij weg.

'Hoelang zit je hier al?' vroeg Eva. Buiten was het donker, en de enige verlichting op de vliering was van het maanlicht dat via het raampje binnenviel. Om hen heen waren de kinderen nog steeds in slaap, een van de jongens lag zacht te snurken.

'Niet lang,' zei Rémy, met hese stem.

'Waar zat je aan te denken?'

Hij gaf niet meteen antwoord. 'Aan jou,' zei hij ten slotte. 'Ons. Vroeger. De toekomst.'

Maar Rémy moest wel in leven blijven als ze een toekomst samen wilden hebben. Hij wist dat net zo goed als zij, en dus beet ze op haar tong zodat ze het niet tegen hem zou zeggen. 'Waar wil je heen na de oorlog?' vroeg ze in plaats daarvan.

'Eva, ik ga naar waar jij bent.' Zijn stem bleef steken in het laatste woord, en hij schraapte zijn keel. 'Oké, genoeg. Het is tijd om te gaan. De patrouilles aan deze kant van de grens gaan op gezette tijden, dus de oversteek zou soepel moeten verlopen.'

'Rémy...' begon Eva. Er viel zo veel te zeggen. Ze wilde hem vertellen dat ze van hem hield, dat ze zich geen leven zonder hem kon voorstellen, maar op een of andere manier wilden de woorden niet komen.

'Het is goed,' zei hij na een tijdje. Hij kwam naar haar toe en kuste haar zachtjes op haar mond. 'Ik weet het, Eva. Ik... ik voel het ook.'

'Wat als ik je nooit meer zie?'

'Natuurlijk zie je me weer, Eva. Dat beloof ik.'

Er klonken voetstappen op de ladder, en achter hen verscheen père Bouyssonies hoofd. 'Het is tijd,' zei hij. 'Maak de kinderen maar wakker.'

Eva knikte en dwong zichzelf om Rémy los te laten. De gevoelens die ze al maanden koesterde, alles wat ze niet durfde te zeggen: daarvoor was dit niet de plek, en niet het moment. Ze had maar één taak, en dat was om te zorgen dat deze vier onschuldige levens werden gered. En zoals père Clément zou zeggen, de rest lag in Gods handen.

Twintig minuten later waren de kinderen wakker en weer ingepakt in hun gerafelde winterjassen. Père Bouyssonie stond voorovergebukt op de vliering en keek naar de kleine groep terwijl Rémy naast Eva stond en haar hand vasthield.

'Ik zal voor jullie bidden,' zei de priester, terwijl hij de kinderen een voor een aankeek, en vervolgens Eva en Rémy. 'Wees dapper, en vertrouw op God, want hij waakt over jullie. Ik heb veel mensen deze oversteek naar Zwitserland zien maken, en ik weet dat ook jullie veilig naar de overkant zullen komen.' Hij keek nog een keer naar Eva en zei: 'God is met jullie. Altijd.'

Eva knikte, en Rémy kneep in haar hand, en toen zetten ze zich in beweging, de ladder af naar de grote kamer van het huisje van de priester. Om en om warmden ze zich bij de open haard terwijl Rémy hen instrueerde.

'De Duitsers lopen de wacht langs de grens aan deze kant, maar hun routine is vrij voorspelbaar, en er zitten gaten in,' zei hij snel, terwijl hij vooral naar Eva keek. 'Er zijn twee patrouillekoppels, en die lopen in tegengestelde richting, over de weg die op ongeveer tweehonderd meter vanaf deze voordeur loopt. De enige manier om ze te omzeilen is om je naar de weg te begeven nadat de eerste Duitse patrouille voorbij is gekomen, en te wachten op de tweede; anders is er niet genoeg tijd totdat de eerste patrouille weer terugkomt. Père Bouyssonie zal over de weg lopen, en zodra de eerste patrouille gepasseerd is, dan rent hij terug en geeft ons een teken. Samen rennen we dan snel naar de weg en dan duiken we in de greppel en wachten daar totdat de tweede patrouille voorbij is. Dan moeten jullie me zo snel als je kunt volgen. Goed?'

Eva en de kinderen knikten dat ze het begrepen, en dus ging Rémy verder. 'Als we eenmaal over de grens zijn, dan moet je meteen naar de eerste Zwitserse soldaat rennen die je ziet. Zij zullen je in veiligheid brengen. Maar wees er wel absoluut zeker van dat de soldaat Zwitsers is, niet Duits. Dat kun je het makkelijkst zien doordat de Zwitserse overjassen donkergrijs zijn, donkerder dan die van de Duitsers, en hun helmen zien er een beetje uit als schildpadden. De Duitsers hebben hogere laarzen. Als je een Duitse soldaat ziet, met grote zwarte laarzen tot aan zijn knieën, dan moet je zo snel als je kunt de andere kant op rennen. Begrepen?'

Een voor een knikten de kinderen, en uiteindelijk liet Rémy zijn ogen op Eva rusten. 'Als je eenmaal in Zwitserland bent, dan moet je daar blijven tot de oorlog voorbij is. Daar ben je veilig. En dan hoef je nooit meer bang te zijn.' Zijn woorden waren bestemd voor alle vier, maar voor Eva klonk het als een waarschuwing voor haar. Ze zou wel gek zijn, zo zei hij eigenlijk, om de warme omhelzing van neutraliteit te verlaten om naar Frankrijk terug te keren. 'Ik kom jullie opzoeken zo snel ik kan,' zei hij, en dit keer was er geen twijfel mogelijk dat het voor Eva bestemd was. Ze slikte en knikte. Maar toch kon ze zich er nog niet toe brengen om zich voor te stellen dat ze over een paar minuten weer uit elkaar zouden gaan, en dat ze hem misschien wel nooit meer zou zien.

'Dan ga ik,' zei de priester. 'Wacht op mijn teken. Veel geluk voor jullie allemaal. God zegene jullie.' En weg was hij, de kinderen met Rémy en Eva achterlatend. Het vuur knetterde in de ruimte waar hun woorden hadden moeten klinken, en na een paar minuten wenkte Rémy de kinderen. 'Kom maar,' zei hij. 'We gaan voor de deur van père Bouyssonie wachten. Wees paraat om te beginnen met rennen als hij ons het teken geeft.'

'Ik ben bang,' fluisterde Jacqueline.

Rémy boog voorover, en zei op ferme toon: 'Wij zijn bij je. We zorgen dat je veilig bent, helemaal tot over de grens. Als je eenmaal in Zwitserland bent, dan ben je al vrij. Jullie rennen twee aan twee zodat je minder kans loopt dat je gezien wordt, en jullie moeder volgt vlak achter je. Loop naar de eerste Zwitserse wachter die je ziet, en zeg hem dat je hulp nodig hebt.'

Het meisje knikte, en hoewel ze niet helemaal gerustgesteld leek, liet ze toe dat Eva haar bij de hand nam. Samen met de anderen gingen ze de deur uit. Toen ze op het stoepje voor het huis stonden, werden ze omhuld door een inktzwarte duisternis, en de ijzige lucht beet hen in het gezicht, al was de wind wel iets gaan liggen.

'Ik zie geen hand voor ogen,' fluisterde Eva naar Rémy, en hij pakte haar vrije hand vast.

'Je ogen zullen zo wennen aan het donker,' fluisterde hij. 'En tot die tijd ben ik steeds dicht bij je.'

Hij had gelijk. Tegen de tijd dat de priester helemaal aan het einde van de laan verscheen en zwaaide, kon Eva vormen onderscheiden in het donker, en terwijl ze zich op een drafje in de richting van de grens begaven, in een tempo dat de kinderen konden bijbenen, werd hun pad zwakjes verlicht door een paar lampen net voorbij de draadversperring.

Ze liepen langs de priester, die geen woord zei toen ze voorbij glipten, en toen ze de bestrate weg bereikten, fluisterde Rémy: 'Ga daar in de greppel liggen. Straks hoor je soldaten passeren. Houd je adem in. Ik zal jullie zeggen wanneer het veilig is om te gaan.'

Met bonzend hart deed Eva wat hij zei, en ze hielp de kinderen om plat te gaan liggen op de koude grond in een ondiepe geul net naast de weg. Toen het meisje zachtjes begon te huilen, troostte Eva haar door haar dicht tegen zich aan te drukken. Vlak voordat het geknars van kiezels en sneeuw klonk, was het huilen gestild.

De zes lagen daar roerloos, muisstil, terwijl de voetstappen in de stilte van de avond luid en zwaar naderden. Er klonk gelach, een paar woorden Duits, en toen nog meer gelach, terwijl het geluid van de soldaten langzaam uitvaagde in de tegenovergestelde richting. Uiteindelijk was het weer stil. Rémy fluisterde: 'Jongens, het is zover.'

Samen hielpen ze de kinderen overeind. 'Stil doen, hè,' drukte Rémy ze op het hart, en zo renden ze naar het prikkeldraadhek, zo geruisloos mogelijk. Toen ze ervoor stonden scheidde slechts het metalen vlechtwerk hen van Zwitserland, maar opeens kwam Eva erachter dat ze nergens een doorgang zag.

'Hoe...?' vroeg ze, maar Rémy was al een paar passen voor hen, waar hij zelfverzekerd het prikkeldraad zo hoog optrok dat ze er allemaal onderdoor konden kruipen.

'We hebben het hier doorgeknipt,' fluisterde hij. 'Het is een wonder dat ze het nog steeds niet hebben opgemerkt.' En toen zei hij tegen de kinderen: 'Ga maar. Straks zijn jullie veilig, en vrij.'

De oudste jongen, Georges, was de eerste die de grens over tijgerde. Terwijl Didier onder het prikkeldraad door kroop, keek Eva in bewondering toe hoe Georges hem hielp, overeind tilde, en hoe ze met zijn tweeën begonnen te rennen. De derde jongen, Maurice, ging ook, en hij wachtte tot Jacqueline zich door het gat had gewurmd. 'Ik heb haar,' fluisterde hij naar Eva en Rémy. 'Bedankt voor alles.' En toen waren ook die twee weg, twee kleine figuurtjes in het donker, rennend naar de lampjes van een Zwitsers dorp in de verte.

'Het is voor jou ook tijd om te gaan,' zei Rémy, terwijl hij hard in haar hand kneep. 'Snel, voordat de kinderen de aandacht trekken van de Duitsers aan deze kant van de grens.'

Eva keek hem aan. Een ogenblik eerder was ze nog klaar geweest om de kinderen te volgen, ondanks het verpletterende gevoel van verlies dat bezit van haar had genomen. Nu voelde ze, zo duidelijk als ze haar eigen hart kende, dat ze vanavond niet naar Zwitserland zou gaan. 'Ik kan het niet.'

'Je moet, Eva.' Rémy's gezicht bevond zich slechts op enkele centimeters van het hare, zijn ogen keken haar donker en indringend aan in de donkere avond. 'Dit is je kans.'

'Ik weet het.' En toen kuste ze hem langzaam, zacht, en toen hij zich niet terugtrok, wist ze dat hij het begreep. Ze kon niet weg, en hij kon haar niet laten gaan, ook al wisten ze beiden dat het beter was als ze ging.

'Weet je het zeker?' vroeg Rémy uiteindelijk, toen Eva zich buiten adem uit de kus losmaakte.

'Ja.'

'Dan moeten we nu weg. Ik logeer in een safehouse aan de rand van de stad, totdat ik terugga naar de bossen bij Aurignon.'

'Ga je niet terug naar het huis van de priester?'

'Dat is te gevaarlijk. Kom.' Hij greep haar hand, en na een laatste blik op Zwitserland, waar ze hoopte dat de kinderen hun weg zouden vinden naar de veiligheid, volgde ze hem terug naar het donkere Frankrijk.

Het safehouse was een kleine stenen berghut aan de rand van de stad, op een kwartier stevig doorwandelen vanaf de plek waar het doorgeknipte prikkeldraad de opening naar een leven had geboden. Terwijl ze zwijgend voortgingen, waarbij Rémy haar stevig bij de hand hield, stond Eva zichzelf toe om het gewicht daarvan over zich heen te laten komen. Deze avond had haar getoond welke toekomst al haar werk mogelijk had gemaakt.

Rémy opende de deur van het safehouse met een sleutel. Binnen was het koud en donker. Zodra hij de deur achter hen had dichtgedaan en ze daar stonden, zonder licht, trok hij haar tegen zich aan. Zonder ook maar de minste aarzeling drukte hij zijn lippen op de hare, en bewoog zijn handen over haar gezicht, en door haar haar, en vervolgens naar beneden, over de rondingen van haar lichaam. 'Je had niet mogen blijven,' zei hij tussen zijn gretige kussen door. 'Eigenlijk zou je hier niet moeten zijn.'

'Maar...'

'Maar ik ben zo blij dat je er nog bent, Eva,' zei Rémy, bijna zonder zijn lippen los te halen van de hare. 'Ik hou van je.'

Het was de eerste keer dat hij deze woorden tegen haar zei, en het scheurde haar hart wijd open. 'Ik hou ook van jou,' fluisterde ze.

Zijn handen waren fris toen hij ze tegen haar wangen legde en zijn duimen zachtjes naar het kuiltje in haar hals liet afglijden. Ze huiverde toen hij haar weer op de mond kuste.

'Je hebt het ijskoud,' zei hij, en hield zijn hoofd weer rechtop. 'Ik zal de haard aansteken.'

'Ik wil je niet loslaten,' protesteerde ze.

'Maar ik wil je ogen zien, Eva. Ik ga wat licht maken. Ik beloof je dat ik nergens heen ga. Er zou wat te eten moeten liggen in de keuken. Père Bouyssonie zorgt meestal voor wat voedsel.'

Eva wilde niet van Rémy's zijde wijken, maar hij had gelijk: het leek hier wel een ijskast, en ze kon hem amper zien in het donker. Ze deed haar laarzen uit en liep naar de keuken op zoek naar eten, terwijl Rémy houtblokken in de stenen open haard plaatste. Op het aanrecht stond naast een oliestelletje een fles rode wijn, met ernaast een homp brood en een groot stuk kaas. Er lag ook een handgeschreven briefje. *God is met jullie*, stond er, en terwijl ze in ongeloof staarde naar het feestmaal voor haar neus, begreep ze dat père Bouyssonie al moest hebben geweten, nog voordat zij het zelf wist, dat ze vanavond waarschijnlijk met Rémy terug zou komen. Het briefje was zijn zegen, of dat hoopte ze in elk geval.

Ze keerde terug naar de kamer waar Rémy bezig was een beginnend vuurtje op te porren. Zijn jas had hij over een stoel gehangen. Hij draaide zich om en glimlachte toen zij de fles wijn in de lucht hield, het brood en de kaas in de andere arm. 'Père Bouyssonie zorgt goed voor ons, zie ik,' zei hij.

'Denk je niet dat hij het fout zou vinden dat we de nacht samen doorbrengen?' vroeg Eva. De man was tenslotte wel priester.

'Ik denk dat hij weet hoe liefde eruitziet,' antwoordde Rémy. Hij legde de gietijzeren vuurpook weg en kwam naar haar toe. Hij nam de wijn en het eten van haar over en legde het weg op het kleine houten tafeltje in de hoek. En toen, terwijl het vuur begon te knetteren en het langzaam wat warmer werd, liet hij haar jas van haar schouders glijden en hielp hij haar uit haar jurk, waarna ze in haar ondergoed voor hem stond. Hij leunde wat naar achteren om haar met een glinstering in zijn ogen te aanschouwen, waarna hij haar opnieuw kuste. Dit keer zat zijn kus vol behoefte, en zij beantwoordde die door zijn riem los te maken en zijn hemd open te knopen.

Ze bedreven de liefde, snel, dringend, en de scherpe pijn van haar eerste keer werd onmiddellijk weggevaagd door de vloedgolf aan sensaties, het gevoel van Rémy's huid tegen de hare, de geur van het houtvuur, de warmte van hun adem in de koude lucht. Gehuld in dekens en opgekruld bij het vuur dronken ze samen de fles wijn en stortten zich hongerig op het eten, en vreeën een tweede keer. Dit keer waren Rémy's kussen langzamer, dieper, en ze namen de tijd om elkaars lichaam te ontdekken.

Even later lag ze bezweet en glimlachend op zijn blote borst, en hij gaf een zoen op haar kruin. 'Je moet morgen weg, Eva,' mompelde hij. 'Je moet naar Zwitserland. De gedachte dat jou iets zou overkomen is ondraaglijk.'

'Kan ik niet bij jou blijven?' vroeg ze, zuchtend terwijl hij over haar haar aaide, zijn vingers kammend door de klitten die ze hadden gemaakt.

'Je weet dat dat niet gaat, lieve Eva. Maar na de oorlog kom ik je halen.'

'Hoe ga je me dan vinden?'

Hij bleef enige tijd stil, maar zijn handen bleven bewegen, en dat was troostrijk. 'Noem eens een plek die voor jou heel bijzonder is.'

Ze deed haar ogen dicht en snoof zijn geur op, musk en zout en dennen. 'Er is een bibliotheek in Parijs, de Mazarine,' zei ze. 'Toen ik klein was, nam mijn vader me er elke week mee naartoe. Hij repareerde typemachines bij veel bibliotheken voordat hij een baan kreeg bij het hoofdbureau van politie, maar de Mazarine was mijn favoriet. Ik ging altijd op de stenen trap zitten voor de ingang, en zo wachtte ik hem op, dromend van prinsen en prinsessen van koninkrijken ver weg.' Ze lachte zachtjes. 'Weet je, ik fantaseerde altijd dat ik ooit met een prins zou trouwen, precies daar op die bibliotheektrappen.'

'Van de Mazarine?' vroeg Rémy.

'Ja, de Mazarine was onderdeel van het Palais de l'Institut de France, op de linkeroever.'

Rémy gniffelde en kuste haar op het hoofd. 'Ik weet het. Als kleine jongen speelde ik daar altijd op de trappen. Mijn moeder en ik staken de Pont des Arts over, en dan liet ze mij buiten terwijl zij naar binnen ging om te lezen. "Op de grote trap blijven, hoor," zei ze dan. "Er zijn veel slechte mensen in de wereld." En dan bleef ik daar, en dan speelde ik dat ik een ridder was die vijanden afweerde die kwamen om de boeken te stelen.'

Eva ging rechtop zitten en keek hem verbijsterd aan. 'Denk je dat we elkaar dan misschien hebben gezien?'

'Dat is goed mogelijk. Ik kwam er jarenlang heel regelmatig, totdat mijn moeder stierf in de zomer dat ik twaalf werd. Daarna ben ik er nooit meer geweest.'

'En nadat mijn vader zijn baan bij het hoofdbureau van politie had gekregen ben ik er ook niet meer naartoe gegaan.' Ze schudde haar hoofd en leunde weer tegen zijn borst. Was het mogelijk dat de prins van wie ze als meisje zo vaak had gedroomd, er steeds al was geweest? Het voelde als een buitengewoon groot toeval; eerder het lot dan geluk. Ze zuchtte tevreden. 'Het spijt me dat je je moeder hebt verloren toen je nog zo jong was, Rémy. Ik heb je nog nooit over haar horen praten.'

'Ik dacht altijd dat herinneringen minder pijnlijk werden als je ze dicht bij je hield. Maar nu denk ik dat dat misschien toch niet zo is. Dat pijn aan kracht verliest als we erin delen.'

Met tranen in haar ogen knikte Eva. 'Je kunt het altijd met mij delen.'

'Dat realiseer ik me nu.' Rémy drukte opnieuw een zoen op haar kruin. 'Ooit, als de oorlog achter de rug is, zullen we dan weer naar de Mazarine gaan?'

Ze dempte haar lach in zijn borst. 'Dan is Parijs weer Parijs en zal niemand me aangapen omdat ik een Jodin ben. Dan zijn we gewoon twee mensen die hebben afgesproken op de trappetjes voor de bibliotheek.'

Toen het weer stil was, begonnen Eva's oogleden zwaar te voelen. Ze sliep al bijna, toen Rémy de stilte verbrak. 'Jij zei dat je altijd droomde dat je daar zou trouwen.'

'Dat klinkt nu natuurlijk heel suf.'

'Integendeel.' Rémy wachtte totdat Eva hem aankeek. 'Waarom doen we dat niet gewoon?'

'Wat doen?'

'Trouwen. Op het bordes van de Mazarine Bibliotheek.'

'Rémy, ik...' Ze kreeg haar zin niet af. Ze deed haar ogen dicht en voelde haar hart breken. Ze wilde dolgraag met hem trouwen, meer dan wat dan ook ter wereld. Maar hoe kon ze dat Mamusia aandoen, een vrouw die alles kwijt was, een vrouw die het haar nooit zou vergeven als ze met zo'n huwelijk in haar ogen het Jodendom de rug zou toekeren? Maar nee zeggen kon ook niet, want hoe kon ze haar moeders oordeel voorrang geven op dat van haar? Het leek haar vreselijk om een leven te moeten leiden dat werd gedicteerd door andermans vooroordeel. Een juist antwoord bestond niet.

Toen ze haar ogen weer opendeed, zag ze dat Rémy haar aankeek, en aan zijn gezichtsuitdrukking kon ze zien dat hij haar gedachten had gelezen. 'Je moeder,' zei hij zacht. 'Ze zou het nooit goedvinden.'

'Het zou niet uit moeten maken.' Eva veegde een traan weg die over haar wang gleed.

'Natuurlijk wel,' zei hij teder. Hij kuste haar voorhoofd. 'Familie is alles, en op dit moment is jouw familie gebroken.'

'Ooit zal ze het wel begrijpen. Nu is ze gewoon boos. Boos en bang. En ze mist mijn vader zo erg...'

'Wie kan haar dat kwalijk nemen?' Rémy begon Eva's haar weer te strelen. 'Ze is bang dat als jij van iemand houdt die anders is dan jij, iemand die niet tot jouw geloof behoort, dat het betekent dat ze jou dan ook kwijtraakt.'

'Maar dat betekent het niet. Ze zal me nooit verliezen. Daar zorg ik voor. Hoe wij elkaar hebben ontmoet, Rémy, dat moet wel Gods plan zijn.'

'Dan moeten we erop vertrouwen dat hij ons weer bij elkaar zal brengen.' Hij zuchtte diep. 'Het doet er niet toe hoeveel ik van je hou. Ik kan je niet vragen je leven met me te delen, totdat je moeder het begrijpt.'

'Maar, Rémy...'

'Als wij echt bij elkaar horen, dan hebben we nog tijd te over. Maar ik kan niet de reden zijn dat jij na je vader ook je moeder verliest. Daarvoor houd ik te veel van je.'

'Ik hou ook van jou.' Eva voelde haar tranen stromen, de huid van Rémy's borst was er nat van. 'Het spijt me zo, Rémy. Het spijt me dat ik niet sterker ben.'

'Eva, je bent de sterkste persoon die ik ken. Je bent zelfs sterk genoeg om op dit moment weer het juiste te doen, al breekt het je hart.'

Terwijl ze zijn woorden tot zich liet doordringen, wist ze al dat ze de rest van haar leven spijt zou hebben van dit moment. 'Ik zal met haar praten zodra ze in Zwitserland is. Ik zal zorgen dat ze het begrijpt. Maar voor nu kan ik al haar aantijgingen niet uit laten komen door haar in de steek te laten. Ik kan niet de persoon worden die ze vreest dat ik ben. Ik zou het mezelf nooit vergeven als ik haar op die manier kwetste.'

Rémy bracht haar kin lichtjes omhoog met zijn gekromde wijsvinger, en hij keek haar in de ogen. 'Liefste, dat weet ik.'

'Kom je me wel halen? Na de oorlog?'

'Natuurlijk. Ik zal je ontmoeten op de traptreden van de Mazarine, en dan kan de rest van ons leven beginnen.'

'*Ani l'dodi v'dodi li*,' fluisterde ze.

'Wat betekent het?'

'Het is Hebreeuws voor '*Mijn liefste is van mij en ik ben van hem*.' Het komt uit Shir Hashirim, het Lied der Liederen, het Hooglied. Het is... het is wat mensen zeggen als ze gaan trouwen, als ze elkaar eeuwige trouw beloven.'

Rémy lachte naar haar. 'In dat geval... Ani l'dodi v'dodi li.' Hij kwam naar voren en kuste haar, zo zachtjes dat het voelde alsof hij al weg was.

En hoewel haar maag verkrampte van de zorgen, en het vuur slonk, waardoor het in huis langzaam donkerder werd en kouder, zakte Eva uiteindelijk weg, uitgeput van de laatste paar dagen en de emotie van het weerzien met Rémy. Hij bleef haar strelen, over haar hoofd, totdat ze sliep.

28

Eva droomde dat ze in een witte jurk op de trappen van de Mazarine Bibliotheek stond, wachtend op een bruidegom die niet kwam opdagen. Ze schrok wakker, met tranen over haar wangen, en het kostte een paar tellen om te bedenken dat ze niet in Parijs was, dat ze niet in de steek was gelaten voor het altaar, en dat Rémy hier bij haar was.

Maar terwijl ze met haar ogen knipperde tegen het vroege ochtendlicht dat door de kiertjes langs de verduisteringsgordijnen van de berghut naar binnen viel, merkte ze dat het koud was in de kamer, dat het vuur uit was, en Rémy weg.

Ze sprong overeind, met haar hart in haar keel, maar hij was niet in de keuken, en het badkamertje was ook leeg. Ze zwaaide de deur open, de ijskoude ochtend in, hopend dat hij gewoon even naar buiten was gegaan voor wat frisse licht, maar er was niemand in de tuin, en ook geen voetstappen in de pas gevallen sneeuw. Dat wilde zeggen dat hij uren geleden al was vertrokken, in elk geval lang genoeg voor de sporen om helemaal te verdwijnen.

Eva deed de deur dicht. Als verdoofd liep ze terug het huisje in. Op dat moment viel haar oog op een briefje op het houten tafeltje waar ze naast had geslapen. Het was een brief, aan haar gericht. Toen ze hem oppakte en begon te lezen verdween haar laatste restje hoop.

Mijn allerliefste Eva,

Door onze korte tijd hier samen geloof ik weer in wonderen, en onze nacht samen zal ik koesteren totdat we elkaar weer zien. Ik hoop maar dat het ooit anders zal worden voor ons.
Je moet vanavond naar Zwitserland gaan, mijn lief. Dat is de enige manier om in leven te blijven, en je moet in leven blijven, Eva. Je moet doorgaan. Ik zal père Bouyssonie zeggen dat je eraan komt. Als het vanavond donker is moet je naar hem toe gaan, hij zal je over de grens helpen.
Eva, weet alsjeblieft dat ik van je hou, en dat ik dat de rest van mijn leven zal blijven doen.
Mijn liefste is van mij en ik ben van haar.

Rémy

Eva las de brief twee keer, terwijl de tranen over haar wangen stroomden. Rémy was dus de koude nacht ingegaan, wetend dat zij niet sterk genoeg was om hem haar eeuwige trouw te beloven, en dat sneed haar door de ziel. Het was haar schuld, en ze wist dat ze een vreselijke fout had gemaakt. Want haar moeder zag de situatie door een koker die vernauwd werd door boosheid en rouw. Waarom had Eva dat haar leven laten bepalen? Haar toekomst?

Maar wat als Rémy nooit terugkwam? Wat als hij de komende maanden niet overleefde? Wat als Eva zelf zou komen te overlijden? Dan zou ze haar fout nooit meer kunnen terugdraaien, om hem te vertellen dat haar antwoord natuurlijk alleen maar ja kon zijn, om hem te vertellen dat ze van hem hield met heel haar ziel.

Maar opeens kreeg ze een idee. De bus terug naar Annecy reed natuurlijk nog niet, zo vroeg in de ochtend. Dat betekende dat Rémy nog ergens in de stad moest zijn, nietwaar? Misschien had ze nog tijd om hem te vinden, haar fout recht te zetten, om hem te vertellen dat hij het enige was dat telde, en dat ze met hem zou trouwen en een manier zou vinden om haar moeder het te laten begrijpen.

Voor ze het wist had ze haar jas al aan en liep ze buiten, hoewel ze overvallen werd door twijfel toen ze door de verse sneeuw op weg was naar het huis van de priester. Zou het hem in de problemen brengen als ze bij daglicht bij hem zou aankloppen? Ze maakte pas op de plaats en dacht na, maar ze had slechts enkele tellen nodig en liep toen weer verder. Ze moest Rémy zien te vinden.

De schoorsteen rookte en er brandde licht, tekenen dat hij al op was. Zou Rémy bij hem zijn? Eva zei een schietgebedje, haalde adem en klopte aan.

Toen père Bouyssonie de deur een minuut later opendeed, leek hij verrast dat zij het was. Hij knipperde een paar keer met zijn ogen, pakte haar bij de arm en trok haar zonder een woord te zeggen naar binnen. Gehaast deed hij de deur achter haar dicht.

'Je had moeten wachten tot de avond is gevallen,' zei hij, maar hij zei het vriendelijk, niet boos.

'Het spijt me. Ik moet Rémy zien.'

'Het spijt me, lieverd, maar hij is al weg.'

'Is hij hier geweest, vanochtend?'

De priester knikte. 'Hij is voor zonsopkomst vertrokken met een lid van de ondergrondse die naar Lyon reed.'

Eva's hart verzakte. Het was te laat. Ze zou hem onmogelijk kunnen terugvinden als hij eenmaal weer was opgeslorpt door het donkere woud voorbij Aurignon. Haar ogen vulden zich met vocht, en ze veegde haastig haar tranen weg, maar de priester had het al gezien. Hij pakt haar vast voor een knuffel, waarna ze haar voorhoofd liet steunen op zijn schouder en zichzelf toestond om even echt te huilen. Na een tijdje rechtte ze haar rug en slikte.

'Het spijt me,' zei ze. 'Ik... ik had niet moeten komen.'

'Ik ben blij dat je er bent, Eva.' Op dat moment zag ze dat zijn gezicht heel somber stond. 'Ik ben bang dat ik nieuws heb. Ik hoorde het een uur nadat Rémy weg was.'

'Nieuws?'

Hij zuchtte. 'Kom mee.' Hij ging Eva voor naar de zolderladder, die al uitstond, tegen de vliering aan. 'We hebben een bezoeker.' Hij gebaarde haar naar de ladder en volgde haar naar de ruimte boven in de nok.

Het duurde even voordat haar ogen gewend waren aan de duisternis, maar toen ze wat kon zien, hapte ze geschrokken naar adem. Daar in de hoek zat madame Trintinant, de bakker uit Aurignon, met verwilderd haar, een scheur in haar blouse, en rood doorlopen ogen.

'Madame?' zei Eva. 'Wat doet u in hemelsnaam hier? Wat is er gebeurd?'

'O, Eva!' Madame Trintignant kwam naar haar toe geleund voor een onhandige knuffel. 'In Aurignon is het allemaal voorbij.'

'Wat?'

'De arrestaties...' Ze barstte in huilen uit maar herpakte zich al snel. 'De Duitsers kwamen. Heel veel van ons zijn gearresteerd. Madame Barbier, madame Travere. Madame Noirot. Allemaal.'

Er liep een rilling over Eva's rug. 'En père Clement?'

Madame Trintignant schudde haar hoofd. 'Toen ik vertrok ging het goed met hem. Hij was degene die heeft gezegd hoe ik hier moest komen, die erop stond dat ik meteen moest vluchten.' Ze aarzelde, en haar blik dwaalde af. 'Ze hebben je moeder, Eva.'

'Mijn moeder? Nee, nee, dat kan niet. Ze heeft hier helemaal niets mee te maken.'

Een enkele traan ontviel het oog van de bakkersvrouw. 'De Duitsers kwamen, voor jou, en toen je moeder weigerde te vertellen waar je was, hebben ze haar in jouw plaats meegenomen.'

'Nee, nee, nee. Is ze...?' Eva kon de zin niet afmaken.

'Toen ik wegging was ze in leven,' zei madame Trintignant snel. 'Maar ze hebben haar wel naar de gevangenis in Clutier gebracht, denk ik. Ik ben bang dat ze haar echte identiteit kennen.'

Eva voelde haar bloed koud worden. 'Hoe dan?'

Madame Trintignant schudde alleen haar hoofd.

De priester leunde naar voren om in een troostrijk gebaar zijn hand op Eva's schouder te leggen. 'Ik zal voor haar bidden, Eva. Wij allemaal.'

'Maar...' Eva's hoofd tolde. 'Ik... ik moet terug.'

Madame Trintignant en père Bouyssonie wisselden een blik uit.

'Dat kan niet,' zei madame Trintignant ferm. 'Ze weten wie je bent. Ze zijn naar je op zoek. Dan brengen ze je om, Eva.'

'Ik kan mijn moeder toch niet zomaar in de steek laten.'

'Laat het over aan de ondergrondse,' zei père Bouyssonie. 'Ze zullen doen wat ze kunnen.'

Maar Eva wist dat de vechters die zich schuilhielden in de bossen wel wat anders aan hun hoofd hadden dan het bevrijden van een vrouw van middelbare leeftijd die van nul en generlei waarde was voor hen. Ze moest nu gaan, of haar moeder zou sterven. Eva slikte een snik weg. 'Nee,' zei ze, toen ze weer kon ademen. 'Ik moet het goedmaken met haar.'

'Wat er met je moeder is gebeurd is niet jouw schuld.'

'Natuurlijk wel! Als ik niet betrokken was geraakt bij dit alles, dan zaten zij en ik al anderhalf jaar veilig in Zwitserland.'

'Als je nu teruggaat, dan word je zeker vermoord,' zei madame Trintignant zacht. 'Wil je ze dan zo in de kaart spelen?'

Eva staarde haar aan, terwijl haar hart tekeerging van angst. De bakkersvrouw had gelijk, maar had ze een keuze? Ze zou het zichzelf nooit vergeven als ze haar moeder simpelweg achterliet om vermoord te worden voor de keuzes die zíj voor zichzelf had gemaakt. Toen haar vader werd opgepakt, was er niets wat ze kon doen. Maar Mamusia's leven kon worden gered als Eva terugging. 'Ik moet erheen,' sprak ze zachtjes, en haar besluit was al genomen toen ze opzijkeek naar de priester.

Hij aarzelde en knikte. 'Haast je dan maar. De bus naar Annemasse vertrekt over dertig minuten.'

'Dank u wel, père Bouyssonie.'

'Bedank me maar niet. Ik vrees dat ik je de dood in stuur.' Hij zuchtte. 'Moge God met je zijn, Eva. Ik zal voor je bidden.'

De volgende dag tegen het middaguur kwam Eva aan in Aurignon. Ze had de trein genomen vanuit Annemasse naar Lyon, waar ze een slapeloze en ijskoude nacht bibberend had doorgebracht op het station, waarna ze een volgende trein had genomen naar Clermont-Ferrand en toen de bus naar haar stadje. Ze wandelde rechtstreeks naar de kerk en trof daar père Clément aan, staande voor het altaar, tussen aan stukken geslagen kerkbanken. Toen ze binnenkwam draaide hij zich om, zijn ogen werden steeds groter.

'Jij zou in Zwitserland zijn!' zei hij, op haar aflopend, met felle ogen. Zijn soutane zat scheef, zijn gezicht was bont en blauw. 'Mijn God, Eva, wat doe jij hier? Het is hier niet veilig. Dat weet je toch wel?'

‘Mijn moeder,’ wist ze eruit te persen, en in één klap werd zijn gezicht zacht, en overbrugde hij de laatste passen naar haar, en trok haar tegen zich aan terwijl zij instortte in zijn armen. ‘Wat is er gebeurd, père Clément?’ vroeg ze tussen de snikken door. ‘Waar is ze? Ik moet haar helpen.’

‘Kom, ma chérie,’ zei hij, terwijl hij naar achteren week en om zich heen keek. ‘Hier is het onveilig. Ze hebben me nog niet gearresteerd, maar ik vrees dat dat alleen komt doordat ze hopen dat je terugkomt en dat ik hen dan naar jou leid.’

Eva veegde over haar wangen. ‘Ze hebben de kerk vernietigd...’

‘Niet vernietigd, Eva. Een kerk blijft altijd staan, zolang God er is. Vergeet dat niet. Ga nu maar snel, via de achteruitgang naar het schooltje waar je Faucon voor het eerst hebt ontmoet. Weet je nog waar het is?’

‘Ja.’

‘Ik kom zo. Kijk wel uit – misschien word je gevolgd.’

Maar toen Eva via de achterdeur de kerk verliet de stille ochtend in, hoorde ze geen voetstappen achter zich knerpen in de sneeuw. Om zeker te zijn koos ze wel voor een omweg, maar tegen de tijd dat ze de laatste hoek omsloeg naar het schooltje, wist ze zeker dat ze alleen was.

In het verlaten gebouw was het koud en donker. Op enig moment sinds Eva er voor het laatst was geweest was de boel hier geplunderd, met omgegooide lestafeltjes, boeken die van de planken waren gerukt, met uitgescheurde bladzijdes en op een hoop gegooid in een hoek, zonder reden. Het geheel had iets engs, iets buitenaards. De gordijnen waren dicht, maar er kwam zonlicht door de scheuren en winkelhaken, waardoor er bewegende schaduwen op de muren vielen steeds als de wind buiten over straat joeg. Door een gat in een raam drong er dan steeds een bijtend koude luchtvlaag naar binnen.

Eva hurkte in de hoek die het dichtst bij het schoolbord was. Met haar rug tegen de muur zittend voelde ze zich als een rat in de val. Terwijl de minuten wegtikten, nam haar onrust toe. Was père Clément geschaduwd? Gearresteerd? Kwamen de Duitsers haar nu oppakken? Was het dom van haar geweest om naar hem te komen? Had ze, door dit te doen, het gevaar voor hen beiden alleen maar vergroot?

Op dat moment ging de deur van het klaslokaal krakend open, en in een wervelwind van sneeuw en zon stond père Clément daar opeens, die snel de deur achter zich dichttrok. 'Eva,' fluisterde hij. 'Ik ben er.'

Ze kwam overeind en trad uit de schaduw. 'Père Clément. Ik was zo ongerust.'

Terwijl ze daar samen stonden in het flikkerende licht, pakte père Clément haar hand. 'We hebben niet veel tijd, Eva. Je moet Aurignon verlaten voordat ze doorhebben dat je er bent.'

'Dat kan ik niet. Niet zonder mijn moeder.'

'Eva, het spijt me vreselijk, maar het kan heel goed zijn dat ze haar al hebben omgebracht.'

Eva schudde haar hoofd. 'Nee. Nee, dat geloof ik niet.'

'Eva...'

'Wat is er gebeurd, père Clément?' onderbrak ze hem. 'Hoe kon het allemaal zo mislopen?'

'Iemand binnen onze eigen kring heeft ons verraden, Eva. Dat is de enige mogelijkheid. De Duitsers kenden haast iedereen in Aurignon die betrokken was bij ons werk.'

'Kan het Erich zijn geweest?'

'Dat is wel door me heen gegaan, in het begin, maar ik was zijn enige contact, en ik was heel voorzichtig met wat ik deelde.' Hij nam een flinke teug adem. 'Eva, Claude Gaudibert is gearresteerd en gemarteld door de Duitsers. Ik weet zeker dat Erich hem niet kende, hem ook nooit heeft ontmoet, dus hij kan niet degene zijn geweest die hem heeft verraden.'

Als de Duitsers de leider van het verzet te pakken hadden, dan moesten ze wel over informatie van binnenuit hebben beschikt, want alleen een handvol mensen kende zijn identiteit of zijn verblijfplaats. 'Is Gaudibert dood?'

De priester knikte bedroefd. 'Ze hebben zijn lichaam net buiten de stad ergens aan opgehangen, als een waarschuwing voor ons allemaal.'

Eva slikte. 'Waar is Erich nu?'

'Zeer waarschijnlijk ook dood.' Père Clément zag er ellendig uit. 'Als de Duitsers weten waar ze Gaudibert moeten vinden, dan is het niet vergezocht om te denken dat ze ook wisten dat Erich ons informatie doorspeelde.'

'En Faucon? Hebben ze Faucon ook te pakken?'

'Voor zover ik weet is hij nog vrij.'

'Dan ga ik hem zoeken. Hij zal wel weten wat me te doen staat met mijn moeder.'

'Nee,' zei père Clément meteen stellig. 'Zelfs als hij gelokaliseerd kon worden, dan zou je de Duitsers zo naar hem kunnen leiden. Het zou het laatste restje van het netwerk kapotmaken, Eva. Alsjeblieft, doe het niet.'

'Ik weet het wel. Maar ik voel me zo machteloos.' Ze liet haar hoofd zakken. 'Hoe kan ik het mezelf ooit vergeven als de beslissingen die ik heb genomen haar het leven kosten?'

'Eva, de beslissingen die jij hebt genomen, hebben het leven van je moeder gered. Je kunt niet omkijken, alleen vooruit. En op dit moment zijn ze naar je op zoek, Eva. Als je blijft, dan zal je sterven.'

'Maar als ik nu ga, dan zal ik nooit met mezelf kunnen leven.' Ze haalde adem en rechtte haar rug, waarbij ze hem in de ogen keek. ‘Ik kan mijn moeder niet laten stikken. Ik moet doen wat ik kan om haar te redden.’

Hij staarde haar een tijdlang aan en zuchtte. ‘Ik weet het. Ik hoopte dat je van gedachte zou veranderen, maar ik weet het. En ik heb een plan, denk ik. Jij gaat nu schuilen, ergens waar het veilig is. En ik onderhandel met de Duitsers namens jou. Ik zal ze zeggen dat als ze je moeder laten gaan, dat jij jezelf zult aangeven.’

‘Zullen ze dan niet gewoon u arresteren en martelen om erachter te komen waar ik zit?’

‘Dat risico wil ik wel nemen.’

‘Zelfs als ze mijn moeder voorlopig laten gaan, zullen ze haar dan niet opnieuw arresteren zodra ze mij hebben?’

‘Een paar mensen uit Lyon die ik ken en vertrouw zijn nog niet opgepakt. Madame Trintignant is veilig tot aan de grens gekomen, toch? Dat lukt jouw moeder ook. En om de kansen in ons voordeel te vergroten, zal ik een boodschap proberen over te brengen aan de maquisards dat we een afleiding zoeken om te zorgen dat ze veilig kan oversteken.’

‘En dan geef ik mezelf aan, als ik weet dat ze veilig is?’

‘Nee, Eva, natuurlijk niet. Jij rent weg, zo snel je kunt. Je gaat terug naar Zwitserland, en daar word je oud en je gaat mensen vertellen over de dingen die hier zijn gebeurd.’

‘Maar als ik wegren, dan doden ze u.’

‘Die mannen denken nog steeds dat ze God kennen. Ze hebben zichzelf wijsgemaakt dat ze handelen naar Gods wil. Ik móét geloven dat zelfs een nazi wel twee keer zal nadenken voordat hij een katholieke priester in koelen bloede vermoordt.’

Ze keek hem aan, terwijl haar gedachten alle kanten op gingen. Ze kon de priester niet vragen zijn leven te geven voor het hare, of voor dat van haar moeder. De ellende waar haar moeder zich nu in bevond kwam door haar, en dat betekende dat zij degene was die haar moest redden.

'Nee, père Clément. Dank u wel, maar nee. Ik los het anders op.'

'Misschien kan het niet anders.'

'Was u het niet die tegen me zei dat God deuren opent waarvan wij niet eens weten dat ze er zijn? Ik moet erop vertrouwen dat je met moed en geloof alles kunt bereiken.'

Er lag een droevige glimlach op het gezicht van de geestelijke. 'Ik ben bang, Eva, dat dat soms niet genoeg is.'

'Het is het enige wat ik heb. Dank u wel voor alles. Dat u bereid was uw leven te riskeren voor het mijne. Voor het feit dat u me destijds al hebt gered. Dat u me een doel hebt gegeven, en een thuis. Maar nu is het mijn beurt om op te staan voor datgene wat goed is, en juist. En ik vind dat u hier weg moet voor het te laat is. Ga naar Zwitserland. Leef. Mijn moeder en ik zullen u daar opzoeken, zodra we kunnen.'

Ze zag in zijn ogen dat hij wist dat Eva het tot daar zou redden, en dat ze zou sterven voor de vrijheid van haar moeder. 'Ik ga nergens heen, Eva,' zei père Clément. 'Mijn plaats is hier, dat is altijd zo geweest en dat zal altijd zo blijven. God heeft mij niet verlaten, en ik zal hem niet verlaten. En ik zal doen wat ik kan voor je moeder, omdat ik net zomin als jij een onschuldig leven de rug toe kan keren. Dat is mijn besluit, niet dat van jou. Ga nu, Eva. Ga, voordat de Duitsers ons hier vinden.'

Eva omhelsde hem stevig en liet hem pas na een tijdje los. Ze wist dat het de laatste keer was dat ze de priester zag die haar zoveel inzicht had meegegeven. Toen ze even later de koude en winderige ochtend in stapte, bad ze dat God lang genoeg met haar zou zijn, om haar nog één leven te laten redden.

29

Toen Eva vier uur later door Clutier liep op weg naar de kleine plaatselijke gevangenis die nu in Duitse handen was, wist ze dat ze regelrecht het hol van de leeuw in liep en waarschijnlijk levend zou worden verslonden. Maar ze had geen keuze. Haar enige hoop was dat de Duitsers die er de wacht hielden haar niet kenden, en dat ze zich om de tuin zouden laten leiden door haar vermomming die bestond uit meerdere extra lagen kleding, waardoor ze er vijf kilo zwaarder uitzag. In de gauwigheid had ze papieren voor zichzelf gemaakt die van haar een negenenveertigjarige weduwe maakten, wier echtgenoot een oorlog eerder een heldendood was gestorven bij Verdun, en hoewel het nog altijd voelde als een dwaas plan, hoopte ze toch dat de Duitsers op haar pad erin zouden trappen, al was het maar voor een minuut of wat. Dat was genoeg om erachter te komen of haar moeder nog in leven was.

Alstublieft, God, bad ze in stilte terwijl ze naar de gevangenis snelde. Het laatste stuk legde ze langzamer af, met een gebogen hoofd en een slepend rechterbeen, steunend op een stok. *Alstublieft, helpt u me mijn moeder te redden. Wat er met mij gebeurt, dat is uw wil.* Hoe dichter ze het gebouw naderde, hoe zekerder ze wist dat als ze vandaag zou sterven, dat het dan goed was. Ze had altijd geloofd dat de ziel doorleefde na de dood, hoewel de uitleg daarvan in het joodse geloof niet zo duidelijk beschreven was als in het christelijke. Maar als het klopte wat ze dacht, als haar een soort hof van Eden wachtte als ze stierf, dan zou ze Tatuś weer zien, of niet? En ooit, op een dag, naar ze hoopte pas over vele jaren, dan zou Rémy er ook zijn misschien, in het hiernamaals. Zoals zij het zag kon je in het hiernamaals recht in elkaars ziel kijken, en dan wist Rémy tenminste wat haar gevoelens waren voor hem, en hoeveel spijt ze had van het feit dat ze hem had laten gaan.

Als ze het overleefde, dan moest ze een bericht bij hem zien te krijgen dat haar antwoord ja was, altijd al ja was geweest, en altijd ja zou zijn. Na wat er hier gebeurd was, moest haar moeder wel begrijpen dat tegenover zo veel kwaad, de scheidslijn tussen christenen en joden niets betekende. Het enige wat telde was dat Rémy deugde, en dat tijd een veel te kostbaar iets was om te verspillen. *Als u zorgt dat ik blijf leven*, zei ze tegen God toen ze de laatste hoek omsloeg naar Rue de Gravenot, *dan beloof ik dat ik er alles aan zal doen om het ook goed te maken met Rémy. Ik moet mijn fouten goedmaken, voordat het te laat is.*

En toen bevond ze zich voor de gevangenis, die er donker en dreigend bij lag, zelfs in het helle licht van de vroege middag. Of misschien was het gewoon een truc van de schaduw, die de bakstenen omhulde in wreedheid en wanhoop.

Eva zette zich schrap en liep toen met bonzend hart via de hoofdingang naar binnen, trekkend met haar rechterbeen. Een sjaal bedekte de onderste helft van haar gezicht, en een hoed schermde de rest af. Op weg naar de balie schrok ze even toen ze zag dat de bewaker van dienst geen Duitser was, zoals ze had aangenomen. Hij was een Franse gendarme, die door papieren zat te bladeren, met ogen die roodomrand waren van moeheid, en met een mond als een streepje onder een dunne snor.

Hij keek op toen ze op hem afkwam. Op dat moment haatte ze hem zo vurig, dat ze er zelf van schrok. Hij was niet geboren aan de vijandelijke kant. Hij was een Fransman, die ooit had gezworen dat hij zijn eigen volk zou beschermen. Maar die eed had hij in de wind geslagen, en hij had de kant van de bezetter gekozen, waarschijnlijk in een poging om zichzelf te verzekeren van een hoge functie na de oorlog. De Duitsers zouden op een dag betalen voor wat ze hadden gedaan, daar was Eva zeker van, maar er was een speciaal plekje in de hel gereserveerd voor de Franse mannen en vrouwen die hun broeders en zusters hadden verpatst aan de vijand.

De gendarme nam haar op met een vluchtige, holle blik. 'Madame?'

Eva nam een flinke teug adem, vermande zich, en liet haar hoofd toen nog verder tussen haar schouders zakken. 'Ik kom voor Yelena Moreau,' zei ze met een zo laag mogelijke en beverige stem, als van een verdrietige vrouw die het nodige te verduren heeft gehad.

'En wat wilt u precies van madame Moreau?' vroeg de gendarme, met eindelijk een sprankeling van belangstelling in zijn ogen. 'Niet dat dat haar echte naam is, de vuile Jodin.' Hij keek Eva vorsend aan met priemoogjes, maar zij hield haar kin omlaag en de rand van haar hoed voor haar ogen, terwijl ze worstelde om de woede weg te houden van haar gezicht. Toen hij vooroverleunde om haar beter te kunnen zien, ontstak zij in een gewelddadige, rochelende hoestbui, zonder de moeite te nemen een hand voor haar mond te doen. Hij week naar achteren, met een van afschuw vertrokken gezicht.

'Ik ben gestuurd door mijn kerk,' gierde ze, en voordat de gendarme kon vragen door welke kerk, of waarom, begon ze weer te hoesten, hard en lang, waarbij ze zo veel mogelijk speekselspetters zijn kant op liet vliegen. Met een gezicht vol walging schoof hij zijn stoel een stuk naar achteren, en toen wist ze dat ze hem goed had ingeschat; een mogelijk tbc-geval uit de weg blijven vond hij belangrijker dan het uitvoeren van Duitse bevelen.

'Nou, dan bent u te laat,' zei hij, en richtte zich op zijn papierwerk.

'Te laat?' vroeg Eva, zo gelijkmatig mogelijk.

'Dat zei ik, ja.'

'Is ze overgebracht?' Maar waarom zouden ze haar moeder naar het oosten hebben gestuurd als ze van plan waren geweest om haar als lokaas in te zetten?

'Overgebracht?' De gendarme keek bijna geamuseerd terwijl hij snoof. 'Nee, mevrouw, ze is geëxecuteerd. Vanochtend.' Hij hield zijn wijsvinger en duim in de vorm van een pistool en deed een schot na.

De wereld stond stil. Eva wankelde op haar benen, en ze kreeg geen adem. Ze probeerde te slikken, maar haar mond was kurkdroog. Ze klapte dubbel om te hoesten, en dit keer was het geen toneelspel maar kwam het door puur verdriet. 'Nee,' zei ze, zo ferm als ze kon. 'Nee, nee. Dat bestaat niet. Ze heeft niets verkeerd gedaan.'

Van het gezicht van de man was een moment lang afwisselend argwaan en onverschilligheid te lezen, waarna hij berustte in het eerste. 'Ik hoor dat ze een dochter had die de ondergrondse hielp. Weigerde haar te verraden.' Hij kwam iets naar voren en probeerde de Eva's gezicht te zien, maar zij dook weg om haar tranen te verbergen. 'Daar weet u niet toevallig iets van, of wel? Over die dochter?'

'Natuurlijk niet.' Eva wist verontwaardiging in haar toon te leggen, hoewel haar stem beefde. 'Weet u zeker dat u haar niet verwart met iemand anders?' Misschien was haar hele wereld toch niet aan het verpulveren tot stof, terwijl hij haar aanstaarde, onwetend.

'Ik heb het met mijn eigen ogen zien gebeuren.' De man leunde achterover in zijn stoel, met een tevreden blik, en Eva had nog nooit iemand zo gehaat. Dóód. Ze kon het zich niet voorstellen.

'Aha.'

De man was nog niet klaar. Als een bloedhond die aangeschoten wild ruikt, leek zijn interesse opeens gewekt. 'Weet u wat het ergste is?'

'Ik heb geen idee.' Eva kon het gal proeven, dat bitter achter in haar keel kwam opzetten. Ze moest overgeven, en heel even kon ze voor zich zien hoe ze haar volledige maaginhoud op het vlekkeloze uniform van de gendarme leegde. Maar ze kon het risico niet lopen dat zijn walging in woede zou veranderen.

'Terwijl ze stierf was ze nog steeds haar dochter aan het verdedigen!' Hij grinnikte, alsof hij een mop had verteld aan een vriend, en niet zojuist het hart van een vijand had gebroken. 'De Duitser die het bevel had gegeven vroeg of ze nog laatste woorden had, en toen kwam er wat onzin uit over dat ze trots was om de moeder te zijn van zo'n moedig mens.' De man schudde zijn hoofd en snoof. 'Oude sufferd. Allemaal de schuld van die dochter.'

'Ja, dat is waar. Daar twijfel ik geen moment aan.' Eva dook zo diep mogelijk weg achter haar sjaal, hopend dat hij haar tranen niet zou zien. Ze voelde haar hart breken, en ze bedacht dat ze zichzelf nooit zou vergeven. 'En die vrouw met wie ze is gearresteerd? Madame Barbier?'

De gendarme haalde zijn schouders op. 'Ook dood. Wat verwacht u dan? Ze hielp de ondergrondse. Ze had beter moeten weten.'

'Ik begrijp het.' Eva hoorde haar eigen stem hees worden van verdriet, maar de man leek het niet te merken. 'Wel, ik moet terug naar de kerk. Ik zal bidden voor madame Moreau en madame Barbier, maar er zijn andere parochianen die onze hulp ook nodig hebben.'

'Maar natuurlijk,' zei de man. 'Hoewel u misschien eens met de kerk zou moeten spreken over het niet meer ondersteunen van verraders?'

'Ik weet vrij zeker, monsieur,' antwoordde Eva met een trilling in haar stem, 'dat verraders hun verdiende loon zullen krijgen wanneer ze voor God komen te staan.'

De man knikte, tevreden, en Eva bracht nog een laatste natte hoestbui ten tonele, zodat hij haar niet achterna zou komen. Eenmaal buiten, braakte ze in de bladerloze bosjes net naast de gevangenis tot er niets meer in haar maag zat. Haar tranen smolten de sneeuw weg.

Eva had nu niets meer te verliezen.

De Duitsers hadden haar vader van haar afgepakt en nu ook haar moeder, en ze wist dat het haar eigen schuld was. *Ze was trots om de moeder te zijn van zo'n moedig mens*, had de gendarme gezegd, maar Eva was niet moedig. Ze was doodsbang; dat was ze al die tijd al geweest. Ze had zichzelf wijsgemaakt dat ze haar angst kon wegslikken en iets kon bijdragen. Maar het enige wat ze had bijgedragen was het verlies van de vrouw die haar had gebaard. Waren Tatús' laatste woorden niet geweest dat ze goed voor haar moeder moest zorgen? In plaats daarvan had Eva haar voor de wolven gegooid.

Eva had haar vader laten stikken, in Parijs, en nu had ze dus ook haar moeder laten stikken. Haar ouders waren dood, en dat was allemaal haar fout. Ook Rémy had ze gekwetst, door hem te laten geloven dat ze niet met hem wilde trouwen. Wie wist wat hem allemaal kon overkomen, daarbuiten in dat koude, donkere bos, voordat ze de kans zou krijgen om dingen recht te zetten? Bovendien was alles ook nog eens voor niets geweest, want haar moeder was gestorven in de overtuiging dat Eva haar geloof verraadde.

Op een koude dag vorige winter, toen Rémy haar had verteld dat hij meer wilde doen om terug te vechten, had Eva niet helemaal begrepen wat hij bedoelde. Ze waren toch al bezig met verzet, met hun vervalsingswerk? *Iemand zal de wapens moeten opnemen tegen de Duitsers, Eva,* had hij gezegd. *Niemand komt ons redden.* Die woorden hadden haar angst ingeboezemd, maar dat was vóór ze haar moeder had verloren. Voordat haar leven was ingestort, door haar eigen fouten.

Dat was voordat de Duitsers haar alles hadden afgenomen.

Het maakte niet meer uit of ze bleef leven of niet, en daarom besloot ze om op weg te gaan naar de boerderij waar Joseph soms verbleef. Ze zou goed opletten dat ze niet werd gevolgd, maar ze moest wat doen. Ze moest de wapens opnemen tegen de monsters die haar ouders van haar hadden afgepakt. Tot nu toe had ze in deze oorlog mensen geholpen op een passieve manier, maar dat volstond niet meer. Ze wilde bloed zien, en ze zou op haar knieën gaan om Joseph te smeken haar te helpen, als het moest. Hij kon voor haar instaan en haar naar de strijders in het bos sturen, hij zou ze vertellen dat zij alles zou doen wat ze vroegen.

De terugrit naar Aurignon en het stuk lopen naar de rand van de stad hadden niet geholpen tegen het bloeden van haar hart, en toen ze de landweg opliep naar de boerderij, ploegend met haar laarzen door een dikke laag sneeuw, was ze zelfs nog kwader dan toen ze net de gevangenis uit kwam. Ze was hier met een omweg naartoe komen lopen, kriskras door de stad, en in een portiek van een leegstaande winkel had ze haar extra lagen kleding uitgedaan. Ze had haar sjaal stevig om haar hals gewikkeld tegen de wind die steeds heftiger werd naarmate ze verder weg was van het plein. Toen ze eenmaal de voordeur van de boerderij naderde keek ze nog een laatste keer over haar schouder, maar ze was echt helemaal alleen.

Ze klopte aan, maar er kwam geen antwoord, zelfs niet toen ze hardop vroeg of er iemand was. De deur zat op slot, en toen ze aan de achterkant van het huis door een raampje tuurde waar het gordijn niet helemaal voor hing, zag het er daarbinnen donker en verlaten uit. Een spinnenweb glinsterde in het raamkozijn.

Het leek of de boeren die er woonden waren vertrokken, misschien wel opgepakt door de Duitsers. Maar bivakkeerde Joseph misschien nog in de schuur, zoals eerst? Het leek onwaarschijnlijk, maar ze wist niet waar ze anders heen moest. In paniek ploegde Eva door de sneeuw naar het scheefstaande oude gebouw. Binnen rook het naar beschimmeld hooi en zure melk. 'Hallo?' riep ze, voor het geval Joseph haar had horen aan komen lopen en zich schuilhield. 'Ik ben het! Eva! Ik heb je hulp nodig!'

Boven haar hoofd bewoog er iets. Ze keek op. 'Joseph?' riep ze. 'Alsjeblieft! Ben je er?'

Haar vraag bleef onbeantwoord hangen. Verslagen liet ze haar schouders zakken. Het geluid dat ze had gehoord, was waarschijnlijk een muis geweest of een of ander dier dat het geluk had gehad om hier een schuilplek te vinden tegen de strenge winter toen de mensen waren gevlucht. 'Alsjeblieft?' riep ze nogmaals, maar ze wist al dat het verspilde moeite was. Joseph was allang gevlogen, en met hem ook de hoop dat ze zich zou kunnen aansluiten bij het gewapend verzet.

Eva wilde zich omdraaien om te gaan, met kletsnatte wangen van de tranen. Het was allemaal zo hopeloos, zo onmogelijk.

Maar toen, op het moment dat ze de staldeur door wilde lopen, terug de ijskoude middag in, hoorde ze achter haar iets fluisteren.

Ze draaide zich om, en staarde het duister in. Had ze het zich ingebeeld? Was ze zo wanhopig dat ze dingen dacht te horen?

'Eva.' Daar was het weer, zwakjes maar onmiskenbaar. De stem kwam vanaf de hooizolder boven haar hoofd. Daar was iemand.

'Joseph?' riep ze, haastig het laddertje beklimmend dat tegen de achtermuur stond. Zodra ze een blik wierp achter de hooibalen die daar lagen, moest ze een gil onderdrukken. Meerdere balen hooi waren donkerrood besmeurd, en op de houten vloer zag ze donkere vlekken. Er hing een ijzerachtige geur, en in het hoekje lag Geneviève, onhandig onderuitgezakt op haar rechterzij. Haar vaalblauwe katoenen jurk zat onder het bloed. Er zat een gat, donker en gapend, op de plek waar haar maag had moeten zitten.

'O, mijn God, Geneviève!' riep Eva uit. Ze vloog op haar af en streek haar met bloed doordrenkte donkere haar weg uit haar bleke gezicht.

'Eva,' fluisterde Geneviève. Haar oogwimpers knipperden, ze was maar net bij bewustzijn. Ze staarde Eva aan zonder te focussen. 'Ben jij het?'

'Ja, Geneviève! Wat is er in godsnaam gebeurd?'

Geneviève moest hoesten, en uit haar mondhoek kwamen bloedbelletjes. 'Gérard,' fluisterde ze.

Eva keek om zich heen. 'Is hij hulp gaan halen?'

'Nee, Eva.' Weer hoestte ze, waarna er bloed langs haar kin liep. 'Hij was het.'

'Wat?'

'Hij... hij heeft me gedood.'

Geneviève wist waarschijnlijk niet wat ze zei. 'Nee, Geneviève, je bent nog in leven.'

Geneviève grimlachte zwakjes. 'Ik ga dood, Eva.'

‘Ik ga hulp halen.’

‘Te laat.’ Ze hoestte opnieuw, en gaf opnieuw een mondvol bloed op. ‘Gérard is de verrader, Eva. Degene die ons allemaal heeft verraden.’

Eva beefde. ‘Nee. Nee, nee, nee. Dat is onmogelijk. Ik ken hem al jaren. Hij zou nooit...’ Ze maakte haar zin niet af. ‘Nee,’ fluisterde ze.

‘Hij... hij vertelde me dat toen de Duitsers hem arresteerden in december, ze hem hebben aangeboden dat ze hem zouden betalen als hij informant zou worden.’

‘Maar hij is Joods!’

Ze sputterde, gorgelend van het bloed. ‘Je had niet zo vroeg al moeten vertrekken, zei hij. Hij had jou beloofd aan ze, hij had beloofd dat hij de Jodin zou brengen die achter alle vervalste papieren in de regio zat. Hij geloofde niet dat ik niet wist waar je heen was.’

Er ging een koude rilling door Eva heen. ‘Heeft hij je dit aangedaan om míj?’

‘Het is niet jouw fout.’ Geneviève greep naar Eva’s hand, terwijl haar oogleden weer knipperden. ‘Het is mijn fout.’ Ze haalde schokkerig adem, en Eva hoorde geratel in haar longen. ‘Ik... ik heb de verkeerde persoon vertrouwd.’

‘Ik vertrouwde hem ook.’

‘Je moet weg. Voordat hij terugkomt.’

‘Ik kan je niet alleen laten.’

‘Voor mij is het voorbij.’ Genevièves stem werd zwakker. ‘Zet hem betaald wat hij heeft gedaan.’

‘Maar...’

‘Eva. Ga nu.’

Eva aarzelde. Ze legde een hand op Genevièves middel en voelde enkel warm en stromend bloed. Joseph had haar neergeschoten en achtergelaten om een trage, ellendige dood te sterven, helemaal alleen. Maar ze zou niet alleen zijn. Dat kon Eva tenminste nog voor haar doen. 'Ik laat je niet alleen, lieve vriendin. Ik ben bij je.'

Geneviève was te zwak om ertegenin te gaan. En terwijl Geneviève soms het bewustzijn verloor, en dan weer bijkwam, hield Eva haar hand vast en zong 'Au clair de la lune', het slaapliedje dat Genevièves moeder voor haar had gezongen toen ze klein was. '*Ma chandelle est morte*,' zong Eva, '*Je n'ai plus de feu. Ouvre-moi ta porte pour l'amour de Dieu*.' Mijn kaars is dood. Ik heb geen licht meer. Open je deur voor me, in godsnaam.

Terwijl Geneviève weggleed, zong Eva het lied opnieuw, waarbij ze de laatste woorden veranderde in een gebed. 'Open de deur voor haar, God, alstublieft.' En toen was ze weg, en haar lijden voorbij. Eva stond op, met handen die rood en nat waren van het bloed van haar vriendin, en ging toen naar de ladder, met nog een onschuldige dood op haar geweten, en nog een extra reden om te vechten.

De enige plek die Eva kon bedenken om heen te gaan, was de kerk. Ze was nog volledig van de kaart door de klap van het verraad, ten prooi aan schuldgevoel en verwarring. Hoe kon Joseph zich zo tegen hen hebben gekeerd? Tegen háár? Het was wel duidelijk dat ze hem nooit echt had gekend, die charmeur met de donkere knappe trekken en het hart van steen. Ze brandde van kwaadheid, op Joseph en op zichzelf. Hoe kon ze zo blind zijn geweest, hoe kon ze hem zo makkelijk hebben geloofd, alleen omdat ze hem had gekend in haar vorige leven?

Ze moest père Clément zien te waarschuwen. Maar hoe kon ze Joseph tegenhouden als hij al hier was? Hij had een pistool, en zij had alleen... wat? Haar gerechtvaardigde woede? Haar verlammende verdriet? Toch moest ze het ermee zien te doen. Ze had haar moeder en Geneviève al teleurgesteld. Ze kon de goedhartige pastoor niet óók teleurstellen.

Snel waste ze zo veel mogelijk het bloed van haar vriendin van haar handen en gezicht, en toen pakte ze Genevièves fiets en ging op weg naar het stadje. Ze moest ermee aan de hand lopen door de sneeuwstorm totdat ze bij de weg kwam, die was geveegd. Ze klom op het zadel en fietste de rest van de weg terwijl de zon langzaam achter de horizon verdween en haar tranen bevroren in de wind.

In de kerk was het donker en stil, hoewel de grote deur niet op slot was. *Dit is het huis van God*, had père Clément eens gezegd. *De deur mag nooit op slot zitten voor een ziel die op zoek is naar Gods vrede.* Maar het was geen vrede waar Eva op uit was.

Ze controleerde père Cléments kantoortje, het biechtgestoelte, de geheime bibliotheek. Maar de kerk was verlaten. Een vluchtige scan van zijn kleine appartement achter de kerk leverde ook niets op. De deur zat op slot en de ramen waren donker. Eva ging terug naar de bibliotheek, hoewel ze wist dat ze een makkelijke prooi was, als ze daar bleef. Joseph wist ervan, en hij wist ook dat père Clément de sleutel had. Vroeg of laat kon hij binnenvallen.

Maar er was iets wat ze moest doen.

In de volledige stilte stak ze een aantal lantaarns aan en trok het Boek van verloren namen van zijn onopvallende plek op de plank. Dit was het enige wat Joseph haar niet kon ontnemen; ze dankte God dat ze het geheim alleen met père Clément en Rémy had gedeeld.

Ze staarde een tijdje naar het boek in haar handen. Het bruine leer was verder versleten dan toen ze het voor het eerst vasthad, met meer rimpels op de rug, en twee licht vaal geworden plekjes op de achterkant en een op de voorkant, van haar eigen vingertoppen, door het aantal keren dat ze het boek had vastgepakt zonder de chemicaliën en inkt eerst helemaal van haar vingers te wassen. Maar ze was de laatste persoon geweest die er iets op had achtergelaten. Hoeveel katholieke gelovigen hadden dit boek de afgelopen twee eeuwen in hun handen gehad voordat het bij haar terecht was gekomen? Het was er al vóór de Franse Revolutie, zelfs voor Napoleons geboorte, vóór Lodewijk XVI en Marie Antoinette in naam van de vrijheid waren onthoofd, voordat Eva's ouders naar Frankrijk waren gekomen op zoek naar leven in vrijheid en met kansen. En nu was het hier, in de handen van een trotse Jodin, achter in een kerk waar God had moeten toezien hoe het kwaad en verraad zich hadden geopenbaard.

Eva knipperde haar tranen weg en sloeg het boek open op pagina twee, die van Rémy. Ze wist precies wat ze hem wilde vertellen, wat ze zou hebben gezegd in het huisje aan de uiterste rand van Frankrijk, nog maar een paar dagen eerder. Op de eerste regel zette ze met trillende hand een sterretje boven de eerste *é* in *étoit*, vervolgens een stip boven de *p* in *prions*. Op de pagina erna zette ze een stip boven de *o* in *recevoir*, en op pagina vier, een stip boven de *u* in *leurs*. Zo ging ze verder op Rémy's pagina's – zes, negen, veertien, tweeëntwintig, vijfendertig, en zo door – totdat ze had gezegd wat ze wilde zeggen: *Épouse-moi. Je t'aime.*

Ze sloot het boek nadat ze een stip boven de eerste *m* op pagina 611 had gezet; er waren niet genoeg pagina's over voor de laatste *e*, maar het was genoeg om de boodschap te ontcijferen: *Trouw met me. Ik hou van je.* Toen ze het boek weer op zijn plek schoof, liet ze haar hand nog heel even liggen op de rug. Zou Rémy het vinden? Zou hij te weten komen dat ze van hem hield? Of zou het boek uiteindelijk toch niets kunnen betekenen?

Precies op dat moment hoorde ze iets bij de deur. Snel trok ze haar hand weg van de boekenplank. Het was te laat, besefte ze, te laat voor alles. Terwijl Joseph de kamer in kwam, met in zijn hand een pistool, drukte Eva zich plat tegen de muur. Ze had niets om zich mee te verdedigen, niets dan boeken. Ze taste achter zich naar iets, en haar hand vond de rug van een zware bijbel. Hij zou haar neerschieten, dat wist ze, maar ze zou het niet lijdzaam ondergaan.

'Joseph,' prevelde ze.

Zijn gezicht vertrok terwijl hij de ruimte betrad die ze ooit had gedeeld met Rémy. 'Eva, je bent nog dommer dan ik dacht. Ben je teruggekomen? Naar de enige plek waarvan je wist dat ik je er zou kunnen vinden?'

Ze ademde diep in. 'Ik moest wel.' Zelfs als ze hier vandaag zou sterven, wat bijna een zekerheid was, dan zou Rémy weten dat ze van hem had gehouden.

'Weet je, ik heb je nooit begrepen, Eva Traube, zelfs in Parijs al niet, met je grote ogen en je neus in de boeken alsof de buitenwereld er niet toe deed. Je bent altijd al een vreemde vogel geweest, of niet soms? En jij dacht dat ik niet zag hoe je naar me keek? Net als alle anderen. Ik had je makkelijk kunnen hebben, als ik had gewild.'

Ze ging er niet op in. 'Wat heb je gedaan, Joseph? Met Geneviève? Met mijn moeder?'

Hij had tranen in zijn fonkelende blauwe ogen, een ogenblik lang, totdat hij wegkeek. 'Het was niet mijn bedoeling ze iets aan te doen, Eva. Ik had het niet meer in de hand.'

'Wát niet? Hoe kon je dit allemaal doen, rotzak?'

Toen hij terugkeek, waren de tranen weg, vervangen door een blik van ijzeren vastbeslotenheid die haar de rillingen gaf. 'Ik had geen keuze. De Duitsers wisten dat ik deel uitmaakte van de ondergrondse. Ze zouden me executeren, dus toen heb ik ze een aanbod gedaan.'

'Het was jóúw idee om voor de Duitsers te gaan werken?'

'Jij zou hetzelfde hebben gedaan om jezelf te redden.'

'Nee, Joseph, ik niet. In geen miljoen jaar.'

Hij kneep zijn ogen tot spleetjes. 'Ze zouden je de kans niet hebben gegeven. Je bent een Jood.'

'Jij ook!'

Hij schudde zijn hoofd, met een zelfvoldane lach om zijn lippen. 'Mijn vader was katholiek. Mijn moeder half Joods. De Duitsers zeiden dat ik geluk had, een druppel Joods bloed erbij en ik was vervloekt geweest.'

'Je bent sowieso vervloekt, Joseph. Denk je echt dat er een plek voor jou is in Duitsland als ze de oorlog winnen? Ze zullen je altijd als een Jood blijven zien. En als Frankrijk wint, dan wacht je de dood, want verraders worden geëxecuteerd.'

'Denk je dat ik daar niet over heb nagedacht? De Duitsers hebben beloofd dat ze me zullen betalen, genoeg om te kunnen verdwijnen na de oorlog en mijn leven te leiden.' Zijn uitdrukking werd harder. 'Trouwens, straks is er niemand meer over om te vertellen wat ik heb gedaan, Eva.'

Ze slikte. 'Dus je gaat mij ook vermoorden. Net zoals je mijn moeder hebt vermoord.'

Zijn mondhoeken gingen omlaag. 'Dat was niet mijn bedoeling. Ik vond je moeder aardig, Eva. Echt. Helaas was ze op de verkeerde plek, op het verkeerde moment. Ze kwamen madame Barbier halen, en toen ze je moeder ook hadden gearresteerd vroegen ze of ik haar kende. Ik wilde het ontkennen, maar toen smeekte ze me om haar te helpen. Ze heeft zelfs mijn echte naam gebruikt, die oude domkop! Daarna kon ik niet meer ontkennen dat ik wist wie ze was, vooral omdat toen wel duidelijk was dat ze je moeder is. En ze weigerde de Duitsers te vertellen wat ze wist, Eva. Ze hadden haar naar het oosten kunnen sturen in plaats van haar te executeren als ze had verteld waar je was. Het is haar eigen stomme schuld.'

'Niets hiervan was haar schuld.' Eva slikte de brok in haar keel weg. 'En Geneviève?'

Hij beet op zijn kiezen. 'Als de dingen er anders voor hadden gestaan, dan hadden we wellicht een kans gehad. Maar ik moest weten waar je was. Je bent mijn ticket naar een nieuw leven, Eva. Gaudibert had ik ze al gegeven. Jij bent de tweede helft van de overeenkomst. Als ik jou aangeef bij de Duitsers, als ik ze de Jodin schenk die achter de grootste vervalsingsoperatie in de regio zit, dan blijf ik in leven. Begrijp je mijn dilemma? Geneviève had informatie, maar ze weigerde mij die te geven. Ik wilde haar alleen maar onder druk zetten, Eva, maar ze was egoïstisch. Ik vertelde haar dat jou aangeven de enige optie was om mijn leven te redden, en ze weigerde.'

'En daarom schoot je haar in haar buik en liet je haar achter om te sterven?'

'Het is vervelend dat het zo moest eindigen.'

'Je bent een monster.'

Hij keek opzij. 'Ik wist dat je het niet zou begrijpen. En hoe zou je het ook moeten begrijpen. Jullie Joden hebben geen toekomst in Frankrijk, maar ik wel. Dat moet je toch inzien.'

Ze voelde een enorme woede opwellen, bijna als een fysieke sensatie. Ze dwong zichzelf kalm te blijven. 'En wat gebeurt er nu, Joseph?'

'Jij vertelt me alles over wat je het laatste jaar hebt gedaan. Ik weet waar je het papier vandaan hebt, natuurlijk, en ik heb de Duitsers alles verteld over de Algerijnse droppings van de geallieerden, maar hoe komen de documenten zelf zo echt? Ik ben al maanden bezig die informatie via Gaudibert en père Clément te verkrijgen, maar die twee zijn zo voorzichtig, ze houden hun lippen stijf op elkaar. Zelfs toen Gaudibert gemarteld werd, wilde hij jouw geheimen niet prijsgeven! Hoe wissen Rémy en jij de gegevens uit? Hoe maken jullie al die stempels zo perfect na, en zo snel, zelfs wanneer de Duitsers wisselen van methode en inkten? Met welke netwerken werken jullie samen? Wie zijn jullie contacten? De Duitsers moeten dit weten zodat ze alle andere vervalsingskantoortjes zoals die van jullie kunnen oprollen, in heel Frankrijk. Als ik ze die informatie verschaf, dan laten ze me gaan, en kan ik een nieuw leven beginnen.'

'Je bent gek als je denkt dat ze zich aan hun belofte houden, Joseph. Ze gaan je vermoorden.'

Hij schudde zijn hoofd. 'Je weet niet waar je het over hebt. Nou, wat zal het zijn? Geloof me, het is makkelijker als je die informatie gewoon aan me geeft.'

'Waarom zou ik jou iets aan je neus hangen, jij vieze verrader?'

'Als je het niet doet, dan draag ik je over aan de Duitsers, en die slaan het wel uit je. Ze gaan je martelen totdat je om genade smeekt, totdat je ze smeekt om een kogel door je kop te jagen. Ik ben een oude vriend, Eva. Ik zou liever zien dat je een rustige dood sterft. Help mij, dan help ik jou.'

'Zoals je Geneviève hebt geholpen?'

Er flikkerde iets op in Josephs blik, iets van spijt misschien. Maar zo snel als het was gekomen was het ook weer weg. 'Ik zei toch, ze had zichzelf kunnen redden. Ik had haar met me mee kunnen nemen. Maar ze hield niet genoeg van me. Haar fout.'

'Háár fout?' Ze kookte nu bijna van woede, en voordat ze het wist, had ze de zware bijbel van de plank achter haar gepakt en met al haar kracht naar zijn hoofd gesmeten. Zijn hand ging omhoog om de klap af te weren, maar door de schrik ging zijn wapen af. De kogel doorkliefde de lucht vlak boven Eva's rechterschouder, zo dichtbij dat ze hem voelde passeren. Toen Joseph weer overeind kwam had hij een klein sliertje bloed boven zijn rechterwenkbrauw, en zijn gezicht stond op onweer. Maar ze was blij dat ze hem op zijn minst verwond had, al was dit het laatste wat ze ooit zou doen.

'O, Eva. Dat zal je berouwen,' gromde hij.

Ze rechtte haar rug en dacht aan haar moeder, aan haar vader, aan Rémy, aan alles wat ze kwijt was geraakt door deze oorlog. 'Wat ik allemaal berouw, dat zul jij nooit weten. Maar dat ik jou heb verwond, daarvan zal ik nooit berouw hebben.'

Hij hief zijn pistool weer. 'Vertel me hoe je de documenten vervalst, Eva, of ik zal je zelf martelen. Ik omarm de kans, jij stomme koe. En dan moet je eens zien hoe snel jij jouw o zo dierbare Rémy plus alle anderen opgeeft.'

'Ik sterf nog liever, Joseph.'

'O, ja, sterven zal je, Eva. Het is meer een kwestie van hoeveel pijn het zal doen. Als je nu niet begint te praten, dan schiet ik je in je been. Dan bloed je langzaam dood, en dat zal vreselijk veel pijn doen. Daar zorg ik voor.'

'Hiervoor zal je boeten, en voor al het andere wat je hebt gedaan.' Ze spuugde naar hem.

Zijn gezicht werd donker, met razernij in de ogen die ze ooit zo mooi had gevonden. 'Ik wil dit niet doen, Eva, maar je laat me geen keuze. Je hebt tien tellen om te beslissen, en die tijd geef ik je alleen vanwege onze lange vriendschap, weet je, maar als je nog steeds zo koppig doet als ik bij nul ben, dan ben ik bang dat ik geen andere keuze heb dan de trekker overhalen. Begrijp je? Tien, negen, acht...'

'Loop naar de hel, Joseph.' Terwijl hij doortelde, sloot ze haar ogen en begon te bidden – niet om te overleven, want ze wist wel dat die kans was verkeken.

'...zeven, zes, vijf...'

In plaats daarvan bad Eva dat ze de kracht had en de volharding om haar laatste adem uit te blazen voordat ze iemand zou verraden. Er zou niet nog iemand sterven door haar toedoen, dat kon ze niet verdragen.

'...vier, drie, twee...' Terwijl Joseph de nul naderde, zette Eva zich schrap voor de scherpe pijn die haar wachtte, en de lijdensweg die dan nog moest beginnen. Toen het pistool afging, klonk het als een explosie. Het weergalmde in de kamer, en haar oren deden pijn van de knal. Toch duurde het even, voordat ze besefte dat ze niets voelde. Had hij gemist? Haar ogen gingen open, en haar mond viel open.

Daar op de grond voor haar neus lag Joseph op zijn buik, zijn hoofd opzij, zijn ogen waren open maar keken niet, zijn mond gapend open, en een bloedende kogelwond in zijn achterhoofd.

Boven hem stond Erich, met een pistool in zijn hand waar rook van opsteeg, in nazi-uniform, en hij keek Eva aan. 'Je moet weg, Eva,' zei hij. 'Ga nu. Ze zijn onderweg om je te arresteren.'

Ze begon te beven terwijl ze hem in shock en ongeloof aankeek. 'Hoe...?'

'Joseph heeft mij ook verraden. Mijn superieuren weten dat ik de ondergrondse heb geholpen. Een vriend heeft het me verteld, en ik ben weggeglipt voordat ze me konden arresteren. Ik ben hierheen gekomen om père Clément te waarschuwen. Ik trof hem niet aan, maar ik hoorde de stem van Joseph, en daarnet dat pistoolschot.'

'Je hebt me gered.'

Hij lachte, maar het was een droeve lach. 'Dan heb ik tenminste één ding gedaan waarover ik me goed kan voelen wanneer ik mijn schepper ontmoet.'

'Hoezo, Erich? Kom met me mee. We kunnen samen ontkomen.'

'Voor mij is het te laat. Voor jou niet. Ga, Eva. Ren voor je leven. Maak je geen zorgen, ik hou ze een paar minuten bezig, op zijn minst. Het is de enige kans die je nog zult krijgen.'

'Erich...'

'Voordat ik naar père Clément kwam om te biechten, heb ik een aantal dingen gedaan, Eva, dingen waar geen vergeving voor bestaat. Ik heb me neergelegd bij wat de eeuwigheid voor mij zal inhouden. Maar weten dat mijn laatste daad was jou te redden, zal me uiteindelijk wat rust geven. Alsjeblieft, laat mijn leven op zijn minst dat waard zijn.'

Plotseling begreep ze wat hij bedoelde. 'Erich, nee!' Ze reikte naar hem, maar hij stapte naar achteren, schuddend met zijn hoofd.

Buiten de kerk klonken stemmen, harde stemmen, die bevelen blaften in het Duits. 'Heb een goed leven, Eva,' fluisterde hij, en toen sloot hij zonder aarzeling zijn ogen, zette het pistool tegen zijn hoofd, en haalde de trekker over.

Erich viel op de grond en Eva onderdrukte een gil, maar in een flits begreep ze wat haar te doen stond. Erich had gezorgd voor chaos, die haar de kans gaf om te ontsnappen. En dus rende ze net voordat de nazi's binnenkwamen de geheime bibliotheek uit, en dook weg onder een kerkbank, haar adem inhoudend terwijl een dozijn zwarte laarzen langs haar heen stormde, naar de lichamen van Erich en Joseph. Ze wachtte tot ze in de kleine kamer waren, en hardop hun ongeloof tegen elkaar uitten, en wurmde zich toen vrij en trippelde muisstil naar de achterdeur van de kerk. Ze wierp een laatste blik naar Jezus op het altaar en zei een schietgebed op voor Erichs ziel, voordat ze haastig naar buiten glipte, de ijskoude avond in.

Vervolgens deed ze precies wat Erich had gezegd. Ze verdween in het donker en rende voor haar leven.

30

Zestien maanden later

juni 1945

Boulevard Raspail in Parijs baadde nog vol in het zonlicht op een warme namiddag in juni, toen Eva voor haar gevoel voor de honderdste keer onderweg was naar Hôtel Lutetia, het enorme witte art-nouveaumeesterwerk in Saint-Germain-de-Prés dat ooit een toevluchtsoord was voor schrijvers en kunstenaars. Door de oorlog was het veranderd in een hoofdkwartier voor de spionnen en martelspecialisten van de Duitse Abwehr, maar Parijs was tien maanden eerder bevrijd, en in april had het grand hotel weer een nieuw leven gekregen als repatriëringscentrum voor mensen die de Duitse concentratiekampen hadden overleefd.

Eva was in de herfst van 1944 vanuit Zwitserland teruggekomen naar Parijs, twee maanden na de bevrijding van de stad. Ze had door de straten gezworven, in de hoop iemand van vroeger tegen te komen, iemand die haar kon vertellen wat er met haar vader was gebeurd. Maar ze vond niemand. Niets. Hun oude appartement werd bewoond door een haar onbekend Frans gezin, en geen van haar oude buren was er nog. Ze ging elke dag naar de Mazarine Bibliotheek, in de hoop dat Rémy haar daar zou komen halen, maar met het verstrijken van de dagen en naarmate de maanden kouder werden, moest ze aan zichzelf toegeven dat hij de oorlog waarschijnlijk niet had overleefd. En dat gold voor bijna iedereen.

Monsieur Goujon, haar vaders oude baas, had haar geholpen aan parttimewerk als reparatrice van typemachines, het beroep van haar vader, waardoor ze in staat was een piepkleine studio te huren in het zevende arrondissement. Ze kon het nog niet opbrengen om terug te keren naar Aurignon, hoewel ze wist dat ze dat ooit wel zou doen, als ze sterker was en het treinverkeer door het door oorlog beschadigde land weer op gang was gekomen. Ze moest weten of père Clément nog leefde, en of madame Noirot, madame Travere en madame Trintignant de oorlog hadden overleefd. In haar hart wist ze dat het antwoord daarop waarschijnlijk nee was, maar die werkelijkheid schoof ze voor zich uit. Zolang ze in Parijs was, kon ze nog denken dat ze in leven waren en in goede gezondheid. Bovendien had ze hier afgesproken met Rémy. Als ze wegging, zelfs voor een paar dagen maar, dan stond dat gelijk aan toegeven dat hij nooit meer terug zou komen.

In de lente begonnen graatmagere en in lompen gehulde Joden die de concentratiekampen in het oosten hadden overleefd, terug te komen. Parijzenaren die familieleden hadden verloren, staarden die lopende geraamtes aan, uit alle macht zoekend naar de mensen die ze hadden gedacht nooit meer te zien. Soms was er een vreugdevol weerzien. Maar de meeste overlevenden kwamen thuis in een wereld waarin alle dierbaren waren gestorven. Hun beloning voor het doorstaan van de hel was een hernieuwd gevoel van verlies en wanhoop.

Toen Hôtel Lutetia begon met het verwerken van vluchtelingen, gloorde er iets van hoop. Het Rode Kruis zette er een kantoor op, waar lijsten werden bijgehouden van voormalige gevangenen en van mensen die op zoek waren naar hen. Iedereen die de kampen had overleefd kreeg voedsel, een tijdelijke verblijfplaats, tweeduizend Franse francs, en een bon voor nieuwe kleding. Eva had een dierbare foto van haar vader opgehangen, en elke dag stond ze daar met een bord met zijn naam erop, hopend dat iemand iets kon zeggen over zijn lot. Ze wist dat hij dood was, dat voelde ze in haar vezels. Maar ze wilde per se de woorden horen, zodat ze dat hoofdstuk officieel kon sluiten. Hoop was een verraderlijke dief, die haar het heden afnam voor een toekomst die nooit zou komen.

Honderden mensen stroomden dagelijks door de entree van het hotel, en Eva tuurde naar de gezichten, ze had zich afgesloten voor het collectieve gejammer en de geur van gedroogd bloed in de gestreepte gevangenispakken. Toch kon ze niet wegblijven, zonder een antwoord.

En toen, op 4 juni, kwam er toch een antwoord. Doodmoe stond ze de stroom binnenkomende vluchtelingen af te speuren naar bekende ogen, toen iemand haar naam zei. Ze herkende de stem, maar wel met enige moeite. Haar hart sloeg over. Toen ze zich omdraaide, keek ze recht in de ogen van een man die niet meer dan vijftig kilo kon wegen. Zijn gezicht was vel over been, zijn haar was grijs geworden en hij had een rommelige baard. Maar ze herkende hem meteen. 'Tatuś?' fluisterde ze, te bang om hem aan te raken uit angst dat hij een illusie was die voor haar ogen zou verdwijnen.

'Ben jij het, słoneczko?' vroeg hij, met een stem die niet meer was dan een hese echo van het verleden.

Ze kon alleen maar knikken, en toen hij haar in zijn armen nam, voelde zijn lichaam broos en anders dan gewoonlijk, maar de kracht van zijn liefde voelde als thuiskomen. Ze snikte op zijn schouder, en zij op de hare. Toen ze uiteindelijk loslieten, vond ze de vader die ze altijd had gekend in zijn wijze, bruine ogen terug.

'En je moeder?' vroeg hij. 'Waar is je moeder?'

'O, Tatuś.' Ze begon weer te huilen. 'Ze is overleden. In het begin van de winter, vorig jaar, 1944.'

Zijn ogen liepen vol. 'Ik heb het gevoeld, weet je dat. Ik zal om haar rouwen, Eva, maar ik zal God eeuwig dankbaar zijn dat jij nog leeft.'

'Het spijt me zo, Tatuś. Ik wou dat zij het was die nog leefde, niet ik.'

'O, słoneczko, God heeft een plan voor jou. Voor ons allemaal. Tatuś veegde haar tranen weg. 'We moeten altijd vooruit blijven bewegen.'

Het duurde een week voordat ze Tatuś kon vertellen wat haar moeder was overkomen, en toen hij huilend zei dat het niet haar schuld was, kon ze het niet opbrengen om hem te geloven, zelfs niet toen hij erop stond dat Mamusia enorm trots op haar moest zijn geweest. 'Het enige wat ze voor jou wilde was dat je een gelukkig leven zou hebben,' zei Tatuś. 'Ze zou zo blij zijn dat je het hebt overleefd.'

'Tatuś, ik heb haar alleen maar teleurgesteld.'

'Dat is niet waar, Eva.'

'Wel waar.'

Zwijgend hoorde hij haar verhaal aan over Rémy, over hoe ze verliefd op hem was geworden tegen de zin van haar moeder, over hoe woest Mamusia op haar was geworden, en niet alleen hierom, ook om zo veel andere keuzes die Eva had gemaakt. 'Ik heb haar laten stikken, Tatuś,' zei ze ten slotte. 'Als ik naar haar had geluisterd, was ze er misschien nog.'

'Als je had geluisterd, słoneczko, dan was je nu ook dood, want dan zou je haar advies hebben gevolgd, recht in Joseph Pelletiers armen.' Hij keek haar doordringend aan. 'Het feit dat ze je moeder was wil niet zeggen dat ze gelijk had.'

'Maar als ik haar wil had gerespecteerd...'

'Je hebt haar wil gerespecteerd. En de mijne. Dat doe je dagelijks. Door te zijn zoals we je hebben opgevoed.'

Eva sloeg haar handen voor haar gezicht, en Tatuś wreef zachtjes over haar rug.

'Die Rémy, hou je nog steeds van hem?' vroeg hij na een poos.

'Ik weet bijna zeker dat hij inmiddels dood is, Tatuś.'

'Dat dacht je van mij ook, toch? Toch zit ik hier.' Hij zuchtte. 'Weet je, jouw grootouders van moederskant wilden niet dat we zouden trouwen.'

Eva keek op. 'Echt?'

Hij glimlachte. 'Ze vonden dat ik te weinig geld had, dat ik haar nooit een goed leven zou kunnen bieden. Ze wilden dat ze ging trouwen met Szymon Lozinski, zoon van een dokter. Maar die Lozinski was een wrede man, en als ze met hem was getrouwd zou ze doodongelukkig zijn geworden. En ik hoop dat ik haar die jaren dat we samen zijn geweest in elk geval gelukkig heb kunnen maken.'

'Dat heb je zeker, Tatuś. Zeker weten.'

Hij glimlachte. 'Mijn punt is dat iedere vader of moeder het beste wil voor een kind. Maar, en dat is heel begrijpelijk, je kijkt naar de wereld door je eigen bril. Soms verlies je als ouder dan even uit het oog dat een kind zijn eigen leven moet leiden.'

'Maar Rémy's godsdienst dan? Mamusia zei steeds dat ik het joodse geloof verraadde door van hem te houden, helemaal in een tijd waarin we als volk werden uitgeroeid.'

'Je verraadt niets, als je je hart volgt,' zei Tatuś stellig. 'Diep in je hart weet jij dat ook.'

Toen ze niets zei, leunde hij voorover en fluisterde in haar oor: 'Ga maar, Eva. Ga terug naar Aurignon en kijk of iemand weet wat er met hem is gebeurd. Dat is de enige manier waarop je je rust terugkrijgt. En rust verdienen we allemaal.'

'Ga je mee, Tatuś?'

'Nee, Eva, dat kan ik niet.' Hij rilde. 'Ik zie niet voor me hoe ik ooit nog in een trein moet stappen. Maar jij moet gewoon gaan. Ik wacht hier op je.'

Toen Eva een week later uit de bus stapte in Aurignon, lag het er precies zo bij als op die dag in 1942, toen ze er voor het eerst voet aan de grond had gezet, met haar moeder. In honingkleurig zonlicht stonden overal bloemen in bloei, en hun zalige geur vulde de straten, vermengd met het aroma van de pijnbomen verderop. Eva deed haar ogen dicht en ademde de frisse lucht diep in. Ze probeerde zich voor te stellen dat Mamusia naast haar stond, maar tevergeefs. Haar moeder was als stof in de wind, allang verwaaid.

De Église Saint-Alban zag er nog precies zo uit als ze zich herinnerde, op een nieuwe verflaag na. De bomen waren gegroeid, hun overhangende takken zorgden voor een soort welkomstboog boven de ingang. Door de kiertjes in het gebladerte viel zonlicht, terwijl Eva naar de deur liep.

In de kerk was het stil. Het vertrouwde beeld van Jezus aan het kruis hing nog op dezelfde plek. 'Hallo,' fluisterde ze, en het voelde alsof ze een oude vriend begroette. De kerkbanken waren gerestaureerd, de kerk was opnieuw geschilderd en opnieuw ingericht, alsof wat er allemaal was gebeurd gewoon niet meer was dan een boze droom.

Ze controleerde de biechtstoel achterin, en het kantoortje naast het altaar, maar ze was de enige aanwezige. Ze haalde diep adem en liep naar de deur van de geheime bibliotheek. Ze had haar sleutel nog, maar toen ze die probeerde, ging het slot niet open. Ze probeerde het nog een keer, maar tevergeefs. De moed zonk haar in de schoenen.

'Eva?' De stem kwam van achteren en toen ze zich met een ruk omdraaide, zag ze daar tot haar enorme opluchting père Clément staan, en hij keek haar aan alsof hij droomde. 'Ben jij het, ben je het echt?' vroeg hij.

Ook voor haar voelde het alsof ze een geest zag. Hij was een schim van de man die hij ooit was geweest, vijftien kilo lichter, en zijn blonde haar was nu grijs. Zijn soutane hing als een soepjurk om zijn tanige gestalte. Maar daar stond hij, in levenden lijve, en ze moest zichzelf schrap zetten om niet te bezwijken van opluchting. 'Père Clément,' fluisterde ze.

'Eva, je bent het echt.' Hij kwam naar haar toe en omhelsde haar. 'Ik dacht dat je dood was.'

'En ik was bang dat u dood was.' Ze nam zijn vertrouwde geur in zich op, van wierook en dennen. En er zat iets nieuws bij, rookachtig, alsof hij bij een vuur had gestaan. 'Wat is er met u gebeurd?'

Hij liet los en glimlachte. 'Ik heb wat tijd doorgebracht in Polen, als gast van Duitsland.'

'O, wat erg.'

Hij wimpelde haar woorden weg. 'Maar ik ben er weer, en daar gaat het om. In mijn afwezigheid was de kerk dicht, dus was ik blij dat ik hem kon laten repareren zodat we weer open konden. En jij, Eva? Is het gelukt om Zwitserland in te komen?'

Ze knikte en vertelde hem in het kort over haar terugkeer naar Parijs en de hereniging met haar vader. En direct daarop stelde ze hem de vraag die ze niet langer kon uitstellen, de vraag die een gat in haar hart had gebrand sinds die koude winternacht in de schaduw van de Zwitserse vrijheid. 'En Rémy, père Clément? Wat is er met hem gebeurd?'

Uit de schaduw die over père Cléments gezicht kwam, en de pijn die in zijn ogen verscheen, leidde ze het antwoord af, nog voordat hij iets had gezegd. 'Och, Eva, je weet het nog niet.' Hij pakte haar hand. 'Het spijt me heel erg, lieve kind. Hij heeft het niet gered.'

Eigenlijk wist ze het al, want als hij nog had geleefd, dan zou hij haar hebben opgezocht. Maar tot dat moment had ze niet beseft dat ze ergens nog had vastgehouden aan een irreëel soort hoop. Ze werd koud over haar hele lijf, ineens voelde ze zich zo slap als een lappenpop, en in wat voelde als slow motion zakte ze door haar knieën. Het bloed pompte door haar vaten, de tranen prikten achter haar ogen, haar longen zaten op slot, en op de plek waar eerst de kans op een toekomst samen had gezeten voelde ze een bloedend gat. 'Nee,' fluisterde ze uiteindelijk, en vervolgens haalde ze de lucht in wanhopige teugen naar binnen, niet in staat haar schokkende en bevende lijf onder controle te krijgen. Père Clément knielde naast haar neer en wreef haar over haar rug, terwijl zij in de kom van haar handen snikte. 'Wat is er gebeurd?' vroeg ze toen ze weer op adem was. 'Wat is er met hem gebeurd?'

'Hij kwam terug naar Aurignon,' zei père Clément voorzichtig. 'Ik heb hem twee keer zien lopen in de buurt van het plein, maar beide keren deed hij net of we elkaar niet kenden. Later hoorde ik dat hij een gendarme met de naam Besnard schaduwde, een man die hier kwam bidden, een man wiens kinderen ik heb gedoopt.'

Eva knipperde. 'Ik herinner me hem.' Hij was de gendarme die haar altijd aanstaarde, wiens blik haar een ongemakkelijk gevoel gaf, hoewel ze steeds tegen zichzelf had gezegd dat ze het zich maar inbeeldde.

Père Clément knikte en haalde adem. 'Besnard bleek zijn collega's te verraden. Degenen die voor de Franse zaak waren gaf hij aan bij de Duitse bevelhebbers. Hij kwam steeds dichter bij de families van sommige maquisards. Rémy had de opdracht hem te grijpen voordat hij nog meer schade kon veroorzaken.'

Eva kreeg bijna geen adem. 'Wat is er gebeurd?'

'Iemand heeft Besnard getipt, en dus was hij zwaarbewapend toen Rémy kwam opdagen. Voor zover ik heb gegrepen hebben ze gevochten bij dezelfde schuur waar Geneviève is gestorven, en zijn beide mannen gesneuveld.'

Eva huilde. 'Wanneer was dit?'

'In de eerste week van juni 1944.'

Dat was vier maanden nadat ze was gevlucht. Had ze Rémy nog een keer kunnen zien, als ze langer had gewacht? Had ze hem kunnen overhalen om niet in de val te lopen? Om toch bij haar te blijven? Deze vragen zouden haar eeuwig blijven tergen, wist ze. 'Is hij... ligt hij hier begraven?'

Père Clément schudde zijn hoofd. 'De maquisards zorgen voor hun eigen club, Eva. Ze hebben zijn stoffelijk overschot opgehaald voordat de Duitsers het op enigerlei wijze zouden kunnen onteren. Het spijt me.' Hij aarzelde en zei toen: 'Maar ik heb wel een grafbede voor hem uitgesproken.'

'Dat zou hij heel fijn hebben gevonden, denk ik.' Even was ze stil, terwijl ze zich een wereld probeerde voor te stellen zonder Rémy. Het verbaasde haar dat de zon nog scheen, dat de aarde nog steeds draaide, alsof er niets was veranderd. Dat hij er al meer dan een jaar niet meer was, was onvoorstelbaar.

'Het spijt me heel erg, Eva. Ik weet hoeveel je van hem hield.'

'Als ik had gezegd dat ik met hem wilde trouwen...'

'Doe jezelf dat niet aan,' kapte père Clément haar af. 'Dan zou het ook zo zijn gelopen, mijn kind. Hij zou nog steeds zijn gaan vechten. Dat voelde hij als zijn plicht. Hij is gestorven als een held, een held van Frankrijk.'

'Een held van Frankrijk,' herhaalde ze fluisterend. 'En hoe zit het met de anderen? Madame Noirot? Madame Travere?'

'Op transport gezet naar het oosten. Allebei niet teruggekeerd.'

'En Madame Trintignant? Heeft zij het wel overleefd?'

Hij zuchtte. 'Ik vrees dat ze bij de grens is opgepakt toen ze poogde te ontsnappen naar Zwitserland. Ze is in de gevangenis gestorven.'

Eva schudde haar hoofd. De omvang van het verlies was haast niet te bevatten. Ze dacht aan Rémy, staande voor de blauwe schuur, zich bewust van het risico dat hij zijn dood tegemoet liep. Was hij gestorven met de wetenschap dat ze van hem hield? Of was hij gestorven met het idee dat haar antwoord altijd nee zou zijn? 'Père Clément? Is Rémy nog naar de bibliotheek gekomen voordat hij stierf? Heeft hij nog in het Boek van verloren namen gekeken?'

De uitdrukking op zijn gezicht veranderde. 'Eva, ik ben bang dat ik dat niet weet.'

'Kunt u de bibliotheek openmaken voor me? Ik moet het boek zien.' Plotseling voelde dit als het enige wat nog telde. Had Rémy haar boodschap gelezen? Had hij er iets voor haar in achtergelaten? 'Alstublieft, mon père.'

Maar de pastoor bewoog niet, op zijn gezicht na, dat nog droever kwam te staan. 'Eva, de bibliotheek is geplunderd door de nazi's rond de tijd van Rémy's dood. Het was duidelijk dat de oorlog was verloren, en ze waren op de vlucht, maar ze wilden meenemen wat ze konden, terug naar Duitsland. Meerdere huizen zijn ook overhoopgehaald, net als madame Noirots boekhandel, maar onze geheime bibliotheek heeft de grootste verliezen geleden, misschien omdat ze inschatten dat onze collectie oude religieuze teksten van grote waarde was.'

'Hebben ze ons boek ook meegenomen? Het Boek van verloren namen?' vroeg ze fluisterend.

Hij knikte, langzaam.

Weer vulden haar ogen zich met tranen. Dit was opnieuw een verpletterende klap. Nu zou ze niet alleen Rémy nooit meer zien, maar ze zou ook nooit weten of hij was gestorven in de wetenschap dat ze met hem wilde trouwen. Ook was ze nu het naslagwerk kwijt met daarin de honderden kinderen wier namen waren veranderd, degenen wier verleden ze zo wanhopig had willen beschermen. Het verlies van het boek voelde als het einde van alle hoop. 'Mag ik misschien een paar minuten voor mezelf, in de bibliotheek?'

'Ik heb het slot laten veranderen en ik heb haar afgesloten toen ik terugkwam in Aurignon,' zei père Clément. 'Het was te pijnlijk om naar binnen te gaan. Ze deed me te veel denken aan jou en Geneviève en Rémy en alles wat we hier hebben bereikt. Maar ook aan alles wat we hebben verloren.'

Eva liet haar hoofd zakken. 'Daarom moet ik ook afscheid nemen.'

Père Clément knikte en ging haar voor naar de vertrouwde kamer. Hij haalde een sleutel onder zijn soutane vandaan, stak hem in het slot, en deed de deur voor haar open. 'Ik ben hier,' zei hij, met een kneepje in haar schouder. 'Blijf zolang als je wilt.'

Haar ogen hadden een paar tellen nodig om aan het zwakke licht te wennen; ze had er niet aan gedacht om père Clément om een lantaarn te vragen. Maar er kwam zonlicht binnen via de glas-in-loodramen bovenin, net zoals vroeger, en de vertrouwde gloed deed Eva goed.

Maar dat was het enige wat hetzelfde voelde, in de kamer. De tafel waar ze ooit aan had zitten werken was weg, net als de stoelen eromheen. De planken waren zo goed als leeg. Van de duizenden boeken die er ooit hadden gestaan waren er maar een stuk of honderd over. Een dun laagje stof gaf alles een spookachtige indruk. Eva streek met haar handen zachtjes over de overgebleven banden en werd overmand door verdriet.

De Duitsers hadden alles van enige waarde meegenomen, en alleen de wat nieuwer uitziende boeken laten staan. Er stonden wat missalen uit de jaren twintig, wat bijbels uit de jaren dertig, en een verzameling theologische banden die er zo slecht aan toe waren dat niemand er nog wat aan had. Zo alleen op de planken zagen ze er eenzaam uit, zonder hun broers en zussen waarmee ze jaren hadden doorgebracht, en Eva voelde een vlaag medelijden met ze, al wist ze wel dat dat irrationeel was.

Ze liet haar vingers nog één keer over de boeken glijden, als een laatste afscheid van deze oude vrienden die rustten op een plek waar ze nooit meer zou komen. Maar toen ze bijna aan het einde van een rij vertrouwde bijbels was, bleef ze opeens staan, met haar vingertoppen op de halfvergane rug van een boek dat daar niet thuishoorde.

Ze haalde het van de plank en bekeek de voorkant. Het was een Engelstalige editie van *De lotgevallen van Tom Sawyer*, een boek dat ze ooit had genoemd toen ze samen met Rémy zat te werken, twee maanden na haar aankomst in Aurignon. Hij had haar naar haar vader gevraagd, en ze had hem verteld over alle boeken die ooit in zijn prachtige bibliotheek hadden gestaan. *Wist je*, had ze hem gevraagd, *dat* De Lotgevallen van Tom Sawyer *een van de eerste romans is die op een typemachine zijn geschreven? Hij was een van mijn vaders geliefdste bezittingen. We hadden hem thuis, maar ik kon hem natuurlijk niet meenemen. Is het gek als dat een van de dingen is, die ik het meest mis van thuis?*

Langzaam opende ze het boek, en haar adem stokte. Daar, op de titelpagina, in Rémy's krabbelhandschrift, stond een zinnetje geschreven.

Voor E: deze vond ik in Parijs.
Ooit koop ik een betere uitgave voor je. R
4 juni 1944

Ze las de boodschap één keer, twee keer, drie keer, op zoek naar betekenis, een code, maar de woorden waren gewoon deze woorden, het laatste lieve gebaar van een man die aan haar had gedacht voordat hij stierf. Maar had hij ook een boodschap voor haar achtergelaten in het Boek van verloren namen? Of had hij haast gehad, en was hij alleen even kort gestopt om dit geschenk af te geven? En waarom had hij dat hier achtergelaten als hij wist dat ze al naar Zwitserland was gevlucht? Was het omdat hij wist dat ze terug zou komen als ze de oorlog zou overleven?

Uren later, in de trein naar Parijs, nadat ze père Clément voor het laatst gedag had gezegd, zat ze een beetje door Twains boek te bladeren, Rémy's laatste geschenk aan haar, toen ze opeens bleef steken bij een passage in hoofdstuk zeventien. Er stond een kleine stip boven de eerste letter van het eerste woord, wat haar opviel omdat het natuurlijk meteen deed denken aan de markeringen in het Boek van verloren namen.

Eerst keek één paar ogen om, en toen nog een, in de richting waar de dominee naar staarde, en toen stond de hele gemeente bijna als één man op om te zien hoe drie dode jongens door het middenpad kwamen aanlopen, Tom voorop, gevolgd door Joe en Huck, die gehuld in gescheurde vodden enigszins schaapachtig het rijtje sloot! Achterin verscholen in de lege zijbeuk hadden ze naar hun eigen uitvaartdienst staan luisteren!

Eva staarde naar de tekst en voelde haar hart tekeergaan. In het verhaal ensceneren Tom en zijn vrienden hun eigen dood, een scène die ze was vergeten, aangezien het zo'n vijftien jaar geleden was dat ze het boek voor het laatst had gelezen. Was het gek om te denken dat Rémy een boodschap voor haar had willen achterlaten, een subtiel teken dat hij van plan was om ook zoiets te doen als het mis zou lopen? Was dit zijn manier om te zeggen dat hij er misschien nog was, dat ze het niet moest opgeven?

Maar ja, als hij nog leefde, dan zou hij haar allang hebben komen halen. Hij zou haar op de trap voor de Mazarine Bibliotheek hebben ontmoet, zoals hij ooit had beloofd. Op zijn minst zou hij naar Aurignon zijn gegaan om père Clément te bezoeken. Nee, het was onmogelijk, toch? Het stipje inkt boven het eerste woord in de passage kon net zo goed een vlek zijn ergens van, of een betekenisloze pennenstreek van een onbekende, van jaren geleden. Misschien was het helemaal geen teken.

Maar haar hoopvolle gevoel liet zich niet wegdenken. Het groeide en groeide als een veld vol wilde bloemen, bloeiend op alle plekken binnen in haar waar eerst duisternis en wanhoop hadden gezeten, totdat ze ronduit en met heel haar hart begon te geloven in de mogelijkheid dat Rémy de oorlog misschien toch had overleefd. En dus keerde ze terug naar de Mazarine Bibliotheek, waar ze elke dag tevergeefs wachtte op haar prins, steeds weer dezelfde passage herlezend, biddend om een wonder.

Een jaar later, in juni 1946, lag haar vader op zijn sterfbed en smeekte haar dat ze moest stoppen met dromen van een hereniging die nooit zou plaatsvinden.

'Alsjeblieft, Eva,' zei hij tussen twee moeizame ademtochten in. Hij was een trage en pijnlijke dood aan het sterven, waarbij zijn longfunctie verminderde door een kanker die had toegeslagen om aan te vreten wat de Duitsers hadden laten zitten. 'Je moet je verdriet loslaten, en ook je hoop om Rémy terug te krijgen, of je zult nooit een eigen leven hebben.'

'Hoe kan ik hem nu opgeven?'

'Och, lieve Eva, hij is er niet meer.' Tatuś barstte uit in een lange, harde hoestbui. 'En dat boek dat hij voor je heeft achtergelaten is gewoon een boek. Je houdt je vast aan een fantoom. Dat is niet wat ik wil voor jou. Het is niet wat je moeder zou hebben gewild. En ik heb hem nooit gekend, Eva, maar Rémy zal het ook niet hebben gewild.'

'Maar wat als...'

'Eva, alsjeblieft. Je moet me beloven dat je je leven weer oppakt.'

Ze nam zijn hand in de hare, en toen hij langzaam het aardse verruilde voor het eeuwige, kuste ze hem op zijn voorhoofd, terwijl de tranen vielen als regen. 'Dat beloof ik, Tatuś.'

En toen was ze alleen op de wereld. Zo alleen was ze nog nooit geweest. Ze begroef haar vader, en daarmee ook de hoop dat onmogelijke dromen toch uit kunnen komen. Ze ging nog een laatste keer naar de Mazarine Bibliotheek, op een zonnige middag die herfst, en toen ze in een opwelling stopte bij Les Deux Magots voor een kop koffie op de weg terug naar huis, raakte ze verzeild in een geanimeerd gesprek met een Joodse Amerikaanse toerist die veel van boeken hield, die naar Parijs was gekomen om Ernest Hemingway achterna te reizen.

Voordat ze het wist had Eva aangeboden om de man – hij stelde zichzelf voor als Louis Abrams – een rondleiding te geven door haar stad, en tegen het einde van hun tweede dag samen besefte ze dat ze het naar haar zin had. Het was fijn om haar Engels te oefenen, en samen zijn met iemand die net zo veel respect had voor het geschreven woord als zij was ronduit geweldig.

Hij kuste haar voor het eerst tussen de boeken in de Sainte-Geneviève Bibliotheek, waar ze een baan had aangenomen. Op de vierde dag, net voordat hij moest vertrekken, ging hij op zijn knie in de Jardin des Tuileries en vroeg haar mee te gaan naar de Verenigde Staten en zijn echtgenote te worden. 'Ik weet wel dat we elkaar nog niet zo goed kennen,' zei hij. 'Maar ik zal de rest van mijn leven mijn best doen om je gelukkig te maken.'

In hem zag ze een man die haar vriend kon zijn, een maatje met dezelfde interesses, die haar liefde voor boeken kon waarderen. En in zijn huwelijksaanzoek zag ze een kans voor een nieuwe start. Tatuś had gelijk, Rémy kwam niet terug. Eva wist dat ze nooit rust zou vinden in Frankrijk, waar de schaduw van alles wat ze had verloren zo overweldigend over alles heen hing. En daarom zei ze ja, en een maand later zat ze op een schip naar Amerika, op weg naar een nieuw leven.

Naarmate de jaren verstreken leerde ze inderdaad van Louis te houden, hoewel nooit op dezelfde manier waarop ze van Rémy had gehouden. Maar sommige hoofdstukken komen tot een einde, en sommige boeken moeten worden gesloten. En toen ze jaren later een zoon kreeg wist ze dat haar transformatie was afgerond. Haar kind zag haar als een schim van de persoon die ze ooit was geweest. Haar familie had geen idee dat ze een strijder voor Frankrijk was geweest, een vervalser die honderden levens had gered, een vrouw die ooit van een man had gehouden, met heel haar hart.

Het was ook beter zo, zei ze tegen zichzelf. Vroeger was voorbij. Maar nooit, in al die jaren, ging ze minder van Rémy houden dan op de dag dat ze hem voor het laatst zag. Ook was ze zich altijd blijven afvragen wat er met het Boek van verloren namen was gebeurd, en of Rémy haar boodschap had gelezen voordat hij stierf.

31

mei 2005

De Duitse bibliothecaris, Otto Kühn, ziet er precies zo uit als op de foto die bij het artikel stond in *The New York Times*. Ik mag hem meteen, hij heeft een vriendelijke blik, en zijn Engels is onberispelijk.

'Ik vind het zo vreselijk wat de Duitsers hebben gedaan, de dingen die we hebben geroofd,' zegt hij zodra ik mezelf heb voorgesteld en hij me door de bibliotheek naar zijn kantoor leidt. 'En ik wil mijn diepgaande excuses aanbieden voor de diefstal van dit boek, dat zo veel voor u betekende.'

Ik heb de neiging om voor hem uit te rennen, het boek te pakken en te bladeren naar de pagina die al sinds 1942 van mij is, maar ik dwing mezelf om rustig door te ademen en kalm te blijven. Mijn antwoord krijg ik snel genoeg, en wellicht zal het mijn hart breken. 'Meneer, we zijn alleen verantwoordelijk voor de dingen die we zelf doen – of laten. U bent mij geen excuses verschuldigd.'

'Maar toch,' zegt hij, 'het was een tragedie. Zo veel boeken, mevrouw Abrams, miljoenen. Ik zal niet lang genoeg leven om al hun eigenaren op te sporen. En natuurlijk zijn veel van de mensen wier boeken zijn gestolen al jaren dood. In heel veel gevallen is het te laat.' Hij doet de deur naar zijn kantoor open, en opeens slaat mijn hart op hol, want daar, midden op zijn volle bureau, ligt mijn boek. Ik zou het uit duizenden herkennen. Mijn hart zit inmiddels in mijn keel, waardoor ik moeite heb met ademen en praten.

'Dat is het echt,' fluister ik. 'Daar is het dan, na al die jaren. Het Boek van verloren namen.'

'Ah, ja, Nicola, onze receptioniste, zei al dat u het zo noemde.' Hij loopt om zijn bureau heen en pakt het boek op. 'Waarom is dat? En wat betekent de code die erin staat? Dat wil ik dolgraag weten.'

Ik verman mezelf. 'En dat ga ik u ook vertellen. Maar alstublieft, Herr Kühn, mag ik het boek eerst bekijken? Ik heb hier zo lang op gewacht.'

'Maar natuurlijk, mevrouw. Excuus.' Hij geeft het boek aan mij, en even lijkt de wereld stil te staan, en ik kan er alleen maar naar staren, met de sensatie van het warme, rijke leer op mijn vingertoppen.

Ik laat mijn duim over de vertrouwde rug met gouden bedrukking lopen en raak het versleten plekje aan bij het hoekje rechtsonder, en opeens komen de herinneringen allemaal weer terug. Ik kan voelen hoe Rémy's hand de mijne aanraakt, boven deze omslag, op de dag dat ik hem ontmoette. Ik hoor zijn stem in mijn oor fluisteren, als echo van een lang vervlogen hoofdstuk. Het is meer dan zestig jaar geleden dat ik dit boek voor het laatst zag, sinds ik Rémy voor het laatst zag, maar het voelt alsof het verleden helemaal terug is, hier in de kamer, en ik schiet vol. Zonder dat ik erbij nadenk til ik het boek op en druk er een kus op. Ik kijk op en zie dat Kühn naar me kijkt. 'Sorry,' zeg ik.

'Alstublieft, geen sorry. Ik leef voor dit soort momenten. Een boek herenigd zien worden met zijn rechtmatige eigenaar heeft iets magisch.'

Ik knik, en vervolgens sla ik voorzichtig het boek open, terwijl mijn hart sprongetjes maakt van een gevoel van hoop dat ik dacht voor altijd te hebben begraven, en kijk op de eerste bladzijde. Mijn bladzijde. Die met het sterretje boven de *e* en de stip boven de *v*, de ster boven de *J* en de stip boven de *e*. *Eva Traube. Ik kom bij je terug.* Ik staar naar de ongemarkeerde woorden, overmand door wanhoop.

Er staat geen derde ster. Geen nieuwe boodschap van Rémy.

Ik sla de pagina om, naar bladzijde twee, Rémy's pagina, voor het geval dat, maar die ziet er nog net zo uit als de laatste keer dat ik hem zag. Een ster boven de eerste *r*, een stip boven de eerste *é*. En een ster en een stip voor de eerste twee letters van *Épouse-moi.*

Trouw met me. Ik hou van je, schreef ik een mensenleven geleden, hopend dat Rémy de boodschap zou zien, maar nu weet ik dat hij haar niet heeft gelezen, en terwijl ik het boek sluit en het tegen mijn borst druk, merk ik dat ik sta te beven. De liefde van mijn leven is zijn graf in gegaan zonder te weten wat ik voor hem voelde. Dat is iets wat ik nooit zal kunnen repareren, of goedmaken, en opeens krijg ik het gevoel alsof alles wat ik sindsdien in mijn leven heb gedaan volkomen zinloos is geweest.

'Mevrouw Abrams?' Kühns stem doorbreekt mijn verdriet, en als ik opkijk zie ik hem bezorgd kijken. 'Gaat het, mevrouw? Wilt u een glaasje water, misschien?'

Ik veeg mijn tranen weg, tranen waar ik geen recht op heb. 'Nee, het spijt me, het gaat.' Ik schud mijn hoofd, in een poging om van de geesten af te komen die opeens hier bij me zijn. Het is 2005, niet 1944, en ik ben deze aardige man antwoorden schuldig. Dat is het minste wat ik kan doen. 'Goed, de code dus.'

Hij leunt naar voren, gretig. 'Ja, maar neemt u de tijd, mevrouw. Wanneer u eraan toe bent.'

Ik neem een flinke teug adem. 'De sterren en stippen zijn de verloren namen, de namen van de kinderen die te jong waren om ze zich te kunnen herinneren, de namen die we moesten wissen opdat zij konden overleven. Ik hoopte dat ik ze ooit, als de oorlog ten einde was, zou kunnen helpen bij het restaureren van hun oude identiteit. Maar we worden niet gedefinieerd door de namen die we dragen of de godsdienst die we aanhangen, of door het land waarvan de vlag boven ons hoofden wappert. Dat weet ik nu. We worden gedefinieerd door wie we zijn in ons hart, wie we verkiezen te zijn op deze aardbol.'

Hij zit ademloos te luisteren terwijl ik uit de doeken doe hoe ik me heb bekwaamd in het vervalsen van documenten, hoe ik Rémy en père Clément leerde kennen, en hoe hard iedereen werkte om mensen te helpen ontkomen aan de klauwen van de nazi's. Ik vertel over Rémy's idee om de fibonaccireeks te gebruiken voor het versleutelen van de namen, met als doel dat deze jongste slachtoffers van de oorlog nooit zouden worden vergeten.

Ik vertel hem dat ik na de oorlog, toen ik al jaren in Amerika woonde, van mijn man hoorde dat er een organisatie met de naam Yad Vashem was opgericht in Jeruzalem, en over het eerste Israëlische monument voor de slachtoffers van de Holocaust. De titel van het werk, Hebreeuws voor 'gedenkteken en naam', deed me denken aan de namen die ik had verloren tegelijk met het boek, en in de maanden erna lag ik 's nachts wakker terwijl Louis naast me lag te slapen. Ik brak mijn hoofd om een lijst te maken van de namen die ik me kon herinneren. Het waren er meer dan honderd. Toen ik uiteindelijk de mensen bij Yad Vashem benaderde in de lente van 1956 met de echte en de vervalste namen die ik uit de spelonken van mijn geheugen had weten op te diepen, beloofden ze dat ze zouden proberen de kinderen op te sporen die in Zwitserland terecht waren gekomen, in de hoop dat sommigen van hen zouden ontdekken waar ze vandaan kwamen.

'En is ze dat gelukt?' vraagt Kühn. 'Hebben ze inderdaad kinderen teruggevonden?'

Ik zucht. 'Ik weet het niet. Ik wilde ze mijn naam niet geven of mijn telefoonnummer of adres. Ze wilden me erkennen voor wat ik had gedaan, maar dat wilde ik niet. Ik heb me nooit een heldin gevoeld. Ik was gewoon een jonge vrouw die iets goeds wilde doen. Maar aan het eind heb ik het toch verprutst.'

Kühn bestudeert me een tijdje, en als hij uiteindelijk begint te praten, is het op een warme toon. 'Mevrouw Abrams, een zeer wijze vrouw zei ooit dat we alleen verantwoordelijk zijn voor de dingen die we zelf doen, of laten.' Daar krijgt hij een lachje voor, en hij lacht terug naar me, voordat hij verdergaat. 'En het komt mij voor dat u de hele oorlog hebt geprobeerd onschuldige mensen te helpen.'

'Maar de mensen van wie ik het meest hield, ben ik verloren.' Ik aarzel en fluister dan: 'Ik heb de dood van mijn moeder op mijn geweten. En Rémy is ook gestorven, Herr Kühn. Het maakt niet uit hoeveel mensen ik heb geholpen, als ik het juist bij hén niet goed heb gedaan.'

'Maar u bent niet degene die hen kwaad heeft gedaan, mevrouw Abrams.'

Nu ben ik aan het huilen, ik zit te snotteren als een stomme oude trut, en word dan getroost door Kühn in een warme omhelzing die net zo voelt als destijds met père Clément, toen hij me vasthield en vergaf. Als ik me uiteindelijk van hem losmaak en opkijk, blijft hij me aankijken.

'Wilt u weten wat deze zeer wijze persoon me nog meer heeft verteld?' vraagt hij. 'Ze zei dat we gedefinieerd worden door wie we zijn in ons hart, wie we verkiezen te zijn op deze aardbol.

En ik geloof, mevrouw Abrams, dat u ervoor hebt gekozen om een heldin te zijn, zelfs al ziet u dat zelf niet zo.' Hij houdt het boek voor zich en zegt: 'Als u wilt, mag u het hebben, mevrouw, nadat we de benodigde formulieren hebben ingevuld, vanzelfsprekend. Als u het niet erg vindt wil ik het graag een paar dagen houden om een lijst met namen op te stellen. Misschien kan ik helpen met de namen die u zich niet meer kon herinneren, al die jaren geleden. Zou dat niet een enorm geschenk zijn, om enkele verloren kinderen met hun verleden te kunnen herenigen? Sterker nog, waarom blijft u niet wat langer, om me te helpen?'

Ik kijk naar het boek en dan weer naar Kühn. 'Mijn zoon maakt zich waarschijnlijk ernstig zorgen om me. Ik ben eh... ik ben vertrokken zonder het hem te zeggen.'

'Belt u hem dan. Leg hem uit dat u wat losse eindjes heeft die u nog aan elkaar wilt knopen.'

'Maar... hij weet niets van de persoon die ik was.'

'Wordt het dan geen tijd om het hem te vertellen? Misschien is de eerste identiteit die in ere moet worden hersteld, wel die van uzelf.'

Ik staar naar het boek. Het bevat de belangrijkste boodschap die ik ooit heb verzonden, hoewel te laat. En is dat in mijn leven niet altijd zo, als het gaat om de mensen van wie ik hou? Ik was te laat om mijn vader uit Drancy te redden. Te laat toen ik naar Aurignon terugging om mijn moeder te halen. Ik wil niet ook nog eens te laat zijn met mijn zoon.

Ik kijk Kühn aan. 'Zou ik uw telefoon even mogen gebruiken?'

Hij kijkt me stralend aan. 'Ik dacht dat u het nooit zou vragen, mevrouw Abrams. Drukt u eerst een twee voor een buitenlijn, dan nul nul een voor Amerika.'

Ik pak de hoorn op, druk de genoemde cijfers in en dan het

nummer van mijn zoons mobiele telefoon. Ik hoor hem overgaan, en nog eens, en dan neemt hij op.

'Ben?' begin ik.

'Mam? Waar ben je? Ik was zo ongerust.'

'Je hoeft je over mij geen zorgen te maken.' Ik wissel nog een keer een glimlach uit met Kühn en doe dan mijn ogen dicht, om Rémy's gezicht te proberen voor me te zien. 'Ben, lieveling, het is tijd dat ik je vertel wie ik echt ben.'

32

Het was al avond toen Kühn en ik de eerste zeventig gecodeerde namen in het boek hadden afgewerkt. Na mijn telefoongesprek met Ben had ik aangeboden om te blijven. Per slot van rekening heb ik al deze namen jaren geleden uitgewist, en dan lijkt het me niet meer dan fair dat ik ook degene ben om ze terug te halen.

'Hebt u een plek om te logeren, mevrouw Abrams?' vraagt Kühn, terwijl hij zich tegen de rugleuning laat zakken. 'Ik denk dat we even moeten rusten en dan morgen fris weer verder. Er is een hotel hier aan het einde van de straat, daar slapen soms gasten van de bibliotheek, ik kan wel even bellen om een kamer voor u te bespreken, als u wilt.'

Eigenlijk wil ik doorgaan, maar deze namen hebben al meer dan zestig jaar moeten wachten, dus nog een dagje extra kan waarschijnlijk geen kwaad. Eerlijk gezegd ben ik uitgeput. 'Dat klinkt uitstekend, Herr Kühn. Dank u.'

Terwijl hij de telefoon pakt om het hotel te bellen, sla ik om naar pagina 308, de laatste pagina waar ik een ster op heb gezet. Deze pagina hoort bij het meisje dat we Jacqueline noemden, de kleine meid die Rémy en ik over de Zwitserse grens hebben geholpen op die koude winternacht, zo lang geleden, die nacht dat we hebben gevreeën, de nacht dat hij me een leven samen aanbood, die nacht dat ik nee zei. Haar echte naam was Eliane Meisel. Ik vraag me af wat er met haar is gebeurd, of haar ouders het hebben overleefd, en of ze haar weg terug naar huis heeft gevonden.

Ik heb net mijn ogen dichtgedaan, terwijl ik me haar lieve gezichtje voor de geest probeer te halen, door de mist van de tijd heen, als Kühn en ik ineens worden onderbroken door een stem in de gang. '*Entschuldigung*,' zegt een vrouwenstem, en mijn ogen vliegen open. Een bewaker van middelbare leeftijd blijft ietwat onzeker bij de deur staan.

'*Guten Abend, Mila.*' Kühn legt de telefoon neer en wendt zich tot de bewaker. '*Wie kann ich dir behilflich sein?*'

Ze kijkt naar mij en begint dan in het Duits te ratelen tegen Kühn, met een knikje naar het Boek van verloren namen. Ik probeer te ontcijferen wat ze zegt, maar ik kan het niet volgen. Kühn geeft een kort en snel antwoord. Dan staat hij op en richt zich tot mij, terwijl zij wegloopt.

'Wat is er?' vraag ik.

'Dat was onze nachtbewaker, Mila. Ze zegt dat er buiten een man staat die zegt dat het boek van hem is, dat hij net hierheen is gevlogen vanuit de Verenigde Staten en geen minuut langer kan wachten om het te zien.'

'Mijn boek?' Ik pak het op en druk het beschermend tegen mijn borst. 'Nou, dat is onmogelijk.'

'We hebben er daar al een paar van langs gehad, ben ik bang,' zegt Kühn, hoofdschuddend. 'Verzamelaars, die boeken komen opeisen voor hun collectie. Echt typisch voor zo iemand om dan zo laat op te dagen, hij denkt misschien dat hij ons dan het mes op de keel kan zetten.'

'Moeten we de politie bellen?'

Kühn lacht. 'Mila kan wel tegen een stootje, en ik ook. Trouwens, ik denk u ook. Ik denk dat het met ons wel goed komt. Ik zal hem afwimpelen. Zo terug.'

'Ik ga met u mee. Als iemand probeert mijn boek te stelen, dan wil ik hem in de ogen kunnen zien.'

Hij aarzelt, en knikt. 'Zullen we eerst het boek even achter slot en grendel doen?'

Ik wacht terwijl hij het in zijn bureaula legt, en terwijl ik hem volg naar de verduisterde hoofdzaal van de bibliotheek, realiseer ik me dat ik het nu al mis, de warmte ervan in mijn handen. Het voelt nog steeds alsof het een deel van me uitmaakt, zelfs na zo veel jaar.

Mila staat bij de voordeur. 'Hij staat voor de deur,' zegt ze als we naast haar komen staan. 'Komt u maar mee.'

Kühn en ik volgen haar naar buiten, waar verderop een man met wit haar in een lichte regenjas met zijn rug naar ons toe over de stad staat uit te kijken.

'Herr?' vraagt Mila, op een stevige en harde toon, en de man draait zich langzaam om, met een hint van een beleefde glimlach op zijn gezicht.

Maar dan zakt zijn glimlach weg en zijn mond valt open, als zijn ogen de mijne ontmoeten, en ik verstijf, net als hij. Ik merk dat Kühn naast me iets zegt, maar zijn woorden klinken ver weg, want opeens vallen de jaren weg en loop ik met een duizelend hoofd naar de man toe. Ik kijk naar een geest, en hoewel mijn hersenen zeggen dat het niet kan, weet mijn hart wel beter.

'Dit is de verkeerde bibliotheek, Eva,' zegt de man in het Frans, zijn stem brekend van emotie.

De tranen staan in mijn ogen, want ik was altijd zo zeker dat ik deze stem nooit meer zou horen. '*Rémy?* Hoe bestaat het?'

Hij glimlacht, en dan komt ook hij naar me toe lopen, terwijl de tranen over zijn wangen lopen. 'We zouden elkaar ontmoeten op de trappen van de Mazarine, Eva,' zegt hij, terwijl hij mijn handen vastpakt. Ze zijn wat strammer, door zijn leeftijd, maar toch passen ze net zo precies om de mijne heen als destijds, een mensenleven geleden.

'Ik heb daar op je gewacht,' fluister ik. 'Ik heb heel lang gewacht.'

'Ik dacht dat je dood was,' zei hij. 'Eind 1947 ben ik naar Aurignon teruggegaan. Père Clément was overleden, maar een paar mensen van het verzet die wisten wie je was, vertelden me dat je in de oorlog was omgekomen.'

Ik doe mijn ogen dicht. De nasleep van de oorlog was een tijd van chaos, verwarring en misverstanden. 'Tegen mij zeiden ze ook dat je dood was.'

'Toen ik in 1944 een verrader te lijf wilde gaan, een gendarme genaamd Besnard, als je je hem nog herinnert, raakte ik zwaargewond. Ik werd geëvacueerd naar Engeland. Ik heb heel lang in het ziekenhuis gelegen, en toen duurde het door een diplomatieke blunder tot 1947 voordat ik terug kon naar het vasteland. Ik ben maandenlang naar de Mazarine gegaan, Eva, vanwege de kleine kans dat je nog leefde. Maar je kwam niet.'

'Ik heb daar twee jaar lang gewacht,' fluister ik. 'Ik zei tegen mezelf dat je had geprobeerd een boodschap achter te laten in *De lotgevallen van Tom Sawyer*. Dat is wat me gaande hield.'

Hij trekt zijn wenkbrauwen op. 'Heb je het boek gevonden? Dat wás ook een boodschap, Eva. Ik was van plan mijn dood te ensceneren als het fout zou gaan met Besnard. Ik had er alleen niet op gerekend dat ik zo lang in het ziekenhuis vast zou zitten, en vervolgens verstrikt zou raken in papierwerk voor een visum.'

Ik veeg mijn tranen weg, maar ze blijven komen. 'Ik dacht dat ik gek was. Uiteindelijk heb ik me erbij neergelegd dat ik het mis had, dat ik vasthield aan een geest. Eind 1946 ben ik vertrokken naar Amerika.'

'Amerika? Waar in Amerika?'

'Florida.'

'Nou zeg, stel je eens voor. Ik woon sinds 1951 in New Mexico.' Hij lacht. 'Los Alamos had een plek voor een scheikundige nadat ik mijn graad had gehaald in Groot-Brittannië.'

Ik kan het niet geloven en schud mijn hoofd. 'Maar wat doe je híér, Rémy?'

'Ik zag het boek in het artikel in *The New York Times*. Ik ben meteen gekomen.' Hij haalt diep adem, zonder een moment oogcontact te verliezen. 'Ik ben zestig jaar geleden ook teruggekomen voor het boek, Eva, voordat ik Besnard ging confronteren, de dag dat ik het boek van Twain voor je achterliet. Je was al weg – ik dacht dat je veilig op weg was naar Zwitserland – en ik bad dat je nog een laatste boodschap voor me had achtergelaten. Maar de nazi's hadden de bibliotheek al geplunderd. Toen wist ik dat ik er nooit achter zou komen.'

Ik staar hem aan. Het voelt als een droom, maar dat is het niet. Otto Kühn staat op de treden, achter me, stil te kijken naar hoe dit sprookje zich ontvouwt, en Mila heeft zich teruggetrokken in de schaduw. We zijn in Berlijn, de thuisbasis van onze oude vijand, en we hebben elkaar weer gevonden, hoe ongelooflijk ook. 'Ik heb inderdaad een boodschap voor je achtergelaten, Rémy.'

'Echt?' Hij blijft me aankijken, met zijn warme, vertrouwde blik. 'Wat stond er, mijn lieve Eva?'

Mijn lieve Eva. Na al die jaren ben ik nog steeds de zijne, en hij nog de mijne. 'Épouse-moi. Je t'aime. Dat is wat ik heb geschreven. Ik... ik hou van je, Rémy. Ik heb altijd van je gehouden.'

'Ik hou ook van jou, Eva. En als je aanbod nog geldt, dan is mijn antwoord ja.' En dan legt hij de resterende centimeters tussen ons af, en voel ik zijn lippen op de mijne, en ben ik weer vijfentwintig, met een heel leven voor me in plaats van achter me, en moeten alle hoofdstukken nog worden geschreven.

NOOT VAN DE AUTEUR

In de researchfase van mijn vorige roman, *Een dichtbij verleden*, een verhaal dat speelt in de Champagnestreek tijdens de Tweede Wereldoorlog, stuitte ik meerdere malen op de belangrijke rol van vervalsers binnen het verzet. Ik had er nog nooit bij stilgestaan, maar lezend over champagnekelders en wapensmokkel bleven mij de beelden bij van al die dappere mensen die hun artistieke vaardigheden en wetenschappelijk vernuft inzetten om overtuigende documenten te produceren die ervoor zorgden dat onschuldige mensen konden overleven.

Tegen de tijd dat ik klaar was met het schrijven van *Een dichtbij verleden* was mijn nieuwsgierigheid gewekt. Toch vroeg ik me af of een verhaal over vervalsers de basis kon vormen voor een boek. Toen las ik *Adolfo Kaminsky: A Forger's Life* van Sarah Kaminsky en *A Good Place to Hide: How One French Community Saved Thousands of Lives During World War II* van Peter Grose, twee geweldige non-fictieboeken over dit onderwerp, en ik wist dat ik beet had. Er viel zo veel meer te vertellen over het leven van een WOII-vervalser dan ik had gedacht.

Niettemin had ik het gevoel dat er iets ontbrak, tot het moment dat mijn agent Holly Root me een artikel mailde uit *The New York Times*, over de grootschalige boekenplundering door de nazi's en het feit dat er in de meeste Duitse bibliotheken nog volop boeken staan die in de laatste dagen van WOII zijn gestolen. Terwijl ik het artikel las, geschreven door kunstkenner Milton Esterow, viel het laatste puzzelstukje op zijn plek: ik zou een roman schrijven over vervalsing, ingekaderd binnen een verhaal over een geplunderd boek dat voor iemand heel dierbaar was. Op deze manier zou ik me kunnen verdiepen in zowel de technieken van vervalsing als in de aangrijpende geschiedenis van naziplunderingen en dit zo, verpakt in een verhaal over liefde, verlies, moed – op leven en dood, met jullie delen.

Dit is mijn vijfde boek over de Tweede Wereldoorlog, en wat ik daar onder andere zo interessant aan vind is dat ik diepgaand onderzoek kan doen naar onderwerpen waar velen van ons niet veel van afweten. In mijn roman uit 2012 bijvoorbeeld, *Zolang er sterren aan de hemel staan*, gaat het verhaal deels over moslims die na de Duitse invasie Joden in Parijs helpen redden, iets waar veel lezers nog nooit van hadden gehoord. *Als we elkaar terugzien*, mijn roman uit 2015, gaat over de meer dan vierhonderdduizend Duitse krijgsgevangenen in de Verenigde Staten in de jaren veertig, een deel van onze geschiedenis dat is weggegleden met het verstrijken van de tijd. En in 2019 schreef ik in *Een dichtbij verleden* over het verzet dat plaatsvond onder de grond en tussen de kronkelige wijnranken van de pittoreske Champagnestreek. Ik vind het altijd fantastisch als mensen me vertellen dat ze een van mijn boeken hebben gelezen en iets hebben geleerd waar ze voordien niets van afwisten. Dat ik deze fascinerende historische feiten kan delen terwijl ik de lezer tegelijkertijd (hopelijk) vermaak, geeft me veel voldoening.

En dat brengt me bij het *Boek van verloren namen*. Otto Kühn, de Duitse bibliothecaris in het verhaal, is een fictief personage, maar het werk dat hij doet vindt zijn basis in de werkelijkheid.

In de centrale bibliotheek van Berlijn, de Zentral- und Landesbibliothek, bijvoorbeeld, staat volgens onderzoekers naar schatting een derde van de 3,5 miljoen boeken die door de nazi's zijn gestolen, aldus het artikel in *The New York Times.* Onderzoekers zoals Sebastian Finsterwalder – een levensechte Otto Kühn – en Patricia Kennedy Grimsted van het Ukrainian Research Institute aan Harvard University werken onvermoeibaar door aan de hereniging van geroofde boeken met hun eigenaren, wat iets weg heeft van sisyfusarbeid, vooral nu de oorlog al meer dan vijfenzeventig jaar achter ons ligt. Helaas zijn heel weinig mensen die deze boeken destijds bezaten en koesterden vandaag nog in leven.

Voor wie meer wil weten over geplunderde boeken en de zoektocht naar hun rechtmatige eigenaren, raad ik dit boek aan: *The Book Thieves: The Nazi Looting of Europe's Libraries and the Race to Return a Literary Inheritance* van Anders Rydell, een boek dat me heel erg heeft geholpen bij mijn research.

In mijn roman reist bibliothecaresse Eva naar Berlijn om het achttiende-eeuwse boek terug te zien dat vele decennia geleden van haar is gestolen. Dit verhaal is het raamwerk voor een vertelling in het verleden die deels is gebaseerd op de echte verhalen van vervalsers, zoals Adolfo Kaminsky en Oscar Rosowsky, allebei jonge Joodse mannen die uit noodzaak de vervalsing in rolden, net zoals de jonge Eva overkomt in het Boek van verloren namen, en zo duizenden onschuldige levens redden. Kaminsky wist ternauwernood te ontsnappen aan deportatie en werd een van de voornaamste vervalsers voor het verzet in Parijs. Naar schatting heeft hij zo'n veertienduizend mensen helpen redden, en dat terwijl hij zelf nog maar een tiener was. Oscar Rosowsky, wiens verhaal door Peter Grose wordt beschreven in *A Good Place to Hide* was in 1942 pas achttien jaar toen hij werd gedwongen zijn huis te ontvluchten, en door een fortuinlijke speling van het lot terechtkwam in Le Chambon-sur-Lignon, een klein dorpje in de Franse bergen, waar duizenden mensen zich schuilhielden die werden gezocht door de nazi's; onder hen ook veel kinderen wier ouders waren gedeporteerd. Net als Eva begon Rosowsky met het vervalsen van de identiteitspapieren van zijn moeder en van hemzelf, maar toen hij onder gelijkgestemde mensen was, begon hij nieuwe vervalsingstechnieken te ontwikkelen die sneller waren en efficiënter. Tegen het einde van de oorlog had hij meer dan vijfendertighonderd Joden helpen redden.

Mocht je denken dat alle vervalsers man waren, er waren meer dan genoeg vrouwen die op vervalsingsbureaus werkten, zoals Mireille Philip, Jacqueline Decourdemanche en Gabrielle Barraud in Le Chambon-sur-Lignon, en Suzie en Herta Schidlof, twee zussen die in Kaminsky's Parijse lab werkten.

Veel van de details die in het Boek van verloren namen voorkomen, zijn gebaseerd op de falsificatietechnieken die tijdens de Tweede Wereldoorlog werden gehanteerd. Rosowsky, bijvoorbeeld, gebruikte vaak het *Journal Officiel* op zoek naar passende valse identiteiten. Kaminsky, die een scheikundige achtergrond had, net als Rémy in dit boek, kwam in aanraking met het geheim achter het wissen van Watermans blauwe inkt met melkzuur. Het was Gabrielle Barraud die op het idee kwam om een handpers te gebruiken om officiële zegels in hoge oplage te kunnen reproduceren. Rosowsky duikt in het *Boek van verloren namen* op met een incognito gastoptreden; als Geneviève in Aurignon aankomt, vertelt ze dat ze voor een man genaamd Plunne heeft gewerkt in de Plateau-streek. Jean-Claude Plunne was in het echt Rosowsky's alias, dus heeft Geneviève het erover dat ze met hém heeft gewerkt.

Bij het schrijven van deze roman lag mijn bureau vol met stapels van het soort documenten waar Eva, Rémy, en Geneviève zich op zouden hebben gebaseerd bij hun vervalsingen. Ik heb tientallen gehavende exemplaren van de *Journal Officiel* uit 1944; net als de vervalsers in het boek deden heb ik daaraan zelfs een aantal namen voor personages ontleend. Ik heb een oude Franse doopakte uit juni 1940, compleet met officiële zegels, en een *Ausweis laissez-passer*-reisvergunning, die is afgestempeld in Parijs in december 1940. En misschien wel het belangrijkste: ik heb het echte, in leer gebonden *Epitres et Evangiles*, gedrukt in 1732, waarop het titelboek *Het boek van verloren namen* is gebaseerd. Terwijl Eva en Rémy op de pagina's namen en boodschappen vastlegden, gebruikte ik de echte pagina's van het echte boek als gids.

Wat wellicht nog wel grappig is om te vermelden is dat ik als kind een echt wiskundewonder was. Vaak lag ik in bed nog onoplosbare wiskundeproblemen op te lossen. Ik droomde ervan om het eerste kind te zijn dat vergelijkingen oploste waar de beste wiskundigen niet uitkwamen. (Ik had in die tijd best rare ambities, dat geef ik toe! Maar het kwam gelukkig goed, want een paar jaar later fantaseerde ik dat ik trouwde met Donnie Wahlberg en wilde ik popster worden.) In die fase van wiskundegekte kwam ik in aanraking met de reeks van Fibonacci, en elke avond viel ik in slaap terwijl ik probeerde verder en verder te rekenen. Toen ik op het idee kwam om de reeks te gebruiken als onderdeel van de code in *Het boek van verloren namen*, werd ik daar heel blij van: waren al die avonden hoofdrekenen en woelen in bed toch niet voor niets geweest!

Dit zijn maar een paar van de echtewereldelementen die me hebben geïnspireerd tot het schrijven van *Het boek van verloren namen*. Als je meer wilt weten over Frankrijk in de jaren 1940-1945, dan kan ik van harte de net genoemde boeken van Kaminsky en Grose aanbevelen. Caroline Moorehead heeft ook een fascinerend boek geschreven over Le Chambon-sur-Lignon getiteld *Village of Secrets: Defying the Nazis in Vichy France.* Daarnaast heb ik me verlaten op een aantal van mijn favorieten – zoals *Jews in France During World War II* (Renée Poznanski), *Résistance: Memoirs of Occupied France* (Agnès Humbert), en *The Journal of Hélène Berr*. Bovendien heb ik een tijd in Parijs gewoond en ben ik daarna talloze keren teruggereisd naar Frankrijk voor onderzoek. Het stadje Aurignon is fictief, maar het is gebaseerd op verscheidene gelijksoortige stadjes in het gebied ten zuiden van Vichy.

Ik hoop dat jullie iets nieuws hebben ontdekt in *Het boek van verloren namen*, en dat het een herinnering mag zijn aan het feit dat je geen geld of wapens of een groot platform nodig hebt om de wereld te veranderen. Soms is zoiets simpels als een pen en wat vernuft genoeg om de loop van de geschiedenis te beïnvloeden.

Bedankt voor deze mooie reis die we samen hebben gemaakt, en dank je wel dat jij zo iemand bent die boeken beschouwt als een verrijking van je leven. Zoals Eva zegt in *Het boek van verloren namen*: wie de magie van boeken inziet... krijgt een rijk leven. Ik wens jullie een heel rijk leven.

DANKWOORD

Mijn hemel, wat een waanzinnig jaar is dit! Het enige wat ik hoef te doen is de woorden opschrijven, maar degenen die voor de echte magie zorgen zijn mijn geweldige agent Holly Root, mijn fantastische redacteur Abby Zidle, PR-toppers Michelle Podbereznniak (Gallery) en Kristin Dwyer (Leo PR) en mijn literaire tovenares Kathie Bennett, en haar man Roy. Ik ben jullie eeuwig dankbaar, voor jullie vriendschap, en voor jullie harde werk voor mij. Het is echt heerlijk om zulke geweldige mensen om me heen te hebben. Al zeg ik het niet vaak genoeg: weet dat ik jullie enorm waardeer. Ik ben een bofkont.

Aan mijn agent voor de buitenlandse rechten, Heather Baror-Shapiro: wat is het fijn om met jou te werken, en ik ben je zo dankbaar voor alles. Ik wil je vooral bedanken voor je voortdurende begeleiding dit jaar, en voor mijn geweldige nieuwe thuis in Welbeck. Dana Spector, voor mij blijf je de absolute rockster der filmrechten. Ik prijs mezelf ook gelukkig met marketingspecialist Danielle Noe, die net zo mooi is als getalenteerd. En Scott Moore en Andy Cohen: een dezer dagen maken we samen een film, echt! Ook veel dank aan Susan McBeth en Robin Hoklotubbe, twee dames die geweldige evenementen organiseren waarbij auteurs en lezers elkaar kunnen ontmoeten.

Jen Bergstrom: ik ben zo trots dat ik mezelf een Gallery books-auteur mag noemen. Het is zo'n eer om al sinds 2012 deel te mogen uitmaken van de Gallery-familie, en ik ben eeuwig dankbaar voor de manier waarop jullie me al die tijd hebben helpen groeien als auteur. Je bestuurt een geweldig schip, en ik ben blij dat ik aan boord ben. Heel erg bedankt voor je warme support. Ook veel dank aan de rest van het team bij Gallery, met Jen Long, Sara Quaranta, Molly Gregory, Sally Marvin, Anabel Jimenez, Eliza Hanson, Lisa Litwack, Chelsea McGuckin, Nancy Tonik, Sara Waber, Ali Lacavaro, Wendy Sheanin en de rest van het geweldige Simon & Schuster salesteam, en natuurlijk Carolyn Reidy. Ook veel dank aan mijn topteam bij s&s Canada, met Catherine Whiteside, Greg Tilney, Felicia Quon, Shara Alexa, Kevin Hanson en Nita Pronovost.

Een speciaal dankjewel gaat uit naar een paar mensen die hebben meegeholpen aan de research voor dit boek, onder wie researcher en auteur Renée Poznanski, Franse vertaler Vincent, Poolse vertaler Agrazneld, Russische vertaler Michael, Duitse vertaler Jens, en natuurlijk mijn goede oude vriend Marcin Pachcinski, die precies toen ik dat nodig had met Poolse koosnaampjes kwam aanzetten.

Ik noemde al in de opdracht dat dit boek deels is geschreven ter ere van boekverkopers en bibliotheekmedewerkers wereldwijd. Ik kan niet vaak genoeg benadrukken hoezeer ik ben beïnvloed door de magie van boekwinkels en bibliotheken. Boeken hebben het vermogen om levens te veranderen, maar het zijn de mensen die ervan houden, die hun leven eraan wijden, die het echte verschil maken. Als boeken hun weg niet kunnen vinden naar de lezers die ze nodig hebben, die geraakt zullen worden door boeken, door boeken zullen worden veranderd, dan verliezen ze hun kracht. Daarom bedank ik iedereen die in een boekhandel of bibliotheek werkt uit de grond van mijn hart, vooral diegenen die zo dapper en avontuurlijk zijn geweest om eigenaar van een boekwinkel te worden, wat soms als onderneming waarschijnlijk even heikel zal zijn als voldoening gevend. Boeken zijn veel meer dan woorden op papier, het zijn bruggen, bouwers van gemeenschappen. Boeken zorgen voor meer empathische en bewustere burgers. Tegen diegenen van jullie die zelfs zo veel van boeken houden dat jullie ze met anderen willen delen, zeg ik dit: jullie zijn écht degenen die de wereld veranderen.

Ik wil hier ook vijf wel heel bijzondere schrijfsters noemen: Linda Gerber, Alyson Noël, Allison van Diepen, Emily Wing Smith, en vooral Wendy Toliver, de auteur die ons zessen jaren geleden bijeenbracht, voor de eerste editie van wat een jaarlijkse schrijfretraite zou worden. We schrijven maar eens per jaar samen, maar die week betekent altijd heel veel voor me, net als de vriendschap die we in de loop der jaren hebben opgebouwd. Ik reken jullie vijven tot mijn beste vrienden. Bij jullie zijn maakt me tot een betere auteur en een beter mens. En voor Jay Asher: hoewel je een aantal retraites hebt gemist, je hoort ook bij onze club! Ik kan niet wachten om de nieuwe boeken van mijn Swan Valley vrienden te lezen!

De beste schrijvers hebben meestal de neiging om andere schrijvers te steunen, en ik ben blij dat ik bij een gemeenschap van mannen en vrouwen mag horen die elkaar vooruit willen helpen. Een speciaal woord van dank aan 'Mary Alice and the Kristies' – mijn collega-auteurs Mary Alice Monroe, Kristina McMorris en Kristy Woodson Harvey, gewoon al voor het feit dat jullie geweldige mensen zijn en de beste fake-bandleden en stoombadzussen die ik me maar zou kunnen wensen.

Een speciaal dankjewel aan alle boekbloggers en recensenten, die zo goed zijn in het bouwen van een online community, en dan met name aan Melissa Amster en *queen bee* Kristy Barrett, die dit jaar op mijn verzoek hun uiterste best hebben gedaan om een bevriende auteur te helpen. Jullie zijn ongelooflijk, en ik ben zo dankbaar dat jullie mijn boeken delen met de lezers, en voor het feit dat jullie het lezen promoten.

Dank aan mijn familie, vooral aan mijn moeder Carol (mijn favoriete Disney World-partner) en mijn vader Rick; mijn zus en broer Karen en David, met hun gezinnen. Wanda en Mark, mijn geweldige schoonzus en zwager. Ik bof maar met jullie. Een speciale *shout-out* voor tante Donna, Courtney, Janine, en ook voor alle Sullivans en Troubas/Lietzes!

Aan Jason (de beste echtgenoot ter wereld) en Noah (mijn grappige, geweldige, lieve zoon): ik hou meer van jullie dan woorden kunnen zeggen. Het spijt me dat ik dit jaar vaak van huis was voor de promotie van mijn boeken. Ik mis jullie elke minuut dat ik er niet ben! En Lauren Boulanger en Bridget, Kristy, Dayana, Rachel, Dinorah, Debbie, en Cindy: bedankt dat jullie zo goed voor Noah zorgen. Zonder jullie zou ik niet kunnen doen wat ik doe. Ook jij bedankt, Shari Resnick, voor je hulp en gulheid, dit jaar.

En tot slot: dank aan jou, lezer, dat je deze reis met me hebt willen maken (en dit ellenlange dankwoord hebt gelezen). Ik weet hoeveel boeken er zijn om uit te kiezen, en ik ben altijd enorm dankbaar wanneer iemand ervoor kiest om zijn kostbare tijd door te brengen met één van mijn boeken. Ik hoop dit jaar nog veel meer van mijn lezers te zullen ontmoeten.

LEES MEER VAN

Kristin Harmel

Champagne, 1940. Inès en Michel genieten van hun wittebroodsweken in hun kasteel Maison Chauveau, als de Duitsers Frankrijk binnenvallen. Michel gebruikt zonder aarzelen zijn invloedrijke positie als hoofd van een beroemd champagnehuis om het verzet te helpen. Naarmate de bezetting voortduurt nemen ook de geruchten over het lot van de Joden toe en de Joodse Céline, een van Michels ondergeschikten, neemt een drastische beslissing om haar toekomst veilig te stellen. Als Inès vervolgens in contact komt met een nazi-collaborateur, brengen de twee vrouwen onbewust niet alleen het leven van hun geliefden in gevaar, maar zetten ze ook de toekomst van hun geliefde champagnehuis op het spel.

New York, 2019. Liv Kent heeft juist het dieptepunt van haar leven bereikt als opeens haar excentrieke Franse grootmoeder op de stoep staat. Ze eist dat Liv per direct met haar afreist naar Frankrijk. Onderweg vertelt Livs oma haar over de tragische geschiedenis van Maison Chauveau, en ontdekt Liv dat ook in haar heden het verleden nooit ver weg is.